ハヤカワ文庫 SF
〈SF1736〉

海軍士官クリス・ロングナイフ

新任少尉、出撃！

マイク・シェパード
中原尚哉訳

早川書房
6585

KRIS LONGKNIFE: MUTINEER

by

Mike Shepherd

Translated by
Naoya Nakahara
First published 2009 in Japan by
HAYAKAWA PUBLISHING, INC.
This book is published in Japan by
arrangement with
DONALD MAASS LITERARY AGENCY
through OWLS AGENCY, INC., TOKYO.

新任少尉、出撃！

1

「下では幼い子が囚われの身になっている」

ソープ艦長のよく通る声が、タイフーン号降下ベイの鋼板の壁に響いた。野戦服や武器を点検し、今回の救出ミッションのことで頭がいっぱいだった海兵隊員たちだが、艦長の言葉に顔を上げて耳を傾けた。

クリス・ロングナイフ少尉は二つのことを考えていた。これから率いていく男女の隊員たちが艦長の訓辞にどう反応するか。彼女自身は、二十二年の人生で美辞麗句はあきるほど聞いている。一方で、指揮官の言葉が耳から転がりこみ、体にしみこむのを感じていた。言葉を聞いてうなじの毛が逆立つのは久しぶりだ。悪いやつらを八つ裂きにしたい気分でいっぱいになる。

「その子を救出する試みは民間の手でもおこなわれた」

絶妙の間ののち、艦長は暗い調子で続けた。

「試みは失敗した。そこでわれわれ狂暴な犬が呼ばれたわけだ」

まわりの海兵隊員たちが艦長にむかって低い声でうなった。

クリスはこの海兵隊員たちと顔をあわせてまだ四日しかたっていない。タイフーン号は命令を受けてからわずか二時間後に出撃した。宇宙港を出た時点で乗組員は半分しかそろっておらず、この降下小隊を指揮するはずの海兵隊中尉も少尉もいなかった。そのため新任少尉のクリス・ロングナイフが、海兵隊暮らし三年から十二年で力ずくの問題解決に意欲満々の猛者《もさ》たちを率いることになったわけだ。

艦長は短く切った言葉をマシンガンのようにつらねた。

「おまえたちは訓練されている。血の汗をかいている。海兵隊に入隊してから万全の準備を積んでいる。誘拐された少女くらい目をつぶってでも救出できる」

薄暗い降下ベイに並ぶ男女の目に闘志の炎が浮かんだ。顎が引き締まり、両手が拳を握る。クリスは自分の手も拳になっているのに気づいた。そうだ、この兵士たちは準備ができている。新任少尉一名をのぞいて。神さま、失敗しませんようにと、胸のうちで祈った。

「さあ、跳び降りろ、海兵隊。テロリストを叩きのめし、少女を母親の腕のなかに返すんだ」

「うぉっす！」

出口へ歩きはじめた艦長へむかって、十二人の男女は気勢をあげた。いや、十一人の血気にはやる海兵隊員と一人のビビった少尉か。クリスはまわりから聞こえる荒々しい自信の響きにあわせて自分も叫んでいた。

政治家である父のスピーチのような穏やかさや冷静さは、ここにはない。だからこそ海軍にはいったのだ。ここには本物の手応えがある。自分の手でなにかを成し遂げられる。言葉ばかりの無為無策ではなく。

クリスは口もとをほころばせた。いまのわたしを見て、お父さま。海軍は役立たずで時間の無駄だと言ったわね、お母さま。今日はそうでないことを見せるわ！

装備の準備にもどった部下たちのまえで、クリスは深呼吸した。アーマーや弾薬や機械油や生々しい人間の汗の匂いを嗅いで、テンションが上がっている。これは自分のミッションであり、自分の小隊だ。少女を一人、もとの家に送りとどける。絶対に死なせない。

あるべつの子どもの記憶が脳裏によみがえりかけた。クリスはあわててその記憶に蓋をした。思い出してはいけない。

出口へむかって歩いていたソープ艦長が、クリスのまえで立ちどまった。視線をあわせ、のぞきこんでくる。

「よけいなことを考えるな、少尉。本能を信じろ。自分の小隊と軍曹を信じろ。彼らは優秀だ。代将は、おまえならやれると考えていらっしゃる。おまえがあのロングナイフ家の出身でもな。その期待に応えてみせろ。悪者をぶちのめせ。しかし、もし父親とおなじふぬけなら、怖じ気づいて失敗するまえに軍曹に言え。任務は軍曹が片付けてくれる。おまえは次の舞踏会で社交界デビューできるようにママの膝の上に返してやる」

クリスは見つめ返した。顔はこわばり、はらわたがよじれるように苦しくなる。艦長からはいつもこんなからかいまじりの言葉をかけられていた。クリスに満足せず、チクチクと攻撃してくる。この男に対しても自分を証明しなくてはならない。

「はい、艦長！」

クリスはその顔にむかって大声で返事をした。

まわりの兵士たちがニヤリとした。艦長が小隊長になにか辛辣なことを言ったとわかったからだ。しかしどんなふうに辛辣かは知らない。

艦長は薄笑いを浮かべた。乗艦以来、この男の顔には渋面か、薄笑いか、不満げな表情しかあらわれたことがない。今回は目の横に新しい皺があっただろうか。唇の吊り上げ方がいつもとちがっただろうか。しかし読みとれないうちに艦長は去っていった。

父がウォードヘブン政府を八年間支配してきたのは自分のせいではない。曾祖父母が歴史書のあちこちに家族の名前を残したのは自分には関係ない。艦長が彼らの存在に威圧されて育ったとしてもそれは本人の勝手だ。艦長とおなじように、クリス自身も自分の名前を打ち立て、居場所をつくろうともがいている。だから海軍にはいったのだ。

体をゆすって、失敗への恐怖を振り払った。

ロッカーにむきなおり、標準タイプの三号戦闘宇宙服の装着をはじめた。適合身長百八十センチは合っているが、他はありとあらゆる部分がクリスには小さかった。私服でも肩まわりや腋の下に個人用コンピュータを装着できる余地は少ない。しかし戦闘宇宙服には半剛体可塑性金属が一センチ厚ではいっている。個人用コンピュータのネリーは、タイフーン号の艦載コンピュータをすべてあわせたより高価で、能力にいたっては五十倍だが、アーマーの下への装着は難題だった。海兵隊員は凶暴《ミーン》であると同時に体の締まり《リーン》も要求される。余分なものは許されない。結局、コンピュータの本体は胸の位置に押しこんだ。クリスはここのボリュームはあまりないのだ。男性の海兵隊員はたいてい胸まわりの筋肉量がたっぷりあるので、体形的には似たようなものだ。

宇宙服のシールを閉じて、肩をまわし、屈伸、前屈した。問題ない。ヘルメットをかぶり、回転させてカチリと固定する。フェースプレートを閉じる。宇宙服は最初から軽く温められているが、クリスの体はすでに熱くなっていた。

「ねえクリッシー、アイスクリーム食べたい」

エディが甘えた声でねだった。

ウォードヘブンは暑い春の日だった。しかも二人は子守りのナンナをおいて公園へ走ってきたところだった。

クリスはポケットを探った。お姉さんなのだ。まえもって考えておかなくてはならない。自分が小さかったころに兄のホノビがそうしていたように。アイスクリームを二つ買えるだけのコインはある。でもお父さまからは、跳ぶまえに考えろとも言われていた。

つまり行動するのは最後だ。

「いまはだめ。アヒルを見にいきましょう」

「いまアイスクリームがほしい」エディは六歳の演技で息を切らせて泣きつく。

「もう、ナンナに追いつかれちゃってもいいの？　さあ、アヒルの池まで競走！」

するると、言い終えるより先に、エディの足は駆け出していた。もちろんクリスもかけっこでは負けない。とはいえ、しょせんは十歳の姉と六歳の弟の競走だった。

「ほら、白鳥がもどってきてる」

クリスは四羽の大きな鳥を指さした。二人は池の縁にそって歩いた。いつもトウモロコシの粒を持って鳥に撒いている老人がいたので、そのうしろをつかず離れず歩いた。

クリスはエディが水辺に近づきすぎないように気をつけた。ようやく追いついてきたナンナは、池の深さについてうるさく言わなかったので、大人の目から見てもクリスは適切な用心をしたようだ。

「アイスクリームがほしいよ」

エディは幼い子の一途さでまたねだった。

「お金はありません」ナンナはきっぱりと言った。

「わたし持ってる」

クリスは誇らしい気分で言った。まえもって考えておいたのだ。頭のいい人のやるべきこととしてお父さまから言われていたとおりに。

「じゃあ買ってきてもいいわ」

ナンナは、しかたないというようすで答えた。

クリスは軽い足どりでそこを離れた。すぐまた二人の姿を見るつもりだったので、振り返らなかった。

肩をつつかれ、クリスはぎくりとした。

見ると、そばかすだらけの顔が彼女のフェースプレートを上げてのぞきこみ、〝どうしたんだ、チビ助〟という意味のことを訊いてきた。

降下ベイは騒がしく、だれもが忙しいので、クリスが跳び上がったことは気づかれていないようだ。明るい笑顔で、〝うるさいな、ぼんくら頭〟という意味の返事をした。

トム・リー・チン・リェン少尉はサンタマリア星の小惑星帯で働く坑夫一家の出身だ。トムは辺境のその世界にとどまらず、銀河を見るために海軍にはいった。その決断に家族は（曾祖母によれば先祖も）とても失望したそうだ。

士官学校で出会った二人は、おたがいの両親がわが子の職業選択にどんなふうに怒り狂い、翻意を迫ったかという話を何時間もかわした。これほど簡単に友人になれたのは意外だった。なにしろ、かたやウォードヘブンの超上流階級の出身、かたやサンタマリアの労働階級の中心を占めるアイルランド系と中国系のおかしな混血なのだ。

そのトムはいま、クリスの顔のまえで多機能テスターを振っている。真空を庭にして育ったトムは、空気や重力をまったく信頼していない。クリスのような土育ちは救いがたい楽天家だとくさし、宇宙空間に出るときは偏執的な自分の注意力しか信じないのだ。

クリスは左手を伸ばしてトムのテスターを自分の戦闘宇宙服につないだ。システムチェックがおこなわれるあいだに、コンピュータのネリーに司令ネットワークとのインターフェース確認をやらせる。ネリーのインターフェースは、叔母のトゥルーの助けでずいぶん鍛えられていた。叔母はすでに引退しているが、もとはウォードヘブンの情報戦部長だったのだ。数学とコンピュータの宿題も幼いころから手伝ってもらっていた。

ヘルメット内のヘッドアップディスプレーに、ネリーが取得した各種レポートやデータ画面が映し出された。大半はミッションに参加する新任少尉に閲覧権のあるものだが……一部はクリスがアクセスしていることを艦長に知られないほうがいい画面もあった。

ネリーの確認作業が終わるころに、トムもテスターを抜いた。クリスはフェースプレートを上げて診断を聞いた。

「適応迷彩の反応が最高値より五ナノ秒遅い。でも海軍の基準内だ」トムは不満げだ。いつも完璧でないと気がすまない性分としては海軍の基準は甘いのだ。「冷却系も正常の範囲だけど、ちょっと下限値に近い」

「今回はヒーターのほうが大事よ。行き先は極寒のツンドラなんだから」

クリスはニヤニヤ笑いで答えた。サンタマリア訛りを下手くそに真似た話し方に、トムはしかめ面を隠さなかった。

「パッキンもどこかへたってるな」

いつものことだ。戦闘宇宙服のゼリー系シール材の一つがわずかな気密漏れを起こしている。しかし艦載の宇宙服にへたったパッキンの一つや二つは毎度のことだ。軍のブラックジョークで言われるとおり、いいパッキンを扱う業者は民生市場に流れ、しょぼいパッキンを扱う業者は安い落札価格で政府と契約する。

「小惑星で労働するわけじゃないのよ、トム。宇宙服のなかでひと月も暮らしたりしない」

軍の調達責任者が父に話す標準的回答とおなじ返事をした。ウォードヘブン首相はその回答で満足していたが、首相は降下ミッションなどやらない。娘が今日かわりにやるわけだ。

「真空中には一時間かせいぜい二時間いるだけ。あとはシーキムの空気を呼吸できるから問題ない」

「泥臭い鳥め」トムは不愉快そうにくさした。

「からっぽの宇宙頭のくせに」

クリスはやり返し、トムのお株を奪う笑みを浮かべた。そして自分と自分の分隊を運ぶ着《L》陸《A》強襲艇《C》のほうをむいた。

最小限の乗り物だ。軌道から地上へ降りるのに翼と兼用の耐熱シールドしかない。かぶせるだけのキャノピーはステルス性向上の役割だけ。しかしそれをいうならクリスはもっと小さな艇に乗ったこともある。真顔にもどって訊いた。

「これの点検は？」

トムはニヤニヤ顔で答えた。

「四回目をおれがやってないとでも？　その四回目の点検をパスしなかったとでも？　微力ながらベストを尽くしてるぜ」

それを聞いてクリスは笑いをこらえるのに精一杯だった。海軍は海兵隊を信用して敵の火線に身をさらすが、自動車のキーは渡さない。軌道上のタイフーン号から地上までLACを安全に飛ばすのはトムの仕事だ。例外は再突入時のイオン化した大気によってLAC間の通信が途絶する二、三分間。そのあいだは自動操縦が働く。

乗っているあいだ、クリスと十一人の海兵隊員たちはただのお荷物だ。承認された計画の一部とはいえ不満はある。しかし艦長と軍曹が賛成した計画を新任少尉が変更できるわけはない。

クリスはトムに言った。

「装備をつけるのを手伝って」

降下ベイでは小隊のメンバーが二人ずつ組になり、おたがいの宇宙服を点検しながら武器や降下装備をつけている。軍曹の分隊はサント伍長が見ている。クリスの分隊はリー伍長が点検している。軍曹は二重にチェックするだろう。それならクリスは三重にチェックするだけだ。

クリスの装備は同僚たちよりやや軽かった。海軍支給品の個人用コンピュータにくらべてネリーの重量は半分だからだ。それでいて少尉に必要な指揮、制御、通信、情報機能（軍の略称でC^3I）はすべてそなえている。M‐6の予備弾倉六個は一部をアーマーから吊り、残りは装備パック内に安全にしまっている。半分が非殺傷弾、半分が実包だ。水、食糧、救急セットもある。海兵隊が出撃するときはいつも重装備だ。

全装備をつけて、クリスはもう一度肩をまわし、腰をひねって確認した。快適ではないが問題はない。大学時代の休暇でもっと重いバックパックをかついでウォードヘブンのブルー山脈を歩いたこともある。そのときの気ままな野外生活が忘れられなかったのがこの世界に飛びこんだ理由でもある。

クリスが膝を屈伸するのをトムはじっと見ていた。

「だいじょうぶか？」

「全部つけたわ。たいして重くない」

「ミッションのことだよ。誘拐された子どもを救出できるか？」

笑みは消えている。真顔のトムを見た。

「だいじょうぶ。海軍の小火器取扱資格でわたしはこの艦で最高ランクを持ってる。体力測定の点数も最高ランク。艦長の言うとおり、わたしは最高よ。そしてこのミッションへの意欲も持ってる」

そのとき艦内放送で「リェン少尉はブリッジへ」と呼び出しがかかった。会話は打ち切りだ。トムはクリスの背中を軽く叩いた。

「妖精の幸運を。神がおまえのそばにいるように」

そう言ってハッチへむかった。クリスは肩ごしに振り返り、

「LACに神が乗るシートは空いてないわよ」

二人のあいだではお約束のまぜっかえしだ。

クリスはすぐに軍曹のところへ行った。軍曹は装備漏れを点検し、銃器の弾薬を再確認している。クリスもそのうしろで二度目の確認をやった。

そのあとおたがいの装備を点検しあった。軍曹はクリスのストラップの一本を締めて、低い声で言った。

「まだまだですな、少尉」

軍曹の装備で直すところは一カ所もなかった。さすがだ。軍曹はこの瞬間のために十六年間訓練してきたのだ。たとえ十六年間でこれが初の実戦だとしても、本人もソープ艦長も一抹の不安も感じないだろう。

クリスは借り物の小隊に大声で命じた。

「全員、降下！」

二つの分隊は「うぉっす！」と声を上げ、いっせいに反対の壁にむいて二隻のLACに乗りこんでいった。

クリスは自分の分隊の座席のあいだを歩きながら、LACの低いシートにすわった部下たちのハーネスが締まっているか、装備があるべき位置におさまっているかを再確認した。表示はすべて正常だが、ひとつひとつ力をこめて引いてたしかめた。これから部下たちを固定するのはこのハーネスだけなのだ。

満足すると、自分の複合材のシートにもぐりこんだ。操縦用ペダルを蹴らないように気をつけて脚を伸ばす。クリス自身も背後にすわる技術兵の両脚にはさまれる恰好になる。昔、競技用のリュージュに乗ってみたことがあった。これで滑走したいと言ったが、母はとんでもないという顔で許さなかった。あのリュージュよりLACはさらに狭い。

自分のハーネスがLACの細いキールにしっかり固定されているのを確認。装備があるべき位置にあることを再確認すると、キャノピーを引いて閉めた。クリック音で固定。LACの他の部分とおなじように、キャノピーも紙のように薄い。レーダーに映りにくくする以外の役には立たない。クリスと他の兵士たちを真空と再突入の高温から守るのは降下用戦闘宇宙服だ。

膝のあいだで操縦桿が動きはじめた。トムが手応えをたしかめているのだろう。それでもこれを見ると、自分が操縦桿を握っていたときのいい思い出がよみがえってくる。シートのなかで身をよじってみて、軽い艇体がこちらの動きに反応するのを感じた。レース用の小型艇《スキッフ》より大きいが、おなじように居心地いい。

よけいな考えを頭から追い出し、降下強襲の段取りをもう一度思い出した。

誘拐犯たちの計画は単純だった。シーキム星総監の一人だけの子を、学校の遠足の途中でさらい、なにが起きたのかだれも気づかないうちに北の荒野に連れ去った。

子どもの名前は……思い出してはいけない。似すぎている。痛みの記憶につながる。

今夜これからの問題に考えをもどした。誘拐犯のアジトへのアプローチは長く、困難と危険をともなう。そしてトラップだらけだ。これまで悪党たちは追跡の裏をかきつづけている。そして善良な市民を何人も殺している。

クリスは歯を食いしばった。こんな悪党たちがどうして人類宇宙で最高のトラップや電子対策機器を入手できるのか。どんなトラップがあるかはよくわかっている。いまやどこの惑星も悪党がうようよしている。クリス自身は大型獣のハンティングをしないが、今回はこの危険な獲物を狩るチャンスを楽しみにしていた。

頭にくるのは、防犯対策をかいくぐる電子機器が専門店で合法的に売買されていることだ。おかげで今夜の仕事がきわめて危険になる。まともな人間がどうして心電図ジャマーをほしがるのか。人間の熱反応をシミュレートするデコイなど善良な市民には必要ないだろう。頭にくる。

宇宙服のなかが熱くなってきた。背中を早くも汗が流れてくる。

とても暑い日だったので、クリスがアヒル池に走ってもどるあいだにもアイスクリームは溶けはじめていた。立ちどまって、両手のコーンに垂れてきたアイスクリームを一度ずつなめた。すこしうしろめたい気分になった。

「エディ、アイスクリーム買ってきたわよ」

大声で言いながら走った。急いでいたせいで、木立を抜けて池まで続く草地を半分横切るまで異変に気づかなかった。駆けていた足が止まった。

エディがいない！

トウモロコシの袋を持った老人は倒れていた。体の半分は水にひたり、アヒルたちが群がってこぼれたトウモロコシの粒をついばんでいる。

草地には服を着た塊が二つころがっている。その夜の悪夢のなかで、自分を何年も警備してくれていたボディガードの二人だと気づくのだが、そのときはナンナの姿に目を釘づけにされていた。壊れた人形のように手足を投げ出して倒れている。生きている人間にはありえない恰好だと、十歳でもわかった。

クリスは悲鳴をあげはじめた。アイスクリームを落とし、両手で口をおおった。手の甲を力いっぱい咬んで、その痛みで悪夢から覚めることを願った。

背後のどこかから無線機にむかって怒鳴る声が聞こえた。

「ボディガードが倒れている。ボディガードが倒れている。タンポポがいない。くりかえす、タンポポが所在不明」

赤いライトの点滅を見てクリスはわれに返った。

「いけないいいけない」

自分に舌打ちして、現在の問題に頭を引きもどした。降下ベイはすでに減圧を終えている。まわりの空気はもうない。クリスも部下の兵士たちも降下用宇宙服の供給する空気を呼吸している。データでは自分の宇宙服は正常だ。海軍の基準範囲で、だが。部下たちも同様だ。

「発進準備完了」

クリスが報告すると、うしろから押される感触があり、LACは暗い宇宙空間に静かに滑り出た。しばらく惰性だけで離れていったので、タイフーン号をよく見ることができた。薄い特殊装甲の艦体は乗組員それぞれに個室を用意できるほど大きい。軌道では回転して重力を生み出している。艦首と艦尾には人類協会の青と緑の旗が誇らしげに描かれている。

LACのエンジンに火がはいった。操縦桿が勝手に動き出す。トムが両方のLACを再突入軌道へ導いていく。

トムがきちんと仕事をしているようなら、そのあいだに地上の状況を再確認しよう。無発声で命じた。

「ネリー、目標地点の現在の映像を見せて」

ヘッドアップディスプレーにハンティング用の山荘があらわれた。赤外線画像には数十人分の人影が映っている。建物の周囲には六人から八人……すべてペアで動いている。じつはこのうち本物は五人だけだ。市販の体熱デコイはかならずしも宣伝文句どおりではないので、こちらにはわかる。製造業者が政府の求めた誓約に従って沈黙を守ってくれていてよかった。人間の体温である三十七度が、あくまで平均でしかないことに気づいた悪党はこの十年間いない。こういう深夜にはたいていの人間の体温は三十六度前後に下がるのだ。

山荘の二階には部屋が六つあり、ベッドに縛られた六人の少女の熱反応がある。廊下の両端には銃を持った見張りが二人。救出の試みを察知したら、すぐに部屋に飛びこんで人質の少女を殺す構えだ。

しかし山荘上空高度千メートルにホバリングさせた五十グラムのロボット偵察機のセンサーのおかげで、本物の見張りは一人だけとわかっていた。本当に人質がいる部屋もわかっている。おびえた少女はそこにいる。

おびえているはずだ！

クリスは歯を食いしばり、ＬＡＣの外に目をやった。眼下ではゆっくりと惑星が回転している。亡き弟の墓につながる記憶の糸には極力触れないようにした。とりあえず今回の誘拐犯たちは数トンの堆肥で埋めた部屋に六歳の子を閉じこめたりしなかった。あのとき外部とつながっているのは一本の穴のあいたパイプだけだったのだ。

学校で他の生徒たちが、エディは両親が身代金を払う何時間もまえにすでに死んでいたと話しているのを耳にした。真相はわからない。読むにたえない記事や見るにたえない報道番組が多かったからだ。

もしあのときと、どうしても考えてしまった。もしあのとき、自分がアイスクリームを買いに行かなかったら？　悪党たちとむきあったのがナンナとエディだけでなく、クリスもいたら？　十歳の少女が誘拐犯の計画を力で変えられただろうか。

首を振って回想を追い払った。ずっと考えていると涙が出てくる。宇宙服に涙は禁物だ。

眼下の惑星に目をこらした。前方に明暗境界線がある。緑と青の上に白い雲がかかった惑星が、暗い闇に飲まれていく。闇と、嵐だ。夜間軌道降下による急襲作戦には雷雲が欠かせない。大気圏突入の衝撃波音を隠すためだ。接近を隠し、見張りの注意力を弱める夜の闇も必要だ。

レース用スキップに乗って軌道から眺めたべつの惑星のことを思い出して、クリスは小さく笑った。しかしすぐに仏頂面に変わった。この一週間、蓋を開けないようにしていた記憶がいっきによみがえってきたからだ。

エディの葬儀の翌日以降、父はクリスの生活圏から姿を消した。朝はクリスが目覚めるまえに仕事場へ行き、夜は娘の就寝以前に帰宅することはめったになかった。

母はべつの変わり方をした。

「不躾《ぶしつけ》な子どもはもう卒業しなさい。正しい若い淑女になっていいころよ」

とはいえ、サッカーの試合ではかならず勝てと父に言われつづけた。その政治パーティに出席する義務もなくならなかった。

〝正しい若い淑女〟はバレエの練習ばかりでなく、母といっしょにお茶会にも出なくてはいけなかった。どの集まりでもまわりは二十歳以上年上のおばさま方ばかりで、クリスは退屈でしかたなかった。ただ、一部のおばさま方の紅茶からへんな匂いがするのに気づくようになった。まもなく試しに飲んでみる機会もあった。味もへんだったが……いい気分になれた。パーティの時間が早く過ぎるようになった。紅茶に加えられているものもだんだんわかってきた。すぐに父の蒸留酒の棚や母のワイン棚にこっそり手を出すようになった。

飲酒のおかげで毎日は耐えやすくなった。成績が急降下しても気にしない。どうでもいい。両親も眉をひそめただけだった。

学校の他の子たちは軌道から降りるスキップレースのような遊びに熱を上げていた。クリスの場合は酒だった。もちろん酒も、母が淑女らしくなるようにと処方させている薬も、サッカーの試合での暴れっぷりを鎮めはしなかった。コーチは首を振って頻繁にクリスを退場させた。試合会場に送迎するお抱え運転手のハーベイは悲しげな顔をするだけだった。

そんなハーベイが、ある午後、学校からの帰りが遅くなったクリスを迎えにきて、笑顔で教えた。

「お父さまが今日の晩餐に、トラブルおじいさまをお招きですよ。トードン将軍は人と会うためにウォードヘブンにいらっしゃっています」

クリスが尋ねるまえにハーベイは理由まで説明した。

クリスは家まで車に揺られながら、歴史の本から出てきた家族にどんなふうに挨拶すればいいだろうと考えた。

母は気が立っていた。ディナーの準備をみずから指揮しながら、伝説の人は本のなかにとどまっていればいいのにとぶつぶつ言っていた。

クリスは宿題を片付けなさいと二階へ上げられた。それでもバルコニーで見張った。

片目で宿題のテキストを読みながら、反対の目では玄関のドアを見ていた。どんな人か見当がつかない。たぶん年寄りだろう。歴史のブラケット先生のように。いかにも歴史を（その全部を！）生きてきましたというような、かさかさで皺だらけの顔だろう。

そして曾祖父のトラブルが玄関を開けてはいってきた。長身で痩せていて、光り物のついた略式軍装だった。ひとにらみでイティーチ艦隊を蹴散らせるだろう。しかし顔はにらんでいない。ほがらかな笑顔だ。母の言うとおりだった。〝伝説〟の枠におさまりきらない人だった。

ディナーではいろいろな話をしてくれた。ディナーが終わると話の内容をクリスはひとつも思い出せなかった。すくなくとも全部思い出せる話はなかった。それでも食事のあいだは全員楽しそうにしていた。本当は恐ろしいはずの話でも笑って聞けた。どんなに危機一髪だったり絶望的だったりする状況でも、トラブルはおもしろおかしく話してくれた。クリスの母さえ思わず笑ったほどだ。

食事が終わると、クリスは母から逃げまわって、とうとうホイストの集まりに行くのを免除してもらった。クリスはこの驚きに満ちた人物のそばにずっといたかった。

たまたま二人だけになり、正面から見つめられると、クリスは仔猫が太陽の下で体を丸めたくなるのがわかる気がした。トラブルは椅子に腰をおろしながら訊いた。

「お父上の話では、サッカーが好きだそうだね」

「はい、とても」

クリスはおじいさまの正面の席に上品にすわって答え、大人になった気分を味わった。

「お母上に聞くと、バレエも好きだとか」

「はい、とても」

これでは会話が続かないと十二歳でもわかった。しかしこれほどの人物を相手になにを話せばいいのか。

「わたしは軌道からのスキップレースが好きでね。きみ、スキップは？」

「いいえ。学校の友だちは何人かやっています」クリスは興奮を感じたが、すぐに自制した。「でも、お母さまからとても危険だと言われていて。正しい若い淑女のやることではないと」

「なるほど、そうか」トラブルは椅子に背中をもたせかけ、上に手を伸ばした。「去年、サバンナ星のジュニア選手権で優勝した子は、きみとさして変わらない年齢だったぞ」

「そうなんですか！」

クリスは目を見開いて驚いた。トラブルにも驚きが伝わったはずだ。

「明日、スキップを一艘レンタルすることになっている。きみもいっしょに軌道降下を何度かやってみるかい？」

クリスは椅子でもじもじした。

「お母さまが許さないと思います」

トラブルは両手をテーブルにのせた。クリスの手のすぐそばだ。

「ハーベイから聞いたんだが、母上は土曜日に朝寝をするそうだね。六時に迎えにきてもいいぞ」

これがトラブルと家族のお抱え運転手の共謀であることに、クリスはあとで気づいた。しかしそのときは提案に興奮してそこまで頭がまわらなかった。

「本当に？　ぜひお願いします」

クリスは声をあげた。最近、一人で早起きしたことはなかった。両親が決めた予定以外のことをやったこともなかった。そんなことをするとエディを思い出してしまうからだ。

「ひとつだけ言っておく」

トラブルはテーブルの手を伸ばし、日焼けしてカサカサの皮膚で、クリスの小さく柔らかい手を包んだ。手がふれるとクリスは電気が走ったように感じた。トラブルはクリスの目をのぞきこみ、それまでたくさんの人の目をごまかしてきた少女の仮面を剥ぎとった。クリスは裸にされた気分ですわっていた。

「母上の言うとおり、スキッフレースは危険をともなう。だからわたしは完全に素面《しらふ》の者しか連れていかない。きみはだいじょうぶだろうね？」

クリスは深呼吸した。夕食ではトラブルのお話に笑いころげてばかりだったので、お酒をこっそり口に運ぶような暇はなかった。学校のお昼から一滴も飲んでいない。夜も飲まずにいられるだろうか。

「だいじょうぶです」

クリスは断言した。

そしてなんとかやりとげた。簡単ではなかった。夜中に二度、目を覚ましてエディを思い出して泣いた。しかしトラブルおじいさまのことを考えた。学校の友だちが話していた、流星のように地球に落ちるスリルと頭上に広がる星々の眺めのすばらしさについて考えた。おかげで、忍び足で階段を降りて父のバーへ行ったりせずにすんだ。

夜をなんとか乗り切ったクリスは、階段の上に立って、玄関の間に敷きつめられた白と黒のタイルの上に一分の隙もない軍装でじっと立つトラブルを見下ろした。バレエの授業のつもりで姿勢のバランスに気をつけ、階段を降りた。素面の証拠を見せるためだ。

トラブルは抑えた小さな笑みを浮かべていた。父が政治関係の友人たちに見せる快活な笑顔とはまったくちがう。それでもトラブルの小さな笑みは、クリスにとって両親のどんな笑いより価値があった。

三時間後。クリスは宇宙服を着て、スキッフのフロントシートにおさまってベルトを締めていた。トラブルが固定解除のボタンを押して、スキッフは宇宙ステーションから落ちはじめた。

すごい乗り物だ。星が手でふれられそうなほど近い。

ベルトをはずして暗闇の空間に出ていきたい誘惑に駆られた。流れ星のように落ちれば、幼くして死んだエディへの償いになるだろうか。しかしトラブルに手をつくしてもらってここに連れてきてもらったのに、そんなことはできなかった。

それに、またたかない星にクリスは引きつけられた。その美しさに冷たく静かに包まれた。無駄のない細い再突入形状を持つスキップは精密に動いていく。

クリスは心を奪われた……おそらく、生き残った者の罪悪感の一部もいっしょに。

夜遅くトラブルといっしょに帰ると、母は玄関の間を歩きまわっていた。

「いったいどこへいらしてたんですの？」

尋ねるというより責める声だ。

トラブルはジョークを言うような軽い口調で答えた。

「スキップフレースをね」

「スキップフレースですって！」と金切り声。

トラブルはクリスにささやいた。

「きみは自分の部屋にいたほうがいいね」

「おじいさま……」

クリスは言いかけたけれども、ハーベイに肘を押さえられた。

「呼ぶまで降りてきてはいけません」母も指示に同調した上で、トラブルのほうをむいて冷ややかに言った。「わたくしの娘にいったいなにをなさるんですか、トードン将軍？」

トラブルはさっさと図書室のほうへ足を進めながら、クリスの母とは対照的な落ち着

いた声で、

「この話は、好奇心の強いお嬢さんに聞こえないところでやったほうがいいだろう」

クリスは運転手に連れられて階段を上がりながら抵抗した。

「ハーベイ、部屋に行きたくないわ」

「お部屋が一番です、お嬢さま。今日の奥様は堪忍袋の緒が切れかけていらっしゃいます。火に油をそそぐようなことはなさらないほうが賢明です」

トラブルの姿はそれっきり見なくなった。

しかし一週間後、ジュディスがクリスのまえにやってきた。おそらくトラブルが会いにきた女性だろう。ジュディスは精神分析医だった。

「カウンセラーにかかる必要はないわ」

クリスはそっけなくした。ジュディスはすぐに反撃してきた。

「先月のサッカーの試合にわざと負けたのはなぜ？」

「そんなことしてない」クリスはつぶやいた。

「コーチはわざとだと考えているわよ。あなたのお父さまも」

クリスは十二歳にできる精一杯の強がりで答えた。

「お父さまになにもわかるわけないでしょう？」

「ハーベイが試合を全部録画していたのよ」

「ああ……」

そこから会話が成立しはじめた。やがてクリスは、ジュディスと友だちになれるかもしれないと思いはじめた。たとえば、クリスはスキップフレースをやりたいのだけど、そう言うとお母さまは突然、仔猫を抱いた母猫のようになってしまうのだと話した。するとジュディスは、母の肩を持つのではなく、母猫が仔猫を抱くのはあたりまえでしょうと答えた。母が仔猫を抱いているところを想像するとおかしくなった。そうじゃなくてと説明しているうちに、母はいつも娘に立派であることを求めているわけではないと気づきはじめた。十二歳の娘がいれば、ときどき仔猫を抱く母親になってあたりまえなのだ。

その後、クリスはウォードヘブンのジュニア選手権で優勝した。それを知って首相はよろこび、母は恐怖で震えた。

「よけいなことを考えるな」

クリスはソープ艦長とおなじ低い声音で自分に言うと、体を固定したハーネスをつかんでさらに締めた。生きていることを確認する習慣的な行為だ。

突然、胃が喉もとに迫《せ》り上がった。LACが急激に右旋回し、艇体がガクンと沈んだからだ。噴射をつづけているエンジンが出力を増す。

「どうしたんだ？」「バスの運転手はなにやってんだ？」

声が飛びかうなかで、クリスは暴れまわる操縦桿をつかんだ。リー伍長が後方で「静かにしろ」と怒鳴って、秩序を回復する。

操縦桿はいうことをきかない。クリスはタイフーン号との通信リンクのキーを叩いた。

「トム、いったいどうなってるの？」

しかしヘルメット内には自分の声が響くだけ。通信リンクは死んでいる。なにかしないと、それも急いでやらないと、自分も部下たちもまもなく死ぬ。

叩きつけるように手動割り込みをかけて、クリスは機体の操縦権限をすべて握った。考えるまもなく両手がスピンとピッチを抑えこむ操作をする。LACはスキッフにくらべると鈍重だ。それでも力いっぱいやっていると……なんとか反応があった。

「ましになったな」

背後の海兵隊員の一人が安心したようにつぶやく。しかしクリスが艇の位置と向きを早く把握しないと、この一時的に〝ましになった〟のは、再突入で燃えつきるまでの揺れが減っただけで終わってしまう。

「ネリー、スキップ用のナビゲーションを出して。急いで」

すぐにスキップ用プログラムがヘッドアップディスプレー内に展開された。

「GPSに問いあわせて現在位置を」

ディスプレーにLACの位置がドットでしめされる。さらにそこから伸びるベクトル。減速するどころか加速しているではないか。

「伍長、軍曹のLACと見通し通信をつないで」

「やってるんですが、相手の位置がわかりません」

軍曹の緋の相対位置はネリーに訊けばわかるだろう。しかしネリーはすでに、選手権にもう一度優勝できそうな飛行経路を描き出していた。

選手権では、地上の目標地点にスキッフを降ろしただけでは優勝トロフィを手にできない。美しさも求められる。降下位置は正確で、燃料消費は少なく、タイムロスは少ない必要がある。ヘッドアップディスプレーに表示された状況の難しさを見て、クリスはごくりと唾を飲んだ。競技会で飛ばしたどんなスキッフより位置がずれ、燃料が減っている。おびえた一人の少女から百キロ以内に海兵隊員たちを降ろすには、クリスのあらゆる技量が求められる。

クリスはトロフィを賭けてレースに挑んだ。操縦桿を握りしめ、少女の命のために飛んだ。

2

理性的な思考よりも訓練にもとづく本能で動いた。クリスの右手は操縦桿をしっかりと握り、まずは艇を安定させた。それができると、一瞬の間をみつけてネリーにルートを検索させた。クリスと海兵隊が安全に降下できるルートだ。制約だらけの海軍支給品のコンピュータではなく、無理してネリーを使っていてよかった。

「ネリー、現在位置をGPSから取得。目標地点はハンティング用山荘。リスクの少ない飛行経路を出して」

一秒もかからなかった。そのルートでなら安全に降りられるが……目標の山荘をかすめて五十キロ通りすぎる。

クリスはルートにあわせて減速燃焼を調整しながら命じた。

「べつの飛行経路を。空力制動で運動エネルギーをあと二十パーセント殺せると仮定して。それだと残燃料はどれくらい？」

マージンが必要だ。競技会ではスキッフは前後二分間隔で降りる。いまの場合、軍曹のLACはこちらから見て右側のどこかにいる。距離はあって十キロ、おそらくもっと少ない。

トムが両方いっしょに目標地点へ誘導しているなら安全マージンはそれで充分だ。しかしクリスが低軌道で操縦している現在はそうはいかない。

「ネリー、軍曹のLACとの間隔は北へ百キロ必要という条件を加えて」

修正した最新の飛行経路に書き換えられた。しかし経路は赤く点滅している。軌道での噴射をぎりぎりまで減らしたいが、空力制動ではエネルギーを捨てきれない。目標地点を百キロ以上通過してしまう。

「マージンを二十キロに」

命令を修正した。最初のS字ターンだけは軍曹のLACから離れてやらなくてはいけない。ネリーはすぐに修正版の経路を表示した。これならいける。ただしヘッドアップディスプレーの中で黄色い警告灯がついている。残燃料が競技会基準を下回り、失格になるという意味だ。心配してくれる機械に対して陰気に肩をすくめる。

「これでやって、ネリー」

あとは一世一代の降下飛行に集中した。

コンピュータが生成したコースは経験的に手動で改善できる。部屋のあちこちにおかれたトロフィはそうやって集めたものだ。燃料をあそこで少し、ここで少しと節約する。これは人間の仕事だ。

「少尉、軍曹の艇が見えました」

リー伍長が緊張のせいでかん高く割れた声で報告した。

クリスはもはや機械と一体になっていた。手は操縦桿と融合している。尻は耐熱シールドや翼面と直接つながっている。目は迎角計、加速度計、速度計とおなじだ。その集中力をまたげられたくない。

「位置は？」

「右舷二時、いや、二時半です。俯角一時半。たぶんまちがいありません」

クリスは一瞬だけそちらへ視線をやった。たしかにＬＡＣだ。前方やや下。こちらとおなじくまだ減速中だ。

「軍曹を呼んで」

命じて、難しい操縦にもどる。

「聞こえるのは雑音だけです」

「ああ、そうね。むこうのイオン化した排煙があいだにはさまっているからよ」

まもなく燃焼終了の時間になった。艇体を反転させ、耐熱シールドにおおわれたノーズを大気圏にむけて降下姿勢をとる。リーは引き続き軍曹と通信を試みているが、ＬＡＣ２はまだ減速燃焼中でイオン化した排煙をこちらにむけて噴いている。クリスは伍長にやめろと命じた。こちらのノーズコーンはゆらめく光に包まれはじめているのだ。

いよいよ難関だ。ここまでうまくやっていれば節約した分の燃料があるはずで、優秀なスキッフパイロットはそれを使って目標地点に正確に誘導する。クリスは深い角度で、必然的に高温を覚悟して大気圏にはいっていった。さらにゆるやかに（それでも限度いっぱいの）

S字を描いて、LACの運動エネルギーをできるだけ捨てていく。

クリスは目を細めて限界を探った。イオン化した高温の気流と燃えやすい艇体のあいだに耐熱シールドをはさみつづけなくてはならない。S字ターンがきつすぎると高温の大気で彼女と海兵隊員たちは焼け死ぬ。ターンがゆるすぎると目標地点をはるかに通りすぎてしまう。

クリスはこの技を競技で身につけた。乗っていたのはウォードヘブンで最高のスキッフだった。しかしいまはなにもわからない艇を手探りで左右に振っている。もちろん飛行前の訓練はした。訓練されたパイロットは事前点検もしないで航空機に乗ったりしない。しかしこれを飛ばすのは初めてなのだ。

コクピット内にはいっている製造メーカー名のロゴを見た。優秀な艇をつくるメーカーだが、品質管理でときどき問題を起こすことでも知られている。クリスは胃が苦しくなり、操縦桿を握りしめた。このLACは優秀なほうだろうか。それともキールや翼の構造材に欠陥が隠れている艇か。Gをかけすぎたり、高温にさらしすぎたりすると、背骨が折れて火の玉になって燃えつきるかもしれない。

冷静さを維持しなくてはいけない。限界すれすれで振りまわす艇体のあちこちからあがるきしみや異音に耳をすます。背後の海兵隊員たちはおかしな祈りをつぶやいている。これから口にする食べ物について神に感謝している。

「じきに笑い話になるわよ」

熱いマイクに対してささやいた。全員生き延びられればの話だけどとは、あえて言わなかった。

LACは高温になっていた。シールドはあるのだが、クリスの宇宙服内部の温度も上がってきた。尻のあたりが熱い。計器でも確認できる。メーカー基準ではレッドゾーンにはいっている。

視野の隅で見ると、過剰なストレスがかかった翼が大きくしなり、高熱になった先端でフラッタ振動が起きている。LACは危険な大気のなかでふらつきながら飛んでいる。スキッフでこんなぶざまな飛び方をしたことはない。

それでもクリスはさらに艇に負担をしいた。まだ予定の飛行経路より高いところを飛んでいる。ノーズを抑えこみ、速度を上げた。温度も上がる。おおげさにいえば真っ逆さまに落ちている状態だ。

これで予定の経路どおりになったが、今度は速度が高すぎる。鈍重なLACを振ってスキッフ並みのきついS字ターンをさせる。そうやってエネルギーを捨てるが、温度が加わっていく。クリスは体のあちこちが熱くてシートのなかで身をよじった。肉体の悲鳴は温度データを読んでも裏付けられる。レッドゾーンの奥深くまではいっている。このあたりが限度だ。艇体の構造に隠れた欠陥がなければ。

リー伍長がイヤホンごしにささやいてきた。

「こちらのデータでは少尉の宇宙服がかなり熱くなっています。冷却系の作動率を上げたほうがいいのでは？」

クリスは一瞬だけ自分に意識をもどしてシステムを調整した。民生品の宇宙服ならこれくらいは自動調整してくれる。しかし軍用宇宙服は意図的にいちいち手動調整するようになっている。

士官学校の一等軍曹は訛りのある口調でこう言っていた――「まわりでドンパチやって敵の弾がビュンビュン飛んでくる状況で、身につけてるもんが勝手な動作をするのは命取りになるんだよ」

クリスはリーに訊いた。

「軍曹は見える？」

「そのあたりにいると思いますが、いまは派手な火花に包まれているのでよく見えません」

クリスは操縦に集中したまま、

「だれか軍曹のＬＡＣが見えたら、声をかけろ」

「了解」

一部ハモった声がうしろから返ってきた。

ようやく温度が下がりはじめた。ＧＰＳで現在位置を取得しようとしたが、まだイオンの炎が残っている。ＬＡＣの慣性誘導システムは予定どおりの位置を表示している。ネリーの意見もおなじだ。

クリスは大きく息をして肩の力を抜き、背中のこわばった筋肉をほぐした。この艇を飛ばすのもけっこうおもしろいかもしれない。

背後から声があがる。

「見えた」「いたぞ」

伍長も確認した。

「軍曹です、少尉」

ちらりと見ると、目測で右舷三十キロメートルのところを落ちる流れ星があった。LAC2を視認してほっと息をつき、操縦桿を倒してそちらに接近した。速度は予定どおり音速以下で、目標まで約三分。しばらくのんびりできるくらいに燃料も余っている。しかしその気はなく、クリスはほくそ笑んだ。

一呼吸おいて操縦から注意をそらし、ヘルメットを軍曹のLACにむける。それによって見通し通信用のアンテナがそちらにむく。

「軍曹、タイフーン号へ中継を。LAC1は無事に再突入をはたした」

そしてゆっくり五つかぞえて、メッセージをくりかえした。すると軍曹の声が返ってきた。

「了解、LAC1。そちらを視認している。状況報告を」

「タイフーン号とのリンクを失った。ソーン艦長へリンクを中継してほしい」

「そうしよう。そっちの情報を求めてさっきから上がうるさい」

クリスは歯を食いしばって、いちばんそりのあわない軍人とのやりとりにそなえた。長く待つ必要はなかった。ソープ艦長の冷ややかな声が中継されてきた。

「お忙しいところを恐縮だな。状況を報告しろ」

「そちらへのアップリンクが途絶しました。いわゆる安値落札業者のしわざでしょう」艦長のいつもの愚痴。原因は予算削減だ。「軍曹から回線を中継してもらっています。救出作戦を実行できる位置に来ています」

長い沈黙。ソープ艦長はブリッジに届いたレポートにひとつひとつ目を通して、どんな命令を出せばロングナイフ少尉を痛いめにあわせられるか考えているのだろう。

「たしかにそのようだな、少尉」短い沈黙のあと、「リェン少尉、LAC1の操縦を引き継げるか?」

すぐにトムの声が答えた。

「無理です。こちらからLAC1へのダウンリンクも切れたままです。操縦できません」

「では、プランBだな」

艦長は短く言った。クリスはにやりとした。

クリスは艦長と軍曹との作戦会議にオプション案をいくつも持って出席した。艦長は満面の笑みだった。

「しみったれの民間人たちはかならず軍に泣きついてくると思っていた。動かせる艦がわれわれだけになるようにあちこち手をまわした。あとはうまく仕事をやるだけだ」

軍曹はうれしそうに答えた。

「だいじょうぶです。タイフーン号が最高であることを艦隊にもテロリストどもにも思い知らせてやりましょう」

クリスは誘拐犯への敬意などみじんも持っていなかった。弟を殺した三人の犯人の裁判を傍聴して、その知能指数を合計してもマイナスの数字にしかならないやつらだとよくわかった。それでも——

「このテロリストたちは各種の特殊装備を持っています。それによって救助の試みを三回跳ね返しています」

指摘について軍曹は冷たく答えた。

「それは民間人の試みでしょう。今度は海兵隊だ」

「髭面のテロリスト集団などタイフーン号の送りこむ部隊で蹴散らせる」

ソープ艦長は自信たっぷりに言って、作戦を披露した。深夜の急襲で海兵隊を誘拐犯たちの表玄関に降ろす。海兵隊はパラシュートをはずしてすぐに仕事にかかる。

クリスは深呼吸して、前回の人質救出作戦もおなじやり方だったことを指摘した。暗に言いたいのは、〝ハイテク装備満載の相手におなじ作戦で本当にいいのか？〟ということだ。しかし無駄だった。軍曹は即座にはねつけた。

「前回はそれで成功しているんですよ。去年のパヤラプ星の人質事件のときにカーディナル号が降ろした降下部隊よりも、われわれが短い時間でやってのけることに五ドル賭けましょう」

艦長も笑顔だ。

「私はすでにカーディナル号の艦長にスコッチ一ケース賭けると言ってある」

これだけ自信満々で表明されるとクリスは疑問を引っこめざるをえなかった。

三人は偵察映像をすべて見直した。至近距離への降下に障害はなさそうだ。艦長は軍曹の現地降下案を承認した。クリスは新任少尉らしく「アイ・アイ・サー」と答えるしかなかった。

そしてトムを探しに走った。


もしクリスが海兵隊といっしょに跳び降りたら、LACは墜落してツンドラの大地に大穴をあけ、下の眠れる美女たちも目覚めさせてしまう。だからこのままLACの操縦を続け、海兵隊の指揮は軍曹にまかせろと命じられると思っていた。

しかし海軍は、重武装した海兵隊が士官の指揮もないままうろうろすることを忌み嫌うのだ。

軍曹がネットワークのむこうから答えた。

「プランBですね、艦長」

クリスもニヤニヤ笑いを消して復唱した。

ソープ艦長は咳払いをした。

「この回線を切るまえに最後に言っておく。下に降りる海兵隊の頭にいれておいてもらいたいのは、これがやみくもな索敵殲滅作戦ではないことだ。われわれは地元警察のサポート役としてシーキムに招かれている。ゆえに海兵隊は地元公権力の手続きにそって行動しなくてはならない。犯人は捕虜にしろ。死体袋の山をつくるな」

クリスはマイクのスイッチをいれた。

「艦長のお言葉は聞こえたわね。悪いやつらは地元で裁判にかけられて、シーキム人の手で絞首刑にされるということ」

海兵隊員たちはその情報に満足の声を漏らした。

クリスは事前に調べていた。シーキムは人類協会人権宣言のなかの死刑廃止条項を批准していない。クリスの父はエディの殺人犯たちを死刑台に送るために、首相の座を失いかねない政治手法を使ってまでウォードヘブンでの批准を遅らせた。クリスはエディが窒息死するところはなぜか想像できなかったが、犯人たちがロープの先に吊されるところはいくらでも想像できた。

おしゃべりは終わりだ。クリスは山荘の状況を確認した。ロボット偵察機はまだ旋回を続けている。センサーの反応はすべて静かだ。

「軍曹、リェン少尉はセンサーでこちらの艇をとらえられてる?」

「捕捉しています」

「すぐうしろをついてくるように指示して。目標の五キロ北の池にむかう」

短い沈黙のあとに答えが返ってきた。

「LAC2はそちらに追従するとリェン少尉が」

それは簡単にはいかないだろう。暗い嵐の夜なのだ。LAC二隻を降ろそうとしているのは山荘から遠くない池の浅瀬。高度二万メートルの現在地点からそこまでには、厄介な嵐の中心が二、三個見えている。

「ネリー、地元の気象衛星につないで」

どういうわけかLACとタイフーン号のリンクは障害が出ているのに、クリスが個人用として持っている民間通信網のリンクは問題なかった。

気象情報を折りこむことで嵐のひどいところを迂回する降下コースが何本かプロットされた。それでも後半の一万五千メートルはかなり揺れた。雨滴がキャノピーを叩き、クリスの視界を曇らせる。昔使っていたスキッフレース用ヘルメットなら透明な視界が確保できていたはずだ。安値落札業者が納入する標準支給品について仲間たちが漏らす不満をクリスも強く実感しながら、闇に必死に目をこらした。お父さま、あとで話があるわ。

背後の海兵隊はうめきや不満げな声を漏らしている。全体としては早くこれが終わってくれと願っている。

海抜高度が千メートルになったところでいったん水平飛行にもどした。このあたりの極地のツンドラは六百五十メートルを超える起伏はないとされているので、クリスはいちおう安心していい。地形図にはそれなりに大きな丘や森や派手な地形も描かれていたので、できればレーダーで二回くらい走査したいところだ。今回の悪党はかなり装備が豊富だが、さすがにレーダー探知機やレーダーホーミングミサイルを持ってはいないだろう。

しかしやはり、敵の地平線より上でレーダーは使わないことにした。使えばこちらの存在の決定的な証拠になる。その場合に死が舞い降りるのは少女の上だ。

クリスはLACをゆるやかに旋回させた。失速寸前の低速で徐々に高度を下げていく。リー伍長は、LAC2が最後の雨雲を抜けて後方についてきていることを報告した。距離三、四キロ。クリスは笑みを浮かべた。もしこちらが誤って山腹に激突しても、軍曹はその葬儀のかがり火を避けられる。部隊の半分は現場へ行って誘拐犯を叩くことができる。

予定どおりの位置で下面照明をつけ、着陸予定地の目印にするつもりだった倒木をみつけた。水面がLACにふれ、蒸気になって音をたてる。水飛沫を上げながら残った速度を捨てていく。姿勢が落ち着いてくると操縦桿をむこうに倒した。やがて狭い砂浜に乗り上げて停まった。

「伍長、軍曹のために夜間灯をつけてやって」

クリスは指示した。頭上のキャノピーが上がると、ベルトのリリースボタンを押して、LACの舷側のむこうに両脚を出す。地面に跳び降りた。気合い充分。どんなレースのあとより興奮している。フェースプレートを上げて思いきり息を吸いこむ。水の匂い、夜の匂い、生き物の匂いに満ちている。

海兵隊員たちを見た。全員が足踏みをしながら武器を点検し、それぞれのシステムを立ち上げている。

「全員、着陸完了だ。ここには守ってやるべき少女が一人と、尻を蹴飛ばしてやるべき悪党が何人かいる。行くぞ!」

五人の海兵隊員は笑みを返して力強くうなずいた。

待ってて、エディ。いま助けにいく。

軍曹のLACはクリスから十メートル離れたところで砂浜に乗り上げた。降りて準備している軍曹と海兵隊のほうへ、クリスは流木や魚の死骸をまたぎながら小走りに近づいた。さらにネリーから軍曹へ、接近ルートBのデータを送信させた。

クリスは、タイフーン号の緊急呼び出しを受けてシーキム星へむかうまえから、誘拐事件のニュースについて詳しく追っていた。辺縁宇宙のメディアでは今月一番の話題だった。民間による二度目の救出作戦が失敗すると、上級士官たちのあいだではシーキムが海軍を頼ってくると賭ける声が二対一で多くなった。クリスは予想というより期待からおなじほうに賭けていた。

3

地元での三度目の救出作戦は、優秀な二匹の警察犬が百メートルの崖から急流に転落して失敗した。地元警察は山荘から十五キロ以内に近づけなかった。

海軍が呼ばれるのはまちがいないとクリスは思った。しかしそれに応じるのがタイフーン号で、さらに自分が救出部隊を率いることになるとは思わなかった。しかし士官学校の教官がだみ声で言っていたとおり、自分たちの任務は〝質問することじゃない。任務を果たして、あとは報告書を書くこと〟なのだ。

だからこの四日間は部隊の準備と襲撃プランの検討に明け暮れた。軍曹とソープ艦長は急速降下回収作戦を狙っていたので、クリスはそれを想定してそなえた。しかし父からは、いついかなる場合も予備の計画をポケットにいれておけと教えこまれていた。自分の手があかなかったクリスは、トムに頼んでプランBをつくらせた。

「このツンドラの地面はずいぶん荒れてるな」

トムは、ロボット偵察機から送られてくる映像を見ながら言った。部隊が降下する予定の山荘南側だ。

「夏だからツンドラは表面が解けてぐちゃぐちゃになってるわよ。コンピュータは通常の範囲だと言ってる。コンピュータを信じないの？」

クリスはトムの脇を肘で突いた。しかしトムは顔も上げない。

「自分か、自分の信頼できるだれかが数字を入力したのでないかぎり、コンピュータは信用しない」

「コンピュータじゃなくて神を信用するってわけね」

「チンばあさんにそう教えられて育ったんだ」平然と言い放つ。

「だったら山荘への裏口を探して」

トムは指さしながら、

「LACをこの池に降ろして、徒歩で接近するのはどうだ」

クリスはその池も、そこから誘拐犯たちがいる山荘までの地形も検討済みだった。

「そこの森からは、民間人たちがやられたのとおなじ種類の電子ノイズが出てるのよ」

特徴的な電子ノイズをクリスは憶えていた。それが観測された異なる三カ所で、民間の救出部隊は殺されたのだ。死体はいまもそこに倒れたまま。危険で回収できない。

「でも、沼地ほど静かだっていうだろう?」

クリスは黙って、泥とぬかるみを見た。都会っ子とちがって、本物の自然がどんなものかはよく知っている。大学時代の最後の夏は、兄のホノビの選挙運動の手伝いと、ウォードヘブンのけわしいブルー山脈でのハイキングに明け暮れたのだ。

「たしかになまけ者の悪党は近づきたがらない場所かもね」

「海兵隊員とバカな新任少尉は泥遊びが好きだけどな」

トムはニヤリと笑い、また脇を肘で突かれた。今度は強くやられた。

しかし結論ははっきりしていた。着陸場所からの出口はある。クリスはそれから三十分かけてプランBを作成し、ネリーに記憶させた。

その湿地を横断するルートを軍曹にしめした。軍曹はうなずいた。

「楽ではありませんな。しかし海兵隊員は楽をしにきているわけじゃない」

クリスは技術兵を呼んだ。

「ハンソン、そっちのヘッドアップディスプレーにルートを送るから安全確認を」

シーキムの二十五時間三十三分時計で午後十時だ。夜が短い高緯度地域だが、それでも嵐の灰色の昼から闇夜に移りつつある。

クリスの率いる二つの分隊は腰まである沼にはいっていった。ゆっくりとしか進めない。野戦服が冷たい水の侵入を防いでくれる。しかしカムフラージュシステムは変化の多い背景への対応に苦労している。ある兵士の野戦服はとうとう全身が砂漠の黄色になった。どんな背景の場所を歩いても黄色のまま変わらない。

水の浸入は防いでくれるものの、軍曹の性格のような冷たさはどんどん浸入してくる。水位は腰まであったり膝下だったりだが、ブーツは一歩ごとに足首まで泥に沈む。さらに、人間の味を覚えたこの星の羽虫がいる。クリスは分隊といっしょに歩きながら、何度もフェースプレートを叩いた。羽虫より小さな有害微生物が呼吸系にはいるのを防ぐためのフィルターがあるので、息苦しい。

二三〇〇《フタサンマルマル》までに小隊は沼から上がった。クリスは小休止の合図をして、自分は軍曹と技術兵とともに前方の森を調べにはいった。樹高は三十メートル前後。葉は高いところに茂っている。鱗のような樹皮におおわれた幹は、ウォードヘブンの温帯にあるブルー山脈を短期間でおおった地球産針葉樹によく似ている。ただしこの針葉樹は地球産とちがって葉の先がとげになっている。このとげにふくまれる成分に兵士たちがアレルギーを持っているかどうか、作戦前のブリーフィングでは聞かなかった。現場で実験したくはない。部下たちに、

「襟のボタンを開けるな」と命じるくらいしかできなかった。

小隊が休んでいるあいだに、ハンソンは森のなかに人間や人為的な罠や一般的な障害物が隠れていないか調べた。ロボット偵察機が高度を下げて情報収集の補助をする。彼女はスキャン結果をクリスのマップにオーバーレイ表示して説明した。

「ここここに大きな影があります。わたしたちの手で対処できないことはないはずでしょう。ただし、新兵募集事務所で聞かされたのよりずっと活発な夜になるし、楽しい騒ぎを聞きつけたパーティ好きの隣人が参加してくるでしょうね」

クリスは小隊の共有マップ上でそれらに接近禁止のマークをつけた。他にはと訊くと、ハンソンは肩をすくめた。

「中程度から小さいサイズのものはたくさん。この星の動物でしょう。巣穴から出て活動する時期ですから」

クリスは「ありがとう」と答えてハンソンを帰した。もうすぐよ、エディ。

小休止で小隊は元気をとりもどしたようだ。クリスの脚は、膝が笑っている状態から多少疲れた状態まで回復していた。今後も海兵隊と張りあうつもりなら、トレーニングルームにいる時間をもっと増やさなくてはいけない。

夜闇は深くなっていった。いまのところスケジュールどおりだ。

クリスと海兵隊はまばらな下生えの陰を静かに進んだ。技術兵は人間がひそんでいないか探しつづけた。しかし敵は自然そのものだった。雨のせいでなにもかも光って見える。そして滑りやすい。一人の海兵隊員が二度転倒した。一度目はみっともなかっただけだが、二度目は野戦服の膝部分にある圧力包帯を作動させる必要があった。隊員は脚を引きずり、歯を食いしばって痛みをこらえながら歩きつづけた。

三十分後、木立が途切れる百メートル手前でクリスは合図して小隊を止めた。待機を命じて、軍曹とともに慎重に前進し、突入予定の建物のようすを観察した。

山荘は二階建てのログハウスだ。窓は小さく、少ない。この土地の冬のきびしさがうかがえる。正面と裏手は急傾斜の屋根におおわれたポーチが張り出している。

赤外線映像では、建物の表と裏に人間大の熱源が六個ちらばっている。しかし暗視ゴーグルで見るとそのうち人間の体を持っているのは二つだけだ。

ロボット偵察機の高度をぎりぎりまで下げた。山荘の屋根から五百メートル。これより降ろすとステルス機でもレーダー波を反射する。

屋外の見張りは二人なので、あとは屋内のターゲット位置を確認しておきたい。屋内で体温のばらつきをともなう熱源は四個だ。クリスはフェースプレートを上げてささやいた。

「ターゲットは六人」

軍曹はうなずいた。

十五分間観察を続けて、六人はいずれも眠っていると判断した。裏のベランダの一人が動きを見せたが、おぼつかない足どりでトイレへ行っただけだ。屋内の四人のうち三人はベッドで熟睡している。四人目は二階への階段の踊り場。救助隊が突入してきたら少女を殺す役割のそいつは、椅子にすわったまま微動だにしない。

「たるんでるわね」

クリスは評した。解放交渉は一週間続いている。最大の障害は、犯人を要求どおりの場所へ連れていく宇宙船を用意することだった。しかしこんな犯罪者とかかわりを持ちたがる船長はいない。

軍曹は低い声で言った。

「予定どおりにやれば部下たちはこいつらが寝ぼけまなこのうちに叩きつぶせます」

クリスはその話に対して肩をすくめ、もう一度ハンソンを呼んだ。山荘をかこむ半径三百メートルの敷地を調べさせる。ぎりぎりの高度五百メートルにいるロボット偵察機は敷地に興味深いものはみつけられなかった。しかし至近距離に寄ったハンソンはすぐに、いくつかの低出力バッテリーのうなりをとらえた。

「なんの電源だ？」軍曹が訊く。

「いま調べてます」

待っていられない軍曹は自分の分隊の技術兵を呼んだ。二人の技術兵はさらに数分間、それぞれの観測機器をいじった。やがてハンソンが抑えた口笛を吹いた。

「超低出力のレーザーです」

すぐに周波数も割り出した。

クリスは自分のレーザー防御システムをいじった。すると敷地全体にあやとりの糸のように無数のレーザーの網が張られているのが見えてきた。高さは二十五メートルか三十メートルあたりまで。ロボット偵察機では地上すれすれまで降りなければ発見できない。作戦上そこまでは降ろせない。

なんということだ。犯人たちは知識も豊富で、むやみに高度な装備を持っている。いったいだれがこいつらの初期費用を負担し、知識を植えこんだのか。

しかしシーキムは豊かな星だ。総監はさまざまな分野に投資して富を得ている。彼は明日どんな相手と会って、娘の身代金として要求された大金を借りようとするのだろう。自身もシニカルな政治家の娘として育ったクリスは、援助の申し出はいくらでもあるだろうとわかった。そしてそこには〝小さな〟見返りの要求もあるはずだ。

クリスは眉をひそめた。エディの事件のときにだれが身代金の立て替えを申し出たのか。そのときの要求された見返りはなんだったのか。いままで考えたこともなかった。興味深い問題だが……考えるのはあとまわしにした。

ハンソンはまだ忙しく機器を操作している。センサーがいくつかの色のパターンを点滅させはじめると、ニヤリとして小声で報告した。

「C‐12爆薬とソフトプラスチックから放出された残留気体を検知しました」

「見せてみろ」

軍曹が声を抑えつつも強い調子で言って、技術兵の手から装置を奪い取った。顔をしかめて装置の横を軽く叩き、もう一度見る。そして敷地をじっと観察した。

「掘り返した跡は見あたらないぞ。軌道からも見えなかったし、ここから見てもない」

「マーク41カメレオン地雷だとしたら？」

クリスが考えを口にすると、軍曹は強く反論した。

「ありえない！　まだ生産がはじまったばかりで……」

しかしそこで言いよどむ。知識と現実の接点を探している。

「まさか、そんなコネを持っている連中だとしたら」

あとは最後まで言わなかった。

「まちがいなく地雷です、軍曹」

断言するハンソンに、クリスは訊いた。

「レーザーに接続している？　それともただの感圧式？」

「わたしもおなじことを考えましたが、たぶん両方でしょう」

クリスは前方の水浸しのツンドラの匂いを胸に吸いこんだ。目をこすって空を見る。雲は厚い。しかし南の空にはかすかな光がある。夜明けは一時間後。この地域の習慣では日が昇ってもしばらくは起床しない。日没が三、四時間しかない地域では当然だ。しかし明るくなったら見張りは注意力を回復するだろう。ちょっとした物音でも眠りから覚めて銃を撃ちはじめるはずだ。そして昼の光があれば撃つべき対象もよく見える。

やはり屈強な十人の海兵隊員を連れて、最後の三百メートルを渡らなくてはならない。それも急いで。

森のなかにもどって海兵隊にむきあった。

「レーザー探知機が故障しているやつは？」

ややあって、四人が申し訳なさそうに名乗り出た。貨物ベイで念入りに準備した装置が、いまは無駄な重量物になっている。多少なりと幸運だったのは、脚を引きずっているやつと砂色野戦服のやつがレーザー探知能力を失った四人の側にはいっていたことだ。残していくのはこの四人だけでいい。

「おまえたちは掩護班だ」

しかし問題はそれだけではなかった。

M‐6が発射するダート弾は二種類ある。致死性のものと、コルトファイザー社が開発した非致死性の麻酔弾だ。M‐6は薬莢を使わない。測距計が標的までの距離を出すと、適切な量の火薬が薬室に送りこまれる。それでも麻酔弾には問題がある。発射するエネルギーが大きすぎると、麻酔弾でも骨や血管や脳を砕く。しかし三百メートルの距離から低威力の麻酔弾を飛ばすと風の影響を受けやすくなる。標的以外のものにあたるのは非常にまずい。

「軍曹、この四人のうち射撃の腕がいいほうの二人には麻酔弾を、あとの二人には実包を装塡させろ」

軍曹は器用なハンドサインで射撃命令を送った。

クリスは小声で彼らに話した。

「作戦がはじまったら、軍曹かわたしが、だれはどれを撃てと指示する」

そして戦闘前のスピーチをしておく頃合いだと考えた。

「いいか、海兵隊。ここでのわたしたちは警察の役だ。誘拐犯はこの星の人々の手で裁判にかけられる。そしてシーキムはまだ死刑を廃止していない。わたしたちが捕まえ、彼らに処刑させる」

海兵隊は満足げなうなり声で気合いをいれた。

軍曹の射撃チームが先頭。あとに軍曹と技術兵が続く。その後ろに伍長とその護衛。クリスは自分の分隊を率いた。電子機器を持ったハンソンを前に出し、リー伍長ともう一人の銃を持った兵にしんがりをつとめさせる。

先頭を行く軍曹の技術兵は、魔法の電子機器を駆使して、後続のだれは足を高く上げてレーザーを避けろとか、地雷があるから右に寄れとか左にずれろとか指示している。

クリスはある地雷の横をとおりながら観察した。表面はまわりのツンドラの地面と完璧に調和している。直径は十五センチ、高さはなだらかに一センチほど盛り上がっている。影はいっさいない。ただし、一つだけその存在をあらわしている証拠があった。夏の日を浴びて温まっているのだ。

地雷は地面に二、三ミリ埋まっている。周囲を見た。見分け方がわかるとすぐに五、六個がわかった。一方で足跡はない。軌道から探したのはそれだった。軟弱な夏のツンドラの地面に残るはずの足跡。それがないということはヘリから散布したのだろう。金のかかるやり方だ。

こいつらのケツ持ちはいったいだれ？

クリスは、無性にシャワーを浴びてコーヒーを飲んで、この数時間に考えたことをだれかに話したくなった。ここにはパターンがある。つかめそうでつかめないパターンが。

いいえ、エディに必要なのはパターンをつかむことじゃなかったわ。救助よ。

クリスは目の前の問題に集中した。三百メートルの地雷原を腰をかがめて途中まで渡って、自分たちの無防備さをひしひしと感じた。足下に神経を集中する。ロボット偵察機の映像で山荘のなかの動きに神経をとがらせる。眠っている見張りが目を覚ます兆候がないか気をつける。息をするのさえときどき忘れる。

大気圏突入には一年くらいかかった気がした。山荘までツンドラを渡ってくるのに何世紀もかかった気がした。しかしやっとここまで来た。

軍曹とその分隊にハンドサインで裏へまわれと指示した。自分は正面を押さえる。こちらからなら中央の階段を上がって二階の見張りに直行できる。できることなら戦闘開始十分前に、おびえた子どもに自分の野戦服アーマーを着せてやりたかった。屋内がどうなっていても子どものところにたどり着く。身を挺してでも守ってやる。

山荘まで十メートルのところで不運が起きた。眠っていた見張りの一人が起きてトイレへむかったのだ。寝ぼけた足どりで見晴らし窓のまえを通りかかる。そこで足を止めてぼりぼりと体を掻いている姿を、クリスは見ながらマイクにささやいた。

「全員よく聞いて。山荘のなかで動きがあった。わたしの合図で作戦を開始する。軍曹は裏から突入して一階を制圧。わたしの分隊は正面からはいって二階を押さえる」

そこで質問を待った。

ちょうどそのとき、見晴らし窓の悪党は銃をかまえて連射モードで撃ちはじめた。

クリスは続けた。

「掩護班は窓のやつを倒せ。リー伍長は玄関ポーチで寝ている見張りが目を覚ますまえに叩け。ハンソンは突入用の穴をあけろ」

「準備してます」

ハンソンは小声で答えて、グレネードランチャーに地雷除去用のラインチャージの一端をいれ、玄関を狙った。

背後でリー伍長の連れている二等兵が被弾した。胸にまともにくらい、二メートル近く吹き飛ばされた。落ちたところが地雷の上で、彼女はさらに空中に吹き飛ばされた。

「隠れろ！」

ハンソンが怒鳴った。クリスは伏せた。技術兵のグレネードランチャーが発射音をたて、擲弾《てきだん》を玄関のドアへむかって射出する。擲弾は爆薬を連ねたケーブルを引っぱっていく。擲弾の爆発がドアを内側へ吹き飛ばし、続いて壊れたクリスマスツリーのようにケーブルにつながった爆薬が起爆していく。ほとんどは自身の爆発だけだが、近くの三個の地雷が誘爆した。

爆薬が破裂しおえるやいなや、クリスは玄関へ突進した。ドアが内側へ倒れきるまえにそれを足で踏んでいた。

　ころがるように飛びこんだ場所はリビング。階段は正面だ。二階の見張りは見えない。右には男が一人、前庭からの銃弾を浴びて倒れている。もう一人が銃をかまえてソファから床へ体を落とす。

　しかしクリスの狙いはこいつではなく、二階の見張りだ。海兵隊と行動する利点は、かならず一人がうしろについて背中を守ってくれることだ。ソファの男を無視して階段を駆け上がる。銃口を上げ、弾倉を麻酔弾に切り換える。

　エディ、来たわよ！

　階段の途中で寝ぼけた見張りが視界にはいった。騒音でようやく目を覚ましたようだ。クリスの銃口を見て目がまん丸に開く。両手を上げかけたのは、自分の銃に手を伸ばそうとしたのか、それとも銃弾を手でよけようとしたのか。どちらでもいい。クリスは撃った。男は胸と喉と顔にダート弾を撃ちこまれ、のけぞって倒れた。

　クリスは階段の上に達し、直角に左へ曲がった。めざすのは中央の寝室。室内からは途切れなく悲鳴があがっている。まちがいない。人質はここだ。

　ドアに体当たりしたが跳ね返された。

　すぐうしろからハンソンがついてきている。膝をついて滑りこみ、錠前にプラスチック爆弾を貼りつけて強化クロスでおおった。そして頭を低くする。

　爆発でドアは開いた。

クリスは爆発が終わるまえに動き出していた。実際にはありえないのだが、あとの記憶ではそうだった。ドアといっしょに室内に飛びこみ、ライフルをかまえて左右を確認。ベッドの上の小さな人影に駆け寄る。

破けたジーンズに汚れた緑のセーターという姿の少女は、ベッドにすわって拘束具を引っぱりながら、六歳の肺で力のかぎり悲鳴をあげつづけている。

クリスは少女を胸に抱きよせたかった。しかしこういう状況では順序がある。まず床に伏せる。線のつながった小さく危険なものがベッドの底に貼りついている。

「ハンソン、爆弾がある」

技術兵は膝をついて滑って近づいた。

クリスはそのあいだに室内をさらに確認した。学校のバックパックらしいものは、一度取り出した衣服や学用品がふたたび詰めこまれたようになっている。これはあとまわしでいい。あとは室内になにもない。板張りの床、薄緑の壁、淡褐色の天井だけだ。クローゼットはない。

クリスは叫びつづける少女にむきなおった。ハンソンはベッドの下のモンスターを調べている。

「爆弾は拘束具につながってます。はずせば爆発します」

「解除しろ」

部屋にはいってきたリー伍長が言った。うしろには護衛の二等兵を連れている。野戦服が汚れているが、銃弾を浴びて地雷に吹き飛ばされたと思えばましな姿だ。

「だいじょうぶか？」

クリスは二等兵に訊いた。かわりに伍長が答えた。

「だいじょうぶです。地雷に背中から倒れこんだのがよかった。踏んでいたら脚がなくなっていた。放り投げられただけです」

クリスはニヤリとして、

「帰ったら、うちの地雷は使い物にならないと本部に報告しておく」

「リード線を切る準備ができました」

ハンソンの声に、全員の注意は悲鳴をあげつづけている少女にもどった。ハンソンはさらに言った。

「万一にそなえて、この子と爆弾のあいだにアーマーをはさんでおいたほうがいいでしょう」

この子に怪我はさせられない。クリスは拘束具を引っぱって跳びはねる少女を観察して、その体と汚れた毛布のあいだにすばやく自分の体を滑りこませた。腕をまわすと少女は泣きやんだ。まだ息は浅く、とぎれとぎれだ。

クリスはその耳もとにささやいた。

「もういやなことはなにもないわよ」

「なにも？」

しゃくりあげながら訊く少女に、ハンソンが断言した。

「ああ、なにもないよ。さあ、あとの二人は廊下に出て」伍長と二等兵が室内からいなくなると、ハンソンは深呼吸した。「さて、まちがいないと思うんだけど」

フェースプレートを下ろしてベッドの下にもぐりこんだ。

それからしばらくなにも起きなかった。クリスは待ちつづけたが、やはりなにも起きない。やがてハンソンが立ち上がり、フェースプレートを上げた。ハラーズの金庫を破ったような満面の笑みだ。

クリスは命じた。

「ぼけっと突っ立ってないで、この子を解放してやれ」

「了解」

ハンソンはニッパーを取り出した。

リーと二等兵がもどってきて、少女と外の世界のあいだに壁をつくった。クリスは自分のフェースプレートを上げた。

「海兵隊が救《たす》けにきた。もう安心。痛いものはなにもないわよ」

少女はその意味がすぐには理解できないようだ。顔は蒼白で凍りついている。海兵隊員に一人ずつ目を走らせる。ハンソンがその腕の拘束具をはずすと、クリスの腕のなかで小さな体の緊張が解けていった。見知らぬ一団の言葉を信じようと努力している。ようやく解放された少女は、うつぶせになってクリスにしがみつき、硬い戦闘用アーマーに顔を埋《うず》めて、大きくしゃくりあげて泣き出した。

ロングナイフ少尉はその体を抱き締め、守りながら、自分も涙を流していた。それは他人の子を救った海軍少尉の涙であり、同時に弟を救えなかった十歳の姉の涙でもあった。

ベッドのまわりでは銃をかまえて守る三人の海兵隊員も、誇らしげに笑っていた。

「よし」リー伍長が声を出した。

「よっしゃ」とハンソンも。

「神に感謝を、神に感謝を」二等兵はくりかえしている。

軍曹の声が隊内ネットから聞こえた。

「屋内は確保。自動の爆破装置などはないことを技術兵が確認した。悪党は一人が死亡。五人は拘束されてすやすや眠っている。至近距離の麻酔弾がいくつかあたっていて、一部は手当てが必要」

クリスは鼻をすすり、少女の体をしっかり抱いたまま立ち上がった。

「よくやった、軍曹」

そして通信チャンネルをローカルネットワークに切り換えた。

「こちらはロングナイフ少尉。人質は無事。くりかえす、子どもに怪我はない。誘拐犯五人を拘束、一部は負傷。救護班を要請する。ただし、ターゲット周辺の土地は地雷が敷設されていることに留意せよ。こちらが地雷除去を終えるまで着陸できない」

五、六種類の地元警察ネットワークとタイフーン号から了解の応答が返ってきた。

クリスは胸から見上げる赤く泣き腫らした目を見て、しっかりと抱き締めた。

お母さま、あなたはまちがっていたわ。海軍は時間の無駄じゃない。他では経験できないほど有益な時間もある。

4

これがシミュレーションゲームなら、クリスはゲームオーバーのボタンを押してピザを食べに行っただろう。しかし現実世界では、ものごとは終わりになるまで終わらない。今回はその終わりが遠かった。

か弱く軽く感じられる少女は、名前を問われてクリスの腕のなかで、「エディス」と答えた。たしかにブリーフィングのなかでそんな名前を聞いた。しかしエディと似すぎているのでクリスは憶えないようにしていた。

エディスはまるでクリスと心臓を共有しているように強くしがみついていた。クリスは実際にそんな気分だった。二等兵が二階の見張りをかつぎ、リー伍長とハンソンがクリスとエディスの左右を守って、階段を降りはじめた。もう少女がおびえるような騒ぎは起こさない。

二等兵は、眠った見張りをリビングの床に横たわった二人の隣に並べた。三人ともダート弾があたったところから出血している。とくに最初の二人は出血がひどい。一人は震えていてあきらかにショック状態だ。

意識がある二人の捕虜は両手を背後で拘束され、ソファで体をまるめている。ソファの足下に残る大量の血痕から、一人が倒れていた場所だとわかる。

「リーダーはだれだ？」

クリスは質問した。意識のある二人は初めて状況に気づいたように顔を上げて見まわした。

「マーティンだ」

一人が、眠って震えている男をしめした。軍曹がそのポケットから財布を取り出して開いた。マーティンという男は地球の運転免許と社会ＩＤを持っていた。地球だって？　地球出身のやつがこんなところでなにをしているのか。やはりこの事件は不可解だ。

しかしそれよりさしせまった問題がある。クリスは拘束された犯人たちに言った。

「外には地雷が撒かれてる。キーはだれが持ってる？」

どいつもけげんな表情ばかり。

「地雷のＩＤコードよ。だれが持ってるの？　技術兵、そこの眠れる美女たちを目覚めさせなさい」

ハンソンはあおむけでころがった男たちに近づき、それぞれになにか注射した。そして最初の男の顔に銃口をつきつけて、足で揺すりはじめた。

「おい、起きな。地獄に着いた」

ハンソンは楽しげな顔で言う。対象の男は咳をしながら意識をとりもどし、目を開けた。そして銃口に気づくと必死でそれから逃げようとした。しかし隣の悪党の背中にぶつかって行き止まりだ。技術兵はしゃがんでその顔をのぞきこんだ。

「地雷を制御してるのはだれ？」

「マーティンだ。コードを持ってる」

男は尋問者の機嫌をとるために答えた。

そのマーティンを目覚めさせることはできなかった。薬物による昏睡からただの昏睡に移行しただけ。ハンソンは報告した。

「こいつは心臓が弱いですね。病院に運ばないと死にます」

軍曹がしゃがんで、目覚めたばかりの男の顔を引き寄せて質問した。

「マーティンはどこにそのコードを持ってる」

「コンピュータのなかだ。ほんとだよ」

技術兵が両手でマーティンを身体検査し、手首用のウェアラブルコンピュータをみつけた。古くて傷だらけで、さらにべっとりと血がついている。技術兵は野戦服でぬぐおうとした。しかしアーマーの機能は出血を防ぐことで血をぬぐうことではない。結局ソファにこすりつけて血を落とし、電源をいれた。しかしなにも立ち上がらない。

「おれがダート弾で倒したとき、それをいじってたな」軍曹の渋い声。

「消去したんでしょう」ハンソンは結論づけた。

クリスは、コンピュータのメモリはそう簡単に完全消去できないことを昔から知っていた。知識のある者が念入りに調べれば、書かれていたものを読める。そのリストコンピュータはポケットにしまった。

ドアのはずれた玄関から外の敷地を見た。地雷原のむこう側に四人の海兵隊員がいる。エディスの安全を確保したいま、だれも危険にさらしたくない。理屈の上では技術兵に地雷を除去させられるが、地雷はやはり危険だ。部下に怪我をさせたくない。たとえ人質の両親が空路でこちらへむかっているとしても。

「こちらロングナイフ少尉。地雷を機能停止させる手段がない。これを聞いているだれか、地雷除去できる装備を持っていたら教えてほしい」

警察のいくつかのネットワークから否定の返事があった。クリスが受けいれにくい選択肢を考えていると、大きな音声がはいってきた。

「こちらタイフーン号のソープ艦長。三十秒後に目標の山荘に到着する。地雷原はこちらで処理する。地上の者は全員退避しろ」

海兵隊員たちはクリスのまわりで困惑した視線をかわした。ハンソンは首を振る。

「あの艦長はいったいなに考えてるの。冗談じゃないわよ。あたしの電子機器がめちゃくちゃになる」

「三十秒ってんだから、もう始めてるだろ」

クリスは首を振った。

「やらないさ。わたしが地上にいるのに」

「いや、やると思いますよ」

リー伍長がクスクス笑いで言うと、軍曹がおさめた。

「とにかく艦長の言うとおりにしよう。ここはもうすぐ爆音と爆風でめちゃくちゃになる」隊員たちは捕虜を奥の部屋に運んだ。クリスは外の掩護班に退がれと指示した。できるだけ遠くへ離れたほうがいい。

そして正面の窓から明るくなってきた空を見た。なにがやってくるのか。

マニュアルによれば、カミカゼ級の艦に使われている流動金属はいくつかの形状に変形させられる。クリス自身もタイフーン号が一般飛行形態から軌道ミッション用の形態に変化するところを経験している。しかしそれはごく普通の変形だ。恒星船を大気圏飛行が可能な形態に変えるというのは……さすがに普通ではない。

澄んだ青い空にかん高い音が響きはじめた。南東に一筋の白い航跡雲が見える。朝日を浴びてこちらへ近づいてくる。星間船が隣の空き地に着陸するときに家を守るにはどうすればいいか。士官学校の本にそんな演習は書かれてはいなかった。

「軍曹、窓を全部割って。あらかじめ割って破片が飛ばないように」

「了解」

部下たちが家のなかを走りまわっているあいだに、クリスは毛布を何枚か集めてエディスを包んだ。

「これから大きな音がするけど、心配ないわよ。しっかり守ってあげる。もういやなことはなにもないから」

少女は大きな素直な目でクリスを見上げた。そして、それまで以上にしっかりと抱きついた。

クリスは窓のそばに陣取って、屋内と屋外の両方に目を配った。外に響く轟音が痛いほど高まってきたので、フェースプレートを下ろした。地獄の怪鳥のようなタイフーン号が山荘前の地面めざして飛んできた。速度は約四百ノット。エンジンの半分を下へむけて噴射している。直下の噴射圧はまさに地獄並みだろう。

クリスはエディスを壁とのあいだにいれて、しっかり抱いてやった。無謀な艦長だが、艦のエンジン噴射圧と地雷の爆発力は計算しているはずだ。もし計算していなかったらどうなるだろう。ログハウスの太い丸太がマッチ棒のように吹き飛ばされるところを想像して、艦長が無茶をしませんようにと祈った。

海兵隊員の一人が指さした。

「ほら、言ったでしょう。まるでクリンゴンのバード・オブ・プレイ号だ。コミックブックから抜け出たみたいな姿ですよ」

タイフーン号が頭上百メートルに近づいたとき、最初の地雷が誘爆した。すさまじい騒音で爆発音はかき消されたが、タイフーン号のエンジン噴射の気流とは異なる水と泥の匂いにクリスは気づいた。次々に地雷が誘爆し、その場所がディスプレー上に表示されていく。水、泥、植物の破片、石が飛び散る。しかしタイフーン号には届かない。

クリスはこの光景にうんざりしてきた。

「全員伏せろ」

海兵隊員たちはしぶしぶ従った。

クリスは丸太の壁に背をむけた。心配なのは熱でツンドラがどうなるかだ。夏なので地表から数十センチはすでに解けている。エンジン噴射の熱は地下二、三メートルまで届いて凍った土を解かすだろう。あらゆるものがかなり広範囲に液状化するはずだ。この山荘の本来の持ち主がどう思うか。

事後の環境影響評価と原状回復計画をだれかがやらなくてはいけない。こういう場合にソープ艦長のリストの最上位にだれの名前が来るか、クリスはよくわかっていた。

エンジンの轟音がふいに弱まってアイドリングになった。顔を上げると、タイフーン号は十数本の着陸装置を出して着陸している。地雷原からは充分に離れている。次は警察のヘリがそばに着陸したがるだろう。

クリスは海兵隊のほうをむいた。

「軍曹、技術兵に周辺の掃除をさせて。地雷が残っていたら爆破処理。まずポーチのまわりから」

技術兵二人はハイテク機器を取り出して、ドアを開けるまえにドアそのものから調べた。

「あった」

「こっちにも」

二歩も進まないうちに声があがった。

クリスは他の海兵隊員たちに手を振った。

「わたしたちは奥の部屋にこもって通夜の祈りをしよう。表の死せる地雷を二人が祝福しているあいだに」

伍長がニヤリとした。

「そうですね。地雷の無駄遣いはよくない」

「この調子だと、犯人たちから海兵隊のやり方は乱暴だと訴えられるかもな」

エディスの声が割りこんだ。

「ママはどこ?」

「こっちへむかってるわ。もうすぐよ」

捕虜たちは軍曹によってべつの部屋に押しこめられているので、クリスはエディスをキッチンのカウンターにすわらせた。携行糧食のパックからみつけたキャンディバーを差し出す。エディスはそれを見て、葛藤で口もとをゆがませた。

「知らない人からお菓子をもらっちゃだめってママが」

クリスは笑った。

「わたしは知らない人じゃないよ。海兵隊だ」

「きつい仕事の専門家さ」とリー伍長。

「そのとおり」べつの隊員も加わった。

エディスは納得したらしく、夢中になってキャンディバーを食べはじめた。クリスは他に少女にあげられるものがないかと糧食の袋をさらにあさった。

表からは定期的に爆発音が聞こえた。露出した地雷を爆薬で処理している。警察のヘリからは着陸場の用意がいつできるのかという問い合わせがひっきりなしに届いている。タイフーン号の八十人の乗組員には海兵隊の二人を手伝えるだけの爆発物の専門技術者はいない。ソープ艦長は歯がゆいだろうが、クリスの二人の部下が仕事を終えるのを待つしかないのだ。

爆発音が山荘から遠ざかったので、クリスはエディスを連れて表側の部屋にもどり、ドアから海兵隊の仕事ぶりを見た。渦巻く蒸気と排気のなかで、探知犬が爆発物の匂いを探している。露出した地雷に爆薬を投げて退がり、爆発させる。たいていの地雷はそれで誘爆する。不発のものは目印をつけておき、あとで本格的な爆発物の処理班にまかせる。

このように応急的な地雷処理をした地面がある程度広がったところで、クリスは技術兵の一人に発信器を設置させた。この電波がヘリの目標になる。

二分後、三機のヘリがこの安全地帯の上にやってきた。一機は爆発物の専門家たちを降ろしてすぐに飛び立った。地元の鉱業組合のボランティアである彼らは、海兵隊に協力して作業しはじめた。やがてヘリの離発着場に使えるだけの面積が確保されると、二機目のヘリが許可も求めずに降りてきた。

だれが乗っているかは考えなくてもわかった。一組の男女が降りてきた。

エディスは大声をあげ、クリスはあやうく少女の手を放すところだった。乱暴にしないようにつかまえながら、六歳の子が本気を出したときの力に驚いた。

エディスが、「ママ、ママ！」と呼ぶ相手の女性は、地雷原に開かれた道を走ってきた。

何度も足を滑らせ、泥だらけになる。山荘に近づき、ポーチの階段を駆け上がった。男性も二歩と遅れずについてきている。さきほどまでクリスにしがみついて離れなかった少女は、あっというまに母親の腕のなかに滑りこんだ。あとは親子三人がひたすら抱きあい、涙に暮れる場面になった。

クリスはもらい泣きしそうになり、いったん山荘の奥に引っこんだ。捕虜たちは軍曹のやや乱暴な管理下にあり、移動の準備を終えていた。

玄関ポーチにもどると、再会をはたした家族は最初とおなじ場所にいた。ひとつだけのヘリポートには大型のヘリが降りている。エンジンの回転を落とし、十数人の男たちを降ろした。制服とけわしい目つきからして地元警察らしい。

クリスは家族をポーチの端に退がらせ、厳重な警戒付きで捕虜を奥から出した。抱きあったままの三人は誘拐犯たちを凝視した。

警官のリーダーが、手錠をされて歩く四人となかば抱えられて歩く五人目を受け取りにきた。半分棺桶にはいった者たちを見るようにきつくにらんでいる。

クリスは話した。

「裏のポーチで一人死んでいます。書類の交換が必要ですか？　それとも引き渡すだけで？」

「ここで引き取ります。書類が必要なら山ほど用意できます。しかしこの星ではあまり細かいことは言わないのですよ」

警官は、すみやかに連行されていく捕虜たちから目を離さずに言った。

「要治療が一名とか」

「ふらふらしているやつです」クリスは指さした。

「死にはしないでしょう」

警官は低く言った。クリスは他の捕虜を手でしめした。

「他のやつらの話では、こいつがリーダーのようです。どんな供述をするか聞きたいものだ」

今度は警官はニヤリとした。

「すぐに話しますよ。全員口を割らせます。すすんで話すようにします」

シーキムがまだ批准していない人類協会人権宣言の死刑廃止以外の条項は、ここではどうなっているのだろう。しかしクリスには他の用事がある。

「軍曹、こちらの装備を片付けさせなさい。現場保存に留意しつつ」

「わかりました」

軍曹は敬礼した。

クリスはリー伍長にむいた。

「わたしたちの分隊はLACを回収する。例の通信系の故障を個人的に調べたい。それまでだれにもさわらせないように。いいわね」

「そうします。だれかの下手な仕事のせいでこっちは黒焦げになりかけたんですからね。見過ごすわけにはいきません」

リーダーはときには軍の仕事に個人的な関心を持つべきだろう。

クリスは見まわしてやり残しがないことを確認し、伍長についていった。

森陰から掩護射撃させた四人を探すのは多少時間がかかった。タイフーン号が降りてきたときに、命令どおりにかなり遠くまで退避していたのだ。合流してタイフーン号へもどった。

スロープのところで待機していた衛生兵が脚を怪我した隊員を連れていった。そのうしろにソープ艦長が立っていた。強行着陸の結果を見て海賊のように猛々《たけだけ》しく笑っている。

「われながら上出来だ」

「同感です」クリスは言った。「LACを回収する必要があるので、ホバークラフトを使わせていただけませんでしょうか」

「沼地をもう一度渡る体力もないほどおまえの海兵隊はへなちょこぞろいなのか、少尉?」

「いいえ。日が高くならないうちに全員帰艦できたほうがいいと考えただけです」

とはいえ山荘からLACへまっすぐむかったら、今度は、泥遊びで時間を無駄にするなと叱責されただろう。選択肢のどちらを選んでも怒鳴られるのはいつものことだ。

「二号艇を使え。さっさとすませてこい」ソープは命じて、思い出したようにつけ加えた。

「よくやった、少尉」

クリスは敬礼し、分隊を連れて艦内にはいった。

タイフーン号は着陸形態への変形で内部のレイアウトもかなり変わっていた。しかしネリーのおかげでホバークラフト二号艇の格納場所はすぐにわかった。艦外へ出すのはべつのスロープを使った。さっさとやれというソープの指示を部下たちにくりかえす必要はない。艦体の開く位置を探し出し、艦のネットワークに命令を流すと、スロープはゆっくりと開きはじめた。ホバークラフトは格納ベイから外へ出た。三分間で点検をすませ、分隊を乗せた。

伍長が操縦し、クリスは隣にすわった。後ろの席の海兵隊員たちは、艇がタイフーン号から急速に離れていくと歓声をあげた。伍長が立木をよけ、岩をそのまま乗り越えると、後ろのよろこぶ声はますます大きくなる。

伍長は操縦を続けながら、クリスに顔を近づけて話した。

「着陸のお手並みにお礼をいわせてください、少尉。あのときは焼け死ぬ覚悟をしました。あれほどの操縦はだれにもできません。とにかく無事に降ろしてくれ、少女のところへ連れていってくれと願ってました。あなたは海兵隊じゃありませんが、あなたのためなら常に忠《セン》誠《パー・ファイ》を尽くします」

クリスは、「ありがとう」としか言えなかった。

お父さまはまちがっていた。世界最高の気分にひたれるのは、選挙に勝ったときだけじゃない。

部下に賞賛されたこの瞬間ほど誇らしくなれることはないだろうと思った。どんな勲章より上だ。

二隻のLACは降りた場所に残されていた。三人が軍曹の艇をホバークラフトの貨物ベイに積みこんでいるあいだに、クリスとリー伍長は自分たちの艇をざっと点検した。通信系はやはり完全に死んでいる。

「そっとよ」

クリスは三人に指示して、ゆっくり慎重に貨物ベイに運ばせた。

「ええ、ぶつけたショックで直ったらがっかりですからね」

二等兵が言うのを聞いて、クリスは苦笑いした。海兵隊だからといって頭が悪いわけではない。ただ……海兵隊であるだけだ。

帰路は速度を抑えた。タイフーン号に到着してみるとスロープはすでに開いていて、そのまま格納ベイにはいれた。ベイにはトムが電子部品のテスターを手に待っていた。

「このポンコツを分解する準備？」

クリスが降りながら訊くと、トムはベイのドアによりかかったまま答えた。

「いいや。風にあたりにきただけさ」テスターを振って、「おまえのLACはどっちだ？」

隊員たちがLACを降ろすと、あとは帰らせた。トムはすぐ作業にかかった。

クリスは自分のロッカーを探してみつけ、降下用宇宙服を脱いだ。シャワーを浴びたいところだが、レイアウトが変わった艦内ではどこがどこだかわからない。昨日の艦内服を着るしかなかった。

着替えてようすを見にいくと、トムは手を振ってコクピットの機器の中味をしめした。

「壊れた通信系についてなにかわかった？」

「おまえのリンクが切れたときは心臓が停まるかと思ったぞ」

それはサンタマリアのアイルランド語の慣用表現なのか、それとも本気でそんな甘ったるいセリフを吐いているのか。クリスは無視することにした。トムは続けた。

「この通信系にはリコールがかかってる。下請け業者が仕様に満たない部品をつかまされたんだ。ところが最初の検査はパスした。自社検査も元請けの検査もな。すくなくとも書類上はそうなってる。というわけで点検した」

コクピットはカバーがはずされて内部の仕組みが露出している。クリスはトムの魔法のスターがなくても問題箇所がわかった。引き出されたプラスチック基盤の一部が焦げている。

「これはたんなる不運？　それともだれかが基盤に細工したの？」

父から教えこまれた被害妄想を全開にして尋ねた。

トムは横目で見た。

「だれが細工するんだよ。こんな部分のメンテは兵站部の担当だぞ」

クリスはため息をついて立ち上がり、閉じたロッカーによりかかった。露出した電子部品の集積を見ながら、いま目にしたものの意味を考える。たまたまあたった欠陥部品が自分と海兵隊を殺すところだったのか。なんとか無事だったが。

トムは隣にしゃがんで訊いた。

「なにを考えてる？」

クリスはだれに言うともなくつぶやいた。

「チームのデブリーフィングをやらなくちゃ。士官学校の教本に書いてあったわよね。行動について反省し、強いストレスのかかる出来事があった場合はトラウマをやわらげるために話しあう。大気圏突入で丸焼けになりかけたのはトラウマになるわ」

「チンばあさんと先祖なら同意するだろうな」トムは言った。

「ようするにわたし自身がちょっとストレスを感じてる。近いうちに、故郷の星の政府の調達業務について父とじっくり話しあわないといけないわ」

そこでふいに気づいた。

「リコールがかかってる部品なら、どうして交換されてなかったの？」

「スペアがなかったんだ。第六艦隊の補給将校は三日で交換部品を届けると言っていた。ところが二日後に出撃命令がくだった」

「運が悪かったってこと？　ふーん。ねえ、トム。なんとかしてこの運勢を変えたい。方法ない？」

「妖精のためにコップ一杯の牛乳をおいておくのは？」

「わたしはビールを飲む。妖精はそのおこぼれでもなめてればいいのよ」

「おれはそれでもいいぜ」

隣の男はイタズラ好きの妖精のようにニヤリとした。

クリスが言い返すまえに、二人の通信リンクが同時に鳴った。士官招集のメロディだ。ソープ艦長は軍の規律と意欲についてかなり古臭い考えを持っている。クリスとトムはそれぞれの通信リンクを同時に押した。そのためおなじ録音メッセージがステレオで流れ出した。

〝シーキムの総監は、現地時間一九三〇《ヒトキュウサンマル》に官邸でもよおされる歓迎会に、本艦の全士官の出席を求めておられる。タイフーン号は現地時間一七〇〇《ヒトナナマルマル》にシーキムの中央宇宙港へむけて出航する。現地での服装は白の正装軍服とする〟

クリスは一呼吸おいて、やばいと思って自分の部屋を探しはじめた。艦が変形する過程で部屋はあちこちころがされているので、正装軍服はあまりいい状態ではないだろう。やはり今朝はついていないようだ。

5

思ったとおりだった。クリスのロッカーとクローゼットは、ボー機関長と共用の士官室になんとか移動していた。しかしデスクと金庫の中味は行方不明だ。艦が軌道にもどる明日には発見されると期待したい。正装軍服が洗濯物の絞り機にかけたような状態なのも予想どおりだった。

「大部屋の女子たちがアイロン持ってますよ」

ボー機関長が、悲惨な軍服を眺めるクリスに助言した。

通常レイアウトの艦内には、海軍の稀少な乙女が住む〝奥の院〟と呼ばれる区画があり、クリスとボーの士官室はその一端にある。女性兵の寝室に男どもが寄りつかないように考えられた配置で、うまく機能していた。女性兵が二人一部屋（平時でも貧弱なタイフーン号の艦内体制のおかげで、ときには一人一部屋）で使う寝室に男が出入りする場面に出くわしたことはない。

いまは昼の時間なので、クリスは咳払いなどせずに女性兵の区画にはいっていった。アイロンとアイロン台はすぐにみつかった。かつて士官学校の同期生たちから、あのロングナイフ家のお嬢さまが自分でアイロン掛けかとおおげさに驚かれたこともあったが、やってみるとこつはすぐ飲みこめた。

一六三〇《ヒトロクサンマル》にクリスは他九人の士官に加わり、タイフーン号の大きな影のなかでレセプション会場からの迎えの車列を待った。艦長と副長はリムジンに乗りこんだ。クリスとトムはそれなりに清潔な不整地走行車だった。

総監の官邸に到着すると、士官たちは会場のボールルームにはいるまえに整列した。板張りのボールルームを明るく照らすクリスタルのシャンデリアは、故郷のウォードヘブンにはふさわしいが、この経済発展途上の惑星では豪華すぎるように思えた。

ソープ艦長は勲章の列をきらめかせた正装軍服で、士官たちを率いて主催者の列へむかった。主催者側は、民間人男性が明るい色のフォーマルウェア、女性はパリのデザイナーが去年発表した床までとどくロングドレスだ。タイフーン号でもっとも格下のクリスとトムは一番うしろに控えていた。しかしそれは長く続かなかった。

「ロングナイフ。クリス・ロングナイフだね？　今朝あのスキッフを飛ばした！」

クリスは声の主を見た。しかしだれだかわからなかった。海老茶色のタキシードを着た若い男。両手にグラスを持って近づいてくる。なんとなく見覚えがある。

「ぼくのことは憶えてないかな？」

男は笑顔で言った。

ドアを閉めるまではだれでも親友という政治の世界で育ったクリスは、両親が昔からの友

人のふりをする場面をかぞえきれないほど見てきた。差し出されたグラスを受け取りながら、

「おひさしぶりで見忘れてしまって」

「ほらアニータ、ジム。紹介するからこちらへ。エディスが命の恩人と言っていたのがこの方だ」

その一声で、主催者側の列はあっというまに崩れた。ソープ艦長が総監に差し出した手は宙に取り残された。主催者の前列の男女はクリスのもとに殺到し、あとの人々もすぐに続いた。

「あなたがエディスを救ってくれた方?」

きらめく金のラメドレスに、豪華に髪を整えた女性をよくよく見ると、今朝泥まみれになりながらわが子のもとに駆けつけた母親だった。

「わたしは地上の突入部隊を指揮しただけで」

クリスは自分の狭い責任範囲を強調し、全体を指揮したソープ艦長の功績を侵害しないように気を使った。

クリスが名前を失念した友人は話を続けた。

「あのスキッフを操縦しているのは絶対にロングナイフ家のご令嬢だと思ったよ。ぼくは大学時代の二年間、彼女に負けっぱなしだった。あの滑らかなS字ターンは見ればすぐにわかる。だって毎晩研究してたんだから。再会できて本当にうれしいよ」

男が話しつづける横で、母親はアニータ・スワンソンだと自己紹介した。シーキム総監の

ジム・スワンソンの妻であり、このおしゃべり男の姉だという。ベッドのエディスを起こしてくるために使用人がやられた。エディスはパーティに出るのを許されずに不満をこぼしながら早めに寝かしつけられたらしい。

そのやりとりのあいだ、ソープ艦長はジム・スワンソンの淡い青のタキシードの隣で無視されていた。その首すじに紅潮の線が昇っていくのを見て、クリスは乗組員全員の今後一週間、いや一カ月、いや一年を悲惨なものにしないために、やるべきことをやった。

「スワンソン総監、ご息女の命を救った艦の指揮官、ソープ艦長です」

ジム・スワンソンはむきなおって、艦長の差し出した手を握った。

「この植民惑星のリーダーとして、ミズ・ロングナイフに空戦殊勲十字章がふさわしいと推薦いたします。わたしはここにいる妻の弟のボブほどスキップの愛好家ではありませんが、それでも彼女が今朝披露したスキップ飛行はたぐいまれな技量によるものだとわかりました」

クリスはあとずさりをはじめた。隠れるところがあるなら隠れたい。スワンソン総監は注目した軍人を軍内でひどいめに遭わせる方法をよく心得ている政治家のようだ。

「専用回線で送っていただいた中継映像を見ていました。スキップが降下をはじめたときは緊張で息もできないほどでした。そうしたら彼女のスキップがくるくると回転しはじめました。素人のわたしでも反作用質量を無駄遣いしているとわかります。無事に着陸したときにどれだけ燃料が残っていたのですか？」

「ロングナイフ少尉の着陸強襲艇の燃料データについては副長に調べさせましょう」

クリスが今朝飛ばしたのはレース用スキッフなどではないことを、艦長は強調した。さらにクリスのほうを顔でしめし、

「ロングナイフ少尉が本日披露した技量は、軍の優秀な伝統の範囲にあるものです。空戦殊勲十字章は、お言葉ですが総監、この場合は不適切かと存じます。戦闘での勲功にあたえるものですので」

スワンソンは冷静に指摘した。

「しかし誘拐犯は、海軍がここ数年相手にしたなかでもっとも重武装だったのでは？」

「そのようです。しかし今回のわたしたちの役割は警察の支援です。軍として戦闘降下したわけではありません」

下級士官であるクリスでも、艦長が完全拒否の態度であることはわかった。しかしこういう軍人のサインを読みとれない政治家はいるものだ。クリスは父を見て知っていた。総監の言動は最悪の事態にいたる様相を呈している。

「サマーモーニングブリーズ号の艇長として言わせていただきますが、ソープ艦長、急速な発展を遂げているコロニー惑星の首席政治家の推薦があれば、普通はよろこんで乗組員に勲章をあたえるものではありませんか？」

やめてくれ！

クリスはどこか隠れるところはないかと左右に目をやった。首相の娘としてはいい座興だ。

しかし衆目を集める立場になった最下級士官としては、勲章などごめんこうむりたい。ここの宇宙港に停泊しているのが高速艇のサマーモーニングブリーズ号で、その所有者の政治家がクリスを賞賛しているとしても、彼女は急襲コルベット艦の乗組員であり、その艦長の部下なのだ。

艦の種別名は下士官のあいだでいろいろと呼ばれているが、どうでもいい。昔、予算審議の応酬に疲れた父が、軍艦の名前などなんでもいいと言っているのを聞いたことがあった。賛成票が集まるなら、かわいいふわふわのコアラちゃん号でもかまわない。寛容なおばあさんのようになんでもOKしてやる。どのみち就役後には海軍軍人たちから勝手な名前で呼ばれるのだ。

首相の父は軍人の態度について二度ほど手ひどいめに遭って、ようやく軍艦を適切な名前で呼ぶことを覚えた。スワンソン総監はいまそれを学習している最中だ。

「あの人？　わたしを助けてくれた海兵隊さん？」

学習は中断された。ピンクのリボンのついた白いパジャマ姿の小さな人影が部屋に駆けこんできた。見覚えのある青い大きな瞳。今回は泣き腫らした赤い縁取りはない。きれいに顔を洗った六歳児の天使のかわいらしさ。エディスだ。うしろにテディベアを引きずっている。

母親が抱き上げようとかがんだ。しかし少女は一直線にクリスにむかった。

クリスはまだ口をつけていない飲み物をトムに預け、糊のきいた軍服をぱりぱりといわせながらしゃがみ、抱き上げた。しっかりと抱きついてくるエディスの感触は、海軍のどんな勲章よりも価値があった。クリスはその父親と母親のほうをむいて言った。

「本当にかわいいお子さんです。ご両親のもとに無事にお返しできてうれしく思います。これは海兵隊と艦の乗組員全員の気持ちです。お子さんがご両親の腕のなかに抱かれるようすは、わたしたちにとって最高の名誉とよろこびでした」

全員がそれに拍手した。

その音に驚いたエディスは、母親の胸に帰りたくなったようだ。クリスから娘を受け取ったアニータは言った。

「恐ろしい事件もハッピーエンドになってよかったわ」そこではっとして青ざめる。「クリスティン・ロングナイフ……つまり、あなたはあの……。まあ、ごめんなさい！」

クリスは腹に膝蹴りを受けたように息を漏らした。相争う人々の扱いは慣れている。父のおかげでさまざまな経験を積んでいる。しかし気を使われるのは苦手だ。とりわけ彼女が経験した苦痛がわかると思っている人々の視線は大変な重荷だった。

気合いをいれ、こういう場合に必要な表情をつくってうなずいた。

「はい、そのクリスティン・ロングナイフです。ご家族の苦悩がわたしの場合とは異なる結末を迎えたことをうれしく思っています」

アニータは言葉を失っている。夫のスワンソン総監がわきから出てきた。

「ディナーの準備ができています。エディスがベッドにはいることに納得したら、乳母に寝室で寝かしつけさせます。わたしたちは席についてお話をつづけましょう」

エディスはみんなに手を振って去っていった。

クリスは手洗いにと言ってはずした。女性用トイレの先に勝手口があり、そこから屋外に出た。外はまだ暑かったが、総監の邸宅の広い敷地をわたる風はさわやかだった。

両脇で拳を握って、腹の底で波打つ感情を抑えようとした。カウンセラーのジュディスから教えられた。おのれの闇から出てくる怪物を知らなくてはいけない。名前をつけてもいい。そしてひとつひとつを詳しく知るのだ。

対処が簡単な相手もいる。まずソープ艦長だ。彼は艦とそれがあたえてくれる権威を求めている。自分の領分を支配したいと思っている。彼は海軍にはいらなければ、会社の取締役になるか、自分の会社を起こしていただろう。しかし海軍を選んだ。なぜなら、重要なことをできる場所だからだ。

スワンソン総監も理解できる。彼は社会を組み立てる人間だ。民衆からは尊敬されている。いつか首都に銅像が建つだろう。この惑星が公選議会を持ち、人類協会の正会員になったときに。

艦長も総監もいわゆるＶＩＰだ。そしてクリスはこの手の連中を父が攻撃する方法を知っている。キャリアをめちゃくちゃにして助けを請わせる。そうだ。こういう大物面をした連中を矮小にする方法ならよく知っている。

ではなぜクリスはあえて海軍にいるのか。ソープの命令に従って、お粗末な装備のまま命がけで降下させられた。娘の父親であるジム・スワンソンが救出を依頼してきたのは、そもそも自分が地元警察に充分な予算を配分していなかったのが原因だ。

なぜ自分が？

それは今日、十歳のときにできなかったことをやれたからだ。エディスを救出した。しかし本当は、あのときエディを救出したかった。

まただ。生き残った者の罪悪感。どれほどもがいても、結局クリスは生きていて、守らなくてはいけなかった少年は死んだままだ。

ドアのノックを聞き、クリスははっとしていつもの自己嫌悪から抜け出した。顔を突き出したのはトムだ。

「やっぱりここか。もどってこい。そろそろみんな席につく。あとからの入場で目立ちたくないだろう」

「今日は一度目立ったわ。次は明日にとっておいたほうがよさそうね」

「おれの先祖のかぞえ方では、今日はすでに二回だな。いくらいたずら好きの妖精でも次は明日以降にとっておくだろう」

クリスは友人のいいかげんな妖精学に苦笑して、食堂にもどった。ちょうどテーブルへの移動が宣言されたところで、クリスの中座は気づかれずにすんだ。主賓のテーブルからは充分離れた席を選んだ。しかし総監の義弟でおしゃべり男のボブがいつのまにか隣の席にすわり、テーブルの話題はスキップのことばかりになった。クリスは適当に相槌を打っていればほとんど話さなくてもすむことに気づいた。おしゃべり男にも利用価値がある。

食事の後半になって、海兵隊員がソープ艦長宛ての電文を届けにきた。艦長がそれを読むあいだ、士官は全員が口を閉ざした。軍では重視される慣習だが、民間人の客たちは気にせず会話を続けていた。艦長は受け取りにサインして、電文の写しをポケットにいれた。内容は艦長の選んだタイミングで士官たちに伝えられる。

スワンソン総監が起立してふたたび長い謝辞を述べようとしたときに、艦長は発言の機会を求めた。立ち上がりながらポケットからさきほどの電文を取り出す。食堂全体を見まわしながら簡潔に話した。

「タイフーン号は基地に帰投せよとの命令を受けた。大統領と議会の予算折衝が決裂したため、第六急襲艦隊の全艦はこれより三カ月間の補給期間にはいる。士官は給与半額での自宅待機となる。今後九十日間に服務する予定だった下士官はただちに除隊の手続きがとられる。残念ながら再入隊の要望はすべて上層部に却下された。明朝○六○○《マルロクマルマル》に出航する」

艦長はそこまで言うと着席した。

スワンソンは顔色を変えていた。

「そんなはずはない。議会と大統領は海軍予算を全額承認することで合意したはずです。地球の情報筋からはそのように聞いています」

艦長はすわったままだったが、その指揮官らしい声は部屋の隅々まで届いた。

「その情報は正確です。しかし予算を全額承認すると増税が避けられない。リム星域は議会に圧力をかけて予算を通させ、地球生まれの大統領は拒否権を使うという構図になっています。わたしたちは海軍を運営するために必要な小切手を書く権限をあたえられていますが、財務省はその小切手を決済する財源を持っていない。そこで海軍省は新たな小切手を振り出して決済を来年送りにするのではなく、一時解雇に踏み切ったわけです」

ソープは一呼吸おいて続けた。

「ご息女が誘拐されたのが今月でよかった。来月だったら対応できる艦はありませんでした」

スワンソン総監ははぐれ小惑星に衝突されたようによろめき退がった。

じつは艦長の説明は不正確だった。緊急時の追加予算は認められる。それどころか今回の経費は貸し金として帳簿処理され、海軍予算不足の穴埋めとされるはずだ。しかし、クリスは艦長の誤りを訂正するつもりはなかった。

そのあと席の会話はとまどいながら再開された。十分後にソープ艦長は主催者にいとまごいをし、艦の士官全員が退席した。

ドアが閉じたとたん、むこう側で民間人たちがいっせいにしゃべりだすのが聞こえた。話題は決まっている。

艦にもどって士官区画をクリスが歩いていると、副長に呼び止められた。

「少尉、ちょっと」

クリスは士官たちの列からはずれて副長の横にとどまった。副長は付近にだれもいなくなるまで待って、話しはじめた。

「ソープ艦長はおまえの今日の人命救助の功績について、海軍海兵隊勲章に相当するという評価書を提出する準備をはじめられた。スワンソンはよろこんで推薦文を書くと言っている」

クリスはうなずいたが、副長の話は終わりではなかった。舷窓から、シーキム最大の都市であるポートスワンソンの夜景を見た。

「聞くところでは、シーキムはその小惑星帯で新しく採掘地を開発するために、ウォードヘブンからの投資を招きたいらしい。そのウォードヘブンの気を惹くために、首相の娘に勲章をやるつもりなのさ」

嫌悪感をあらわにした副長の口調にクリスは驚き、「はい」とつぶやくことしかできなかった。

クリス自身はあの子を救うために命を賭けたのであり、勲章のためではない。しかし世間から見ればクリスは結局、あのロングナイフ家の一員なのだ。

副長と別れると、見慣れない通路で迷いながら自分の部屋にたどり着いた。ドアを閉めると、それを何度か力をこめて叩いた。

「ドアはなにも悪いことをしていませんよ」

闇のなかから低い声がした。

クリスははっとしてふりむいた。部屋は真っ暗でなにも見えない。

「照明点灯、暗めに」

声が裏返らないように気持ちを抑えて命じた。天井灯がつき、レイアウトの変更された部屋を弱い光で照らした。そうだった、いまはボー機関長との相部屋なのだ。

「すまない。忘れていた。静かにする。照明消灯」

クリスは自分の顔を見せたくなくて、すぐに命じた。しかし機関長は逆の命令をした。

「照明点灯」

そしてベッドカバーをはいですわった。着古したパジャマは上の二つのボタンがなく、パンツは膝から下を切り落としてある。皺の目立つ肌をあちこち露出した姿で、年配の機関長は二段ベッドの下の段であぐらをかいた。

「どうしましたか。がんばったのに認めてもらえず、悔しがっている顔ですね」

東洋系の顔立ちの小柄な女は低い声でそう言った。ボーおばさんに話してみなさいと言いたげだが、クリスとしては無用なおしゃべりをするつもりはなかった。パジャマで顔を隠してしまおうとロッカーのほうをむく。

ロッカーはなかった。

「ちくしょう、いったいどこへ行ったの」

クリスは癇癪を起こしかけた。機関長はのんびりと答える。

「艦のあちこちに散らばってますよ。たぶんね。飛行中の船を変形させるなんてのがそもそも無茶なんだから。だれも宇宙空間に放り出されなかっただけましです」

クリスは自分の寝台の下のパネルを順番に蹴ってまわった。どれか開くのではないかと期待したのだが、どれもはずれだった。

「放り出されなくてましだったというと……過去には放り出された例があるの？」

「海軍にそういうおもしろい話は山ほどありますよ。そして歳をくった機関長は若いやつにそういう話を聞かせたがる。たとえば今日のもいい語り草になる。新任少尉が見事な操縦の腕前で分隊を救い、そのあとは地雷原で小隊を救ったが、じつはどちらも軍曹と艦長がしかけた罠だったというわけ。すごい話じゃないですか。で、あなたが仔犬を盗まれたガキンチョみたいな顔をしてるのはなぜですか？」

「艦長がわたしに海軍海兵隊勲章を準備しているらしい。副長から聞いた」

「そんなことはみんな知ってる。艦長は今朝、勲章を千個くらい注文しましたよ」

「というと、シーキムの総監がわたしに勲章をと望んだからではなく？」

「そんなことは関係ない」

「じゃあなぜ副長は……」

クリスは訊きかけてやめた。わかりきったことは訊かない。首相から教わった処世訓の一つだ。

「副長はあなたをわざといじめてるんですよ。艦長がそうであるように。あるいはそうであったように。あなたを試してるんです」

ようやく蹴ったパネルの一枚が開いた。引き出しはさかさまになっていて、下着が雪崩を起こして床に落ちてきた。クリスはそのなかから運動用短パンとトレーナーを取り出して残りは押しこみ、急いで着替えた。さらに流しへ行って歯ブラシをとる。

機関長はそのようすを目で追っていた。

「なぜ軍にはいったんですか？　よければ聞かせてくれませんか」

「いいことをしたかったからよ。今日はそれをできたつもり」

クリスは歯磨き粉を歯ブラシに塗りつけ、話を打ち切るように口に突っこんだ。

機関長は首を振った。

「わたしの妹もいいことをしたいと考えていました。それではいったのが救世軍。でも今日の例であえて言うと、あなたが女の子のためにやったいいことは、誘拐犯にとってはとても悪いことだったわけですよね」

「悪党には相応よ」

クリスは歯ブラシをくわえたまま吐き捨てるように言った。

「ふむ。あなたはやはりロングナイフ家の一員ですね。でも、いいですか……悪党になにが相応か、そもそも悪党なのかどうかは、なかなかわからないものです。海軍は叩きつぶせと命じられたものを叩きつぶす。そこには理屈などない。命じるのはあなたの父上のような政治家。そういう剣の切っ先に、わたしたちのようなむさ苦しい人間といっしょにいたいんですか？」

クリスは口をゆすぎながら答えた。

「わたしは入隊した」

入隊した。結婚や法律から逃げるために入隊した。大学進学の資金稼ぎというやつも二人いる。学位をもらえれば家族で初だそうです。みんな理由があって入隊している。あなたの理由は？」

「いいことをしたいからだと言ったでしょう」

クリスは強い口調で言ったが、ボー機関長は簡単に納得してはくれなかった。

「他には？」

「わたしも家から逃げてきたと？」

ボーは眉を上げ、

「ありえますね」

「ちがう。そのへんの小金持ちのお嬢ちゃんが注目を浴びたくて海軍にはいるのとはちがう。わたしは首相と首相夫人の注目をずっと浴びていた。いやになるくらいに。注目されすぎて居場所がないくらいに。だから海軍にはいったのよ。自分の居場所をみつけるために。自分が息をつける場所がほしかったから。海軍にはいる理由としては充分でしょう」

ボーは寝台に横になってベッドカバーを引き寄せた。

「まあ、そうかも。入隊の理由としては充分。でも海軍にとどまる理由としては不充分です。海軍の軍人になりたい理由がみつかったら教えてください」

「そういうあなたはなぜ海軍に？」クリスはやり返した。

「あなたのような若い士官と深夜の女どうしの会話を楽しんで、それから自分の寝床でぐっすり寝られるからですよ。照明消灯」

暗闇のなかで機関長が寝返りをうつ気配がして、まもなくいびきが聞こえてきた。

クリスは故郷での数ヵ月分よりいろいろな出来事があった今日一日を思い出した。この三十時間に起きたさまざまなことを整理しようとしたが、すぐに自分はなにも考えたくないと気づかされた。呼吸を整え、遅くしていくと、まもなく疲労にともなう眠りがやってきた。

6

タイフーン号は予定どおり〇六〇〇《マルロクマルマル》に離陸した。

乗組員のほぼ全員が朝食を食べていた〇七〇〇《マルナナマルマル》に、副長は艦を航空／惑星着陸モードから、加速／非戦闘モードへ変形させた。クリスがブリッジにはいったとき、ちょうど成功や障害発生の報告が上がってきているところだった。

非戦闘モード時のカミカゼ級のコルベット艦は意外に居心地がいい。戦闘モードでは分厚い装甲になる船殻も、このときは薄く広がって艦全体の容積を増す。おかげで通路も作業スペースも広々としている。ブリッジも狭苦しくない。士官も下士官も個室があたえられる。

副長はモード間の移行をマニュアルどおりにやっている。仕様変更がマニュアルに書かれているほど適切に働かないことは、副長はあまり認めたがらなかった。

マニュアルどおりにならない部分の尻ぬぐいはクリスの仕事だ。

防衛システム担当士官であるクリスは、戦闘時に損傷箇所の確認のために船殻表面を動きまわる訓練を受けている。そのせいで、艦が変形したときに行方不明になったロッカーや物置や工具箱などを探し出すのにも適任とみなされているのだ。タイフーン号の艦内に開くはずのパネルが誤って外向きになっているのをもとにもどす仕事に、クリスは第六艦隊基地があるハイカンブリアへの帰路のほとんどを費やした。モード変形の九十五パーセントは設計者の意図どおりに動いている。残り五パーセントの後始末のためにクリスは一日十六時間働かされた。

かわりに得たものもあった。乗組員たちはあいかわらずクリスにあれこれ雑用を押しつけながらも、それなりの敬意をしめしてくれるようになった。シーキムでの救出任務についてねぎらいの言葉もいくつもかけられた。

いまやっている仕事も感謝された。最後のロッカー73b2番と工具箱23番の持ち主もそうだ。再変形によって両方を船内の本来の位置にもどそうと五回試みて、すべて失敗すると、結局クリスはまちがった場所にあるロッカーの中味を船外作業員たちに全部出させ、ロッカーを消去して、正しい場所につくりなおした。

クリスが作業を完了すると、タイフーン号全体が安堵の息でわずかに震えた。

「しばらくこんなことはやらなくてすむように願いたいわ」

クリスはつぶやいた。

ブリッジの将校たちも同感だった。ソープ艦長は眉を上げて副長を見た。副長は弁解がましく言った。

「自分はマニュアルどおりの手順を踏みました。見ていらっしゃったはずです、艦長」

「もちろんだ」

艦長は軽く笑ってから、クリスのほうにむきなおった。驚いたことに、笑みを浮かべたままだ。

「では、少尉、このような面倒が将来は起きないようにしたい。休職にはいるまえに、今回の経験についてレポートを書き、第六急襲艦隊のサンプソン代将に提出するように。見直しと、娯楽と、造船所に説明する参考資料としてだ」

ブリッジではいっせいに笑い声があがった。

クリスは艦長の笑顔を噛みしめた。ようやくだ。少尉として、乗組員の一人として認めてもらえた。

基地に帰還すると、ただちに艦は補給に、乗組員は休職期間にはいった。艦長以外の全士官は給与半減となる。士官は三カ月間休暇をとってもいいし、交代で半日勤務してもいい。四つの部署の責任者は半日勤務を選んだ。クリスやトムのような下級士官は、丸三カ月間どこかへ行くか、外出は前半六週間だけにして後半六週間は食事と寝場所のために働くか、どちらかを選べと言われた。どちらにしても非常招集がかかった場合にすぐもどってこられるところへしか行けない。

トムは帰省するための安いチケットを求めて、貨物船の運航スケジュールを調べていた。

「サンタマリアがこの世の果てなのはわかってるけどさ……こんなに乗り換えてたら、むこうに着いたらすぐ帰る日程になっちまう」

「明日出るウォードヘブン直行便があるわ。いっしょにどう？　四日で着くわよ」

「おれがウォードヘブンへ行ってなにをするんだ？」

「わたしのお伴。父から勲章を押しつけられることになりそうだけど、その戦功を挙げるときも危険はなかったと母に説明して。いわゆる精神的サポートというやつよ」

トムは笑った。

「おれが言って、おまえのママが信用するとでも？」

「わたしが言うより信用するわよ」

それで決まった。豪華客船スイフトアキレス号のエアロックが閉まる十分前に二人は飛びこんだ。それぞれ客室は七人部屋で、休暇の下級士官六人といっしょだった。

クリスは客船でリラックスできると思っていたのだが、その見込みははずれた。翌朝の朝食でサンプソン代将に出くわしたのだ。第六急襲艦隊の指揮官だ。サンプソンはまるで岩の下から這い出してきた汚らわしい虫を見るような目をクリスにむけた。

クリス自身は、下級士官に対する将官の態度には慣れていた。私服だったが直立不動の姿勢で言った。

「おはようございます、代将」

「ロングナイフ少尉か？」短身の代将に低い声で問われ、クリスはそうですと答えた。「流動金属についての興味深いレポートを読んだ。きみの祖父の造船所にとっては有益な情報だろう」

「はい」

クリスは答えて、下級士官と下層階級がたまっている食堂の隅へ退避した。それから四日間はできるだけ上官との鉢合わせを避けるようにした。

スイフトアキレス号が軌道ステーションのハイウォードヘブンにドッキングすると、クリスはネリーに命じて、自分とトムの荷物を地上へ送らせた。重い荷物を持たずにステーション内を移動し、エレベータへむかう。故郷に帰って興奮しているのだろうか。エレベータの運行ボードには、建設業者がようやく軌道エレベータのバグを取り除いたと誇らしげに書かれている。品質管理に悩まされているのは海軍だけではないようだ。

展望車が予約可能だった。クリスとトムは四階のチケットをとった。降下しながらウォードヘブン全体を眺められる席だ。

エレベータが軌道ステーションを離れると、四万四千キロメートル下方の惑星の眺めにあちこちから驚きの声があがった。

クリスは四カ月前までウォードヘブンなど二度と見たくないと思っていた。なのに今日は銀河系で一番美しい場所に思える。青い海の上を流れる白い雲。大地はおもに緑と茶色。明るい黄色は奥地の砂漠だ。

隣のトムが言った。

「サンタマリアとよく似てるな。美しさではおれの故郷のほうが上だが」

人類宇宙のだれもが故郷の惑星にはこんなふうに感じるものだろうか。

エレベータは中間点から減速をはじめた。クリスの体には四分の一Gがかかり、ベルトでシートにぶらさがる恰好になった。コンピュータ音声がシートを上向きに回転させることを推奨したが、クリスはこの眺めを手放したくなかった。

故郷の特徴がさらに見えてきた。長さ百キロの弧を描くランダーズ湾。赤道直下のこの湾をかこむバリア諸島は、エレベータが建設されるまでは着陸船の恰好の目的地だった。遠く南大陸まで続くオールドミス半島。おかげでウォードヘブンシティは惑星外と内陸をつなぐ商都として栄えた。

「あの針みたいなのはなんだ?」トムが訊いた。

「祖父のアレックスが建てたビルよ。何代かまえのヌーおじいさんの工場はほとんどが惑星の外に移設されてしまった。でも川の東と町の南の土地はまだ家が所有しているわ。アレックスはそこに巨大なオフィス兼住居のビルを建て、土地の大半は緑地にもどした。低軌道からなら中心のビルが見えると自慢しているけど、実際にそうね」

「あれ全部おまえの土地なのか?」

トムの声にまじる驚嘆の響きにうんざりしながら、訂正した。

「家の土地よ。大きな家族だから。わたしの所有分はそんなにない」

「まあそうだろうな」

答えながらもトムは納得したようすではない。

クリスはため息をこらえた。これまで身の上話のこのあたりで多くの友人を失ってきた。ため息のかわりに続けた。

「町のむこうに湖があるでしょう。あそこでよくヨット遊びをしたわ。兄のホノビと、弟のエディと三人で、暇さえあればヨット。なにも言われなければ夏中乗ってた。トムはヨットに乗ったことは？」

言えた、エディの名前を。声を詰まらせることもなく、胸の痛みを覚えることもなく。エディスを救ったおかげで、エディともむきあえるようになったのかもしれない。

「おれが水のなかに潜ったのは士官学校のプールが初めてだよ」

高度は百キロを切り、ウォードヘブンシティ全体が視界に広がっている。ずっと昔にトラブルのレース用スキッフから見たときとくらべて、市街地が湾の外まで広がっているのがわかる。父が首相を務めた八年間は繁栄の時代だった。ウォードヘブンにとっても、父の再選にもいいことだった。

エレベータはブレーキがかかって振動し、ゆっくりと下のステーションにはいっていった。エレベータが水平になると、乗客たちはすぐにシートベルトをはずして座席下の手荷物を引っぱり出しはじめた。席を立っていいというアナウンスはまだ流れていないが、おかまいなしだ。

クリスは急いでいなかった。到着日時はネリーがメッセージを送っていたが、ハイウォードヘブンに迎えはいなかった。とすれば下にもだれも来ていないはずだ。

トムといっしょに荷物を出していると、クリスはふいに肩を叩かれた。振り返って、うれしい驚きの声をあげた。

「ハーベイおじさん！」

老運転手に両腕をまわして抱き締め、傷痕のある頰にキスした。なかなか信じにくいことだが、彼が傷病兵扱いとなる戦傷を負ったのはいまの自分よりもっと若いときだった。そのためにヌー・ハウスで下働きをするようになった。本人は、おかげでもったいない仕事に就けたというが。

クリスにとってハーベイおじさんはいつまでたってもハーベイおじさんだった。少女時代には、サッカーの試合や演劇やその他の行き先にいつも送ってくれた。試合ではずっとスタンドで応援し、終われば勝利を祝する（あるいは敗北をなぐさめる）アイスクリームを買ってくれた。エディの悲劇もいっしょに経験した。もしあのとき自分が……という苦悩をただ一人話せる相手だった。そして話すことで、苦しんでいるのは自分だけではないと気づかせてくれる人だった。

「お父さまとお母さまは？」

ハーベイは荷物を持ちながら答えた。

「もちろんご多忙です。重要な方々でいらっしゃいますから。ずいぶん小さなお荷物ですね。バッグ一つ。こんなに荷物が少ないのはあなたがわたしの膝より小さかったころ以来ですよ。そのときでもひどい詰め方でしたけどね」

「いまのわたしは軍人なのよ。忘れないで」その場で一回転して略装軍服を見せた。「陸軍の軍人の旅支度は荷物が小さいとよく言ってたわよね。海軍はその半分よ」

「ところで車にいっしょに乗りたいようすでくっついてくるこちらの海軍さんはどなたですか?」

「ハーベイ、彼はトム・リェン少尉よ。この五ヵ月でできた親友。おなじく休暇中なんだけど、出身地がサンタマリア星なの。空いている部屋をしばらく用意できるでしょう?」

「官邸では無理ですね。特別補佐官が新たに二人雇用されているのです。なにが特別なのかわたしにはさっぱりですがね。とにかく寝室の空きはありません。旧邸でご用意するしかありませんね」

ハーベイが若い少尉の荷物に手を伸ばすと、トムはそれを引っこめた。

「あんたのような白髪頭の老人に荷物を持たせたら親父からぶたれるよ」

「この頭に白髪が一本でもみつかるならそれでもかまいませんがね。まあ、禿げ頭の老人と言われなかっただけよしとしましょう。ご両親もそれくらいの教育観はお持ちのようだ」老運転手と若い少尉はおたがいに笑みをむけた。「さあ、お二人とも、車はすぐそこです。行きましょう」

車にはさらにうれしい再会が待っていた。ゲーリーがいたのだ。身長百九十センチ以上でフットボール選手の体格を持つゲーリーは、クリスのボディガードとしてこの十年間、サッカーの試合にもレストランにも同行した。

黒いリムジンの後部座席におさまってから、クリスは訊いた。

「お母さまのスケジュールはどうなってるの? 今夜は静かなディナーが希望なんだけど」

「今夜はご夫妻で公式晩餐会です。地球から消防士の団体が訪問中なのです。ぺちゃくちゃしゃべるだけでなにもしないのですがね。静かなディナーは明日です。あなたとお兄様の他にいらっしゃるのは十数人だけです」

「わたしの相手役はリェン少尉にするとお母さまに言っておいて」トムが反論しようとするのを手を振ってあしらった。「そうしないと、首相が票田として取りこみを狙っている若いすけべ男や年寄りのすけべ男をあてがわれるのよ。あなたがいればこっそり海軍のジョークで笑ったりできる」

それでその話は決着し、クリスは市街を見た。あちこちで石造りやコンクリート造りの建物が建設中だ。子どもの目に高く見えた赤い煉瓦造りの建物は、大人の目で見てもはるかに高い高層ビルに変わりつつある。そうだ、景気はいい。道は渋滞している。父はいつ選挙をしても負けないだろう。五カ月前はそれだけで充分だと思っていた。短期間であっというまに変わってしまった。

古いお屋敷の通称ヌー・ハウスにむかいながら、ハーベイはトムにその発展史を語って聞かせた。

「開祖のアーニー・ヌーは最初に二階建ての家を建てられました。わたしは女房といっしょにいまもそこに住んでいます。アーニーは孫が生まれはじめると三階建ての長い付属棟を建てられました。さらに将軍が、わたしのような使用人をふくめてさまざまな人たちを連れてくるようになると、また増築されました。新しい厨房、食堂、大広間。客間や書斎が二十ほど。豪華な円柱のある玄関ポーチ。大きな図書室は奥様の発案でしょう。曾孫が生まれはじめるとふたたび翼棟が追加されました。アーニーは天に召されるその日まで家造りにはげんだそうです。深夜に廊下を歩く彼の足音を聞いたという者もいるほどです」

「わたしは聞いたことないわ」

クリスがわが身の不運を嘆くと、

「お嬢様はいつも騒々しいからです」

ハーベイはやり返した。ゲーリーが苦笑した。

幽霊の足音を聞く機会がありそうなほど無口な男を発見し、噂の真偽をたしかめる問いを発しようとしたが、そのまえに旧邸の正門が見えてきた。戦闘用アーマーやライフルで武装した十人以上の海兵隊員に警備されている。

「お父さまは官邸なんでしょう?」

「そうです。これは訪問中の消防士の団体のための警備です。将軍はサンタマリアからおもどりです。今夜はトラブルおじいさまがおみえですよ」

「なにか大事な行事でも?」トムが訊いた。

運転手と警備担当者は目を見かわした。ハーベイが答えた。

「部外秘なのであしからず」

クリスとトムは身分証明書を提示させられ、確認のために網膜スキャンをかけられた。やがてリムジンは玄関ポーチの前で停まった。クリスは、この玄関をくぐるのは大学と海軍の期間を通じてずいぶんひさしぶりだと気づいた。近づくとドアは自動的に開いた。ドアの身許問い合わせにネリーが答えたからだ。

ロビーは薄暗かった。しかしクリスの目が惹きつけられたのは床だ。屋敷のこの部分を手がけていた時代の曾々祖父のヌーは、宗教に凝っていた。床のタイルは黒と白の螺旋を描いている。壁際から出発し、中心へむかって渦を巻く。地球の古い寺院からとったデザインだ。子どものころはここでよく遊んだ。クリスは黒、エディは白のタイルを踏んでいき、最後にまんなかで出会うのだ。そうやって歩いたのもずっと昔だ。

エディス・スワンソンを救った少尉は、いまタイルを踏んで歩いたらどんな気持ちだろうと思った。

右手の図書室は赤と青の正装軍服姿の海兵隊員が何人も警備していた。白黒模様の冷たい床を歩いていくクリスを直立不動でじっと見ている。これより一歩でも近づいたら撃たれそうだ。

クリスとトムは厚いカーペットの敷かれた階段へまっすぐむかった。クリスは三階の昔から使っている部屋。トムには廊下のずっと先の部屋しか用意できなかったと、ハーベイは謝った。

「あいだの部屋が埋まっていまして」

「だれが使ってるの？　移動してもらうわけにはいかない？」

クリスが尋ねると、ハーベイはドアを指さしながら使用者を教えた。

「将軍、将軍、提督、大佐……」

「無理そうね」

クリスは納得した。トムは哀願口調になった。

「おれはどこか隅っこでいいよ。屋根裏に寝袋敷いただけでいい」

「なにビビってるの」

「おまえは女だから心配いらないけどな、おれはシャワーの途中や便所にすわってるときにそういうお偉いさんと遭遇したら、フルチンで直立不動なんだぞ。勘弁してくれ」

ハーベイは若い少尉の肩に手をかけた。

「気持ちはわかりますよ、お若いの。わたしも心は一兵卒のまま陸軍を除隊になって、このお屋敷で将軍やそのまわりの人々にお仕えするようになったときは、そりゃあショックでした。しかし、よく聞きなされ。彼らもあなたやわたしのように毎朝ベッドで目を覚ます普通の人間なんです。階級が上であればあるほどそのことがよくわかってる。全員じゃないかもしれないが、ここでトラブル将軍のまわりに集まっているのはそういう人々です。それくらいの頭がなけりゃ、現在の難局を解決する手助けをしてほしいと将軍に呼ばれることもそもそもないはずです」

「難局って?」クリスが訊いた。

「わたしのような身分では知りようがありません。しかし賭けをするとしたら、次の着陸記念日に首相公邸に人類協会の旗はもう揚がっていないほうに賭けますね」

「分離独立……」

クリスとトムは同時につぶやいた。さらにクリスは、

「そんなに差し迫っているの？」

「首相にお訊きください。もちろん、おじいさま方もご存じでしょう」

クリスは歴史の本に出てくるような家族にはあまり会いたくなかった。それに、最近のミッションでの出来事について考えるべき問題があった。たとえ人類宇宙全体の問題がかかわっていようと、魑魅魍魎《ちみもうりょう》とでもいうべき血縁者に会って自分の問題をしゃべる気にはなれない。

「ハーベイ、車を一台借りられないかしら。トゥルーおばさまに会って、コンピュータの問題で話したいことがあるのよ」

「トゥルーおばさまはお喜びでしょう。しかしわざわざ車を借りるのですか？　わたしの運転にご不満でも？」

「そうじゃないけど、あなただって忙しいでしょう」

「ここでぶらぶらしていると、コックの子どもや自分の曾孫の世話を押しつけられるんですよ。子どもたちは嫌いじゃないんですが、わたしが暇そうにしていると見ると、女たちはおしめの交換までやらせますからね。運転してるほうがましです」

十五分後、クリスとトムはリムジンよりかなり小さな車の後部座席にすわっていた。トゥルーは、いつでもいらっしゃいと返事をくれた。ウォードヘブンの新しい宝くじシステムを

ハッキングしようとしているところだが、ちょうどむこうのサーバーが落ちていてやることがないのだという。

トムはクリスにいぶかしげな視線をむけた。クリスのまわりの人々は話が誇張されていてよくわからないという。クリスは笑って、小学校一年生のときにトゥルーに算数を教えてもらい、ついでにコンピュータの使い方も教えてもらったのだと話した。

そうこうするうちにトゥルーが住む高級アパートが見えてきた。建物はそのままだが、隣に真新しいビルが建っている。

「引退した政府職員じゃなかったのか」トムが訊く。

「そうよ。ここは十五年前に宝くじに当たって買ったのよ」

トムは横目でクリスを見たが、なにも言わなかった。クリスは誤解されたと思って補足した。

「トゥルーおばさまはインチキはしてないわよ。毎回宝くじの当たり番号がわかって……たら、普通は当てるわよね」

最後は自分でつぶやいた。するとハーベイがウインクして、

「頭のいい方はやりすぎないことを心得ているものですよ」

クリスは子どものころにいろいろなことを素直に信じていた。しかしいまは大人の疑念でそれらを見直したほうがいいかもしれない。

トゥルーがドアを開けると、クリスは強烈な抱擁で息を止められた。母は指さえ触れない

し、父にいたっては顔も見せない。しかしトゥルーおばさまは抱き締めてくれる。クリスはいままでのようにここでやっとほっとした。胸にこみあげるものさえ感じた。

トゥルーは抱擁を解いて二人をリビングに案内した。そこからはウォードヘブンのすばらしい景色が眺められた。開祖ヌーの工場群が惑星の外へ移転したおかげで、首都は木立と、大通りと、高層ビルと、オールドミス半島を曲がりくねって流れる川の風景になっていた。

トゥルーはシーキム星でのクリスの活躍を聞いていた。どうやら話はリム星域の隅々まで広まっているようだ。LACで降下している写真まである。つまり母に会ったときにこの話題からは逃れられないわけだ。ただし母は写真の意味するところを理解できないかもしれない。

トゥルーは、昔自分も海兵隊と仕事をするはめになり、銃弾が飛びかうなかで正しいアルゴリズムを探したりした経験を話した。そのときの目は真剣で、声はきびしかった。

トゥルーはいったんキッチンへはいって、客のためのハーブティと絞りたてのレモネードを用意した。健康的でおいしい飲み物を出して、話はそれからというのがトゥルーのルールなのだ。クリスは飲酒年齢になったあとも、トゥルーおばさまのレモネードのほうがバーボンよりおいしいと思っていた。

クリスは、シーキムの現場から持ってきたコンピュータを取り出した。トゥルーがトレイを手にもどってきたとき、コーヒーテーブルにはその無骨な装置が載っていた。トゥルーはトレイをおきながら、

「あら、トゥルーおばさんにプレゼント？」

「プレゼントにしては中古品でボロボロだけど。むしろパズルね。いまでもパズルは好きでしょう？」

「そうねえ」

客の二人が自分で飲み物をついでいるあいだに、トゥルーはコンピュータの外まわりを調べた。リスト装着の古いタイプだ。かなりかさばって重い。二百グラムくらいある。従来型のディスプレーがついていてアイウェアとの接続機能はなし。起動を試みてもうんともずんともいわない。

「かなり深いレベルまで消去されてるわね」

「調べられる？」

「たぶん」トゥルーは小声で答えてから、空《から》のトレイを見た。「ごめんなさい。クッキーがあったと思ってたら切らしてたのよ」

「わたしが焼くわ」

クリスはすぐに立ち上がった。キッチンでの技術はすべてトゥルーに教わった。レパートリーは少ないが、チョコレートチップクッキーはトゥルーのお得意の一つだった。その名人から学んだのだ。

「やらざるをえないようね」

トゥルーは苦笑いしながら、自分もキッチンへ移動してコンピュータユニットをじっくり観察しはじめた。

キッチンテーブルがハッカーとクラッカーの夢の国に変わっていくあいだに、クリスとトムはトゥルーのぴかぴかのキッチンにむかった。なにもかも昔のままだ。鍋類は右のオーブン脇の低い引き出し。小麦粉はキッチンカウンターの裏の白い陶製の容器。ギラデリーのチョコレートチップは棚の最上段からこちらを見下ろしている。世界が変わってもトゥルーおばさまのキッチンだけは変わらない。少女がキッチンにはいって無心にクッキーを焼くことの癒し効果について論文が書けそうだ。……少女というのはさすがにもうおこがましいが。

いい匂いがしはじめると、クリスとトムはスプーンをなめて生地をつまみ食いしはじめた。焼くものがなくなるわよとトゥルーが強い口調で警告しなければ、ボウルの大きな塊を切り出しはじめていただろう。

ハーベイはニュースリーダーを片手に隅にすわっていた。ニュースをチェックして、おもしろいものをみつけると片っ端から知りあいに送っている。

トゥルーはコンピュータをいじっていた。カバーはさっさとはずされ、内臓のような部品があらわになっている。

「この人工知能のはしくれはシーキムで捜査中の誘拐事件に関わるものなんでしょう?」

トゥルーは複雑なユニットに手製の解析装置の端子をつなぎながら尋ねた。

クリスはオーブンの鉄板に油を塗る手を休めて答えた。

「そうよ。でも地元の警察はあまり興味をしめさなかったわ。すくなくともだれもこれの行方を探してはいなかった。シーキムにおいてくるより、おばさまの手に預けたほうがよほど事件解明の役に立つはずよ。だいたいね、犯人たちがしかけた地雷原でわたしは死にかけたのよ。使われた地雷は海兵隊にさえまだ支給されていない、ましてそこらの犯罪者の手にはいるはずのない最新式のマーク41だった。いったいどこからそんなハイテク兵器がやつらの手に流れたのか知りたいわ」唇を結んで、「その資金の出所も」

「シーキムではどうやって立件するつもりなの？」

トゥルーがぼんやりした口調で訊く。それにはハーベイが答えた。

「自白をもとにですよ。四人はパブでたっぷり飲んだアイルランド人のテナー歌手みたいな滑舌でなんでもしゃべってます。そうですよね？」

最後はトムにむかって訊いた。

「聞いて楽しい内容じゃありませんけどね」

トムは答えた。クリスはキッチンの作業からふりむいて、

「四人の自白ね。わたしたちは五人逮捕したんだけど」

ハーベイがリーダーから顔を上げずに、

「一人は逮捕翌日に心臓発作を起こしたようです」

そいつはもう棺桶にはいったのかとクリスが訊くまえに、トゥルーがふうんとつぶやいた。

「なるほどね。でもこのコンピュータをいじったのはかなり用心深い人みたいよ。なにもかも暗号化してあるわ。でも製品は標準的な商用パッケージのようだから、すこしいじればお

もしろいものが出てきそう。誘拐犯はどんな人たち？」

トゥルーはハーベイに質問した。運転手はリーダーを操作しながら答えた。

「ただの常習的犯罪者だと主張しています」

「出身地は？」

ハーベイはページをもどし、

「地球。ニューヘブン。コロンビア。ニューエルサレム」

七姉妹星団の主要な星だ。地球から最初期に植民されたこれらの星のうち、最初の二つであるニューエデンとニューヘブンにはさまざまな人種が流れこんだ。ヤマト、コロンビア、ヨーロッパ、ニューカントンの最初の入植団は、地球の特定地域の出身者が中心になった。ニューエルサレムは特殊例で……いまも特殊だ。

地球と人口過密な七姉妹星団の三つの惑星を出身とする五人の犯罪者が、わざわざ未開のリム星域の植民星にやってきて、総監の子どもを誘拐したというのか。さすがにトゥルーは眉を上げた。

ハーベイは鼻を鳴らした。

「政府の失業手当で食っていて、やることのないチンピラでしょう。小物の悪党が、勤勉なリム星域の星で一発大仕事をして、あとは故郷で遊んで暮らそうって考えたわけです」

クリスはハーベイの考えに内心で驚いた。リム星域の住民の大半は、中央世界に住む金持ちたちをあまりよく思っていない。クリスは大学でこの構図を勉強したことがある。地球と七姉妹星団は福祉国家というわけではない。人口過密な暮らしをする金持ちたちは、成熟した経済では当然のように企業の従業員だ。うぬぼれと自尊心が強く、かなり退廃的。リム星域の住民には魅力的に映らない。そこへこんな事件が起きたら、ハーベイのような誤解がますます固定化し、一触即発の緊張状態になりかねない。

「まあ、そういう認識のしかたもあるだろうけど」

クリスは古くからの友人との意見対立を避けた。しかしそこにトゥルーがつぶやき声で言った。

「認識がすべてよ。現実は……うつろいやすいものだから」トゥルーは笑顔でその話を打ち切ると、椅子にすわりなおした。「手間はかからなかったわね。最新式のうちの子にコピーしてみるわ。サムがデータを整理しているあいだに、クッキーをいただくとしましょうか」

トゥルーは個人用コンピュータに小声で指示をして、解析作業をスタートさせた。

「クッキーはまだ熱いわよ」

クリスは言いながら、鉄板の上のクッキーをヘラで集めはじめた。チョコチップは溶けて糸を引いている。出来はいつものようにおいしかった。クリスが椅子の上に立って手を伸ばしていたころとおなじ味。生活がどれだけ変わっても、トゥルーおばさまのクッキーは変わらない。

最初の一ダースのクッキーはすぐになくなった。二ダース目がオーブンから出ると、すぐに三ダース目がいれられる。

トゥルーはサムのレポートを聞いている。通話セットを耳にあて、低い声でなにかつぶやき、新たに焼かれたクッキーは辞退した。椅子にもたれて、視線を宙にやり、唇をへの字にして聞いている。

「ニュースで流れている話と一致するわね。一致しすぎる」

クリスはクッキーをおいて手の粉を払い、問題のコンピュータユニットをしげしげと見た。古くて傷だらけ。この五十年間いつでもだれでも二十ドルで買えたごく標準的な民生品に見える。

クリスはふと気づいたものがあって、頭上の照明の角度を変えた。ユニットの奥になにかくっついている。

「なに、この滓《かす》みたいなもの」

ハーベイがニュースリーダーから顔を上げてのぞきこんだ。

「よくリストバンドにくっついてくる皮脂の汚れじゃないですか？　普通は帰営後の整備で掃除するものですが」

「ユニットの内部についてるのよ」

「ものすごく汗っかきで掃除をしないやつだったとか。それが内部までしみこんできたんですよ。よく動いてたもんだ」

ハーベイは使用者のだらしなさにあきれたように首を振った。するとトゥルーが、

「ちょっと見せて。ああ、さすがに老眼で見えないわね」

やれやれと首を振ると、キッチンからいったん出て、黒い箱を持ってすぐにもどってきた。トムはそれに興味津々の視線をむけた。トゥルーはそれをユニットの横におき、個人用コンピュータに小声で命じはじめた。すぐに箱から細い糸が出てユニットを調べはじめた。光を浴びて輝く糸はゆらゆらと揺れながらユニットの奥へはいっていく。やがて二本がなにかとつながった。その二本はたがいに近づき、よりあわさってしっかりとしたケーブルになった。

「入力と出力をみつけたみたいね」

トゥルーは満足げに微笑んだ。クリスは眉をひそめた。

「なんの入力と出力？」

「このユニットが持っている本当のコンピュータよ。トゥルーおばさんは当て馬にだまされてすっかり時間を無駄にしちゃったわ。やっと本体がみつかった。今度はすこし時間がかかると思う。クッキーが焦げてない？」

その分はゴミ箱行きになった。クリスが代わりをつくっているあいだに、トゥルーとトムはユニットを新しい視点から観察していた。ハーベイが訊いた。

「お粗末な悪党はなんのためにこんな技術を使ってるんですか？」

クリスが次のクッキーをオーブンにいれながら答えた。

「わたしたちをびっくりさせるためよ」

トゥルーも同意した。

「まさしくそうね。わたしも歳ばかりとって忘れていたわ」

クリスはタオルで手を拭きながら、二人の年長者のほうへ行った。

「どういうコンピュータなの？　初めて見るけど」

「あと数年は一般の目にふれないはずのものよ。自己組織化回路を使った革命的ウェアラブルコンピュータ。その意味ではサムやあなたのネリーとおなじだけど、こちらは莫大な製造コストがかかっている。わたしの知りあいの何人かは秘密任務で使っているわ」

「たとえばこういう作戦で？」トムが訊いた。

トゥルーは椅子にもたれて、キッチンテーブルにおかれたその物体をあらためて眺めた。

「ええ、そうよ。こういう作戦向けね」

そのあとの沈黙を破ったのは、二つのビープ音だった。クリスはやっとタイマーを使いはじめたオーブンのほうをむき、トゥルーは物体を調べるのにもどった。クリスが次のクッキーを鉄板にならべていると、トゥルーの声が飛んだ。

「焼くのはやめて。生地は冷蔵庫に。オーブンを消して、クッキーはナプキンで包んで。外出するわよ」

「どちらまで？」ハーベイが訊く。

「ヌー・ハウス。クリスを曾祖父のレイとトラブルに会わせる必要があるわ」

7

「だめよ！　会えないわ」クリスは驚いて言った。

「無理です」ハーベイはニュースリーダーをポケットにしまって短く答えた。

　しかしトゥルーは、コンピュータの部品をテーブルの引き出しから出した箱にていねいにおさめながら主張した。

「おじいさま方からクリスに家族の歴史を詳しく話していただく必要があるのよ。そのおじいさま方はヌー・ハウスにいる。だからわたしたちはヌー・ハウスに行く」

「でもおじいさま方は重要な仕事をしていらっしゃるのよ。じゃまできないわ」とクリス。

「あなたの命以上に重要なことがある？」

　クリスが返事を考えていると、ハーベイが割りこんだ。

「トゥルー、あなたはヌー・ハウスにいらっしゃれませんよ。あそこはいま海兵隊員がうようよいて、目を皿のようにして来訪者とその身分証を見張っている。あなたとあなたの魔法の電子装置は、M-6を持った仕事熱心な海兵隊員たちの前をパスできません」

　トゥルーはため息をつきながら、いっぱいになった箱の蓋を閉めた。

「昔ながらの方法をとっているのね」

「昔ながらの方法です」

「では行き先を変えましょう。ハーベイ、首相官邸へ案内して」

「だめよ！」クリスは声をあげたが、運転手はさっさとドアへむかい、トゥルーはそのうしろについていっている。「首相のじゃまはできないわ。スケジュールがいっぱいよ。惑星の運営を取り仕切っている人に、いきなり押しかけて会えるわけないでしょう」

クリスはよく知っているのだ。しかしトゥルーは言った。

「その忙しいスケジュールにこちらの予定項目を割りこませるのよ」サムに無発声命令で指示して、「うまくいったわ。あなたのお母さまにも会える」

クリスはトゥルーを追いかけ、それをトムが追いかけた。

「お母さまですって。だめだめ、新年まで社交のスケジュールでいっぱいだから。それにお母さまとは話さないほうがいいわ」クリスは笑おうとしたが、恐怖で裏返った声になった。

「あの人たちに話すことなんか」

トゥルーとハーベイはエレベータに乗った。クリスとトムは閉まりかけたドアを無理やりあけて乗りこんだ。次の階でトイプードルを抱いた女が乗ってきたので、沈黙せざるをえなくなった。

地下の駐車場に出ると、ひんやりとして薄暗い空間を早足で横切っていくハーベイをクリスは追いかけた。

「お父さまやお母さまにいったいなんの話をするつもり?」

「あなたの命がかかっているということ」

トゥルーは助手席にすわりながら即答した。クリスとトムは後部座席に乗るしかない。クリスはベルトを締めながらも車の出発を止めようとした。

「たしかにミッションは失敗する可能性もあったわ。でもそれは軍隊にいる以上、避けられないリスクよ。装備品問題についてはお父さまに一言いいたいとは思っているけど、それは相手が話を聞いてくれそうなときのつもりだったわ。たとえばお父さまの手から勲章をもらうときとか。急ぎの話じゃないし」強い口調になって、「ちょっとやめて。お父さまにいきなり会いにいくことなんかできない。ましてお母さまもなんて無理」

不可能だ。両親が惑星の管理人となると娘にもそれなりの手順が求められる。それから面会予約をいれて……。秘書に連絡するのが先だ。むこうの都合を確認して、

「クリス、そんな場合じゃないわ。ここにはあなたが気づいていない問題がからんでいる」トゥルーはハーベイのほうをむいた。「急いで。この面会予約を変更したくないから。わたしがやっていると気づかれてしまう」クリスに顔をもどし、笑顔になって、「みんなコンピュータの言うことはまちがいないと思う癖があるのよ。その幻想を壊す必要はないわ」

トゥルーは言いたいことを言い終えると、前をむいてコンピュータに小声で指示しはじめた。トゥルーが自分の分身に没頭しているときはじゃまをしないほうがいい。

もはや回避不能とあきらめ、クリスはシートに背中を倒した。それをトムがつつく。

「おい、これからウォードヘブン首相のウィリアム・ロングナイフに会いにいくってことか？」

クリスは肩をすくめた。

「そうよ。それが父」

「おれは車内に残ってるから」

トムがビビるのもわかる。クリスもどこか深い穴に隠れたい気分だった。まずいことになった。高速走行中のこの車から跳び降りることをふくめていくつかの選択肢を考えた。そして、自分が車に隠れていられないのだから、トムが隠れるのは卑怯だと結論づけた。

「あなたもいっしょに来なさい。掩護して。いっしょにミッションに出たんだから。危険はなかったと母に説明して」

「危険はあったさ」

「なかったの。なにもかも安全だった」

「そう言えってのなら」

「そう言って。しっかり掩護して」

トムは納得がいかないようすだ。なにか言いたげな顔でしばらくじっとクリスを見ていた。しかし結局、意外なことを言った。

「大人になったらおしめを替えてくれた人のそばにはいたくないもんだな」

思わずクリスは笑った。やはりトムがいてくれてよかった。サンタマリアもウォードヘブンも意外に近いのかもしれない。クリスはうなずいた。

「ほんと最悪。忘れてくれないし。そもそもおしめ交換なんてほとんどやったことないくせにね。子守りにやらせてて」

あとは到着まで黙っていた。自分は大人で、降下ミッションの指揮官で、父にも母にも威圧される理由はないのだと、何度も自分に言い聞かせた。

やがて車は首相官邸の地下駐車場にはいった。予約された駐車スペースに駐まり、予約されたエレベータで上にあがる。関係者以外立入禁止のひんやりとした大理石の廊下を歩いた。ドアは近づくたびに勝手に開いていく。官邸のドアがどれもこれも自動ドアのはずはない。普通はだれかがいて確認を求めるはずだ。

「ネリー、トゥルーがおかしなことをやってるのに気づいたら知らせて」

「はい、よろこんで」

コンピュータは小声で答えた。

そのあとは秘書のデスク前も通らず、いきなり雑然とした首相のプライベートオフィスに出た。親しい相手からはビリーと呼ばれるウィリアム・ロングナイフは、書類でいっぱいの仕事机から立ち上がり、笑顔で手を差しのべた。

「急に呼び出して申し訳ない。緊急に話しあうべき状況になってね。それは……」

クリスの父の言葉はそこでとぎれた。コンピュータがおぎなってくれるはずの言葉がなかったからだ。握手しているのがトゥルーであることにようやく気づいて、表情が政治家らしからぬしかめ面に変わる。

「トゥルー！　またこんなイタズラを」

「許してちょうだい、ビリー」

「他にだれを呼んだんだ！」

「奥方だけよ」

トゥルーは歯をのぞかせて笑った。

首相がなにか言うまえに、表のオフィスに通じるドアが開いて、クリスの母がさっそうとはいってきた。今年パリで大流行のペティコート姿。すでに何着も持っているにちがいない。

「遅れてしまったかしら。秘書と一悶着あったのよ。トゥルーディ、あなたと会う予定がはいっているなんて聞いてなかったから、今日の予定を再確認していて。たまたま腕時計を見なかったら気づかずにすっぽかすところだったわ。とるものもとりあえず駆けつけたところよ。ちょっと息を整えさせて」

トゥルーはその左右の頬にキスした。

「今日も素敵よ。全然遅れてないわ。こちらもちょうど着いたところ。あなたにはいつも驚かされるわ」

二人がしゃべっているのを聞きながら、クリスは母のどこに驚かされるのかと思った。ただのみすぼらしい中年女だ。二十三世紀に生まれてこの母の役割を演じている女などどこにも驚きはない。少し裕福な女ならだれでもできる。母のようには絶対にならないとクリスは誓っていた。

母はクリスには軽くうなずいてみせただけだった。当然だ。

トゥルーは無意味なおしゃべりをいつまでも続けるタイプではないので、両手を組んで本題にはいった。

「ご存じだと思うけれど、クリスは最近、救出ミッションの指揮官を務めたわ」

父はうなずいた。

「そうだな」

母は驚いて息を飲んだ。

「なんですって。まさか危険なことじゃないでしょうね。もう金輪際ごめんよ、あのとき……」

エディの名前が出てくるはずのところで言葉はとぎれた。

「お母さま、もちろん危険なんかないわ」

クリスは突然の沈黙を急いで埋めた。両親の不安を消すために言葉に力をこめた。

首相は報告書が山積みになったローテーブルをしめした。

「ともかくすわろう」

テーブルのまわりにはすりきれたソファや椅子がある。懐刀《ふところがたな》のスタッフと打ち合わせをする場所だ。父は上座のロッキングチェアにおさまった。お気にいりの場所だ。ここで若くして権力の頂点に昇りつめた政治家の本を読むのが趣味なのだ。父の趣味は母が服の趣味を変えるのとおなじくらいに移り気だったが、木製のロッキングチェアだけは消えなかった。背中を痛めているせいでもある。

母はちょうど反対側にあるクッションを詰めすぎたレザーチェアにすわった。すると残りは二脚のソファしかなくなった。クリスは気にいらない。だれがなにを言ったか、そのときどう反応したか、母には一目でわかるのだ。その母が強い口調で話を続けた。

「救出ミッションというのはなんなの？　危険でないなら、なぜ海軍が出ていくの？」

父がなだめた。

「海軍はうちの娘を危険な場所にはやらないよ。わたしはネットですべて見ていた」

クリスは父から、一家がニュース検索に注意を払っている事情を聞かされたことがあった。祖父のアレックスがヌー・エンタープライズ社にしかけたことで、父は政治的に大きな影響をこうむったのだ。祖父は自分が首相の座を辞するときに、息子も議員辞職するように求めた。しかし父は政界を去るどころか、祖父の党内人脈をすべて手にいれ、次の首相の座に昇った。以来、祖父と父は口をきいていない。

「なにもかも知りながら、わたしには話してくださらなかったの！」

母のその言葉のあとは、クリスは耳をふさいだ。あとはおなじみの展開だ。両親がおおげさなやりとりをしているあいだに、トゥルーは証拠品のコンピュータをテーブルにおいて、機能部品をテーブルに接続した。そしてクリスの両親が常套句の応酬をしているところに割りこんだ。

「残念ながら、首相閣下、その意見には賛成しかねるわ」

「なんだと！」「やっぱり！」と二人から声があがる。

トゥルーは二人の注意を集めたところで、テーブルに並べたコンピュータ部品をしめした。

「まず証拠の品物を見ていただこうかしら。外観は古くて安っぽい、汚れたリスト装着ユニット。でもこれはただの隠れ蓑なのよ。じつはケースの内側に自己組織化回路のハードウェアが貼りつけられている。この値段だけで、要求された身代金の数倍するわ」

トゥルーは眉をあげて首相を見たが、あとは言わずもがなだった。犯人の目的は金ではない。クリスの父はロッキングチェアを後ろに倒し、顎に手をあてた。しかし無言だ。

沈黙に耐えかねたのは母だった。

「そんなはずはないでしょう。お金持ちがそんなことをするわけがない」

クリスの母の金に対する考え方はそうだった。資産階級の生まれではないゆえに、金を崇拝し、結婚によってウォードヘブンの富をつかさどる司祭の座に昇りつめた。もちろん、金持ちはなんでも手下にやらせ、自分は手を汚さないという意味では母の言うとおりだ。

トゥルーは言った。

「持ち主の数少ないメール送受信記録から、比較的長いものを二件解読したわ」

ローテーブルに埋めこまれたスクリーンに文字があらわれる。

〝餌に食いついた。海軍が呼ばれた。挨拶を準備しろ〟

「挨拶とは？」

首相は身を乗り出しながら言った。クリスは、あの見えない地雷原のことではないかと思った。

「次はこれよ」とトゥルー。スクリーンに文字が流れる。〝目的の船を手にいれた。挨拶のスイッチをいれろ。プランB開始〟

「挨拶ってなに？　目的の船ってなに？　暗号を使われるのは気にいらないわ」

母は高い声で言った。クリスが八歳か九歳だったらこの声を聞いて跳び上がっただろう。いまはうんざりするだけだ。

トゥルーは両手を組んでソファにもたれている。クリスに勉強を教えていたころとおなじ態度だ。問題をしめして、あとはクリスが解くのを見守る。それもクリスは嫌いだった。成長期の娘のお手本は一人くらいいないのか。

クリスは身を乗り出して二件のメールを見た。〝目的の船〟がタイフーン号だとすると、〝挨拶〟は……。クリスはゆっくりと話しはじめた。

「誘拐犯たちは隠れ家のまわりにマーク41地雷を撒いていたわ。わたしたちが予定どおりに前庭に着陸していたら、全員死んでいた」

クリスは海軍のオンボロ装備について父を問い詰めるつもりだった。しかし通信リンクが故障したせいで、クリスはLACを自分で操縦することになった。そのおかげで前庭着陸が不可能になり、結果的に悪党どもの罠を逃れたのだ。いまとなっては装備のオンボロさに文句をいえない。

首相は自分のデバイスを見ながらつぶやいた。

「マーク41はまだ支給開始されていないぞ」

「そうよ、お父さま。海軍さえ持っていない。それで地雷原をつくるほど数をそろえるには身代金よりはるかにでかい金がいるわ」

「クリスティン・アン、レディはそんな言葉遣いをしないものです」

母はそんな揚げ足取りで議論に参加した。

トゥルーは指摘した。

「最初の三回の救出ミッションを失敗させたトラップ、この地雷、そしてこのコンピュータ。計画の根本から資金的につじつまがあわない」

首相は顎を指先でなで、片方の眉を上げてトゥルーを見た。しかしなにも言わなかった。

口走ったのはトムだ。

「でもだれがそんなことを？」

母が、よけいな口出しと言いたげに冷ややかな目でトムを見た。また、家庭の事情の話しあいによそ者を連れてきたクリスには、もっと冷たい視線を送った。

クリスは、最初は家庭の事情なんてからんでいなかったのよという目で無言でにらみ返した。しかしそこで、自分はもうお母さまの箱入り娘ではなく、現役の海軍士官なのだと思い出した。ソファにもたれて天井を見上げる。

「ヌー・ハウスに私の部屋を用意してもらってるんだけど、警護の兵隊がずいぶん多いのよね。ひいおじいさまのだれかが滞在中なのかしら」

ハーベイがそれとなく教えてくれたことを天井にむかって言った。

母はいまいましそうに答えた。

「二人ともね」

母はどちらも好ましく思っていない。トラブルのことは、クリスが海軍にはいる気を起こした元凶だとみなしている。といっても、トラブルはサバンナ星の統合参謀本部議長を退任したあと、同地の士官大学学長を務めていて、クリスとはもう何年も会っていないのだが。

レイは、公務引退後の三、四十年は人類宇宙のなかでも僻遠のサンタマリア星に引きこもり、一番下の娘で研究者のアルナバと暮らしている。風の噂では、三種族の謎に取り組んでいるという。三種族は、あちこちの惑星にジャンプポイントを設置した謎の三つの異星種族だ。レイたちはすぐに謎を解明すると言っていたようだが、解明できたという話はいまだに聞かない。さしものレイも難敵にぶつかったようだ。

「ヌー・ハウスをうろついている警護の兵隊は、どうやら地球の海兵隊のようね」

クリスは父のほうに目をむけながら、自分の口もとに笑みが浮かぶのを感じた。

首相は指摘した。

「おじいさま方がだれと会っているかは部外秘だ。言っておくが、おまえは海軍士官だぞ。わたしの一存で極寒の星の補給基地に配転することもできる」

それから妻のほうをむき、

「きみもきみだ。おじいさま方がここにいることを明かすなんて」

クリスの母は口をとがらせた。

「明日レセプションに招待なさっているでしょう。秘密にしても無駄ですわ」

それまではおおやけにできん」

首相の返事はなんとなく残念そうだ。クリスは信じられない思いで言った。

「じゃあ、艦隊を分割するのね」

父は青ざめた。

首相はどんなときも統一を支持していた。人類は一体の勢力として宇宙に出るべきだと固く信じている。その統一を体現しているのが人類協会だ。父は大仰に胸に手をあてて言った。

「人類は一つの勢力として宇宙に出なくてはならないというのは、わたしの政策であり、歴代首相の政策だ。ウォードヘブンが人類協会に加盟して以来のな」

父の口から何百回も聞かされた言葉だ。ただし今回は、この政策が維持されるべきという熱意と自信に欠けている。

クリスは自分の反応に驚いて身震いした。地球と人類協会の青と緑の旗が旗竿から降ろされるところが頭に浮かんだ。夕方には毎日そうやって降ろされるが、二度と掲揚されない朝がくるかもしれないと思うとぞっとした。人類協会の新しい役割や適切なあり方について友人たちと何度も議論したことがある。そんな仲間内での話が現実になろうとしている。

「地球出身の安っぽい犯罪者のために、いたいけな少女ばかりか、その子を救出しようとしたロングナイフ家の娘まで死ぬ結果になったら、世間はどんな反応をしたかしら」

その言葉はクリスの頭の冷たく論理的な部分から出てきた。言ったあとに、トムのむこうに母がいることを思い出した。こわばった視線がむけられたが、無視した。強気をしめすためにうながした。

「首相閣下？」

父が胸にあてていた手は、いまは額の汗をぬぐっていた。ゆっくりと話す。

「地球に対する怒りが巻き起こるだろう。わたしの仕事はやりにくくなる」

トゥルーが訊いた。

「そしていくつかの同盟関係を強化する必要に迫られるのではなくて？」

「そのとおりだ」

「グリーンフェルド星のスマイズ‐ピーターウォルド家も含めて」

父はロッキングチェアに背中をよりかけた。

そこで母が口をはさんだ。

「ああ、ピーターウォルドは素敵なご一家よ。ヘンリーとは大学時代にデートして、美しい月の夜にプロポーズされたことがあったわ」

「はいはい、お母さま、何度も聞いたから」

クリスは父から目を離さずに母をあしらった。父の政治家としての頭脳にどんな考えがあらわれているか聞きたい。

「首相閣下？」

父は首を振った。

「ありえない。政権のメンバーがそんなことをするわけがない。そんな危険を冒すにたりる政策などない。そんなたくらみの出所が現政権だと暴露されたらおしまいだ。再選など不可能になる」

政府の首長は断じた。母がさらに口を出す。

「ヘンリーにはあなたくらいの歳のご子息がいらっしゃるのよ、クリスティン。いつか会わせたいわ」

「はいはい、お母さま、その話は百万回も聞いた」

トゥルーが抑えた声で割りこんだ。

「ピーターウォルド家とロングナイフ家の関係について、クリスには話してあるの？」

「何度も話したわ」

母が言ったすぐあとから、父が答えた。

「いや、話していない」母はいぶかしげな目を夫にむけたが、首相の目はトゥルーから動かなかった。「ピーターウォルド家が戦争や麻薬取り引きにかかわっていたという確たる証拠はないんだ。グリーンフェルドとウォードヘブンは多くの論点で対立してきたが、だからといって遺恨があると考えるのは早計だ」

トゥルーは首を振った。

「だれかが統一派に資金を提供していたのよ。あなたも歴史は知っているでしょう。下層社会は腐敗しきっていた。税金はウルム大統領まで届いていなかった。それでも彼は毎年腕をふるっていた。ウォードヘブンとロングナイフ家が麻薬流通の動脈を断ち切ったことで、ピーターウォルド家は富の源泉を失い、グリーンフェルドへ逃げ去ったわ。レイはウォードヘブン条約で彼らのエリジウム星を放棄させ、人類の拡大に歯止めをかけた。ロングナイフ家がピーターウォルド家のために大金を費やしたことは認めるでしょう？」

「認める」

首相は椅子から立ち上がって部屋を歩きまわっていた。毛脚の長い青い絨毯を踏みしめながら歩いている。

「しかしそれらは証拠にならない。法廷では通用しない」さっとトゥルーのほうをむき、「法律に従って処理するのがわたしの仕事だ」

トゥルーはローテーブルを見て、表示されたメールを読んだ。

「〝正しい船を手にいれた〟……。これはタイフーン号のことよ。あなたの娘が乗った船。その船には海兵隊の少尉が一人欠けていた。普通だったら別の少尉を連れていけばいいだけのはず」

トムが意見を述べた。

「艦長はミッションにとても熱心でした。基地の噂では、サンプソン代将が救助依頼を受けるほうに大きく賭けていたとか」

「軍人らしいとはいえるわね。でも、あの艦にクリスが乗っていることや、ソープがクリスをいじめていたことは艦の常識だったらしいわよ」

「どうして知ってるの？」クリスは訊いた。

「情報戦部長だったからって毎日コンピュータにかじりついていたわけじゃないのよ。硝煙の匂いが大好きな前線の兵士も多少は知っているわ。軍人と、家出してきた政治家の娘のちがいもよくわかっている兵士たちよ。政治家ならていねいに扱われるし、軍人なら徹底的にしごかれる」

「わたしはしごかれたわ」

トゥルーは父のほうをむいた。

「わたしにも関連がわかるのだから、だれでもわかるはずよ。つまらない誘拐事件で少女とロングナイフ家の子女がいっしょに死んでいたら、リム星域全体が武器を手にしていたはず。域内パスポートの有効範囲を地球と七姉妹星団に制限する法案が満場一致で可決され、人類協会は名ばかりになる」

「少女が死ぬ寸前だったなんて話はどこから出てきたの？」

クリスは、早すぎるトゥルーの話を止めようとして口をはさんだ。ついていけない。

「失礼、忘れていたわ。あなたは犯人たちのプランBを知らないのね」トゥルーが小声で命じると、テーブルのスクリーンが変化した。「当然だけど、コンピュータに具体的なプランBははいっていなかったわ。もちろんプランAも。でも警察の現場検証で興味深いものが二つ出てきた。一つは、少女の服がはいったバックパックの底にしかけられた二キロの高性能爆弾。それにつながった起爆装置と無線機よ。二つ目は、ビーム送信できる発信器。周波数は起爆装置の無線機に合わせられていた。たしか犯人たちは、行き先を決めない恒星船と、そこへ上がるためのシャトルを要求していたわね」

クリスはゆっくりとつぶやいた。

「リーダー一人がシャトルに乗るのを遅らせられれば、上昇中のシャトルを爆破できる」

トムも認めた。

「お話の装置があればできますね。軌道に到達する直前に爆破すれば、シャトルの破片はシーキムの半分にばらまかれる」

「全部仮定の話だ」首相は強く言った。

「全部無意味よ」母は冷たく遠い声で言った。

いや、だれかにとってなんらかの意味があるはずだ。それはクリスと少女を殺そうとしたやつだ。帳尻の合わないこの計画でいったいだれが得をするのか。シーキムでの事件はおいておこう。クリスが本当に知りたいのは十年前の事件だ。クリスは沈黙を破った。

「お父さま、エディの身代金のために資金繰りに協力すると言ってきたのはだれなの？」

「クリスティン・アン」母が強くさえぎった。

「話は終わりだ」父は立ち上がった。

ちょうどインターコムから声がした。

「首相、お時間です。次の面会予定の方がみえています」

「すぐに通せ」

母はペティコートをひるがえし、関係者用の出口にむかった。ピルボックスを探り、ピンクの錠剤を三錠とはいわないまでも二錠口に放りこんだ。

クリスは首を振った。母は今日のここでの話を忘れたことにするだろう。

クリスとトムが立ち上がる横で、トゥルーはコンピュータ部品を片付けていた。父は、母の出ていったドアが閉まるやいなや、その鼻先に顔を寄せた。

「トゥルーディ、今回のきみはやりすぎだ。わたしは六百の星を束ねる立場なんだ。このうえ家族の重荷まで負わせないでくれ。あいつはこれから一カ月はわたしと口をきかないだろう」

妻が出ていったドアを一瞥する。そしてクリスに冷たい怒りの表情をむけた。

「それからおまえ。今夜はこの官邸に泊まりなさい。この厄介な女とはしばらく距離をおけ」

「お父さま、ここに空いている寝室はないはずよ。最後に残った一室を特別補佐官用のオフィスに改装したんでしょう」

首相は自分のコンピュータに問い合わせて、その返事に眉をひそめた。クリスにむいて、

「ここまでどうやって来た」

「ハーベイの運転で」

「ではハーベイにヌー・ハウスへ送らせる。休暇中の海軍士官に許されることはなにをやってもかまわん。しかしトゥルーと話すことだけは禁じる。次にこんなことをしたら本当に極寒の星に飛ばすぞ」トゥルーにむきなおり、「あなたはわたしの運転手に送らせる」

トゥルーは答えた。

「なんの解決にもならないわよ、ウィリアム。現実からは逃げられない」

「いいや、これがいつものように解決だ」

首相は背をむけた。トゥルーは母が出ていったドアへむかった。ちょうど首相付きの運転手がそのドアから顔をのぞかせた。

クリスもおなじドアから退散しようとした。トムはすぐうしろを追ってくる。しかしクリスは途中で急に足を止め、うしろのトムと軽くぶつかった。

「お父さま、さっきの話だけど、本当に知りたいの。エディの身代金をどうやって工面したのか」

首相はオフィスの正面入り口のほうをむいて上着を直し、外向きの表情をつくろっていた。

「こだわるようなら教えてやる。わたしの父、つまりおまえのおじいさまに金策を頼んだ。なにも言わずに用立ててくれた。さあ、わかったら出ていけ」

父が次の来客へむけてドアを開く寸前に、クリスは急いで退室した。

8

「おまえの親父っていつもああなのか？」

トムが訊いた。

帰りの車内は不機嫌な沈黙におおわれていた。これを破ってくれるならクリスとしてはなんでも歓迎だった。答えにくい問いでもいい。

クリスにとってさえ理解不能の家族なのに、トムはいきなりその暗部を見せられたのだ。本人は関わりたくないと言っていたのに。

「父のやり方のどこが変だと思った？」

トムは肩をすくめた。

「なんていうか……ずいぶん杓子定規《しゃくしじょうぎ》じゃないか。例えばおれが殺されそうになったときに、おれの家族だったら、法廷で通用する証拠があるかなんて訊かないぞ」

「わたしの父は訊くのよ」クリスは即答した。

「じゃあ極寒の星に配転するってのも本気なのか？」

「もちろん」迷わず答える。

「自分の娘をだぞ。冗談じゃねえ」

クリスは、なにか飲みたくなったわと言って窓の外を見た。父の仕事場を出て以来初めて周囲を見た。大学地区の角を曲がったところだった。

「ハーベイ、スクリプトラム亭で停めて」

ハーベイは車の操作機器に手を伸ばさなかった。

「クリスティンお嬢様。それは賢明ではないと思います」

「今日わたしが耐えた仕打ちは賢明だったというの？　車をスクリプトラム亭へむかわせて。でないとネリーに割りこませるわよ」

ハーベイは低い声で注意した。

「大学を卒業なさってからあとに、この車のセキュリティシステムはアップグレードしておりますよ」

「わたしのネリーもアップグレード済みよ。どちらのアップグレードが強いか試してみる？」

ハーベイは車に行き先変更を指示した。

大学地区はいつものように交通混雑がひどかったが、市のコンピュータに問い合わせるとスクリプトラム亭から半ブロック以内に空き駐車場がみつかった。やはり〝PM《首相》-4〟というナンバープレートは強力だ。

スクリプトラム亭はクリスが士官学校を卒業した四、五カ月前とすこしも変わっていなかった。今年はいった新入生がドアの近くのテーブルに集まっている。三、四年生専用のテーブルではいつものように討論会が自然発生している。〝分離独立〟という言葉を聞いてクリスは話に加わりたくなった。しかしもう大学生ではない。それにこの討論は地球支持派と反対派に分かれたただのゲームだ。世界ではそれが現実になろうとしている。そして現役士官であるクリスはその大変動の混乱に直面しなくてはならない。ゲームとして楽しむ段階ではないのだ。

クリスは教授用テーブルの一つにすわった。

椅子にすわってほっとすると、大学時代の四年間を思い出しながら店内を見まわした。模造煉瓦と荒打ち漆喰の壁の傷やひび割れが鈍い光を浴びて浮かび上がっている。ピザとビールの匂いよりも、学生たちの匂いが強くする。汗や、テキストリーダーや、若さの匂い。バーというより図書館のようだ。分厚い木製のテーブルは学生の落書きだらけだ。店内の反対側には、クリスと二十四世紀問題講座の仲間たちが最後の土曜日にイニシャルを彫りつけたテーブルがある。ミード教授はビール片手でないと六百の惑星の問題について語りたがらなかったので、その学期いっぱい教室を放棄してこの店に集まっていた。

そのテーブルはすでに客に占領されていた。十数人の学生たちがリーダーや紙やキーパッドでそこを埋めている。勉学にいそしむ学生もいれば、おたがいに夢中になっているカップルもいる。あいかわらずの風景にクリスは苦笑した。

「ご注文は？」

学生アルバイトのウェイターが訊いてきた。愛想のなさはスクリプトラム亭のいつもの接客態度だ。

トムはもの問いたげな視線をクリスにむけた。ハーベイは背筋を伸ばして椅子にすわり、顔は最上級の不機嫌さだ。かつて十二歳にしてひどい二日酔いのクリスを何度も学校へ送ったことがある。もしその再現になったらトラブルに話が行くだろう。いまは年季のはいった軍曹のような辛辣な無表情で黙ってクリスを見ている。

クリスが士官学校で曹長や軍曹にビビらなかったのはある意味で当然だ。子どものころから同種の顔ににらまれて育ったのだ。もちろん彼らが将来の士官にむける四角四面の無表情の裏でなにを考えているか、クリスにはよくわかっていた。

「トニックウォーターを。ライムを搾っただけの」

クリスが言うと、ハーベイはほんのわずかに肩の力を抜いた。彼女にしめした同意はそれだけだ。もちろんクリスはそれで充分だった。

「おれはソーダ水。カフェイン入りか、この惑星でそれに近いのを」トムも注文した。

「わたしもおなじものを」ハーベイは言った。

「はいよ、海軍さん」ウェイターはバーのほうへもどりながらつけ加えた。「あんたたちの頭からすると、脱走兵かなにかかい？」

クリスはその失礼な発言に驚いた。軍服こそ着ていないが、トムとハーベイの頭はいかにも軍人というクルーカットだ。クリスの髪もミード教授の隣の席であれこれ議論していたときにくらべて六十センチ以上短くなっている。

クリスは、立ち上がってウェイターを呼びもどして叱りつけようかと思った。少尉がたるんだ乗組員をみつけたらそうするのが当然だ。

しかしウェイターは宇宙船乗りではない。そしてあらためて店内を見まわしてみると、たしかに場ちがいなのは自分たちだった。この店に集まっているのは夢想家ばかりだ。その甘ったるいアイデアのために必要な代価など考えておらず、払うつもりもない。それに対してクリスは自分で計画を立て、そのために命を賭ける立場だ。その目からするとここは安っぽく、リアリティに欠ける無駄な空間だ。

よほど席を立って店を出ようかと思った。しかしトムからの質問がある。それには答えなくてはならない。

「ええ。もし父と対立したら、私は極寒の星に飛ばされて、残りの海軍キャリアをそこですごすことになるはずよ」

トムは一瞬ぽかんとしてから、それが五分前の自分の質問に対する答えであることに気づいた。

「信じられない」

ハーベイはなにも言わない。クリスにとってはその沈黙が充分な証拠だった。解釈はまちがっていない。

「父は政治家なのよ。昔こう言っていたわ。一度決めたら動かないのがいい政治家だって。

父が賞賛する美徳は忠誠だけ。裏切り者は地獄に落として二度と振り返らない。二十年来の盟友が立場を変えたときは顔色一つ変えずに刑務所に送りこんだわ。その後、元友人はビリー・ロングナイフから挨拶の声さえかけてもらえなかった」

クリスは椅子にもたれて深い息をゆっくりと吐き出した。

「父が耐えているプレッシャーはとてつもないのよ」ちらりとハーベイを見る。かすかにうなずくのがわかった。「彼の脅しは本気だけど、それはそれでかまわない。わたしはあんな重荷は背負いたくない」

トムはリーダーを取り出して画面を操作しはじめた。

「おれはここからヒッチハイクしてでもサンタマリアへ帰ることにするよ、ロングナイフ少尉。おまえといっしょにいるとキャリアの袋小路に追いこまれる」

「生命の危険もあるでしょうな」ハーベイが低い声でつけくわえた。

クリスは手を伸ばしてトムのリーダーを閉じた。

「もう行くわよ」

ウェイターが飲み物を持ってきたのを見て、クリスは言った。飲み物が乱暴にテーブルにおかれ、べたつく液体がこぼれる。同時にクリスは立ち上がった。トムとハーベイも続く。ウェイターは、代金を払わないつもりかと口を開きかけた。しかしクリスは三杯のソーダ水の倍にあたる金額を叩きつけ、黙らせた。

クリスは父の膝の上で憶えたよく通る声で言った。

「わたしが指揮した海兵隊員たちは先週、六歳の女の子をテロリストの手から救い出したわ。でもこの店では人命のために働く人たちはまともな扱いを受けないみたいね」

店内は静まりかえった。クリスは去年自分がすわっていたテーブルを見た。

「この問題を二十四世紀問題の一つにつけ加えておきなさい」

言うべきことを言って、クリスはドアへむかった。トムとハーベイはその両脇を固めた。歩調をあわせて出入り口にむかって行進する。ちょうど二人の学生が店内にはいってきたところだった。突進してくる突撃陣形を見て二歩退がり、ドアを押さえて通した。クリスとその部隊が太陽の下に出ると、学生たちは急いで店にはいってドアを閉めた。

「愉快だったな」トムはにやりとした。

クリスは目を細めて、抜けるような青空と春のまばゆい太陽を見た。

「トムにサングラスが必要ね」

「サングラスって」

クリスは車のほうへむかった。

「そうよ。あなたはもうこの星の重力井戸のなかにいる。ここには青い瞳を日差しから守るヘルメットのバイザーはない。宇宙服もない。紫外線防護手段があったほうがいいでしょう、青白い肌の宇宙船乗りさん」

「どうしてそんなものが必要なんだ」

「ハーベイ、両親はオアシス号をまだ湖で維持してる？」

「もちろんです。港の従業員は毎週点検を欠かしていません。首相も奥様もこの五、六年、ご乗船になっていらっしゃいませんが」

「もったいないわね」クリスは同僚少尉の肘をつかんだ。「トム、あなたに髪を乱す風の感触と帆船が足もとで揺れる気分を教えてあげる。そしてすばらしい星を案内するわ。ただし湖の反対側までだけど」

「すごい！　本物の帆船か！」トムはわざとらしく興奮するふりをした。真顔にもどって、「ソープ艦長の許可を取って六週間タイフーン号に隠れていられないものかな。あの狭い寝台が急に居心地いい気がしてきた」

「なに言ってるのよ。星々を渡る船乗りのくせに。先人たちが地球の海をどんなふうに渡っていたか知りたくないの？」

「知りたくない。水のなかで泳ぎたくない」

「あら、怖いの。男の子のくせに。飲料水よりたくさんの水に落ちても命綱をつけておいてあげるから大丈夫よ」

「窒息するようなものはプラスチックとコルク栓でさえぎるのがおれの主義なんだ」

「じゃあ宇宙服はなんなの」クリスは笑った。

「あれは馴染んでるからいいんだよ」

「ハーベイ、湖へやって」

車が道路に出ると、クリスはネリーに指示をはじめた。

「ロングナイフ家とピーターウォルド家について惑星全体に検索をかけて。両家が接触した記録と、過去八十年間のそれぞれの事業について。そのあと検索範囲を人類協会に広げる。それから早い段階でトゥルーおばさんのコンピュータにアクセスして、このテーマでなにかないか確認しておいて」

「トゥルーのコンピュータには高いセキュリティがかかっています」ネリーが答えた。

「わかってる。でもおばさんの入り口のセキュリティが甘いところに、たぶんファイルが一つ二つ転がってるはずよ。トゥルーと話すなとお父さまから言われたけど、あなたがおばさんと話してはいけないとは言われてないわ」

「検索を開始しました」

クリスは車のレザーシートに背中を倒した。もしだれかが首相の娘を殺そうと狙っているとしても、このウォードヘブンでは安全だ。新任少尉が海軍キャリア以上の危険にさらされているのかどうか、判断する時間は六週間ある。その意味では余裕がある。政治家一家に生まれ育って学んだことだ。時間はとても重要だ。

帆に受ける風に頭の中のもやもやを吹き飛ばされ、すこし日焼けして気分をよくしたクリスは、翌日トムとともに白の正装に着替えて、ハーベイの運転するリムジンで自然史博物館の正面玄関にはいっていった。

大広間では、ハーベイ言うところの背中を叩いて友好を深める大宴会が開かれているはずだ。「腕が折れちまえばいいんですがね」というのが老兵の希望らしい。トムは全力で逃げ出そうと試みたが、クリスに引きずられてここまで来ていた。

「怖がることはないでしょう。宴会で死んだ人はいないわ」

「おれがその最初になるかもしれない」

「大丈夫。そんなことはありえないから」

クリスの自信はリムジンが車回しにはいったところで消失した。数台のリムジンがすでに駐車スペースを埋めている。そのなかにクリスが乗っているのとおなじ型のリムジンがあった。ただしその光沢のある黒の外板に、赤と黄色の塗装が加えられている。

「だれのだい？」

トムが訊いた。助手席の警備担当者ゲイリーは手首のユニットをその染みだらけのリムジンにむけ、ボタンを押した。

「当家の所有する四号車です。今日は地球のホー将軍がみえています。反地球のデモ隊は遠ざけられているはずですが」

「デモ隊なんて見なかったわ」

ハーベイが低い声で、

「お目を汚さない程度までは遠ざけられたようですな」

彼らがはいった駐車スペースの隣には、さらに巨大な白いリムジンが駐まっていた。四本のリヤタイヤで車重を支えている。

「このバカでかいのはだれのだ？」とトム。

またゲイリーがリストユニットで調べた。笑顔で答える。

「見て気づくべきでした。これだけの巨艦はめったにありませんから。ヘンリー・スマイズ－ピーター－ウォルド十二世の専用車です」

トムはドアを開けながら眉を上げた。

「これでもこのパーティで死んだやつがいないって？」

「なにごとにも初めてはあるわよ」

クリスはやり返しながら、隣の巨大な車を見た。装甲は無動力戦闘服に使えるくらいに軽い。では太いタイヤを四本も必要とするのはなんの重量を支えるためか。

トムは自然史博物館を見ながらおそるおそる車外へ出て、

「おれは姓を受け継ぐ子どもも連れずにこんな先祖の墓参りみたいなところへ来て、どう言い訳しろってんだ」

クリスはドアを押さえてもらって、

「お世辞のうまいアイルランド訛りの舌でごまかせばいいでしょう」

車を降りて姿勢を正した。本物の血が流される場ではないが、政治的な血はいくらでも流される。これまでは父に溺愛される娘だった。社交界デビューにそなえて母に磨かれる娘だった。しかし今日は現役海軍士官で受勲者のクリス・ロングナイフ少尉だ。本気でこの戦場に足を踏みいれるのか。

クリスは肩をすくめ、石の階段を上がる人の流れに加わった。博物館の丸天井の下の広間にはいる。

中央には角と牙を持つ高さ六メートルの猛々しいタスカーの剝製が屹立している。ウォードヘブンの初期入植者たちをおびえさせた生物の迫力というより、剝製師の高度な技術が雰囲気を出している。タスカーのかつての棲息地はほとんどがすでに地球産の植物におおわれている。現在のタスカーは北大陸の一部に少数の群れが残るのみだ。

クリスは子どものころ、剝製にされたこの動物をかわいそうだと思った。いまは、今日の権力者が明日は皮を剝がれて剝製や敷物にされる、その象徴に感じられた。そんな場所で自分らしく生きたいともがいていた自分がおかしくなった。

レセプションホールの高い天井は大理石の円柱で支えられている。大理石は赤やオレンジや青の条がはいって美しい。クリスの白い靴が踏む毛脚の長い絨毯は高貴な青で、大理石の色と合っている。広間の重厚な力強さをきわだたせている。時の権力者がつかのまの栄光を祝うのにふさわしい。

クリスは集まった人間の客たちを見た。この部屋の荘厳さにくらべるとみすぼらしい。ほとんどの男たちは白のネクタイに黒の燕尾服。タイツかパンツかはそれぞれの好みだが……どちらにせよ似合っていない。母は赤いドレスの裾を半径一・五メートルの床の上に広げ、女性たちの装いをリードしている。さらにたくさんのペティコートを重ねているようだ。タイトできらきらと輝くビスチェは、クリスの目には露出が多すぎる。女性の魅力をこれみよがしにしている。ただし客は全員おなじものを着ているし、殿方は並みいる美女たちに目移りしているようだ。トム以外の殿方だが。

クリスは白いドレスのチョーカーを初めてつけたときに、奴隷の装具かと思った。母がろくでもないものを考え出したものだ。ビスチェで強調するほど谷間のないクリスは正装軍服のほうがよかった。ビスチェにくらべるとトムの目を丸くさせる効果は薄いが。

母は広間の南の端で愛想をふりまいている。相手は議員夫人をはじめとする社交界の女性たちだ。父は北の端で、べつの目的をもって議員や財界人のあいだをまわっている。

父のすぐ横には、兄のホノビがくっついていた。議員一期目で、家業のやり方を最高の人物から教わっているわけだ。がんばってほしい。

東側には提督や将軍たちが固まっている。その陣をかこむように少佐や大尉たちが並んでいる。うるさい民間人を軍の中枢に近づけないための警戒線のようだ。

クリスはそこへ逃げこもうかとしばし考えた。しかしその中心にも数人の家族がいる。ロングナイフ家の曾祖父たちとトラブルだ。十年ぶりか十五年ぶりに会う彼らとどう接すればいいかわからない。新任少尉が高齢の将軍に両腕をまわして抱擁してもいいものか。やはり直立不動で、「こんにちは、将軍」とやるべきか。

ウォードヘブン参謀総長のマクモリソン大将が、地球の参謀総長のホー大将と並んで立っている。まわりに居並ぶのも惑星単位の軍のトップたちだ。クリスは自分のセキュリティ資格では雑談もできない気がした。

クリスはあきらめて首相の取り巻きのほうへむかった。なにか公式の役割が用意されているだろう。しかしクリスが父に近づくまえに、そのわきからホノビが離れて近づいてきた。見慣れない顔も背後についてくる。服装やクルーカットの頭からするとボディガードのようだ。クリスは二人に笑顔をむけた。ボディガードはうなずいた。ホノビは単刀直入に言った。

「クリス、お父さまをずいぶん怒らせたようだな。おまえが家族の反対を押し切って海軍にはいったとき以上だ」

「ええ、そのようね」

二人は長年の呼吸で、やれやれというように肩をすくめた。

「今日はぼくがなだめておくよ。厄介だから、おまえはお父さまと話さないほうがいい」

「わたしはそのへんを適当にまわって笑顔と愛想をふりまいておくわ」

「しっかりした愛想を、ごく短く、だぞ」

いまさら言われなくてもわかっていることを、ホノビは強調した。クリスはわざとらしく気をつけをした。

「わかりました、上官。おおせのとおりに」

ホノビは笑った。

「海軍へ行ってもおまえは変わらないと信じてるよ。それから、ぼくの選挙運動のときの協力には感謝してる。お父さまも機嫌のいいときにはよく言っている。クリスはよく火中の栗を拾ってくれたって」

クリスは、身長を二センチ以上追い越してしまった兄の頬にキスした。

「これからもいい仕事をして、お父さまをよろこばせて」

「わかってる。さあ、もう行け。ロングナイフ家の人々にたくさん会ってたくさん握手しておけ」ホノビは父の口癖を真似た。そして両親の勢力圏にはいっていない広間の両側を見た。「あそこの将校たちや退役軍人たちに挨拶しておいてくれ。お父さまにとって右派はいつも頼りになる。おまえの勲章を見せておけばますます役に立つ」

命がけでやったことを父が高く評価していると思うとうれしかった。

「行ってくるわ」

クリスは素直に答えて、そちらへむかった。

ホノビから離れたあとに、トムが訊いた。

「いつもあんなふうなのか？」

「政治が最優先なのは不自然と言いたいの？」

「まあな」

「あなたの家でも家業は優先でしょう」

「そうだけど、楽しむことだってするぞ」

クリスは顔に愛想笑いを貼りつけたまま周囲に目を走らせた。

「トム、ここは政治的な草刈り場なのよ。わが家はいまが営業時間なの」

「ハーベイは家まで送ってくれるかな」

「愛想笑いして口を閉じてればなにも問題は起きないわよ」

六歳のときに父から教えられたパーティでの生き残り術をトムに伝授した。現役軍人たちの反対側には高齢の退役軍人たちが固まっている。紳士服の襟や婦人服の慎ましいネックラインを誇らしげな勲章で飾っている。ロングナイフ家の顔は見あたらないので、クリスはそちらへ行こうとした。ところが母の知人に大声で呼び止められた。

「クリス、白い服のせいで見ちがえたわ。まあ、あなたには似合う色ではないわね」

クリスはため息をついて足を止め、こちらへむかってくる婦人とその娘を待った。母は最新ファッションだが、不適切な場所が張り出した体形だ。娘は適切な場所が充分に張り出し、おかげでトムの目も張り出していた。胸にまでルージュを引いているというのか。あるいはクリスの母よりさらに数ミリ露出が多いせいか。

婦人はしゃべり立てる。

「去年の夏のように私たちのファッションショーを監督してほしかったわ。あなたはスケジュール管理が完璧だから」

娘はあきれたように天井を見て、

「お母さま、彼女は他に大事なお仕事があるってわかってるでしょう。そういうことは自分でやるべきよ」それからクリスの姿を眺めまわして、「やっぱり底辺からのスタートなのね。階級はなんていったかしら。旗持ち？」

「少尉よ」

クリスは教えた。しかし耳は、背後から聞こえてくる興味深い会話にむいていた。かん高い声が自信ありげに言っている。

「利益の可能性は本来青天井なのだ。憶病なペティコートの婦人たちを送り返してしまえばいい。われわれの拡大を抑止しようとする地球にな。地球はわれわれから搾取するばかりだ。自分たちの拡大圏にあるすこしでも居住可能な惑星にはわたしたちを先に入植させ、そのあと自分たちはゆっくり慎重に一歩を踏み出してくる。ウォードヘブンの名のついた条約で成長が阻害されているのはなんともいまいましい」

婦人は話を続けていた。

「マクモリソン将軍とは親しいから頼んでみてもいいわね。あなたを誉めておけば、今年のファッションショーのときだけ臨時に派遣してもらえるかも」

クリスは婦人と娘に「ではまた」と軽く挨拶をして、反対方向をむいた。面とむかう形になった太った実業家は、顔をネクタイに負けず劣らず真っ赤にした。イティーチ戦争の終わりに人類協会の大統領を務め、引退前の最後の仕事として人類の拡大を制限する条約を成立させた人物の曾孫の娘に、さっき言ったことを聞かれてしまったと気づいたからだ。

クリスは笑顔で手を差しのべた。相手が反射的に握り返すと、間髪をいれずに言った。

「この六十年間に人類宇宙が四倍にも拡大したことが、イティーチ戦争を戦った人々を増長させたとは思われませんか？」

実業家はなにかもごもご言ったが、クリスは無視した。

「き……きみはたいしたものだね」

「といいますと？」

「まわりの会話を全部聞いていて、振り返ってすぐに切り換えられるとは。まるでコンピュータだ」

「その秘訣かどうかわかりませんが、わたしは揺れる胸が近づくたびに自分の名前を失念したりしませんから」

そのあとでトムがおかしそうに言った。

「シャワーのたびに自分で見とれるような揺れる胸をおまえが持っていたら、そんな辛辣なことは言わないと思うぞ」

「さあ、どうかしらね」

トムは熱心な口調で、しかし笑いを噛み殺しながら、

「なあ、考えてみろよ。おまえをファッションショーに臨時派遣する命令が上から降りてきたら、ソープ艦長はどんな顔をするかな」

「そんなのお断りよ」

クリスは人目のあるところでしかめ面をしないように努力した。マクモリソン将軍があのおしゃべりおばさんの要請に折れるようなことがあれば、普通の少尉を演じてきたこれまでのクリスの努力は水の泡になる。

左のほうから声がかかった。

「クリス。海軍でなにをしてるの？　てっきり政界入りするものだと思っていたのに」

若い女だ。ドレスを着ていて、だれだかすぐに思い出せない。名前が浮かんでくるのを待つ余裕はなかった。笑顔で握手する。女は言った。

「憶えていなくても無理はないわ。ユキ・ファンターノよ。北部のトゥーソンから来たわ。お父さまの前回の選挙の前に、経験を積むためにわたしたちの選挙対策本部を一週間手伝ってくださったでしょう」

「ああ、ユキ。北はどんなようす？」本当は思い出せなかったが調子をあわせた。

「猛暑で大変。こんな季節からでは先が思いやられるわ。あなたは選挙の混乱を本当にうまく切り盛りして、すごく盛り上げてくれたわね」

「ええ、そういうことには多少の経験があるから」

「そうよね」ユキは笑顔で答えた。

「知らない人たちばかりだから、しがらみなしに段取りをつけられたし、みんな協力的だったんですよ」

ちょうどそのとき、クリスの背後から話し声が耳にはいってきた。ちらりと見ると老人二人が話しこんでいる。

「ビリー・ロングナイフはいつ関税の必要性を認めるかのう。スラム住民用みたいな地球の安物製品からわれわれの産業を保護せねばならんのに。それにあの女どもはどうだ。ブレンダ・ロングナイフの真似をして着飾っておる。まるで地球の娼婦じゃ。もうビリーは渡航制限法案を可決すべきじゃろう。やれやれ、これからロングナイフの娘に勲章をやらねばならん。七姉妹星団出身のチンピラ集団からこちらの子どもを救い出したという手柄じゃ。厳格なパスポート制度を導入すればそもそもそんな悪党ははいってこんのに」

もう一人の老人が答える。

「ロングナイフの娘にできたのなら簡単な相手だったのだろう。しょせん誘拐犯など二流の犯罪者だ。七姉妹星団の学校では老婦人からハンドバッグをひったくる方法を教えているらしいからな」

ユキは青い顔になった。

クリスは肩をすくめて笑顔をむけ、べつのほうへ歩いていった。

トムが訊く。

「一言いってやれよ」

「豚に歌を教えてどうするの」

「たしかに時間の無駄だな。ところでどうやってトゥーソンの選挙事務所を丸めこんでユキをあれだけ感心させたんだ？」

「結果を気にしなければ、そしてまわりの人たちの敬意を集めていれば、意外となんでもできるものよ、トム。見知らぬ人たちの組織をつくって父の票田を開拓しろと命じられて、右も左もわからないところに放りこまれた二度目の機会にそれを学んだわ」

海軍にはいったのは、選挙活動の必要な地域が出てくるたびに送りこまれるのを避けるためだ。軍は政治に距離をおいている。現在のクリスティン・ロングナイフ少尉もそうだ。クリスは最後にアドバイスした。

「もちろん、どんな場合も笑顔は必須よ」

「笑顔ねえ」

「そう。笑顔を絶やさないこと。鉄則だから」

べつの愚痴が聞こえてきた。ナノ生物学の研究教授、ウーティン博士だ。

「地球とのビジネスでは大損してばかりだよ。特許権の有効期間がばかげて短いからな。わたしのアイデアが商用化にこぎつけそうになると、地球の盗人どもは特許期間が過ぎたと言って、勝手に生産をはじめる。リム星域には研究だけさせておいて、自分たちはびた一文払わない。あんなやつらはさっさと切り捨てるべきだよ」

応じたのは、クリスもかつて学んだ政治学教授のミード教授だ。

「中央管理型の特許法が必要なんだ、ラリー。リム星域は特許期間の延長に努力している」

「しかし法案が上院を通っても、地球の大統領は拒否権を行使する。リム星域の大統領候補が当選したのはいつが最後だったかな、グラント。ロングナイフではなかった。一、二度はあったかもしれない。しかし普通選挙で大統領が選ばれるかぎり、地球と七姉妹星団が推す候補しか勝てない。わたしたちの法案は通らない。はっきりいって、わたしたちは独立すべきだ。どの惑星も勝手にやっていくんだ。自分たちで特許を登録し、書類を保管する。そうすれば、特許申請書類をのぞき見る地球の盗人どもは、わたしの仕事をコピーできなくなる」

　ミード教授はグラスから一口飲んで指摘した。

「彼らは最大のマーケットだぞ」

　クリスはタイミングを見て会話に加わった。

「そして最大の艦隊を持っていますわ。イティーチ戦争ではその艦隊に救われました。乗組員を集めた地球の巨万の富にも」

「やあ、クリス。今回はお手柄だったな」

　ミード教授は顔を輝かせた。クリスは答えた。

「自分の仕事をしただけです」

　もう一人の博士はそれまでの話題にこだわっている。

「昔のことなど関係ない。イティーチ帝国はふたたび眠りについた。他の異星種族が登場する気配はいまのところない」

　ミード教授は指摘する。

「ウォードヘブン条約のおかげでエイリアン探しをほとんどやらなくなったからだよ。銀河系は広い。わたしたちはその上っ面にさわっただけだ」

「まるで砂場に頭をつっこんだ地球派のような意見だな」

　クリスはミード教授に会釈し、議論の相手をまかせてその場を離れた。しばらくはひたすら握手していった。近くにバーがあり、クリスは短時間立ちどまってトニックウォーターを手にした。トムはようやくビールのグラスを持った。

右手に当初の目当てだった退役軍人の集団がいた。襟につけた勲章でわかる。イティーチ戦争の経験者たちだ。会場のなかでここの年配女性たちだけは、上着にブラウス、裾の広がったパンツという昔風の服装だ。ビスチェに勲章を留める場所はない。母があの露出過剰の装いのなかに、金色の太陽の光輪をかたどった地球勲章や軍の勲章を無理やりつけているところを想像するとおかしくなった。

退役軍人の何人かはクリスに笑みを返してきた。クリスはすぐにそちらに近づけた。首相の娘としてこの手の人々には慣れていたし、現役の少尉としても歓迎された。とはいえ、彼らのあいだでかわされる話題に変化はなかった。

「いまの坊やたちに必要なのはいい戦争だよ」

「はっきりいって軟弱すぎる」

「いい戦争で根性を叩き直されればいい」

「あれを見ろ。みんな自堕落な女のような恰好をして」

「なにも考えていない追従者だ」

「いい戦争をすれば自立できる」

「そもそもリーダーがあれだ。スキャンダルだらけのロングナイフ。軍隊経験がない」

「練兵隊軍曹に小一時間鍛えられればいいんだ。そうすれば指導者としてしっかりする」

「かつてのわたしの軍曹なら気骨を叩きこんでくれたはずだ」

「まったくな」

話の輪のなかの何人かはクリスの存在に気づいた。派手な色彩ばかりの部屋のなかで純白はかえって目立つ。軽く肘でつつきあって視線がクリスにむけられる。しかし彼女の父への批判はやまなかった。トムは退却姿勢にはいったが、クリスは意に介さなかった。イティーチ戦争経験者は政治家の娘があらわれたくらいで考えを変えない。まして話題を変えたりしない。

クリスは慣れていた。耳にしたことのある話ばかりだ。ソープ艦長を含めて年長の士官たちは、最近の若い者は金儲けばかり考えて社会貢献をしないとよく愚痴っている。いまの世代とそれを指導する政治家たちは義務と名誉の意識に欠けている。一部ではもっと強い批判も出ていた。これはまちがった人々が指導層にいるからだ。いい戦争をすればだれが指導者にふさわしいかわかる……。

クリスはほぼ全員と目を見あわせ、笑顔を送って、そこを離れた。トムに対して言う。

「年配の退役軍人の言うことはよくわかってるのよ。百歳過ぎてああいう考えにならなかったら、そのほうがおかしい」

「おまえは、いいほうに考える人々にちょっと近すぎるんじゃないのか?」

「わたしが問題の種だと言いたいの?」

「そうじゃなくて、片方に寄りすぎると反対側が見えないってことさ」

「あなたは未知の領域に突撃するのを好むってことね」

「おいクリス、おれはサンタマリア出身なんだ。まわりは全部未知の領域さ。そんな場所でも人の意見はそれぞれだ」

「そんなわたしたちでも一つの銀河系に住まなくちゃいけない。みんないっしょにね。さてどうすべき？」

「それがわかったら、おまえの親父に会ったときに最初に言ってるさ」

クリスは広間を見まわした。母とかまびすしい女性たちは右の奥。正面には現役の軍人たちがいる。対応を考えながらまっすぐ歩きだした。サンプソン代将に出くわそうとしたとき……。

「クリスティン・ロングナイフ、わたしのことは憶えていないだろうな」

やや灰色の髪の中年の男が話しかけてきた。一分の隙もない身なりで、分厚い手を差し出す。背後には三人、いや四人の警備がついている。父のボディガードが弱々しく見えるほど屈強な男たちだ。彼らはクリスを値踏みするように見ると、また周辺に目をもどした。今日この場で本物の血が流れることを警戒している連中が目の前にいる。

クリスは笑みがこわばらないように気をつけた。

「こんにちは、スマイズ－ピーターーウォルドさん。わざわざウォードヘブンまで？」

「いろいろと動きがあるからね。未来の匂いがしている。本物の権力がある。そういう場所なら足を運ぶとも。きみの家系には人類拡大への恐怖症が代々受け継がれているが、きみの父君がそれを克服すれば、われわれには銀河の富がもたらされるはずだ」

「そう思って前回試したときに、わたしたちはイティーチの触手に絞め殺されそうになったのですよ」

その声はクリスの背後から聞こえてきた。振り返ると、トラブルおじいさまだった。輝くような青と赤の服。ピーターウォルドにはしっかりと中立的な顔をむけている。

サンプソン代将が指摘した。

「イティーチ帝国はこの六十年間おとなしくしているではありませんか」

トラブルはビールを一口飲んだ。

「不活発だという見方もあるだろう。彼らの皇帝はもともと拡大主義ではないんだ」

ピーターウォルドは低い声で言った。

「しかし人類は拡大しなくてはいかん。足を止めることはない。自分で限界を設定してもろくなことはない」

それは拡大主義政党の基本的主張だ。人類こそ最高と思っている。クリスも自由が許されるなら同意見だった。しかしイティーチは人類を絶滅させかけた。ここは口をつつしむことにした。

トラブルはうなずいた。

「そうだ。拡大は必要だ。しかし管理された拡大のほうが、なにかに出くわしたときに対策がとりやすい。可能なかぎりの準備はできる。銀河はとても広い場所だよ、ピーティー。だからこそなにがいるかわからない」

「きみはどう思うかね、クリス？」

ピーターウォルドは笑顔をクリスにむけた。クリスはその裏にどれだけの誠実さがあるか見きわめようとしたが……はかりかねるというのが結論だった。

「銀河はたしかに興味深い場所です。でもわたしはまだ出ていってまもないので」

いつも教えられているとおりに当たり障りなくかわした。父は対立するメディアの今夜のニュースで娘のコメントなど聞かずにすむはずだ。

「なかなか慎重なお嬢さんだ」ピーターウォルドの笑みはさらに穏やかになった。

「悪くない返答だな」トラブルもうなずいた。

「ところでわたしの息子がきみの母君のそばの集団にいる。あとできみも来たまえ。息子にはまだ会ったことがないだろう」

「ええ、まだその光栄に浴していません」

「では今日をその日に」

「はい」

ピーターウォルドが広間の母の側へ歩き去るのを、クリスは笑顔と愛想のいい態度で見送った。

サンプソン代将は黙ってトラブル将軍に背をむけ、べつの将校たちの会話に加わった。クリスはようやく息をついて、笑顔がゆがんでいないかどうかチェックした。

トラブルは片手をポケットにつっこみ、反対の手でビールのグラスを持っていた。

「立派な対応だったぞ」

「だれも傷つけないように気を使った結果です、将軍《サー》」

「なんだ、親しいおじいちゃんまでサー付けで呼ぶのかい」

「おたがいに軍服で公衆の面前では、それが適切だと思います」

「まじめだな」

「状況はどの程度ひどいのですか？」

その質問に老兵は黙りこんだ。ビールの泡をしばらく見ていたが、首を振り、トムに目をやった。

「きみに軍服を着せたくないと思うほどではないさ。本物の戦争を憶えているわれわれ老いぼれが、昔を忘れたり誤解している人々を抑える」ビールを一口飲んで、「そのつもりだ。きみはなにを飲んでいる？」

「トニックウォーターです、おじいさま」

「昔のきみの最大の問題は、いい子になるようにと母上が飲ませていた薬だったと思っている。きみはアル中ではないはずだ」

「人生には知らないほうがいいものがたくさんあります」

いまだに夜中に震えながら目覚めてしまうことがある問題を、トラブルが軽く流してくれてほっとした。

「紳士淑女のみなさん、こちらにご注目ください」

アナウンスに宴のざわめきが少しだけ低くなった。

トラブルが二人に提案した。

「いっしょに来なさい。二人ともその服装ならちょうどいい。本日注目の若者にうってつけだ」

「いえ、わたしはここに控えているのが相応です」

「数人の老いぼれ将軍が怖いかね？」

「銀河のように星が連なっています」

「きみの銀河でもあるんだぞ。いつかはきみもああいう星をまとうことになるかもしれない」

「おじいさま、わたしたちは現役の少尉です。資格がありません。将軍方の会話を知る必要はありません」

「怖じ気づいたのか？　地雷やライフルは平気なくせに、数人の老人ごときを恐れてどうする。それともあのなかの二人がとくに怖いのか？　この家に生まれたら親類縁者を避けて通るのは不可能だとあきらめろ」

「トラブルおじいさまは大丈夫ですけど」

腕をとられ、しかたなくクリスは引っぱられていった。トムは岩礁へ曳航される船のような気分でついていった。少佐や大尉の警戒線はへまをせず突破できた。首相は最初の勲章を芸術家と官僚に授与しているところだ。トラブルは二人の中将に声をかけて席を空けさせ、そこを自分とクリスの席にした。クリスの隣は地球の統合参謀本部議長だ。クリスはこわばった笑みで二人の将軍のあいだにすわった。トムはすきを見て安全な隅に退避した。

トラブルは紹介した。

「ホー大将、これは曾孫のロングナイフ少尉です」

クリスは自分が首相の娘であり、これよりもっと困難な状況を生き延びたことがあるのを必死で思い出した。そしてこの場に必要な儀礼を確認する。ここは軍内ではない。敬礼の必要はない。そもそも社交の場だ。そういうことだ。

ホー大将がうなずいたのに対して、クリスもうなずき返した。

「作戦でいい仕事をしたようだな」

「あの状況で少尉としてやるべきことをやっただけです、将軍」

「忘れるな。ロングナイフ家の一員がやったということが重要なのだ。そうだろう、レイ?」

やばい。ホーのむこうに星五つ分の間隔をおいて、もう一人の曾祖父がいた。こんなときに親族との再会か。将軍だらけの環境で一人の少尉がとるべき態度に四苦八苦しているのに、久しぶりに会う親族への適切な挨拶も折りこまなくてはいけない。勘弁してほしい。

レイはホー将軍に同意した。

「生き延びたのなら、いくつか学んだことがあるはずだ」

授勲式は進んだ。受勲者の地位が上がり、首相の政党にとって政治的に重要になるにつれて、首相の祝辞は長くなった。

しかしクリスのまわりの軍人たちの態度は落ち着いていた。政治的な統制者に招かれたから来ているだけだ。全員が胸のまえで腕組みをして静かにすわっている。戦うスフィンクスのように押し黙っている。自分たちを理解せず、必要とせず、ろくに見ていない社会に対する軍人たちの態度だ。

長いリストの終わりにたどり着いた首相は、最後の勲章のプレゼンターは自分ではなくホー将軍に譲ると告げた。

つまり、ウォードヘブンの参謀本部議長マクモリソン大将の頭越しに、ホー将軍が呼ばれたということだ。たしかにクリスは人類協会の海軍に所属しているが、タイフーン号を建造したのはウォードヘブンで、乗組員はウォードヘブン出身者。つまりタイフーン号はウォードヘブンの軍艦なのだ。

父は自国の軍属をどう扱うべきかについて教訓を得るだろう。クリスは……できれば教訓を与える立場になりたくなかった。

ホー大将はわずかに眉を上げた。目もとと口もとの皺が不愉快そうにかすかに深くなる。まわりの将軍や提督たちもおなじだ。それでもホー大将はためらわずに壇上に進んだ。司会がクリスの表彰状と賞状入れを将軍に渡し、勲章をクリスの父に渡した。

クリスはこの一時間、家族がこの儀式を軍人にまかせてくれることをあらゆる官僚の神に祈っていた。しかしやはりだめだった。母までペティコートをひるがえして壇上に進み出てきた。あっというまに政治的に血まみれな茶番劇になっていく。

ホー将軍は血まみれだろうがなんだろうが政治には無関心だ。低い声で命じる。

「ロングナイフ少尉、前へ」

他の受勲者たちは壇上で握手をしたり、首相と談笑したりしている。集まった客の一部に大声でなにか言っている者もいる。

クリスは背筋を伸ばし、顔を上げて歩きだした。練兵隊時代の軍曹が見たらほめてくれるはずだ。

ホー将軍はぶっきらぼうだが明瞭な声で表彰状を読んだ。その最後をこう締めくくった。

「……犯罪と銃撃に立ちむかった貴官の行動は、貴官自身と所属する海軍の名誉である」

クリスははっとした。これまでの同種の表彰状は、最後はつねに、〝所属する人類協会の海軍の名誉である〟と締められるものだった。

ホー将軍は賞状入れを差し出した。クリスの背後の軍属席で、高級将校たちが脚を組み替える音がした。重要な文言が欠けていることへの声なき抗議だ。クリスは表彰状の文面に目をやった。そこには伝統的なフレーズがはっきりと書かれている。つまりホー将軍は読み飛ばしたのだ。

これは、緑と青の旗は降ろされるべきだという同僚将校に対する彼のメッセージなのか。

民間人は目の前の緊迫したドラマにもちろん気づいていない。クリスのそばに両親が来ると、民間人たちは立ち上がった。勲章を留めるのは母だ。クリスの左胸にピンを挿しながら、ささやいた。

「こうしてお飾りをもらったのだから、帰っていらっしゃい。小さくつくりなおせばいいペンダントになるわ。宝飾細工師にダイヤモンドをいくつかちりばめさせたら素敵ね」

「お母さま……」クリスはわざと十四歳にもどったような声で、あるいはさまざまな世代の少女の声でささやき返した。「海軍をただ辞めるなんてことはできないの。それは敵前逃亡とか反乱とか呼ばれるのよ」

「あら、お父さまから今朝聞いた話では、海軍は予算問題をかかえているそうね。乗組員を早帰りさせているとか」

「そうよ。でもわたしは士官だから給与半額で、半分の期間は勤務にもどるわ」

「そんなところにいつまでも……」

そこへ父が割りこんだ。

「ほら、カメラへむかって笑顔をつくれ」

歯を見せた笑顔を顔に貼りつけて小声で言う。クリスと母は従った。

壇上の人々がそれぞれに散って表彰式は解散になった。両親はまたいろいろな人と会いはじめた。ホー将軍はもの問いたげな視線に眉を上げて答えた。クリスはひとけのない場所に椅子をみつけてすわりこんだ。前向きな気持ちをなんとか回復しつつ、強い飲み物がほしい気分を押し殺した。

しばらく人が殺到したり、支持者の挨拶に応える必要があると思っていた。しかし実際にはトムと二人きりでまわりを見まわす余裕があった。表彰式での民間人と軍人の溝は明瞭だった。民間人は建設し、発見し、社会を動かし、人類と自分自身をより輝かせていく。おめでたいことだ。クリスはといえば、少女の命を救うために死にかけた。

クリスは首を振り、だれに言うともなくつぶやいた。

「ホー将軍は壇上を去るときに、なにか小声で言っていたわ。自分たちは試合の内容が見えないほど遠い観客席に置いてきぼりになっているって。他の客に言っていたのか将軍たちに聞かせたかったのかはわからないけど。でも言いたいことはわかる気がする」

トムはまわりを見た。

「それはどっちの立場にもあてはまるんじゃないか」

クリスは、二つのチームが外野の右と左に分かれて動かず、どちらも試合のようすがわからないでいるところを思い浮かべた。

曾祖父たちが両者のあいだを歩きまわっているのを眺めた。人類協会が倒れる寸前の状況で、両派の緊張状態をなんとか解こうとしているようだ。一方は人類は一つであるべきだと固く信じ、もう一方はそれぞれ勝手にする自由があると考えている。

しかし分裂の傷が癒えても、それぞれのグループ内にまた新たな党派ができるだろう。利益と権力と栄光を求める人々と、自己犠牲と権力と栄光を求める人々。対立のなかに対立が生まれる。クリスはまわりの人々の顔を見た。こんなうわべだけの社交はそんな重層的な対立に耐えられるだろうか。

レイとトラブルがこちらへ近づいてきているのに気づいた。同時に母も若い男を連れてこちらへむかっている。母が足を止めてくれることを願った。トラブルとはそりがあわないはずだ。しかしそうはならなかった。クリスは難儀な機能不全の家族に対応する覚悟を固めた。

「クリス、あなたにヘンリー・スマイズ－ピーターウォルド十三世を紹介するわ。おたがいに知りあっておく価値はあるわよ。共通点が多いから」

ええ、そうでしょうねと、クリスは思った。この男と結婚すれば、義父は自分を殺そうとするのをやめるはずだ。

しかしこの若者を見るトラブルとレイの固い表情からすると、それも疑わしいかもしれない。

若きピーターウォルドは意に介さず、ほがらかな笑みを浮かべて手をさしだした。年齢も身長もクリスとおなじくらい。金とエゴをたっぷり持った最近の親に遺伝子操作されたことがあきらかな彫りの深い顔。クリスはその手をとった。

しかし一言もいわないうちに、クリスとトムのリストコンピュータが同時に着信音を立てた。急いで目をやると、救済の文が表示されている。

〝緊急呼び出し。貴官の休暇はキャンセルされた。オリンピア星にて緊急事態発生につき、至急基地に帰還せよ〟

最高のタイミング！　しかしクリスはあえて顔をしかめた。

「オリンピア星って、どこかしら？」

ネリーが答えるまえに、トラブルが軽い笑いとともに言った。

「ああ、あそこか。またしてもいい任地を引き当てたな、クリス。新しい植民星だ。初入植からまだ五十年たっていない。主要な入植地域から見て惑星の裏側で巨大火山の爆発があった」

「裏側で幸運ね」

「ちがう。大打撃だ。大量の火山灰が大気中に噴き上げられて、惑星は夏が一回休みになった。農作物は全滅。現在は海流の循環もストップし、伝説に語られるような四十日と四十夜降りつづく雨にみまわれている」

レイも説明を加えた。

「それですめばむしろ幸運だっただろう。実際には雨は十二カ月間降りつづき、いまもやむ気配がない。まさにきみたち若者の働きどころだ。飢饉、洪水、そして法秩序の完全な崩壊。武装集団と暴徒が水浸しの大地を荒らしまわり、わずかに残った食糧をめぐって戦っている」レイはトラブルのほうをむいてニヤリとした。「ああ、たしかにこの子はいい事案を引き当てたな」

「古きよき日々を思い出すな」トラブルは笑った。

母は眉をひそめた。ピーターウォルド家の御曹司は肩をすくめた。

クリスは悪いニュースを聞いたにもかかわらず、肩から重荷を降ろしたようなせいせいした気分で、トムとともにいとまごいをした。

9

士官学校で、古参の大尉からこう聞かされていた。

「公共交通機関での移動中が、軍服を着ていながら一番民間人的になるときだ。それはすこしもいいことじゃない。むしろ地獄だ。所在先任士官なら最悪だ」

クリスがこれまで軍人として公共交通機関を使ったのはウォードヘブンとハイカンブリア間の一回だけだ。そのときの所在先任士官は部隊長だった。彼は行程の大半をバーの片隅ですごし、バーのことを海軍本部とか将校クラブと呼んでいた。クリスは旅客船が目的地に着くまで、ネリーが探し出してくるカミカゼ級急襲艦の資料に没頭していた。そのときもっとよく見ておくべきだったと後悔するはめになった。

今回はクリスが所在先任士官だった。

そもそも士官は少なかった。新任少尉ばかり最初は二人。あとで四人になった。クリスは卒業時の席次がトムよりすこしだけ高かった。おもに射撃訓練の成績の分だ。ピッツホープ星で乗りこんできた二人の少尉は、どちらもクリスたちより一週間任官が遅かった。それは資料を見てわかった。というのも、その二人は乗船するなり隣の船室に引きこもって食事のときしか出てこなかったからだ。

「こいつらの部屋のあいだのドアはけっこういつも開いてるんじゃないかと思うけどな」トムが顔をしかめて言った。クリスとトムのあいだのドアはいつも閉じていた。例外はクリスが先任士官としての仕事で協力を求めるとき。たとえば指揮下の軍人たち全員のワクチン接種記録を調べるときなどだ。

クリスは乗船してくるすべての海軍兵士について、まるで袋詰めのジャガイモを取り引きするように書類に次から次へサインしていった。ワクチンについてはオリンピア星で必要な種類をすべて受けているかどうか確認しなくてはならない。大変なのは必要な種類が刻々と変わることだった。オリンピア星の衛生状態は悪化の一途をたどっている。惑星全体が新しい病原菌の繁殖器になっているうえに、人間の健康状態が悪化して世界的流行《パンデミック》が起きやすくなっているのだ。

「腸チフス？　こんなの二百年前に消えたんじゃなかったか？」トムが驚いた。

「そう思ってたけど、オリンピアに保菌者がいたんでしょう。いま流行してるってことは」

この腸チフスのせいで、クリスはハイピッツホープの港で恒星船レディヘスペリス号のタラップが上がるまぎわまで苛々と歩きまわるはめになった。急いで注文したワクチンの到着を待っていたのだ。三等航海士が宣言した四度目の期限が切れる数秒前に品物が到着し、クリスはなんとか港に取り残されずにすんだ。しかしいっそ取り残されたほうが楽になれただろう。

レディヘスペリス号、通称ハッシーは、かなりオンボロな旅客船だった。乗組員のアドバイスは一切なかったが、夜は寝台にストラップで体を固定し、食器はしっかり持つべきであることをすぐに学んだ。ハッシーの機関士たちはエンジンの安定噴射を維持できないようだった。ゼロGから三G近辺までの推進をはげしく往復する。前触れなく推力が変動する。民間人の乗組員は大笑いするばかり。海軍兵士たちは惑星救出にむかう勇者というより、動物園の動物のような気分にさせられた。

海軍兵士たちがハッシーのめちゃくちゃな挙動にいつまでも慣れない理由は、彼らの資料を見てすぐにわかった。兵士たちの大半は宇宙が初めてだったのだ。新兵訓練所を出たばかりで、基礎訓練さえ完了していない者がいる。軍服の着方もろくに身についていない。

あるときクリスは三等兵曹を呼び止めて、あまりにだらしない数名をどうにかしろと命じた。三等兵曹は、「わかりました、少尉」と答えて問題児のほうへむかった。しかしクリスが振り返ったときには、三等兵曹はバーへ直角ターンしていた。新兵の服装の乱れは結局そのままだった。

クリスは人事資料を詳しく調べてみた。そして首を振りながら、トムの部屋とのあいだをへだてるドアをノックした。

「どうぞ」

返事を聞いて部屋にはいると、トムはリーダーの資料に没頭していた。クリスは自分のリーダーを振ってみせた。

「うちの兵士たちを見た?」

「見た。残念ながら」

「そうじゃなくて、人事資料のこと。兵曹は二等が二人、三等が四人しかいない。あとは二等兵と三等兵ばかり。学校の上級クラスから今回無理やり引っぱってきてる。ウォードヘブンの予算に穴があいていることと、いまの政治情勢を考えると、本来こんなところへ派遣されるわけはないわ」

トムはリーダーから顔も上げずに返事をした。

「つまり、このオリンピア派遣で鍛えられてさっさと一人前になれ。ついてこられないやつは落第。自信がないやつは初めから出ていけ。それが海軍の態度だとおまえは推測してるわけだな」

口には出さなかったが、自分たちの場合はどうなのかとクリスは考えていた。父は娘に、さっさと自分のいるべき場所に帰ってこいと暗に言っているのだろうか。お断りです、首相閣下というのが返事だが。

しばらく沈黙が流れたところで、トムが言った。

「オリンピア星系にはジャンプポイントが七つもあるのを知っているか?」

「いいえ」

クリスは近づいてリーダーをのぞきこんだ。オリンピアとその周辺が映し出されている。

「つまりこの七つのポイントから出発すれば、ほんの二、三回のジャンプで人類宇宙のどこでも到達できるわけだ」

「交易地には理想的ね」

「だよな。なのに艦隊のはしくれだけ派遣して小さな活動ですませようとしてるのはなぜなんだ？」

今度はクリスが眉をひそめる番だった。

「ネリー、今回のミッションにかかわる地上の組織は？」

ネリーはいつになく長く沈黙した。ようやくクリスのリーダーに組織表を流しこんで、謝った。

「申し訳ありません。どういうわけか日報の内容がばらばらで不安定なのです」

トムが眉を上げた。海軍における日報の重要さは新任の少尉でも知っている。日報以外のどんな報告書でもおなじだ。

「現地司令官はだれ？」

ネリーが答えた。

「人類協会海兵隊ジェームズ・T・ハンコック中佐です」

「……あのハンコックか？」トムがつぶやいた。

「同姓同名かもしれないわよ」

クリスは言ったが、ネリーに確認は命じなかった。自分の目で確認したほうがいい場合もある。

組織表を見た。こういう救援任務は組織の構造にかならずしもこだわらなくていい。司令官には現場での裁量権があたえられている。それでも、規模しだいでは大隊や連隊としての組織構造は持っている。オリンピアの場合は大隊の規模にも達しない。だいたい二百名で、数字は日報によって三十名程度上下する。しかし組織表は、トムのアイルランドの踊りに興じるアメーバのように司令官を中心に広がっている。トムは読んでいった。

「通信、衛生、情報、会計、補給、憲兵隊……。全部、司令官直属だ。で、この大きな総務課が人員のほとんどを占めてる」

「なにがたりない？」

トムは顔を上げてクリスを見て、宙に目をやって肩をすくめた。

「後方部隊ばかりで実働部隊がいない」

「そう。総務課ばかりで救援物資の運び手がいない」

「総務課が実働もかねてるのかもしれないぞ」

「着いてからのお楽しみね」

クリスはため息をついた。父に言わせれば、今日の厄介事は今日の厄介事。明日の厄介事はこちらに降りかかるまえにひとりでに解決するかもしれない。

しかしそれは楽観的すぎるように思えた。

二日後、オリンピアが舷窓に大きく見えてきた。クリスは派遣先となった混乱の地を初めて眺めた。

惑星は明るく輝いていた。長さ三十キロメートル、幅十数キロメートルの島が粉々に吹き飛んだとすれば予想どおりの色だ。火山灰で濁った大気の底にも雨雲が見える。海から陸へと上がり、すでに大きな雲にとりまかれた内陸の山脈へさらに吹き寄せられている。そのむこうの砂漠には最近洪水が流れた跡がある。雨に濡れているらしい染みもある。

「この船を壊しかけている無法者たちの責任者はあんたかい？」

腹が突き出て数日分の無精髭をはやした男がずんずんとこちらへやってきた。薄汚れた船長帽らしいものが頭の隅にひっかかり、手にはなにかの用紙を持っている。クリスは答えた。

「わたしが所在先任士官です」

「ここにサインを」

「内容は？」

「契約に従って九十六人の下士官と四人の士官をオリンピア緊急救援軍に送りとどけたという送り状さ」

クリスは資料に何度も目を通していたが、数はかぞえていなかった。

「ネリー、下士官は本当に九十六人いるの？」

「はい」

トムがネットごしに報告してきた。

「クリス、全員シャトルに乗ったぞ」

「頭数は九十六人？」

「さあ」

「点呼を命じる」

トムの声はしばらく消え、きびきびとした口調でもどってきた。

「下士官九十六名そろっています。自分と他二名の少尉とともにお待ちしております」

「すぐ行く」答えてため息をつき、「写しをいただけるかしら」

船長は二枚目の複写紙を渡した。クリスのサインも写っている。

「ありがとう、船長。今後は乗りあわせない幸運を願うわ」

クリスはバッグを肩にかけた。服装は海兵隊の野戦服。これからは昼も夜も、今回の作戦が続くかぎりこの服装だ。ウォードヘブンの准尉は、新任少尉はこの作戦で多少手を汚すことを許されていると、うれしそうに説明していた。おそらく汚れる機会は多いだろう。

シャトルでの大気圏降下はひどかった。新兵数人が昼食を吐いたほどだ。クリスはシートベルトを固く締めていなかったら、操縦席に乗りこんでパイロットと交代したい気分だった。とはいえスキッフと百人乗りシャトルでは操縦感覚はかなり異なるはずだ。

目的地のポートアテネがちょうど嵐と嵐のあいまだったのは幸運だった。幸運でなかったのは着陸で、これがまたひどかった。機外に降りてみると、滑走路は轍と穴ぼこだらけだった。一人の新兵が鼻を鳴らした。

「こいつら恥ずかしくねえのか？　おれのハードリーズヘブンじゃ、コンクリをこんなひどい状態で放置しないぜ」

するとき貨物を降ろしていた地元作業員が答えた。

「酸性雨に一年洗われてみろ。てめえんちの滑走路だってこうなる」

トムは小声でつぶやいた。

「地元民はユーモアのセンスに欠けるみたいだ」

「建物のペンキもずいぶん洗い流されてるわね」

ターミナルは赤い縞のあいだにもとのペンキの色がうっすら残っていた。本来は青や緑やオレンジの派手な模様だったらしいが、いまはなにもかもくすんだ色におおわれている。

シャトルの横に二台のバスがやってきた。しかしクリスの兵士たちが雨に濡れながら外に集まっても、ドアは閉じたままだった。シャトルから降りる人の流れが途切れたところで、ようやくドアが開いた。車内から数十人の兵士が吐き出され、雨のなかをシャトルへ走った。順番も秩序もない。脱出の船にむかってめちゃくちゃに突進する。クリスたち交代要員への挨拶は、罵声や卑猥なジェスチャーだけだった。

トムはあきれて見送り、クリスを見て肩をすくめた。

バスが空《から》になると、例の二人組の少尉が真っ先に乗りこんで先頭の席にすわった。

「あの二人、わたしを避けてるのか、無視してるのかしら」

クリスは九十六人の兵士が乗りこむのを確認するまで、雨のなかで立ちつづけた。

トムはニヤリとして、言葉のトゲをすこしだけ抜いて、

「おまえのそばにいると命が危ないと察してるんだろうよ」

「そういう自分はどうなのよ」

「おれは妖精に守られてるから大丈夫」

「じゃああなたは妖精といっしょにもう一台のバスの責任者。わたしは困った二人組のほうを見るから。まったく、乗るのは上官が最後って心得がないのかしら」

トムは降りつづく雨に目を細めながら顔を上げた。

「そのルールをつくったやつは、オリンピアには長居しなかったんだろ」

トムはもう一台のバスのほうへむかった。

クリスは自分のバスに乗りこんだ。四十八人乗りの九十一人目に席などない。顔つきの悪い新兵が席を譲ろうとした。クリスの両親ならあたりまえのようにすわっただろうが、トラブルがそうするところは想像できない。だからクリスは目的地までの十五分間立っていた。

空港もひどいが道路もひどかった。路面より穴ぼこのほうが多いくらいだ。周囲の建物も降りつづく雨にやられていた。下水の本管が破れているらしく悪臭もひどい。人々はうつむき、肩を丸めて雨に耐えながらとぼとぼと歩く。窓は破れ、商店は焼け焦げている。すさんだ光景に兵士たちは口数が減り、暗い雰囲気になった。

錆びた鉄条網に囲われた地区にはいった。右にはかつてオフィスビルだったらしい建物がある。破れた窓はベニヤ板でおおわれ、そこに緑と青の人類協会の旗が描かれている。

水没しかけた泥だらけの緑地のむこうに、二棟のホテルがあった。四階建てと十階建てだ。

バスの運転手は、兵士たちをさっさと降ろしてくれと要求した。他の行き先で運賃を稼がなくてはいけないという。クリスは疑わしいと思ったが、バスは民間業者であり、海軍兵士はきびきび動かなくてはならない。

しかし急いでバスから降りると、兵士たちは雨のなかで立って待たねばならなかった。荷物を積んだトラックはあとからやってきた。荷台の二人の民間人は、まるで水たまりの一番深いところを狙っているようにダッフルバッグを投げ落としはじめた。

クリスは兵士たちに命じた。

「全員一列になって、自分の荷物を選び出せ。おまえと、おまえと、おまえ」体格のいい三人を選び出し、「荷台に上がって民間人といっしょに荷物を降ろせ。乾いた地面をめがけてな」

この指示が功を奏した。ダッフルバッグは名札を上にして正しいむきで降ろされはじめた。整列させるのはやめて、名前を呼んだほうがよさそうだ。

「ここの責任者はだれだ？」

トムが脇から小声で訊いてきた。クリスはすぐに答えようとして、やめた。視界の隅の人影に気づいたからだ。管理棟のドアが開いて、野戦服姿の海兵隊将校が出てきた。背筋をピンと伸ばし、作戦指揮用のボードコンピュータを脇に持って腿を軽く叩いている。責任者がだれかはあきらかだ。新しく到着した兵士たちを見る表情から、その感想もあきらかだ。

「気をつけ！」クリスは命じた。

質問というより非難しているようだ。クリスは責任を引き受けることを躊躇せず、即答した。

「責任者はだれだ？」

「自分です」

「名前は」

「ロングナイフ少尉です」

「そうか」しばしにらんだあと、どうでもよさそうに背をむけた。「兵士たちを二つの部隊に分けろ、少尉」

命令は簡単だが、実行するのは容易ではない。海軍のやり方に従えば、クリスは兵曹長にむきなおっておなじことを命令しなくてはならない。しかしここには二等兵曹しかおらず、そいつは船内でも到着して以後もリーダーシップをとっていなかった。ここにリーダーらしい者がいるとしたらクリスとトムだけだ。

昔トラブルが言っていた。クリスの両親の許可を得ずに最初のスキップ降下に彼女をつれていった朝のことだ。「やっても怒られるし、やらなくても怒られるなら、やったほうがいい。堂々とな」

クリスはトムのほうをむいた。

「リエン少尉、そちらのバスのグループで部隊をつくれ」

「わかりました」

トムは敬礼して、さっとまわれ右をした。そのせいで路面の深い穴に踏みこみかけたが、なんとかコケずに歩いていった。

クリスは自分のバスに乗ってきた水兵と海兵隊員のびしょ濡れ集団にむきなおった。

「こちらのバスの者は全員整列。兵曹はわたしの左に並べ」

立つべき位置を指さすと、兵曹はすぐに理解してそこに並んだ。二等兵曹が一人、三等兵曹が二人いる。列の基準としては充分だ。

「右へならえ」

号令とともに兵曹は腕を横に伸ばす。これを見れば入隊まもない新兵でもなにをすべきかわかる。右肩に隣の者の指先が触れるようにして並べばいいわけだ。そうやって二十メートルの列ができた。トムのバスのグループもおなじ方法で整列する。有象無象《うぞうむぞう》の集団は、わずかな時間で三列ずつ二つの部隊に分かれた。濡れそぼってみじめな姿ではあるが、多少は海軍らしくなった。

少尉二人組は、雨のかからない建物の張り出しの下にはいって他人事のように眺めている。

クリスはハンコックにならって二人を無視した。まわれ右をして敬礼、報告する。

「部隊を編成しました。新たに配属された兵全員がそろっています」

中佐はしかめ面のままクリスのほうをむいた。

「名簿はあるのか、少尉？」

クリスはポケットから名簿を出した。その気になればクリスのコンピュータからハンコックの作戦ボードへ簡単に転送できる。しかしハンコックは昔流のやり方を望んでおり、階級は上だ。

ハンコックは書類を受け取ると、見もせずにポケットに突っこんだ。

「ポートアテネ海兵隊基地へようこそ。わたしはハンコック中佐だ。歓迎と感謝の挨拶はここまでだ。人の役に立とうと思って来た者は、まわりを見ろ。役に立ってもこの程度だ。兵にはウェブ装置とライフルを支給する。どちらも任務時と基地内では常時携行するように。非番のときに基地の外へ持ち出すことは許されない。士官たちには――」

しかめ面がさらに不快そうになる。

「――ウェブ装置とピストル類の所持を許可する。賢明な者ならライフルも持て。使い方がわからないなら身につけろ。わたしはこれまで三名の女性兵を故郷に送り返した」

集合した兵士たちをにらみつける。

「実際に武器を持ち歩いた者はいる。わたしは三人を帰郷させたが、そのなかで反論してきたのは一人だけだ。若い女性兵で、地元の男をその男の銃で撃った。彼女は正当防衛だと主張した。男はそれに反論する目撃証人を立ててきた。女性兵は地元民による裁判にかけられた。なぜなら事件は基地の外で、彼女が非番のときに起きたからだ。そこで諸君には、基地から出ず、すべての時間が勤務時間だと思うことを勧める。そうすればなにごともなくママのもとへ帰れる」

ハンコックはクリスのほうをむいた。

「ロングナイフ少尉といったな。あのロングナイフ家の娘なのか？」

クリスはごくわずかに首をまわして相手の目を見た。

「そうです」

トラブル大将の推薦状付きですとつけ加えたかったが、我慢した。トラブルはどんな推薦状もハンコック中佐には送らないだろう。このハンコックには。

ハンコックは顔をしかめた。

「そうか。では少尉、新兵たちを総務課に出頭させろ。ウェブ装置を受け取って宿舎にチェックインできる。急げば食堂が閉まるまえに食事にありつけるだろう。総務課では食券と任務の命令書を受け取れ。現金や個人のクレジットカードを持っていたら預けたほうがいい。ここでそんなものを持ち歩いたらすぐ命を狙われる」

しかめ面をむける先を兵士たちの列から二人の少尉へ、さらにトムとクリスへ移した。

「それが終わったら、きみたち士官はわたしのところへ来い」

「はい、中佐」

クリスは敬礼した。ハンコックはうるさい小蝿を払うように手を振った。

兵士たちのほうにむきなおると、彼らもおなじように呆然としていた。ここではあれがリーダーの態度なのか。しかし驚いていてもはじまらない。雨は強く降りつづいている。そしてここでそれを気にしているのはクリスだけのようだ。

「兵曹、ダッフルバッグの山に行って名札を読め」

クリスは命じた。それだけで兵士たちは整然と動きはじめた。自分のダッフルバッグをかついで目の前の管理棟にはいり、一階の総務課へむかう。さらに武器庫へ行ってウェブ装置と武器を受け取る。新兵たちはどこにも滞留せず宿舎にはいり、さらに食事へと流れていった。

もちろん、最後に名前を呼ばれた者は下着までびしょ濡れになった。二人組の少尉は幸運にも早い段階で名前を呼ばれ、さっさと屋内へはいった。クリスの荷物もわりと早く呼ばれたが、目で確認して放置し、兵士たちの数が減っていくのを見守った。読み上げ担当の兵士が自分のバッグをみつけると、クリスは交代にはいった。トムは情けない顔で二人目の読み上げ役をはじめた。最後の一人の名前を呼ぶと、トムとクリスはそのびしょ濡れ兵士のうしろについて管理棟にはいった。タイル張りのホールにはひどい水たまりができていて、防水のはずのブーツからあふれた水がそこに加わった。

「ここまでつきあうことないだろう」とトム。

「部下たちを雨のなかに残していったら、トラブルおじいさまにぶたれるわ」

「おれの家族はだれも文句言わねえよ。次から交代制にしないか。一人がおれの家族の流儀。もう一人がおまえのやり方ってことで」

大柄な一等兵曹が近づいてきて、不満げに言った。

「ずいぶん遅かったですね。他の二人の士官の用事は一時間もまえにすみました。おかげでおれの晩飯が遅くなっちまった」

クリスはチェックインしていく兵士たちをしめした。

「どのみちこいつらが全部すむまで待たなくちゃいけないだろう」

「いいえ。おれの仕事は士官のみなさんだけなんです。宿舎と任務割り当てと食券について案内すれば、それで今日のおれの仕事は終わりです」

トムは指摘した。

「おれたちが働くのは日の出から日没までだって中佐は言ってた気がするぞ。それが安全だろう」

「べつに安全がいいとは思いませんよ。なにせ外には貧しい女がいっぱいいますからね。わずかな金でなんでも買えます」そこでクリスに渡そうとした書類を見て、「おっと、あのロングナイフ少尉か。あなたはいつでもなんでも買えるんでしたね」

クリスは食券にサインした。現金は預けなかった。

「最先任の下士官の居場所と武器庫と食堂を教えてほしい」

「目の前にいるのが最先任らしい下士官ですよ。おれたち兵士はこの騒ぎで給与半分なんて待遇は受けられませんからね。ここに送られてきてるのはお偉いさんを怒らせた札付きばかりで」

「きみも?」

クリスは訊いたが、一等兵曹は無視した。

「武器庫は低いほうの宿舎のむこうです。食堂は高いほうの宿舎のなか。食堂は三十分後に閉まるんで、おれは急いで行きます」

「助言をありがとう」命令書を見て、「わたしはハンコック中佐の直属になるのか？」

「中佐は途中によけいな人間をはさむのを嫌うんです。そもそも将校はあんまりいませんしね。慈善家が何人か残っているだけです。将校のほとんどはこんなところへ来ないで、半額給与で遊んでますよ。すぐわかります。さて、おれの仕事はかたづいたんで、いなくなります」ドアのところで振りむく。「終わったら電気を消しておいてください」

トムは命令書と食券を野戦服のポケットにねじこみながら、

「楽しい連中と仕事をするのはいいもんだ。最高の職場だと思わないか」

クリスは自分の書類をしまってダッフルバッグをかついだ。

「どうかな。とりあえずライフルとピストルを受け取って、それから食事にいく」

ウェブ装置とライフルとピストルを受け取り、宿舎に荷物を放りこみ、ライフルをそのフロアの武器ロッカーにしまい、急いで食堂の列に並んだときには、閉店五分前に迫っていた。トレイに盛られたのは豚に食わせる残飯のようなものだった。空腹を満たせればなんでもいいと、クリスとトムが最初の一口をほおばったとたん、着信音が同時になった。クリスは手を振ってトムに食事を続けさせ、相手はわざとだろうかと思いながら通話に出た。

「ロングナイフ少尉です。リェン少尉もいます。ご用はなんでしょうか、中佐」

ハンコック中佐は怒った声だ。

「二人ともなにをぐずぐずしてるんだ？」

「食堂にておいしく栄養たっぷりの食事をいただいているところです。まだ成長期ですので」

「用事がすんだらすぐ報告に来いと言ったはずだ」

腰を浮かしかけたトムを、手を振ってまたすわらせた。

「はい、そのつもりです。到着した新兵が正しく手続きをすませるのを見届けて、自分たちの命令書と食券を受け取って、ウェブ装置と武器を選んで、部屋に荷物をいれて武器をロッカーにしまって鍵をかけて、この基地の食堂で出される風味絶佳な料理の最初の一口を楽しんでいるところです、中佐。三十分後にうかがいます」

「なぜ三十分もかかる。月夜の散歩でもするつもりか」

「それもいい考えですね。雨は二分前にやみましたから」

トムは目を剝いている。クリスは笑顔を返すだけ。

「ロングナイフ、十五分後にここへ来い。さもないと朝まで歩かせるぞ」

「わかりました、中佐。十五分後に」

クリスは通話を切り、夕食の二口目に手を伸ばした。

「五分後だって行けるぞ」とトム。

「胸焼けしてまで？　どうせ厄介事を押しつけられに行くのに。ごめんこうむるわ。食事はゆっくり楽しみたいの」

「ロングナイフ流に？」

クリスはトレイをじっと見ながら、正体不明かつ消化不能に思えるものを咀嚼した。

「そんなつもりはないけど。たしかにトラブルおじいさまに聞かされた話に影響されすぎてるかもしれない。でも、トム、宿舎の割り当てでハズレを引いたら、悪魔を相手に戦うか、悪魔といっしょに戦うか、どちらかしかないのよ」

「悪魔と戦うには隣にドラゴンが必要だぞ」

「アイルランドのことわざかなにか？」

「いいや、おれのことわざだ。おまえの隣に長居しすぎた経験が出所だ」

きっちり十五分後にクリスはハンコック中佐のドアをノックした。中佐は椅子にすわってデスクに足を上げ、顔のまえにはリーダーをおいて読んでいた。クリスとトムはデスクのまえに並び、靴底にむかって直立不動になった。中佐の目は壁の時計を見て、またリーダーにもどった。

「きっちり十五分だな」

「はい」

中佐はリーダーから顔を上げずに言った。

「倉庫が乱れている。整理しろ。どういうわけかあそこから近隣住民に袋詰めの米や豆ばかり提供しているようだ。あそこにはもっとましな食べ物があるはずだから探せ」

「わかりました」

クリスは答えて、しばらく待った。なにもなさそうなので、中佐の靴底にむかって敬礼した。トムもならった。ハンコックはまたうるさそうに手を振った。クリスはまわれ右をし、トムを従えてオフィスから出た。

「いったいどうなってんだ？」トムはしばらく前の問いをくりかえした。

「一種のゲームなのよ」

「ゲームならどっちが勝ってるんだ」

「こっちが何ポイントかリードしてるはず。倉庫ってどこ？」

最後はネリーに訊いたのだが、返事はない。そこで当直室へむかった。中佐の部屋から廊下をまっすぐ行ったところにそれらしき部屋があった。しかしなかの二人の当直は椅子の上で眠っていた。

「倉庫はどこ？」

クリスの二回目の問いでようやく一人が目を覚ました。顔を上げてクリスを見ると、一枚の紙を放った。街路図だ。クリスはそれをゆっくりと回転させながら、来るときの道の記憶と照合した。三十度傾けると街路図はわかりやすくなった。

「あっちに二ブロックみたいね」

眠り姫がわずかに目を覚まして、椅子にすわりなおしながら訊いた。

「行くんですか、この夜中に？」

「そのつもりだけど」

「ピストルを持っていったほうがいいな」

二人はそのまま夢の世界にもどった。トムが言う。

「たるんだやつらだ。起こさなくていいのか？」

「中佐とおなじ並びの部屋で眠りこける度胸があるのよ。二人の新任少尉くらいで目を覚ますとは思えないわ」

「これでも海軍か」

「あなたにはお馴染みでしょう。アイルランドの説教師がいつも説いてまわっているやつ。ここがいわゆる海軍の地獄よ」

クリスはロッカーに寄ってM-6を引っぱり出した。忘れっぽいトムには安全装置の操作や銃弾の装塡まで思い出させなくてはいけなかった。肩にかけ、雨がはいらないように銃口は下にして、倉庫までの二ブロックを歩いた。実際には倉庫は何棟かあり、どれも鉄条網でかこまれていた。

ゲートのところに民間人の警備員らしき男が一人立っていた。そのライフルも雨を避けて下をむいている。

「だれだ」二人を誰何《すいか》する。

「ロングナイフ少尉とリェン少尉よ。ポートアテネの倉庫関連施設を担当している。見回りに来たわ」

「無理だ。暗いから」

「あらそう」クリスは倉庫を見た。煌々《こうこう》たる照明があてられ、搬入出口に数台のトラックが停まっている。「充分明るいようだけど」

「おい、おまえらがだれでなんの用事か知らねえけど、じゃまだからどっか行け。いまなら見逃してやる。でないと……」

銃口がクリスのほうへ上がりはじめた。

もちろん弾丸より早くは動けない。しかしそのときライフルそのものは手の届くところにあった。考えるより先にクリスの手は銃口をつかんでいた。冷たい銃身の感触にぞっとする。自分でも気がおかしくなったのかと思った。しかし、トラブルならこんなことでもやりそうだ。

警備員も銃口をつかまれたことにおなじように驚いている。しばし抵抗したが、結局ライフルを奪われた。クリスはその銃床《ストック》の底を警備員の顎に押しあて、低い声で言った。

「すこしじっくり話をしたほうがよさそうね」

光のあたるところで近くから見ると、警備員は十三歳くらいだ。間隔の広い丸い目で、クリスが両手で持ったライフルを見ている。

「ここでなにをしてるの?」

兄のホノビの選挙運動では何度も騒ぎのなかに足を踏みこんだ。もちろん、選挙運動員に銃を持った者や飢えた者はめったにいなかったが。

少年は返事のかわりに大声でいくつかの名前を呼びはじめた。クリスはストックの底で少年の顎を強く突いた。ビデオでよく見るようにやったつもりだが、少年は白目を剝いて水たまりに倒れてしまった。

それでもトラックや搬入出口の扉から頭がいくつものぞいた。二、三十人の視線がこちらに集まっている。スピーチが必要なようだ。

「きみたちは政府の所有地に不法侵入している」

クリスは叫んだ。すぐにライフルの銃声を聞いて身を低くした。頭上を狙った威嚇射撃。それでもここは隠れるところがない。姿勢を低くしながらM－6をかまえ、三連射した。おなじく敵の頭よりかなり上を狙った。倉庫内の人影がいっせいにトラックに飛び移り、エンジンがかけられた。

「倉庫から出る道は他にあるのか？」

トムが訊いた。このあたりで一番大きな路面の穴のなかに身を伏せている。

「いいえ、たぶんここだけ」

「つまりおれたちの上を通るってことか」トムの声は裏返っている。

「ヤバいわね」

クリスはつぶやいた。

しかし心配は無用だった。トラックは反対方向に走っていった。こちらの頭上に何度か威嚇射撃をしたあと、正規の出入り口とは反対側のフェンスに突進して大穴をあけた。

最後のトラックが去って時間をおいて、クリスはようやく立ち上がった。少年を見下ろす。少年は恐怖の顔で訊いた。

「な……なにをする気ですか?」

「メッセージを伝えるのよ」

クリスはM-6の銃口を振って少年を立たせた。痛々しいほど痩せている。服は穴だらけだ。

「だれに雇われてるの？」

「言えない」

「どんな報酬を約束された？」

「米一袋。母も、弟も、妹も、みんな飢えてるから」

「明日またこの倉庫に来なさい。仕事をあげる。家族も食べられるようにしてあげる。きみを雇った仲間にも、明日また来るように言いなさい。なんとかその仕事もみつくろうから。夜来たら武装した海兵隊員がフェンスぞいを警備してるわよ。倉庫の管理人が新しくなったと言いなさい。態度を改めて食事にありつくか、昔のやり方どおりにやって飢えるか、どちらかよ」

少年の表情は次々と変わった。当初の恐怖のあとに、困惑とショックがしばらく浮かび、さらに大きな疑念。しかしクリスが話しおえるころにはうんうんとうなずいていた。そしてゆっくりとあとずさり、闇のなかに消えていった。クリスはそれを見送った。

「これからどうするんだ？」トムは訊いた。

「一晩じゅうフェンスぞいを散歩する気がないなら、部屋に帰って多少なりと睡眠をとったほうがいいわ。明日は大忙しになると思うから」

「だってフェンスはどうするんだ。大穴があいてるぞ」

「わかってる。わたしたちが修理しないかぎりあのままよ。そのあいだだれでもはいってこられる。飢えた女も子どもも。考えてみて、トム。わたしたちの仕事は食糧の分配よ」

「そうだな」

「それをセルフサービスでやってくれるなら、それにこしたことはないわ」

「だったらトラックにむかって発砲しなくてもよかったじゃないか」

「むこうが銃を持ってたから。銃を持った連中が食糧を公平に分配してると思う？」

トムは鼻を鳴らした。

「まあな。政治家が気にするのは、なにをやるかより、どうやるかだからな」

これが現実的な対応だろう。クリスは肩をすくめ、基地の主要な建物のほうへもどりはじめた。ライフルを二挺かついで。

「それしかないわよ、トム。たいていの場合は最後の結果が重要なんだから。そこへいたる方法じゃなくて。大きな視野と……結果よ」

基地の中心部にもどって、クリスは雨のなかで立ちどまった。中佐の窓はまだ明るい。管理棟で唯一の明かりだ。

「あの司令官はいったいなんなんだ？」

トムはつぶやきながら首を振った。クリスは話した。

「ダークアンダーという惑星でかつて問題が起きたわ。農民たちが農作物の取り引きで搾取されていると暴動を起こした。そういうことが定期的に起きていた。ハンコックは秩序回復の命を受けて海兵隊の一個大隊とともに派遣された。地元財閥と親しくしすぎたという報道もある。兵士たちが好戦的すぎたという話もあるわ。とにかく通常の暴動抑制方法ではうまくいかず、だれかがマシンガンのほうが効果的だと考えた。多くの報復が続いた。ハンコックは罪に問われた。でも軍法会議は彼を無罪にした」

「やっぱりあのハンコックなのか。サンタマリアでも有名だよ。メディアは叩いていたな。非武装の農民が百人も殺されたのに、その責任者がなぜ無罪なのかと」

「サンタマリアの農民の知りあいはどれくらいいる？」

「それなりに」

「わたしもそれなりの数の将軍を知っている。彼らは、ハンコックはちゃんと仕事をしたと考えているわ。暴徒が路上で殺人、レイプ、略奪を働くのを止めたと評価している」

「おまえもおなじ意見か？」

「いいえ。でも彼らの考えは理解できる。それに暴徒がおとなしく家に帰らないときに、海軍が二、三個大隊を送っていたらどうだっただろうとも思うのよ。とにかくハンコックは裁きの場で無罪放免になった。でも次の任地は、さてどこかしら？」

「まあな。でも釈然としねえ」

「市民が有罪だと叫んだからといって、軍上層部は有罪にはしない。かといって、こういう失敗をしてただですむと他の将校に思わせるわけにはいかない。まずいことをやらかしたやつは、こういう場所に送られて失敗の苦さを徹底して味わわされるわけよ」

トムは基地を見まわした。

「たしかにひどい場所だな」

「もっとひどくなると思う。大学時代にトラブルおじいさまが書いた、リーダーシップについての小論文を読んだわ。いろいろ書いてあったけど、印象に残っている話が一つある。リーダーシップの基礎は信じることで、それは幻想でもいいということだった」

「信じること？　幻想？」トムはよくわからないというようすだ。

「指揮官は、自分がリーダーとして最高だと信じなくてはいけない。犠牲を少なく、悲嘆を少なくして、任務を達成できる。だれよりもうまくやれると信じなくてはいけない。兵士もおなじことを信じる。たとえできなくても、できるという幻想を持たなくてはいけない」

トムは首を振った。

「ここにはその幻想すらないってことか」

「そう。それが雨以上にここをひどい場所にしている」

「これからどうするんだ？」

クリスはゆっくり答えた。

「わからない……いえ、わかるわ。ここの住民が飢えないように努力する。あとはようすを見ながら待つしかないわね」

「ロングナイフ少尉が恐ろしいことをはじめるのを、おれは待たなくちゃいけないのか」

「まだ恐ろしがることはないわよ、トム。さあ、いつまでも雨に濡れてないで」

クリスは部屋にもどった。室内を見まわす。標準的なホテルの仕様だ。シャワー付きの浴室。寝室にはクローゼット、安楽椅子、机、きれいなベッド。電力は自給自足式で、給水も下水もきれいに流れている。あとは私物の整理だ。濡れた染みが丸く広がったカーペットの上にダッフルバッグがおかれていた。

これを浴室に引きずっていった。中味はなにもかもぐっしょり濡れている。ホテルの従業員にまかせることも考えた。しかしタイルにカビがはえているのを見て、呼んでも従業員は来ないだろうと判断した。チップを積んでも無駄だ。

苦笑しつつ、浴室の全自動洗濯乾燥プレス機に野戦服を突っこんだ。ウォードヘブンの社交界に自分の服を自分で洗濯できる御令嬢がどれだけいるだろうか。

手を動かしながらでもやれることはある。自分の持ち場の倉庫へ行くのに地図が必要というのもばかばかしい。

「ネリー、出発前にサムから新しいコードを受け取ったりした？」

「多少は」

「じゃあ、軍事システムにつなげる？」

「そのためのコードはいくつか持っています」

「ここのシステムに侵入できるかどうか調べてみて」

「検索を開始します」

ネリーは素直に答えた。かすかに熱意を感じたのは、その抑揚を長く聞いてきたクリスの気のせいだろうか。

略装軍服と一張羅の礼装軍服を干しながら、准尉の忠告に従ってこんなものはおいてくるべきだったと思った。そんなことを考えているうちにプレス機が熱くなりすぎ、指をやけどしそうになった。ちょうどそこでネリーが反応した。

「アクセスできました」

「倉庫の区画の照明を消せる？」

「はい」

クリスはすこし考えた。

「〇二〇〇《マルフタマルマル》に倉庫を消灯。それだけ時間があれば地元民には充分よね。施錠もできるの？」

返事を待つあいだに、濡れた野戦服を脱いで浴室のなかにかけた。水のはいったブーツもだ。湿度設定は最低にした。ネリーをはずして机の上にそっとおく。そのネリーが答えた。

「該当する情報は軍のネットワーク内にありません」やや沈黙して、「しかし倉庫のシステム内ではアクセスできます」

「倉庫は独立したシステムになっているの？」

「はい、そうです」

「〇二三〇《マルフタサンマル》に倉庫を施錠」

クリスは命じて、ベッドシーツの下にもぐりこみ、毛布を引き上げた。足の先がまだ冷たいが、すぐに暖まるだろう。

「ネリー、ここの起床時間は？」

「総務課で配布されたオリンピア支援基地案内パンフレットによると、起床は〇六〇〇《マルロクマルマル》です」

ここはポートアテネ海兵隊基地ではないのかしら。ハンコックの挨拶と総務課のパンフレットに矛盾がある。これも明日調べてみなくてはいけない。

「ネリー、〇五三〇《マルゴーサンマル》に起こして」

10

割れるような頭痛とともに目が覚めた。口のなかはカラカラだ。

「ネリー、照明をつけて。室内の湿度はどうなってるの」

「ホテルのネットワークに接続しますのでお待ちください」

うんざりする返事だが、基幹システムに統合されていないネットワークが他にもあるわけだ。ここのシステム管理がガタガタなのは、トゥルーおばさんのような天才ハッカーでなくてもわかる。

「部屋の湿度は八パーセントです。除湿器は故障寸前です」

「止めて」

部屋中に干された下着や靴下を見まわした。急速乾燥されたブーツが匂う。浴室にはいって水分を補給した。ベッドを直して、浴室で乾燥の終わったものを全部その上に放る。それからようやくアスピリン数錠を飲んで、シャワーを浴びて、人心地がついた。予備のブーツを履いてポンチョをかぶり、〇六〇〇《マルロクマルマル》に廊下でトムと落ちあって朝食にむかった。

しかし雨のなかで立ちつくした。もう一棟のホテルの前だ。

食堂は真っ暗だった。それどころか頭上のホテルの窓に明かりは一つもともっていない。

「どうなってんだ？」トムはあんぐりと口を開けている。

「危険な橋を渡るまえに確認しておきたいところが一カ所あるわね」

クリスは肩をすくめて管理棟にはいっていった。やはり照明は消えている。当直は机につっぷして寝ている。中佐のオフィスだけは煌々と明かりがともっている。クリスは足音を忍ばせてドアに近づき、なかをのぞいた。ハンコックは椅子の背もたれを倒していびきをかいていた。

トムはなにか言いたげに顔をしかめた。クリスは合図をして廊下の離れたところまでもどった。

「ここはだめだな。手に負えん」とトム。

クリスは雨のなかを食堂のほうへもどりながら言った。

「わたしはおなかがすいた。だから食事をする。ネリー、全職員の部屋にモーニングコールをかけて。全館全室の照明を点灯。厨房担当者の居場所を調べて、わたしが用があるから急いで降りてこいと言いなさい」

「わかりました」

「おまえのコンピュータはそんなことができるのか？」

「トゥルーおばさんから新しいコードをいくつか受け取っていたのよ。悪魔と戦うにはドラゴンを従える必要があると言ったのは自分でしょう」

「そりゃそうだが。他人のコンピュータに叩き起こされるのはあんまり愉快じゃないな」そこで眉をひそめ、「ちょっと待て。この基地の将校がおれたち少尉だけってわけはないだろう」

「もちろんです。少尉の上は、オウイング少佐と、医者のスー少佐、そしてピアソン大尉です」

クリスもあわてた。

「いけない！　ネリー、ここに上級の将校はいる？」

「もう起こしちゃった？」クリスは思わず小声になった。

「オウイング少佐とスー少佐の部屋からはいびきしか聞こえません」

「明かりを消せ！」クリスとトムはいっしょに怒鳴った。

「実行しました」

「ピアソン大尉は？」

「彼女はシャワー中です」

クリスはため息をついた。

「三人中二人が無事なら悪くないわ」

トムはわざとらしくかしこまった口調で訊いた。

「先任で新任の少尉殿、こんなことして無事にすむんでありましょうか？」

「無事にはすまないでしょうね」

ネリーが勝手に食堂のドアを開くと、クリスはなにも訊かずにはいった。

自分の前にある問題をしばらく考えた。兄の選挙運動員を強腕で指揮する妹などかわいいものだ。他の将校たちはどんな反応をしめすだろう。率先してよい行動をしていると考えるかもしれない。あるいは不服従や反乱という評価をくだすかもしれない。

さらに考えて、べつの方法を試すことにした。

「ネリー、昨日到着した新兵たちを呼び出して。仕事があるから十五分後に食堂に集合と。倉庫番に配属された兵士のリストを見せて」

三十秒後には、自分が連れてきた者の大半が自分の配下になっていることがわかった。いい案配だ。多数派工作をするには自分が世話をした者から味方につけていくのが鉄則だ。

食堂内を見まわす。第一印象は悪い。さらに細かく調べて、眉間の皺が深くなった。元レストランの床は泥だらけ。テーブルは汚れ放題。厨房にはいってみると、ここもかなり掃除が必要な状態だ。

「厨房担当の兵のファイルを見せて」

ネリーがしめしたものを見てまたクリスは顔をしかめた。二人の三等兵曹が交代で厨房を担当している。しかも交代は不定期。ふむ。そろって無能なやつらしい。なにを言っても無駄だろうか。いや、まだやれることはあるはずだ。

「ネリー、他の兵のなかに調理経験のある者はいる?」

「ブライドン二等兵曹はニュータウンソンの調理専門学校を卒業しています。父親は五つ星店のシェフです。ブライドン二等兵曹は武器メンテナンス学校から派遣されてきています」

クリスとトムは顔を見あわせた。

「家族の束縛から逃げてきた子が他にもいるわね」クリスは自慢げに言った。

「二等兵曹か。なら二人の三等兵曹なんかすぐお払い箱にできるな」トムはうれしそうだ。

「ネリー、ブライドンに可及的すみやかに食堂に来るように言いなさい。他の厨房担当はなにしてるの？」

「まだ寝ています」

「集合ラッパの音声ファイルはある？」

「あります」

「厨房担当の部屋で最大音量で鳴らしなさい」

ホテルを改装した建物の一階にいてさえ聞こえるほどの集合ラッパだった。二分後にブライドン二等兵曹が降りてきた。クリスの予想とはちがい、ブライドンは体重管理にやや問題のある短軀の女性兵だった。この惑星に赴任させられた理由はそのあたりだろう。

「ご用ですか」不機嫌なようすで訊く。

「昨夜はここで食べた？」

「ええ、食べました。気にいりませんでしたよ。かといってここの掃除には興味ありません」長い間隔をおいて、「少尉」とつけ加える。

「いくらほしい？」クリスは訊いた。

「いくらって？」

「つまり手当てのこと。あなたに仕事してもらいたいのよ。はっきり言っておくけど、ここはこのままにはしない。もうわたしたちの職場だから。食事は宇宙船乗りにとって大事なもの。だからこの食堂を改革しなくてはいけない。その担い手としてあなたが最適任なのよ」

ブライドンは賞賛をしかめ面で聞いた。

「あなたが例のロングナイフ少尉？」

「そうよ。父に似ていると言われるのが不愉快なタイプ。あなたもそうかしら」

ブライドンは見まわした。

「ここの担当のコックは何人いるんですか？」

「無能なのが二人。そこへ三人の新兵を改革派として送りこんだところ」

ブライドンは鼻梁に皺を寄せた。ゆっくりと厨房へ歩いていき、なかを見まわして不快そうにうめく。

「まずいわけよね」それからクリスのほうをむいて、手を差しのべた。「コートニーと呼んでください。手当ての話はあとでしましょう。安くはありませんよ。とりあえずやる気になってきました。腹も減ってますし。まず六人の志願者にこの厨房を掃除させてください」

クリスは、食堂にはいってきた倉庫番から六人の志願者を募った。

そのときようやく厨房担当者たちがのんびりやってきた。コートニーは二人を一目見て、あまりに不衛生で厨房では不適切だと断じた。クリスはさらに六人を募り、三等兵曹を指揮官として、この二人の体を洗うように命じた。必要ならワイヤーブラシの使用も許可した。昨夜の夕食に怒っている兵士たちはその任務にわれもわれもと志願した。

厨房担当たちがシャワーに連行されるのといれかわりに、ピアソン大尉がはいってきた。

「朝食はまだ？」

その声はかん高く、握手は弱々しい。髪はブロンドだが、黒い根もとが伸びてきているしぼさぼさだ。だらしのない上官だ。

コートニーが厨房から大声で返事をした。

「三十分後です」

ピアソンは失望を隠さなかった。歯ぎしりしながら食堂を見まわす。

「じゃあデスクで仕事をしようかしらね。だれを援助すべきかの具体的な方針をつくらなくちゃいけないのよ。援助を求めてる連中は多いけど、銃を持ってる連中も多い。この星にはまず銃規制法が必要だわ、ほんとに。少尉、朝食ができたらトーストを何枚か持ってこさせて。フルーツも。昨日の残りがあれば春メロンがいいわ。今日は早めの仕事始めにするから」

言い終えてもすぐには出ていかなかった。クリスが呼び止めるのを待っている。下級士官が賢明な上官に今後の指示を求めるのを待っている。

しかしクリスは意に介さず、厨房を掃除しているチームのほうへむかった。ピアソンは反対方向へ出ていった。

「ネリー、ピアソンの仕事はなに？」

「総務課長です」

「昨夜の熟睡当直の親分か」とトム。

「そのようね。彼女とハンコックが幹部会議を開いているところを想像できる？」

「そもそも幹部会議なんかろくにやってない気がする」ニヤリとして、「しかし聞いたか？まだ救援方針を策定中なんだとさ」

「今後十年分の計画も練ってるんでしょう」

クリスはボランティア活動でも選挙活動でも、ピアソンのようなタイプには何度も会っていた。細かいことばかりこだわって、こちらには毒にも薬にもならない。

「わたしたちは全員を援助するのよ。方針なんて関係ない」

コートニーが両手を腰にあてて厨房のドアに立った。

「今朝手っとり早く出せるのはスクランブルドエッグとベーコン。おまえたち笑ってるんじゃない。ハンバーガーをひっくり返すとか、工業的に料理を大量生産した経験のあるやつは？」

クリスはコートニーの表現にたじろいだ。しかしコートニーはニヤニヤしているだけ。集まった兵士のあいだで数人が手を上げた。新しいコック長はその兵士たちを手招きし、自信たっぷりの笑みで厨房にいれた。

「手を洗って、エプロンと手袋をつけな」

厨房からいい匂いが漂ってくると、クリスは兵士のあいだをまわりはじめた。ネリーの表示するデータから、だれがどんな任務か、オリンピアに赴任して何年目かわかった。クリスはそれに従って質問をしたり、当たり障りのない意見を言ったりした。それぞれの仕事について話をした。

話しかけたあとは聞き役になった。みんな怒りを持っていた。相手は地元民だったり将校だったり。ようするにみんな苛々していた。オリンピアは快適に暮らせる場所ではない。その環境がさらに悪化していくのを黙って見ているしかないのだ。

倉庫で働いているという兵士をみつけると、まずクリスは訊いた。

「倉庫番の責任者はだれなの？」

「わかりません。おれたちの所属はたぶん総務課です。ここではほとんどみんなそうですけど。三等兵曹がときどき見回りにきます。でもむこうでのおれたちはすわってるだけで、あとは物資がはいってきたときにそれを積み上げるくらいです」

「フェンスを建てたのはだれ？」

「地元の業者ですけど。どうかしたんですか？」

「大穴があいていて修理が必要なのよ」

「昨日おれたちが最後に見たときは穴なんかありませんでしたけど」屈強な兵士は言った。

「夜中にトラックが乗りつけてたのよ。銃撃したらフェンスを突き破って逃げた」

「夜中に行ったんですか？」

「しかも銃で撃ったなんて」隣の女性兵も驚いている。

「しかたないのよ。むこうが撃ってきたから。あの倉庫で毎晩積み出し作業がおこなわれてることを知ってる？」

二人は居心地悪そうな顔を見あわせた。女性兵が答えた。

「朝にはいろいろなくなってるのは知っています。でもそれをどうにかしろとは言われてなくて」

「これからはどうにかするのよ」

その二人から離れながら、トムが首を振った。

「あのとき障害物通過訓練場で立ちどまって靴紐を直して正解だったとつくづく思うぜ。おかげで士官学校の卒業席次がおまえの一つ下になって、そのことをいまどれだけありがたいと思ってるか」

「それは軍紀の最終試験のまちがいじゃないの？」

クリスはトムの脇腹を肘でつついた。

厨房担当の二人はシャワーからもどってきて拍手を浴び、コートニーのきびしい目の前で一回転した。志願兵のうち二人はそのまま厨房勤務に残ることになった。

クリスはあとで許しを請うべきことのリストをつくりはじめた。事前の許可は求めない。父がいつも言っていた。失敗するかもしれない案件について議会のうるさ方にくどくど説明するより、うまくいっているところを見せて事後承諾をとるほうがはるかに楽だと。入隊後の四カ月で見てきたかぎりはたしかにそうだった。その意味で父と海軍のやり方は共通だ。

クリスは自分の食事を終えると、もう一度列に並び、トレイに食事とコーヒーを載せて管理棟へむかった。

ピアソンはワークステーションにむかい、文書をカットアンドペーストしながらいじっていた。ハンコックはまだ椅子で寝ていた。クリスはトレイをその机において去ろうとした。

背後で聞こえていたいびきが止まり、ブーツが床に降ろされる音がした。振り返ると、中佐が充血した目でじっとこちらを見ていた。しばらくして中佐はコーヒーのマグをとってゆっくり飲み、それを降ろした。食事を口に運びながら訊く。

「なにを見ているんだ、少尉」

クリスは頭のなかでコインを投げて決断した。ビリー・ロングナイフの娘としてはこれまで何度もやったことだ。少尉としては、自分がなにをやるつもりかを中佐にしめしておくのはいい考えだろう。

「なんでもありません。ご教示願いたいことを質問するか、それとも士官会議の機会まで待つか迷っていたのです」

「士官会議など……」中佐は言いかけて、やめた。「まあいい。ロングナイフ、なにを訊きたい」

「自分は倉庫の責任者でしょうか？」

「そうだ」

「中佐の直属であると」

「そう言ったはずだ」

「昨夜、倉庫のフェンスにトラックが突っこんで穴があきました。修理するにはだれに話せばよいでしょうか」

「ピアソン、ちょっと来い」中佐は大声で呼んだ。ゆっくりと軍服を整え、中佐の部屋の入り口で大尉は司令官に呼ばれても急がなかった。

クリスの隣に立った。苦々しさと軽蔑のまじった声で言う。

「はい、中佐」

「この少尉が倉庫のフェンス修理を求めている」

「まずわたしが確認してきます。倉庫はわたしの管轄ですので」

「いや、今後はすべて少尉にまかせる。この少尉とにきび顔の新任少尉に」

「中佐！」

ピアソンの声は裏返りかけていた。クリスは父がだれかの既得権益を削ったときに、こういう官僚の悲鳴を聞いたことがあった。この任地で権力を握っているのがだれか、見せてもらおう。

「倉庫はこの女性少尉にまかせる。きみには他の少尉を二人つけよう。三人がかりでやれば救援方針はすぐにまとまるだろう」

中佐はスクランブルドエッグを見て一口食べ、次にベーコンをかじった。

「今日の朝食はうまいな。新しいコックをいれたのか？」

「はい」クリスは答えた。「ブライドン二等兵曹は入隊前に調理を学んでいました。厨房を監督することに意欲的です」ピアソンのほうをむいて、「大尉の許可があれば、ですが」

ピアソンは匂いを嗅いだ。

「わたしのトーストはいつもと変わらないわ」

「この卵料理は最近で最高にうまい。少尉、食堂もまかせるとしたらどうだ？」

「中佐と大尉のお考えに従います」首相の娘でもお愛想は言う。

「わたしはそう希望する。それから、宿舎の部屋もどうにかならんか。汚くてかなわん。ピアソン、関連予算をロングナイフ少尉に移せ。運営をまかせる」

「そのようなご命令であれば」

「そう命令する。さあ、女は二人とも出ていけ。わたしは髭を剃る」

クリスは敬礼して退室した。

廊下に出ると、ピアソンがわきで足を止めた。

「ロングナイフ少尉、あなたの予算管理はわたしが会計検査することを憶えておきなさい。税金の不適切な使用は刑務所行きもあるのよ。親がだれであろうと」

「はい、大尉。よくわかりました」

クリスは管理棟から出ていった。そして小声でネリーに指示した。

「まだ任務を割りあてられていない兵で、会計士の学校を出た者はいる？」

「いません」

「家族に会計士がいる者は？」

親の職業を嫌って軍へ逃げてきた息子あるいは娘を、またしてもその職業へ引きもどそうというわけだ。まだ見ぬ犠牲者にむかって小声で謝った。

「人生そういうものなのよ」

倉庫班の兵士は武装して〇八〇〇《マルハチマルマル》に集合するようネリーに伝えさせた。服装は野戦服と雨除けのポンチョ。五人の海兵隊員にはボディアーマーをつけさせたかったが、やめた。こういう救援ミッションでは重い装備ははぶかれているだろう。

食堂と宿舎はトムにまかせていたので、クリスは面接に専念できた。呼び出された二人の一等兵は、会計士という職業についても、帰りの遅い会計士の両親についてもほぼ共通した考えを持っていた。トムと話しあってその会計士候補を一人ずつとった。

「数字の仕事をするために海軍にはいったんじゃありません」という抗議を無視して、スペンス三等兵曹には専属会計士となることを命じた。

〇八〇〇に、スペンスは倉庫へむかって班を行進させはじめた。練兵隊で習ったことはすっかり忘れているらしい。行進がめちゃくちゃだ。兵士たちは意図を汲んで前に進んでいるが、足並みはそろっていない。

「数をかぞえろ、数を」クリスは怒鳴った。

最初の〝一〟は弱々しかった。声を出しているのは後列の海兵隊だけだ。〝二〟はやや力強くなった。二回目の〝四〟をかぞえるころには、かなりのリズム音痴でも歩調をあわせられるようになっていた。

「顔を上げ、胸を張って！」後列から声が上がった。誇らしげに行進する海兵隊員だ。「宇宙海兵隊、行進！　一、二、三、四」

海兵たちはかけ声にあわせて顔を上げ、胸をそらせた。いかにも慣れていない。海兵隊のやり方であることさえ意識していない。

スペンスは意識していた。四拍おいて、そのかけ声を真似た。最後のところを「宇宙海軍、行進！」と言いかえている。多少の競争関係はあってもいいだろう。

とにかく、濡れたあわれな仔犬のようだった兵士たちが、すこしは海軍らしくなっている。びしょ濡れではあるが海軍だ。このかけ声を聞けば中佐も悪い顔はしないだろう。

周囲には、膝をかかえてこの雨をしのいでいる民間人たちがいた。しかしかけ声を聞いて頭を上げ、口をぽかんと開けて珍しそうにしている。じろじろと見る者もいれば、立ち上がって走り出す者もいる。どこかへ知らせにいくのだろう。倉庫に新しい秩序がやってきたという知らせが広まるのであればそれでいい。

倉庫のフェンスにはすでに人が集まっていた。ゲートやフェンスの穴に群がっている。倉庫の敷地内から走ってそこに加わる者もいる。遠隔施錠したかいがあって、そいつらは手になにも持っていない。行進する班が停止してから、クリスはネリーに倉庫の鍵を開けさせた。

クリスは自分が指揮する初めてのまともな部隊にむきあった。

兵たちの一部はある程度知っている。昨夜彼らを雨のなかから人心地のつく場所へできるだけ早く救い出してやった。他はしばらくまえからこの基地にいる兵士たちだ。一カ月以上の経験がある。地獄ですごすには充分長い時間だ。濡れネズミの彼らは、この士官がすがれる藁かどうかをたしかめようと見ている。

クリスは、選挙運動員への激励の挨拶をすこし手直しする感じでしゃべりはじめた。

「諸君がこの仕事をどう感じているかわからない。満足しているかもしれないし、そうではないかもしれない。それは関係ない。本日、いまこの場所から、われわれはオリンピアでの任務を開始する。周囲には飢えた人々がいる。われわれは食糧を持っている。それを配布するのが任務だ。しばらく前からこの任についている者は、新しくやってきた者たちを指導してほしい。わたしは今日ずっと巡回している。問題が発生したら報告しろ。解決策をみつけたらやはり報告しろ。諸君の多くは新兵だ。船内任務を引き当てていれば、いまごろ乾いた暖かい場所にいられただろう」

陰気な笑い声が漏れた。

「同時に、大きな機械の小さな歯車でしかなかっただろう。命じられたことをやるだけだったはずだ。しかしここでは、人命を救う上で重要な役割を果たすことになる。一人一人がその役割を持つ。さまざまなアイデアが必要だ。いいアイデアが浮かんだら、わたしに聞かせてほしい。なにか質問は？」

お約束の言葉でスピーチをしめくくった。お約束どおりになにもなかった。

「兵曹、全員を持ち場につかせろ。必要な場所に配置しろ」

言うは易し、だ。有能な上級兵曹が何人かいればできるだろう。しかしこの三等兵曹は途方に暮れるはずだ。それでも部下のいきあたりばったりにまかせ、クリスは雨と泥のなかに踏み出して最初の巡回をはじめた。

倉庫は大きな湾に面していた。防潮堤には泥まじりの荒れた波が打ち寄せている。大きな無人降下船が船台に載せられて引き揚げられている。浜に乗り上げたクジラのようだ。船倉が開いて積み荷は半分なくなっている。袋詰めの米や豆が雨に打たれている。若い兵士が数人の新兵を連れてきて荷揚げをしている。五十キロ近くある穀物の袋を新兵たちの肩に載せ、近くの倉庫に運ばせている。重労働だ。もっとましなやり方があるはずだ。

フェンスの切れ目のところには、人々が雨のなかで集まっていた。彼らは食糧を求め、仕事を求めている。こちらは食糧を彼らのところへ運ぶ労働者を求めている。

「ネリー、地元の労働者を雇うのは可能？」

「いいえ。この任務では地元の労働者を雇う予算はありません」

いかにも海軍だ。緊急予算はなるべく貸し付けにまわしておくのだ。そうすればあとで艦隊全体の予算にまわせる。ある艦隊が新しい艦を就航させたという話を聞いた。その費用だけで緊急予算は吸いとられてしまうだろう。

破れたフェンスのほうへクリスが歩いていると、小声で呼ばれた。

「将校さん」灰色の髪の痩せた女だった。レインコートにスカーフで雨をしのいでいる。

「なにかご用？」

「新しい責任者の方ですか？」

「そうよ」クリスは答えた。女が迷っているようすなのを見て、尋ねた。

「わたしはエスター・サディクといいます。教会で困窮者のための炊き出しをしています。飢饉で多くの人が仕事を失い、家族が飢えています。そんな人たちが一日一度は温かい食事を得られるようにしてきました」

「それはいいことね」

しかしエスターは話の続きをためらっている。なにをしてやれるかわからないクリスは、とにかく耳を傾けた。

「でも食糧が尽きました」

ある程度予想できた言葉だった。クリスはうなずいた。エスターは続けた。

「ここの海軍の人から食糧を買っていました。そのお金がなくなったのです」

「海軍の人というのは、三等兵曹？」

倉庫の前責任者について聞いた話からそう尋ねた。しかしエスターは肩をすくめるだけ。民間人に軍の階級システムがわかるわけはない。面通しで犯人を探すことも考えた。しかしホシはもうこの惑星にいないだろう。昨日のレディヘスペリス号で出ていったにちがいない。

大事なのは過去ではなく、これからどうするかだ。クリスは顔にかかった雨をぬぐって考えた。軍は食糧援助をするために来ている。しかし、ただで渡してはいない。すくなくともここのだれかは金をとっていたわけだ。

しかしクリスはロングナイフ家の一員だ。幸運なことに。

「ネリー、こういう任務で地元民間人を雇えるのはだれ？」

「NGOなら地元の労働者を雇用できます」

エスターは雨に濡れながら、クリスと支援AIのやりとりを聞いていた。

「そんな組織があるの？」

「ありません」

あたりまえだ。最果ての地なのだ。

クリスは大学一年のときにボランティアで、障害児のサマーキャンプの指導員をやったことがあった。そのときに事業を非課税にする事務手続きもやった。

「ネリー、NGO法人を設立するのになにが必要？」

「ちょうどいまその書類を作成し終えたところです。惑星外に送信して登記するまえに、一つだけ決めなくてはいけません。法人名はなににしましょうか？」

クリスは笑顔になった。エスターもようやく笑みを見せた。

「ネリー、よくやったわ。法人名は、ルース・エドリス被災農業者基金にしておいて」

曾祖母への感謝をこめた命名だ。するとエスターがつぶやいた。

「小学校時代にルース・エドリスという名前の子がいました。大昔だけど、ハートフォード星で。いっしょに遊んで楽しかった」

「ルースおばあさまはいまでも楽しい人よ。彼女もハートフォードにいたわ。わたしが生まれるずっとまえのことだけど。ネリー、書類はできた？」

「できました。この基金への寄付額はどれくらいにしますか？」

クリスはエスターのほうをむいた。

「これまでとおなじ仕事をやってもらうのに、いくら給料を払えばいいかしら」

「お給料をいただけるというなら、月額一地球ドルでよろこんで働きますわ」

その返事にクリスは眉を動かしそうになるのをこらえた。この基金の信託財産が生み出す一週間分の金で、この惑星の住民全員を雇えてしまうだろう。ネリーの前回のアップグレード料金はその二カ月分なのに。それもウォードヘブン・ドル建てでだ。

エスターはクリスの沈黙を難色と誤解したようだ。

「ただでやってくれるボランティアを集められます。炊き出し用の食糧を提供していただけるのなら、たくさんの人がそのために働きます。わたしの教会だけではありません。町には他にもたくさん給食所はあります」

「いえ、問題ないわ」

クリスはさえぎるように言って相手を安心させた。ネリーには小声で、「基金には手始めに十万ドル振り込んでおいて」と指示した。それからまたエスターのほうをむいて続ける。

「上官に報告しておくわ。ネリー、中佐につないで」

すこしおいて、クリスの通信リンクがつながった。

「ハンコックだ」

「中佐、ロングナイフ少尉です。助言をいただきたいことがあります」

「わたしの助言が役に立つと思うのか？」

クリスはそれを無視して、状況を手短に説明した。聞き終えたハンコックは質問した。

「その被災農業者基金とやらは合法的なNGOなのか？」

「法律の専門家を通じて確認しました」

クリスは答えながら、エスターに笑みをむけた。今度は彼女も笑顔になった。

「なるほど。正当性を保証するNGOさえあるなら、炊き出しだろうが食糧銀行だろうが備蓄を出してかまわん。地球ではメディアも取材にこないほどありふれた話だ。そういう場合は自分の判断でやっていいぞ、少尉」

通話は切れた。

クリスはポケットからウォードヘブンの一ドル硬貨を出して、エスターに渡した。

「これであなたは基金の最初の職員よ。他に役に立ちそうな人材はいる？」

エスターが見まわすと、一人の男が進み出てきた。ブーツは上の面に穴があいていて、パンツはぐっしょり濡れている。

「ジェバディア・サリンスキーといいます。ジェブでいいです。この積み替え場で職長をやってました。雨の年になって管理職の連中はこの惑星から逃げてっちまいましたけどね。いま兵隊さんたちが豆の袋をかついで運んでますけど、もともとここで働いてた連中はすぐ集められます。リフトや台車のある場所も知ってます。ただ、雨に打たれてうまく動かないかもしれません。酸性雨のせいだって、管理職の人たちが逃げるまえに言ってました」

「あなたも雇うわ」

クリスはポケットからまた一ドルを出した。ポケットにいつも一ドル硬貨を何枚かいれておくのは首相の真似だ。喉が渇いたときにネットが停止していないとはかぎらないからだ。

二人目の職員を雇いながら、さらに訊いた。

「軍が宿舎に使っているホテルの元従業員はいない？」

それにはエスターが答えた。

「ミリー・ウジゴトはホテルの清掃主任でした。惑星外から来る人がいなくなって、ホテルは閉鎖になり、以後は経営者もいないままです」

「本当にみんな出ていったのね」

「ごく一部ですよ。出ていける者だけです」

だれも気が変わらないうちにクリスは急いで言った。

「残った人たちにとっては慣れた仕事というわけね。給料は月一ドルよ」三枚目で最後の一ドル硬貨をエスターに渡す。「これをミリーに。他の従業員の支払いはしばらく待ってもらうわ。従業員とその家族は近くの炊き出しで食事ができる、ということでいいわね？」

エスターとジェブはうしろを振り返り、雨のなかで立っている人々を見た。顔がうなずき、指がそわそわと動き、手がわずかに挙がる。ジェブが手招きすると、彼らは近づいてきた。

エスターとジェブの指揮のもとに、到着したばかりの物資の手作業での積み降ろしがはじまった。

積み替え場のトラックを調べてみると三台のうち一台しか動かなかった。クリスは通信リンクを操作した。

「トム、宿舎のほうはどう?」

「汚れ放題さ。おれは環境も湿度も管理された惑星ステーションの部屋さえカビさせるような男だぞ。掃除なんか得意じゃないに決まってるだろう」

「地元のNGOがかわりに宿舎の清掃スタッフを雇ってくれるわ」

「この星にNGOなんかあったか」

「今朝まではなかった。いまはあるの」

「いきなり出現した理由をあまり聞きたくないな」

「ハンコックも聞きたがらないことを先祖とアイルランドの守護聖人に祈って。ところでこっちにトラックが三台あるんだけど、一台しか始動しないのよ。フォークリフトとローダーも酸性雨でやられてる。どうすれば直せると思う?」

「そりゃソーラーパネルがやられてるんだな。そもそも日照が少ないから発電量がたりないんだ。金具磨きに使ってるナノをプログラム変更してソーラーパネルを磨くか」

「軍服の金具を磨くのにわざわざナノマシンを使ってるの?」

「ああ。みんなやってるぜ」

当然という口調の返事だ。クリスがあきれて空を見上げると……雨粒が目にはいった。まばたきしながら通信リンクにもどった。

「明日朝になったら宿舎の掃除を慣れた人たちにまかせて、こっちに来て。ここの壊れた機械をお得意の妖精さんに直してもらうから」

「先祖の神様も連れてってやるよ」

「そうして。ここではありったけの奇跡が必要なのよ」

一台だけのトラックに食糧を積み、三人の武装した屈強な兵士を護衛につけた。エスターが指定した市内各所の給食所に食糧を配るのが任務だ。エスターは、護衛は暗くなるまえに安全に基地に帰らせると約束した。兵士たちはM‐6を携行しているが、安全を約束する彼女の言葉のほうにむしろ安心しているようだった。

クリスはポケットの小銭がなくなったので、次回以降の補給船でウォードヘブンの一ドル硬貨を箱詰めで、目立たないようにして送ってくるようネリーに手配させた。

そして満足感とともにその日を終えた。

翌日は朝から難題が次々と発生した。

まず、ミリー・ウジゴトに宿舎の管理をまかせる件は、会議で中佐とピアソン大尉の決裁をあおがねばならなかった。中佐は、宿舎がきれいになるならなんでもかまわないと明言した。ピアソンは契約書が必要だと言い張った。今回の業務依頼が人類協会の研修生奉仕プログラムにもとづくもので、海軍予算とは別だとわかると、すぐに矛先をおさめた。議論のなかでクリスが返事に詰まると、ネリーが法律面をサーチして抜け道を探した。クリスがピアソンの反対意見をかわしつづけるのを見て、中佐はおおいに楽しんでいるようすだった。

司令部のお墨付きを得ると、クリスとトムは機械設備を点検していった。どんな機械があり、その濡れて錆だらけのポンコツを使えるようにするにはなにが必要かを調べた。クリス自身は、在庫物資の完全で正確な帳簿をつくるという骨の折れる作業をはじめた。救援物資と海軍支給品を分けなくてはいけない。

それをはじめたばかりの午後の最初に、一人の少年が息せききって報告に駆けつけた。給食所が武装集団に襲われ、食糧をすべて奪われたという。エスター・サディクは殴打されて負傷した。

クリスはエスターの給食所に駆けつけようとしかけて、二歩で思いとどまった。行っても無駄だ。この雨では現場の痕跡はすべて洗い流されているだろう。こういう場合には目撃者も名乗り出ない。不愉快な選択肢を考えはじめたクリスに代わって、ジェブが棚卸しをはじめた。クリスは外の雨で頭を冷やした。

町へ行ってもできることはない。少年の話では、エスターは近所で一番まともな医者にかかって包帯などの処置を受けたという。クリスとしては、武装した兵士を十名ほど出して犯人を捜索させたかった。たぶんやるだろう。そうするとあとは、これがくりかえされないようにするという不愉快な問題に取り組まなくてはならない。

一時間近く雨のなかを行ったり来たりしながら考えた。選挙事務所の役に立たないスタッフを一掃する問題とそれほどちがわない。こういう場合は自分が動くより、いわゆる年長者の指導力に頼るほうがいい。その年長者をかつぎだすには巧みな説得が必要だ。

その日の夕食で、クリスはハンコック中佐のむかいにトレイをおき、ポンチョを脱いで席についた。

「ご助言をいただきたいことがあります」

「きみのその言葉は誤用がふくまれているように思うぞ。今度はなにを売りつける気だ?」

クリスは倉庫の最新の状況について説明した。ハンコックは満足げにうなずいて聞きながら、クロワッサンにバターを塗った。バターはすぐ溶けはじめた。クリスはそこで、武装集団が食糧を奪って老女を殴打した話をした。クロワッサンは口に運ばれることなく下におろされた。

「それに対してわたしがなにかすると思うのか？」

「それは……」

クリスは言葉に詰まった。ハンコックは椅子に背中をもたせかけた。

「あえて言うまでもないが、わたしは海兵隊であまり評判のいい中佐ではない。なにしろ群衆を抑えるのにマシンガンを持ち出すような男だからな」

「存じています」

「だったら、ここによこされた新兵の質もわかっているだろう」

二人は食堂に集まった訓練不充分な海軍と海兵隊の兵士たちを見まわした。

「それはどうかと思いますが、しかし……」

「しかし、なんだ？　この泥の惑星に入植した連中の銃の利用法は、一家に一挺だ。オートマチックであればなおいい。子どもがクローゼットで遊んでいて大怪我をしても知ったことじゃない。ここのバカどもは、惑星周辺のジャンプポイントから飢えたギョロ目の異星人の艦隊が攻めてきたときに、このおもちゃで撃退できると思っているらしい」

　ハンコックは鼻を鳴らした。

「ついに騒ぎが起きて武装集団が暴れはじめたときに、うちの兵士たちを出すと思うか？　狙い撃ちにされるだけだ」

　じっとクリスを見て、声を低めて続けた。

「農民たちは石を投げているだけという話だ。わたしはオートマチック銃の発射音を聞いた。しかし現場に銃は残されていない。そして海兵隊員の言うことはだれも信用しない。海兵隊員以外はな。ここは地獄の一丁目だ。これ以上ひどいところに兵士を出すつもりはない」

　ハンコックはナプキンを丸めて、自分の食べかけの夕食の皿に投げた。しかめ面でしばらくそれを見てから、クリスのほうに顔を上げた。

「では聞こう、ロングナイフ少尉。炊き出しの給食所を襲撃して老女を殴打したという武装集団に対して、きみはなにをするつもりだ？」

「倉庫を二十四時間体制で警備します」

「あわれな新兵たちを雨のなかで歩かせるつもりか。いい標的だぞ」

「ある倉庫に事務棟が付属しています。四階建てで、屋根の上からフェンスぞいがすべて見渡せます」つまり火線が通る。「穀物の袋を再利用して土嚢にし、積み上げて陣地をつくります。こうすれば兵士の安全を守れます。あとはサーチライトさえあれば

「それは用意できる」

「地元民にも共同での夜間当直を依頼するつもりです。聖職者、役人、商店主などに」

「彼らにも撃たせるつもりか」

「ちがいます。こちらの兵曹が射撃命令を出さざるをえなくなったときに、立会人として地元の法廷で証言してもらうためです」

中佐はクリスをじっと見た。

「悪くないな、少尉。ところで、郊外の農場にも飢えた農民がいる」

「はい。今週のいずれかの時点で十台程度のトラックを派遣します。そうやって援助物資の配布をはじめます」

「最初の車列は狙い撃たれるぞ。襲撃されるかもしれない」

「初回はわたしが指揮します。中佐が行かれるのなら別ですが」

ハンコックは鼻を鳴らした。

「悪いが、わたしはもうたくさんだ。きみも上からの命令で干されてみれば、代理にやらせることの利点がすこしはわかるだろう」

「ありがとうございます、中佐」

そうとしか答えようがなかった。中佐が食べかけの食事をおいて立ち上がったとき、クリ

スは急いで続けて訊いた。

「協力してくれているNGOのことですが、給食所を銃で警護する地元のガードマンを雇ったそうです」

中佐はしばらくじっとクリスを見つめてから、トレイを持ち上げ、ゆっくりと答えた。

「地元民どうしのやることはこちらには関係ない。きみも関わりすぎるな」

「わかっています、中佐」

11

翌朝、クリスは一番に倉庫のようすを見にいった。ジェブとその十人ほどのチームはほぼ夜通し作業していて、昼までに棚卸しは終わりそうだ。そのままま かせることにした。しばらくしてトムがやってきた。朝、宿舎の玄関にホテルの元従業員たちがあらわれて、こう言ったという。

「ここは掃除を引き受けます、将校様。じゃまがはいらなければ、夕方までに上から下までピカピカにします、将校様。というわけなんで、ちょっと出ていってくださいませんか、将校様」

トムはその道のプロにまかせることの意義を知っていた。

クリスは、その将校様集団の扱いはトムにやってもらうことにして、自分のやるべきことに専念した。

エスターは給食所にもどっていた。まだ新しいビルは、外はみすぼらしく汚れているが、内部は居心地よかった。エスターは頭に包帯を巻いていたが、活発な働きぶりは変わらなかった。

ネリーは地元の銀行の金庫にウォードヘブンのドル紙幣が保管されていることをつきとめていた。クリスはその札束を四つ、計百ドルをエスターのまえのテーブルにおいた。

「この給食所に武装したガードマンをすぐに雇える?」

「警備員ならもういるわ」

エスターは答えた。配膳テーブルのむこうにいる二人の若い女が、笑顔でテーブルの下からライフルを出して見せた。

「娘たちよ。それぞれの夫は表を見張っている」エスターは説明した。

「他の給食所は?」

「今日はみんな警備がついている。妻をこんなめにあわせたい夫はいないから」

自分の頭に手を振った。

クリスはテーブルのドル紙幣をしめして、

「これでみんなの給料を払ってあげて。それからエスター、軍に雇われたガードマンがもしよけいなことをすると、中佐のまえでわたしの立場が悪くなるのよ。彼らにそれをわからせてほしいの。軍の金で食べているあいだは……」

エスターは微笑んだ。

「行儀よくしろということね。ええ、お行儀の悪い子にはエスターおばあさんのお仕置きがあると言っておくわ」

クリスが使う表現ではなく、また海兵隊中佐が使う表現でもない。しかしこの急場しのぎの組織にはぴったりだ。

クリスは急いで基地にもどった。

トムが機械工と整備士を必要としているという噂が外に流れたらしく、倉庫のフェンスには自動車関連の技術を持つ男女が職を求めて列をなしていた。トムは整備工場として倉庫の隣の大きな建物を指定していた。そこもフェンスの内側だ。

雇ったなかには、市内の反対側にある倒産したトラック運送会社の元社長もいた。元社長は所有するトラックを相場の十分の一の値段で買ってくれと熱心に持ちかけてきた。クリスがためらっていると、元社長は内情を打ち明けた。他惑星の銀行から安く買い叩かれているところらしい。クリスが会社の資産を買えば、元社長はそれで負債を処理できる。海軍がここを去るときには資産を買い戻して再起するつもりだという。

そういうことならと、使えるトラックがほしい被災農業者基金はよろこんで小切手を切った。そしてその資産をフェンス内に運びいれた。

現場での契約は握手ですんだ。しかしクリスは補給課、会計課、総務課にそれぞれ書類を書かなくてはならない。ここでも総務課が毛嫌いされていることがすぐにわかった。補給課と会計課の兵曹はクリスの書類を問題なく受け付けたが、これらの書類を通すために両課は総務課のサインを必要とする。しかしピアソンの承認を得るのは大仕事なのだ。

「どうしてこんなに人数が必要なの？」

大尉は鼻を鳴らして訊いた。

「故障したら修理しなくてはいけないからです」

クリスは中佐にかけあってその返答の正当性を認めてもらわねばならなかった。それでもピアソンは小さな不備を指摘してクリスの書類を五回突き返した。クリスは五回再提出した。

「よくそんなのに我慢してられるな」トムが言った。

「動くトラックがあるなら我慢しないわよ。でもこんなお買い得な話は昨日までなかったから」

クリスはため息をつきながらピアソンとの書類の応酬を続けた。

ようやく十数台のトラックが到着すると、クリスのこれまでの準備が生きた。トラックは最新のものでも二十万キロ以上走っていた。整備士たちは一目見るなり首を振り、用意された工作機械や工具を駆使して、ほとんどつくりなおす勢いで整備した。

クリスはピアソンのまだるっこしい事務手続きにばかりつきあってはいなかった。午前中に海軍の業務をこなすと、午後は被災農業者基金の仕事に専念した。補給トラックに乗り遅れたときは徒歩で市内の各給食所をまわり、順調かどうかたしかめた。もう強盗ははいっていないし、殴られるスタッフもいない。

雨は降りつづき、クリスが歩くポートアテネの通りはあいかわらず水浸しだ。人々は背中を丸めて道路の穴を避けながら歩いている。しかし以前より多少元気をとりもどしているようだ。

補給トラックに乗ろうが徒歩で行こうが、日没に基地に帰ってくると帽子からブーツの底までぐっしょり濡れていた。最高にありがたいのは宿舎を湿度管理してくれる空調だ。ミリーがこの老朽化したシステムの不調原因を一つ残らず取り除いたと宣言すると、これを維持管理できるただ一人の男である彼を給料上積みして雇いつづけた。毎晩の乾いた暖かい部屋にはいくら金を出しても惜しくない。

ピアソンの救援方針がまだできないうちに、整備士たちは六台のトラックが郊外への補給遠征に出られるくらいの状態に仕上げた。もう救援方針など待っていられない。農場は現に飢えているのだ。クリスは市内の巡回で会う人ごとに、最初にどこへ救援に行くべきかを訊いた。ある農機具販売業者は次のように答えた。

「南の地域が深刻でしょう。北部は丘や谷があります。雨は谷に流れこみます。しかし南部は平地です。降った雨はそのままたまり、沼沢地化しています」

テーブルのむこうでは牧師と司祭もうなずいていた。司祭が言った。

「そう聞いています。しかし、南は盗賊がうようよしていますよ。銃を持った犯罪者はどんどん南へむかっている。沼地のおかげで追跡されにくいからです」

「軍には高性能の電子機器があるわ」

クリスは答えた。赤ら顔の司祭は応じた。

「そうかもしれません。しかしそのような機器がこのあたりを飛んでいるのは見たことがありません。これは想像ですが、軍は今回の活動にあまり予算を割いていないのでは？」

するとエスター・サディクが司祭の手首をぴしゃりと叩いた。

「司祭様！　わたしは母からこう教わりましたよ。だれかに支援の手を差しのべてもらったときは、指をかぞえるのではなく、ありがとうと返事をするものですと」

「失礼しました」

「いいえ。気にしないでください、司祭様」クリスは感謝した。「明日、六台のトラックで南へむかいます。その日のうちに帰るつもりです。助言をありがとうございます」

　エスターが訊いた。

「こちらのガードマンを何人かつけましょうか？」

　それはクリスも一度考えていた。しかし武装した民間人が海軍の護衛につくというのは立場が逆だろう。立会人として？　それも無用だ。

「これは海軍の活動よ。海軍のやり方でやるわ」


　トラックは大型トレーラートラックだ。本来は全輪駆動、全輪操舵だが、いまはタイヤがまわるだけで充分だった。運転台の座席は前後二列ある。兵士を荷台に乗せていく時代ではないのだ。そもそもシートベルトがない。

　クリスは一台ごとの後席に銃を持った兵士を三人乗せた。前席は運転手と指揮官になる。クリスは当然、先頭のトラックの指揮官になった。トムは最後尾のトラックの指揮をとらせるつもりだったが、本人はクリスのトラックの運転手をやると主張した。まあ、士官が二人とも先頭車両にいるのもそれなりに利点があるかもしれない。あとは二人いる三等兵曹で三台までの指揮官が決まった。

会計士も一台を指揮すると言い張った。

「わたしが事務をとるのをやめたら、会計検査で変な数字が出てきますよ」

クリスは脅しに屈した。しかし一つの脅しに屈するとつけこまれるものだ。

「わたしにトラックをくれないと、トーストが焦げますよ」

コートニーは不気味な笑顔で言った。彼女は食堂から一日だけ離れることになった。

六台目のトラックは海兵隊員で埋まった。

車列が動き出すと、クリスはとりあえず暇になり、謎について考えるようになった。

トラックでは全員が完全武装していた。市内の民間人でも武装している。では農場の人々と連絡がとれず、盗賊にやられ放題というのはどういうことか。衛星写真によると農場は広い平地のまんなかにあり、銃があれば周囲は見張りがしやすい。農場に押し入ろうとする者がいても、半径五百メートルより外で殺されるだろう。なかには百メートルや二百メートルまで近づける者もいるかもしれないが、そこまでだ。

クリスは五百メートル手前で車列を停めるように指示していた。五百メートルだ。どうもここはようすがおかしい。

後席に乗っている三人の護衛の新兵も違和感を感じていた。ただしクリスの懸念とは異なる。若い兵士がクリスに聞こえていることを承知で言う。

「海軍にはいってまで使い走りをやらされるなんてな」

隣の兵士が応じた。

「まったくだぜ。どうせ配送が仕事なら、家にいて店で親父の手伝いしてるほうがましだった。店なら八時間働いたらあとは自由だからな。いえ、悪気で言ってるんじゃないですよ、少尉。週一で夜間当直があるのは少尉のせいじゃないですから」

「いいのよ」

クリスは答えたが、夜間当直がクリスの命令であることは部隊の全員が知っていることだ。

三人目の女性兵が隣に対して言った。

「自由時間なんか意味ないでしょう。行くところなんかないし、あったって外は雨、雨、雨なんだから。海軍にはいるってのはそういうことよ」

最初の兵士が勢いこんで反論した。

「おれは砲兵としてはいったんだ。タックウィロウの戦闘訓練隊では最高得点をとったんだぞ。ギョロ目の異星人を撃ち殺すのはおれが一番うまいんだ」

クリスは指摘した。

「異星人が出てくる気配は当面ない。あらわれもしない敵にそなえるより、飢えた人々に食糧を届けるほうがさしせまって重要な仕事よ」

「わかってます。少尉は士官だからそういうふうに考えるのが普通でしょう。でもおれは、四インチ・レーザー砲があって突撃してくる悪党の群れがいるときに、実力を発揮するんです。今回の任務は地球の理想主義の慈善家をよろこばせてるだけじゃないですか。税金払っていいことしてる気になって。あいつらいっぺんここへ来て、泥まみれになってみろってんですよ」

理想主義者はウォードヘブンにもいて、その一人はこうして海軍に入隊しているのだが、そのことをクリスはあえて指摘しなかった。

リストの最初の農場は、かなり大規模だった。農場主夫妻、その子どもたちと夫人たち、孫たち(一部は結婚しているだろう)が、数十棟の建物に分かれて住んでいる。付近の小規模な農場からも多くの家族が避難してきているという。連絡が途絶えるまえには、近くには馬やトラックに乗った盗賊たちが徘徊していると報告していた。

クリスは首を振った。だったら普通は見張りをおこたらないだろう。ネットワーク接続が切れることはないはずだ。

農場に近づきながら、地図と現況を照らしあわせた。泥の道は、トラックがすれちがえるだけの道幅がある。ただし補修が必要だ。トムはすこしでも水たまりの浅いところを探して右へ左へ進路をずらしている。

両側は畑だ。実らない作物とやまない雨で泥の海と化している。そのむこうの堤防からあふれだした川まで、視界をさえぎるものはなにもない。川からあふれた水は堤防ぞいの木立を飲みこみ、何百メートルも広がっている。乗り捨てられたトラクターは車軸まで水に浸かっている。

この泥の海によって襲撃側の通り道は絞られるはずだ。道路に沿って接近するしかない。

守備側は簡単に一掃できる。

ここの農場の連中はいったいなにをしていたのか。

「射撃用意」

農場が見えてきたところでクリスは命じた。一部の兵士はよろこんだ。しかしトムはライフルをドアに吊ったケースにいれたままだ。

「運転しながら撃てるか」

大農場だった。三棟の大きな納屋が噴火災害以前の繁栄ぶりをうかがわせる。中庭に面した母屋が偉容を誇っている。周囲には家屋やその他の建物が散在し、小さな村のようだ。人影は見あたらない。

クリスは他のトラックに停止を命じた。ライフルをかまえて警戒させた上で、トムにゆっくりと前進させた。窓のむこうでなにかが動いた気がした。ドアから突き出ているのは銃身に思える。クリスはあきらめてゲートのところでトムに停止を命じ、運転台から降りて徒歩で農場内にはいった。

マイクを有効にして呼びかけた。一番近い付属棟でも百メートル離れている。トラックの拡声器から出るクリスの声が反響した。

「人類協会海軍のロングナイフ少尉です。荷台に食糧を積んでいます。数カ月前からネット接続が切れていますが、救援物資が必要なら教えてください」

納屋のドアが開き、それが閉じるまえに三人の男がすり抜けるように出てきた。そしてクリスのほうへ歩いてくる。母屋のポーチに数人の女があらわれた。二人は赤ん坊を抱いている。女たちも中庭の中心へ歩いてきた。

クリスもそちらへ歩いた。中央で行き会う。

長身で頭の禿げた男がクリスに手を差しのべた。

「ジェイソン・マクダウェルです。この農場の創始者の息子です」さらに、女たちを引き連れてきた灰色の髪の女をしめして、「妻のラティシアです」

クリスは主人と握手し、続いてやってきた夫人とも握手した。

「救援物資を運んできました。一ヵ月分程度の食糧をおいていければと思います。ここには何人いますか？」

男は首を振り、苦々しげに言った。

「百人あまりです。しかし一ヵ月分相当の食糧は多すぎる。賊に奪われる」

妻がささやいた。

「隠し場所もいくらかあるのよ、ジェイソン」

「吐かされるだけだ。だれかが話してしまう。強制されれば」

夫人は目をそらし、うなずいて同意した。

「毎週運んできてもいいですよ」

クリスは提案したが、できればそのような手間はかけたくなかった。

他の納屋や家屋や付属棟からも人が出てきた。数はしだいに増えた。だれかしら銃を持っているだろうと予想したが、見あたらない。

「食糧をおいていくまえに、全員のＩＤカードを見せてください。配送確認のためです」

「ＩＤカードはないんです。全部盗られてしまって」

ジェイソンは熱い鉄の塊を落とすようにそう言った。

「ないと物資をいただけないんですか？」

ラティシアはエプロンを握りしめて訊いた。隣で黙っている二人の女は腕の赤ん坊を抱き締めた。

「書類に不備があるからといって、飢えた人々を放置するつもりはありませんよ」

ピアソン大尉の救援方針などいっそできなければいい。クリスはマイクを使って話した。

「トム、トラックをいれて」

とはいえＩＤカードを失うのは小さな問題ではない。この人々は一カ月間で銀行口座の残高を抜き取られ、惑星間ネットワークで個人情報を悪用されたはずだ。ネット落ちしているあいだはなにが起きてもおかしくないし、対策のとりようがない。どうやら、ただのならず者の仕業とは思えない。

「ＩＤカードがないなら、全員の顔写真を撮る必要があります」

クリスはトムにカメラを用意させた。

ジェイソンのまわりにいる男たちの一人が言った。

「兄さん、この人たちが通信リンクを持ってるなら、銀行口座を確認できるんじゃないかな」

「じゃあまかせる、ジェリー」

「トム、この人にネットへの接続手段を貸してあげて」

トムは次々と出される命令を笑顔で受けた。

「わかりました、少尉」

クリスはふたたびジェイソンに質問した。

「全員ここに出てこられますか？」

「母は寝たきりです。運ぼうと思えば運んでこられますが……」

「こちらからうかがいます。会計検査でうるさく言われないように、念のためですから」

「わかります。うちも商売をしていますから……」ジェイソンは途中で黙って、泥だらけの中庭を見た。「いや、していたと言うべきか」

「またやれるわよ」

夫人が手を差しのべた。しかし夫はその手を振り払った。

士官であるクリスはこういうことを一人で乗り越えなくてはいけない。それでもカウンセラーのジュディスの手にかかったら、この二人が目をそむけていることはすぐにえぐりだされるだろう。ジュディスはクリスの命の恩人だ。

母屋の泥だらけの部屋でポンチョを脱いで、ゆっくりと三階へ上がった。母屋は木造で、長年の使用と手入れによって黒光りしている。たくさんの刺繍が飾られた寝室の大きなベッドに、女が一人で横たわっていた。苦痛でうめいている。クリスは三歩で近づいてベッド脇にしゃがみ、カバーを持ち上げて老女を見た。しなびた肌は青と黄に変色した数週間前の殴打痕だらけだ。

「トラックに衛生兵が乗っています。お母さんの手当てをさせましょうか?」

ジェイソンは母から目をそむけながら答えた。

「できる手当てはやっています」

夫人が訊いた。

「鎮痛剤はありませんか。盗賊に持っていかれてしまったので」

「トム、衛生兵をよこして。わたしの通信リンクを目標に来ればわかる」

「了解」

クリスはしゃがんだ姿勢から顔を上げて夫婦を見た。

「いったいなにがあったのか話してくれませんか? わたしはオリンピアへ赴任するときに、背中に気をつけろと言われました。みんな銃を持っているからと。基地の中佐は夜間の外出を禁じています。それも町に銃が多すぎるからです。ところがこの農場には一挺も見あたらない」窓際の壁につけられた銃の保管台をしめした。そこにも空っぽだ。「銃はどこへ?」

ジェイソンは答えた。

「なくなったのです。とにかくなくなった、ということにしておいてください、海軍さん」

「夫は畑に出ていました」

妻が低く話しはじめると、ジェイソンは黙ってくれと懇願する目でそちらを見た。ラティシアはその視線を受けとめた。妻の視線に負けて、夫は部屋の隅に逃げこんだ。

「農場は気分まかせでやっていけるほど楽ではありません。とくにジェイソンと彼の家族にとっては、そんななまやさしいものじゃない。お義父さんは政府から下付された土地を開拓してこの農場を築きました。五十年前のここはただの沼地でした。それを排水して農地にしたんです。ポンプ設備はつねに点検が必要でした。こういう気象のときはとくに。ポンプは沼のそばにあります」

ジェイソンが床を見つめたまま話しだした。

「五人で警戒していた。みんな銃を持っていた。このあたりに……」うまく言葉が出ないようだ。「……あいつらがいるのはわかっていた。近づいてくればわかると思っていた」

ジェイソンは顔を上げてクリスを見た。

「射撃の腕はいいんですよ。親父の命令で毎週練習していました。沼には地元でバッファローと呼ばれる動物が棲んでいて、農作物を荒らす。その狩りでも腕を磨いていました。ところがそのとき、やつらは排水路を潜って近づいてきたんです。ストローかなにかをくわえて呼吸していたんでしょう。完全に機先を制された。気づいたときにはすぐそこにいた。おれたちが銃に手を伸ばしていたら、全員殺されてたでしょう」

ジェイソンは妻を見上げて、苦しげに言った。

「本当だ。本当は戦いたかったんだ」

妻はそのそばへ行った。夫はその肩につかまって泣いた。

クリスは男が泣くところをあまり見たことがなかった。ベッドでは老女が体の痛みにうめいている。クリスはピストルのグリップに手をかけて立っていた。海軍にはいったのは守りたいものがあるからだ。いま、この星の悪党には貸しが二つある。いつか返さなくてはならない。

夫が泣きつづける横で、妻は話を続けた。低く単調な声に義憤がこめられていた。

「四百メートル離れたところで数台のトラックが停まりました。十数人が降りてきました。よそ者は照準にとらえていました。やがてだれかが叫びました。〝おい、てめえの亭主の頭にピストル突きつけてるぞ。全員銃を下ろせば、みんな命だけは助けてやる。撃ちはじめたら真っ先に亭主が死ぬぞ〟」

ジェイソンは理解と許しを請う声で言った。

「おれは撃てと言った。大声で、撃てと言ったんだ」

クリスは、自分だったらどうしただろうと思った。妻だったら。あるいは夫だったら。

妻は話しつづけた。

「トラックからはさらに男たちが降りてきました。泥の地面に広がって敷地に近づいてきました。ライフルを持った三十人から四十人です。こちらには子どもたちがいました」

妻は理解を求めるようにクリスを見た。クリスは彼女の希望どおりにうなずいた。妻は首を振って続けた。

ロは止まらなかった。

「男たちの一部は戦うことを主張しました。最後の一人になってもと」強いまなざしでクリスを見つめる。「でもこちらには子どもが何人もいました。だから女たちは銃をおくと決めました」そして夫のほうを見た。「そのあとどうなるかわかっていたら、きっと戦っていたわ。一部は戦いたいと言っていた。でも大多数は反対したのよ」

クリスは、その先は聞きたくなかった。結末はわかっている。しかしここまで話した妻の口は止まらなかった。

「男たちはまず銃をすべて取り上げました。次に食糧、IDカード……。重要そうなものや自分たちがほしいものを奪いました。そして農場の男たちの手を隣同士で縛ってつなぎました。そして夫や子どもたちの目のまえで、泥のなかでわたしたちをレイプしはじめたんです。さすがにそれは耐えられなかったのでしょう。ジェイソンの父親、つまり彼女の夫は」ラティシアはベッドの老女をうなずいてしめした。「お義父さんは抵抗しました。縛られているのに抵抗しました」

「おれはなぜやらなかったと思う？　なぜ抵抗しなかったと思う？」ジェイソンがうめく。

「わたしがやめてと言ったからよ。抵抗したらあなたも殺されていた。お義父さんのように。わたしは殴られていた。お義母さんのように」

ラティシアは大きく震えるため息をついた。

「わたしたちは生き延びたわ。サリバン農場ではみんな死んだのよ。子どもたちは豚のように殺された。抵抗したから。わたしたちは生き延びたわ、ジェイソン」夫の顔を両手で抱き締めた。「こうして生きてる。だから生き抜きましょう」

「あいつらは全員殺してやる」ジェイソンはつぶやいた。

「機会があれば。神様しだいよ」

衛生兵が到着した。クリスは老女の手当てを衛生兵と妻にまかせ、下に降りた。屋外で立ちつくした。今回の任務は食糧の配布だけだ。交戦規則では、攻撃されたときのみ応戦せよとなっている。重苦しい空気のなかでつぶやいた。

「かかってきなさい、賊ども。トラック隊は三十人の戦闘員だけで子どもはいないわよ。こっちの動きは気づいてるはず。荷台のものがほしいんでしょう。だったら奪いにくればいい」

クリスが中庭を歩いていると、ネットで銀行口座を確認したいと言っていた男が首を振りながらもどってきた。

「やつら、この農場を売却していました。根こそぎ売り払ってた」

クリスは男を止めた。その顔を見ながら、ネリーに言った。

「これから話すことを法的に有効な宣誓供述書として記録する」

「そんなことができるんですか?」

「できるわ」

クリスはこの農場で発見したことを簡潔に口述した。ＩＤカードを盗まれたことや通信手段を奪われたことを述べた。

「この農場がネットから切断されたときから現在までにおこなわれた会計および法的活動は、いずれも無効である。わたし、クリスティン・アン・ロングナイフはいかなる法廷でもこれを証言する」と締めくくった。

「ありがとう」

「やれることはやったかしらね」トムをみつけて、大きく声をかけた。「終わった？」

「なんとか。全員の写真を撮った。これならピアソンにも文句を言わせない」

「よし。では荷物をまとめて移動よ。まだやるべきことはたくさんあるんだから」

「了解」と言いながら、トムは近づいてきた。「クリス、どうかしたのか？　まるで……だれか死んだような顔だぞ」

クリスは顔をそむけた。

「なんでもない。こちらは武装していて、外に悪党がいるからよ。全員乗車して。やるべきことも行くべきところもまだある」

兵士たちは装備をかたづけはじめた。しかし動作は鈍い。一部の者は赤ん坊を抱いてあやしている。クリスのトラックの後席の兵士の一人が声をかけてきた。

「少尉。盗賊はまたここを襲って、救援物資を奪うでしょう。せめて子どもたちだけでも町へ連れていきませんか？　一カ月間飢えていたんですよ。大人たちは雑草で飢えをしのいでいたけれども、子どもたちの胃腸では消化できないとここの母親がこぼしていました」

クリスは提案を拒否した。

「それは早くても来週。今回はだめ。さあ、急いで。ぐずぐずしないで」

クリスは大声で指示して、海軍兵士と海兵隊員をせかした。

母屋からジェイソンが出てきた。クリスをみつけると小走りに近づいてくる。やつれているが、トラックのステップに足をかけてドアにぶらさがった。

「いいですか、賊は沼にひそんで接近してきます。沼の深いところを避ければ出くわさずにすむ」

クリスはトラック隊の予定ルートを作戦ボードに表示してみせた。ジェイソンは首を振った。

「この道の七、八キロが危険です。デッドカウ沼を横切る。どこから襲われるかわからない」

クリスは思わず口もとをほころばせた。

「無理よ。この道以外はみんな冠水して通れない。残っている盛り土の道路はここだけなのよ。ここを通るしかない」

「襲われにいくようなものだ」

「むしろそう期待しているわ」

満面の笑みになった。トラブルも誇りに思ってくれるはずだ。

「覚悟の上なら止めませんが」ジェイソンは退がった。

クリスは振り返ってトラックの車列を見た。

「子どもは乗せないように。乗るのは海軍兵士と海兵隊員だけ。それが仕事よ」

「気をつけて。中尉だか少尉だかよくわからないが。おれはなにが来ても跳ね返せると思っていた。それはまちがっていた」

「来週くるときにはあなたと夫人の顔写真をいれたIDカードを持ってこられるかもしれません。この騒動が終わるまえに、犯人の一部はやっつけられるかもしれませんよ」

クリスはだんだんその気になってきた。

「どうか気をつけて」

「危険を冒すのも任務のうちです」

クリスは窓から身を乗り出して後方を見た。兵たちは全員乗車している。

「トム、出発」

「了解」

ミラーで農場のほうを見ると、ジェイソンが人々のあいだをまわりながらなにか説明していた。一部の女たちは泥のなかにひざまずき、両手をあわせて祈っている。

「祈りが必要なのはわたしたちではなく、この先にいる悪党どものほうよ」

クリスは引き結んだ唇のあいだからつぶやいた。

トムが前方を注視したまま言った。

「いったいどういうことか教えてくれないか。おれは次級指揮官なんだ。おまえになにかあったらおれが指揮を引き継ぐんだからさ」

クリスはマイクを有効にして話した。

「全員聞いて。われわれがここへ来た理由は見たとおりよ。人々は育てた農作物を盗賊に奪われたせいで飢えている。盗賊は老人を殺し、その妻を殴った。さっきの女たちのほとんどはレイプされている」

「レイプ？」

ショックを受けた声が後席で広がった。やはり全員が詳しく教えられたわけではなかったようだ。いま聞かされたのだ。

「小さな女の子まで。この任務が退屈だと言っていた者がいたわね。しけた運送屋をやるくらいなら、故郷でピザ配達でもやっていたほうがましだったと。では教えるけど、この道はこの先少々危険になるらしいわ。物資を盗みたがる賊が出没する。そして本日盗めるような物資を積んで通るトラックはわたしたちだけってわけ。射撃準備をしなさい。因果応報の意味を教えてやるのよ」

クリスはトムのほうをむいた。話しているあいだにトラックのディスプレーに予定ルートの地図が呼び出されていた。衛星写真を重ねてある。トムはデッドカウ沼を指さした。

「ここか？」

「らしいわ」

トムは地図をじっくり見た。

「五キロもどれば、冠水していない別ルートがあるぞ」

「わたしには冠水しているように見えるわ。食糧を配らなくてはいけないのよ。途中でうろうろしていたら夜までに帰れなくなる」

「どこかの農場で一泊してもいい。農場の人々は友好的なんだ。一晩くらい泊めてくれるさ」

「明日は明日の配送予定がある。とにかくこの道を行くのよ、トム。ライフルの動作確認をしておきなさい」

「士官学校で合格点はもらってる。あなたが撃つところ一回も見たことないわ」

「なにを撃ったの」

トムは目をそらし、

「必要最小限のものだけ」

「あきれた。あなた海軍士官なのよ、トム。仕事としての覚悟はあるはずでしょう」

「あのな、おれはトラックを運転して飢えた人々に食糧を配ってるんだ。故郷の司祭は、町の酒場の喧嘩でだれかが怪我するたびに、汝殺すなかれって説教してた。おれは大学の奨学金返済を免除してもらうために海軍にはいったんだ。殺すためじゃない」

「女をレイプし、男を殺し、飢えた子どもたちから食糧を奪う盗賊が相手でも？」

クリスが反論すると、トムは目をそらして水浸しの大地を見た。

「想定外の事態だよ」

「想定外でも目のまえの現実なんだから」

クリスとトムが議論しているあいだ、背後の席は静かだった。彼らはどう考えているだろう。関係ない。彼らは命令を受けていて、指揮官に従うだけだ。トムと議論するのも時間の無駄だ。やらなくてはならない。もう一度マイクのスイッチをいれた。

「こちらはロングナイフ。窓をすべて降ろしなさい。車内にガラスが飛び散らないように」

顔を上げてフロントウィンドウを見た。リリースボタンをみつけてそれを押すと、クリスの側の窓はエンジンフードの上に倒れた。たちまち雨が吹きこんでくる。他のトラックにも同様にするように命じた。

それからしばらくは沈黙が流れた。トムが水たまりの浅いところを求めて左右に進路を振るのにあわせて揺られる。

後席から小さな声がした。

「少尉」

「なに」

声をかけてきたのは、射撃の腕を自慢していた兵士ではなかった。そいつは青ざめた顔で窓の外を見ている。声をあげたのはクリスの後ろの女性兵だった。後席の中央にすわっている。

「本当に撃っていいんですか?」

「むこうは撃ってくるはず。そうしたら反撃していいことになっている」

「母や説教師はいつも、死をつかさどるのは神だと言っていました。神と医者の行為だと。

だからギャングはまちがっているのだと。でも少尉は殺していいとおっしゃいます。本当にいいんでしょうか」

クリスは政治家の家庭で育った。そこでは選挙に勝つためにはなんでもありだった。クリスが深く落ちこんで昇る糸口が見えないでいるときに、祖父のトラブルはまるで白銀の騎士のようにあらわれた。歴史の本で彼が活躍する戦争の物語を読むのが好きだった。レイも出てきた。祖母のルースとリタも正義のために戦った偉人として歴史書に出てくる。

もちろんクリスも〝汝殺すなかれ〟と教わっている。しかしそれは絶対の真理ではなかった。たとえば運転手のハーベイは、妻が家のなかで蜘蛛をみつけて騒いだときには、殺さずに外へ逃がしてやるような男だ。しかしギャップの戦いではレイといっしょに戦った経験を持ち、そのことを誇りにしていた。

クリスは兵士たちの心の安全装置をはずす言葉を探しながら、ゆっくりと話しはじめた。

「いい？　この世には建設と破壊がある。生と死が分かれるときがある。相手が撃ってきたら、そいつらにとって死ぬべきときという意味よ。相手には武器をおいて降参するという道もある。その場合は法の裁きを受けて死刑になる」

クリスはうしろをむいて三人の新兵たちを見ていた。端の席の男は緊張したようすで唇をなめている。女性兵はライフルが本物であることをたしかめるように手であちこちさわっている。射撃の腕を自慢した若者は、ちらりとクリスを見て、また窓の外に目をもどした。

「盗賊たちは人倫にもとる行為をした。だから撃ってきたら野犬を処分するように殺す。野犬そのものだからそれでいい。これは命令よ。処刑しなさい。もしわたしの判断がまちがっていたらわたしが裁判を受ける。あなたたちではないんだから」

「でもその判決がどうなろうと、彼らは死ぬわけですね」

窓際の男が言った。女性兵も同意した。

「中佐のやり方とおなじね」

こんな説教が必要になるとは思っていなかった。歴史書には戦いたがらない兵士など登場しない。とはいえ彼らは海軍兵だ。そして新兵訓練所を出たばかりだ。海兵隊員たちのトラックを車列の先頭近くに持ってきたほうがいいだろうか。そもそもこの敵地突入作戦そのものを考えなおすべきかもしれない。

クリスは前方にむきなおった。話しているうちに周囲は畑から木立になっていた。一部の木は洪水で倒され、大きな根を水面上に持ち上げている。そのむこうの道路を見ると、水のあいだを一本道が続くだけだ。路側は溝だ。車列がUターンする場所などない。たとえそんな考えがあっても。クリスは唇をなめて、その選択肢を脇へおいた。どんな結果になろうと進むしかない。

今後数分間に起きるであろうことを考えた。準備は万端だろうか。やり忘れたことはないだろうか。指揮官にとって永遠の自問だ。なにを忘れているだろう。パニックが起きそうになった。なにかを忘れている気がする。答えは歴史書にも書かれていなかった。

クリスはライフルを点検し、道路に沿って近づいてくる木立を見た。マイクごしに話す。

「みんな、敵は木の裏に隠れているはずよ。ライフルには測距計がはいっていて自動的にダート弾に必要な火薬量をセットしてくれる。でもそれでは幹を撃ち抜くには威力がたりないわ。セレクターを最大位置に上げて」

震える声が返ってきた。

「少尉。どのスイッチですか？」

「前のやつ」いったん答えてから、もうすこし詳しく説明することにした。「銃身の後端に一番近いやつで、麻酔弾のセレクターより前にあるレバーよ」

「ありがとうございます」

礼の言葉などやりとりしている場合ではない。儀礼などここでは場ちがいだ。それを言おうとしたとき、はっと息を飲んだ。トラックがカーブを曲がり、視界をさえぎっていた木立が右横を通りすぎた。

二、三百メートル先に一本の木が倒れて道路をふさいでいた。

クリスは状況をさっと観察した。この倒木は根がついていない。真新しい切り株が道路脇にある。クリスはライフルの照準をサーマルに切り換えた。

倒木の裏に三人ほど隠れている。左右の木立をさっと調べる。やはり熱イメージがいた。十も二十も映る。数が多い。農場の男の話を思い出した。敵は水中にひそんでいる。道路脇の溝を調べた。周囲よりわずかに水温が高いところがいくつかある。しかし水の流れで長く伸びて曖昧だ。

トムがトラックの速度を落とした。きびしい声で問う。

「どこまで接近するかい、ロングナイフ少尉」

クリスは選択肢を考えた。あえて罠に突っこんで停止する。先に悪党たちに撃たせて、あとは思う存分やっつける。数ではこちらがまさっている……。いや、こちらは新兵ばかりだ。相手は死にものぐるいでかかってくるだろう。前方の水面を見た。水中から飛び出してきた賊たちに農場の人々は機先を制された。

「ここでストップ」

クリスが命じると、トムはトラックを泥道のまんなかでゆっくりと停めた。倒木から二百メートルあまり離れている。しばらく路上の障害物を観察したが、動きはない。

クリスは拡声器で呼びかけた。

「銃を捨てれば撃たない」

沼に声が響き、驚いた鳥たちが鳴きながら鉛色の空へ飛んでいく。クリスは眉をひそめ、警告をくりかえそうとした。しかし、これで意図の表明はしたのだと考えなおした。

倒木の裏にいる熱源のうち一番右側にライフルの照準を合わせた。マイクのスイッチをいれ、命じた。

「全員、撃て」

自分自身の命令に従ってトリガーを引いた。倒木を右から左へ連射で撃っていった。一人が立って逃げていく。すぐに倒した。

いった。クリスは道路左側の溝に銃口を移し、温度が高いように見えるところを片っ端から撃って

一人の男が水を跳ね散らしながら立ち上がり、クリスを狙って撃ちはじめた。しかし胸にクリスのダート弾を受け、のけぞって倒れた。

いくつかの熱源の影は溝から道路端に這い寄ってきた。クリスはドアを開け、滑り降りるように車外に出て、前輪の陰に隠れた。手近のいくつかの影にむかって撃つと、それらは路側で動きを止めた。自分のライフルの上にもたれている。

次の男に狙いを移した。しかしそいつは銃を放り投げて地面にあおむけになり、両手を宙に掲げた。

拡声器ごしのクリスの声が銃声より大きく沼に響いた。

「銃を捨てれば命は救けてやる。銃を持っていると命はないぞ」

路側の五、六人が両手を上げてひざまずいた。クリスはライフルの照準を右へむけた。みんな立ち上がって空中で手を振っている。肩ごしに見るとトラック隊の左側もおなじ状況だ。

クリスは、まだトラックの後部座席にすわっている女性兵を指さした。

「そこ！　降伏した連中を監視して」

「はい」

女性兵は引きつった小声で答え、あわててトラックから降りた。クリスはライフルの銃口を見せられて眉をひそめた。それから、それどころではない問題に気づいた。安全装置をか

けたままだ。

「ライフルの安全装置をはずせ」

クリスはささやいた。しかし女性兵はきょとんとしている。クリスは手を伸ばして安全装置を解除してやった。

「これで撃てる」

女性兵はようやく手もとを見て、ああと気づいた顔をした。そしておぼつかない手つきでライフルを振りながら捕虜たちのほうへむかっていった。

クリスはさらに拡声器を使った。

「沼に隠れている者はゆっくり道路に上がってこい。急に動くな。道路にいる者は中央まで出て伏せろ」

トラックを振り返ると、トムはようやくドアのホルスターから自分のライフルを抜いている。射撃自慢の自称英雄とその同僚の新兵は、座席で固まったままだ。視線と銃口は道路左側にむけているが、なにもしていない。

「大丈夫か？」呼びかけた。返事がないのでくりかえした。「後席の二人、大丈夫か？」

自称英雄が二度まばたきした。顔色が悪い。

車列の後方から二人の海兵隊員がライフルをかまえて前進してきた。すくなくとも新兵訓練所で安全装置のはずし方は習っているようだ。

「こちら側の警戒を頼む」

クリスが呼びかけると、二人は拳を振って同意の合図をした。

クリスは車列左側に移動した。こちらは三人の海兵隊員が前進してきている。ライフルをかまえ、捕虜をゆっくりと歩かせている。

「こいつはおれがつかまえたんだ」

一人がうれしそうに言った。すると隣のが反論した。

「ちがう、おれがつかまえたんだぞ」

「あの木のところにむけて撃ったのはおれだ」

最初の海兵隊員は木立のほうを指さした。低い倒木の上に撃たれた体がひっかかっている。

「おれだって撃った。おれの捕虜だ」

クリスは割りこんだ。

「二人の戦果でいい。他の捕虜も見張って。逃がさないように」

ちょうどそのとき、捕虜の一人が沼の水面に飛びこんだ。クリスは水面に顔を出すところを待ったが、浮いてこない。赤外線に切り換えてそのあたりを調べる。しかし水面が乱れていてとらえきれなかった。

「一人逃げられたな」

トラックから降りてきたトムが言った。クリスは顔をしかめた。

「捕虜たち、よく聞きなさい。今度逃げようとしたら警告なしで撃つわよ」

クリスのうしろの女性兵が言った。

「非武装の相手ですよ」

「脱走しようとしているからよ。それに身体検査するまでは非武装かどうかわからない。トラックの兵士たち、降りてきなさい。捕虜の武装解除に人手が必要なのよ」

他のトラックからも兵士たちが降りてきた。彼らのライフルは半分が安全装置がかかったままのようだ。しかも新品同様で汚れひとつない。どうも周囲の銃声が少ないと思ったらそういうことか。撃っているのはクリスと海兵隊だけだったのだ。あとは盗賊ども。

海軍新兵の二人がのろのろと捕虜を整列させはじめた。うつぶせにさせて、一人がライフルで警戒し、もう一人が身体検査をして他の武器を持っていないか確認する。

「おっと、こいつは女だ」

兵士は検査しようとした泥だらけの体から二歩退がった。相手の反応はあまり女らしくない。

クリスはその捕虜の検査に女性兵を行かせた。そして捕虜から剝ぎとられた装備品が山をなしていくのを見た。通信機器はない。コンピュータもない。ほとんどはナイフ。銃はたいてい一人一挺だけだ。予備の銃弾は少ない。ほとんどは下着姿にされた。みんなやせ細っている。農民ほどの飢餓レベルではないが、盗賊も食糧不足らしい。十四人のうち四人は女だった。

クリスは死んだ敵のほうに注意を移した。

道をふさいだ倒木の裏には二人が倒れ、早くも虫がたかりはじめていた。クリスは吐き気をこらえた。一人は死の苦痛に顔がゆがんでいる。怒りか、苦痛か。訊いても死者は答えてくれない。もう一人は眠っているように安らかな顔だ。子どものように体を丸めている。この男だけ通信機を持っている。三人目は運び去られていた。血の海から被弾したことがわかる。いまはトラックで衛生兵の手当てを受けている。生きて死刑になるはずだ。

クリスは道路を歩いてもどった。溝と路面のあいだに死体が二つある。クリスは捕虜のなかから二人選んで指さした。どちらも十四、五歳の少年だ。

「おまえとおまえ。このへんの死体を足で縛って木に吊りなさい」

切り株の横にはえている四本の木をしめした。

ちょうどそのとき隣にトムがいた。

「死者を冒瀆することはないだろう」

「放置したら野生動物の餌になるだけよ。だったら他の連中への見せしめにしたほうがいい。穴を掘って埋める時間はないんだから」道の前後を見て、「穴を掘る場所もないし」

それでもトムは首を振った。

「クリス、やりすぎだ」

「そこの二人、命令どおりにやりなさい。海兵隊員、この二人が言われたとおりにやるように見張って」

海兵隊員は二人の少年をライフルでつついて立たせた。それまで死んだ魚の腹のように青ざめていた二人は、幽霊のように真っ青になった。恐怖した幽霊だ。

　クリスはトムのほうをむいた。

「生きている捕虜の手を縛って、トラックに乗せて。車内でうつぶせにしたら、足をどこかに縛りつけて。一人も逃がさないように」

「わかりました、少尉」

　トムはわざとらしい直立不動と敬礼をやって、命令に従うために足音高くその場を去った。

「あまった拘束テープやロープがあったら持ってこさせて」

　クリスはその背中に呼びかけた。気のせいか、トムの足音がさらに高くなったようだ。

　三十分後、車列はゆっくりと出発した。クリスから沼の住民への強いメッセージを残して。町に新しい部隊がやってきた。こうなりたくなかったら近づくな。すくなくともクリスはそういうメッセージのつもりだった。

　次の農場は全滅していた。いくつかの死体が倒れた場所や片付けられた場所に転がっているだけだ。

「抵抗した農場はこうなるみたいね」

　農場の敷地に乗りいれながら、クリスは苦々しい口調でトムに言った。

「だれかがマイクのスイッチを確認せずに、「それほど冷血女でもないんじゃねえ?」とつぶやいた。クリスは聞かなかったことにした。

　次の農場は最初の農場とおなじだった。クリスは食糧を手早く配るだけにした。彼らがここに集まった理由も、無表情な目の奥の無言の叫びも聞かないようにした。農民たちが捕虜に復讐を試みないように、兵士たちに厳重に監視させた。

「彼らは海軍の捕虜よ。ポートアテネの当局に引き渡すわ。そこで正義の裁きを受けることになるの」

農場主の妻がナイフをふりかざして乱入してきたとき、クリスはそう言ってトラックから引きずり出した。すると農場主が尋ねた。

「ポートアテネまで無事に連れて行けると思っているんですか？」

「捕虜にしたのだから逃がしません」

「成功をお祈りします。しかしこの付近にいる盗賊の集団は一つではありませんよ」

「どれくらいあると？」

「二百ほどです」

「何者なんですか？　だれが盗賊なんかに？」トムが質問した。

「本人たちに訊いてください」農場主は吐き捨てるように言った。

それからさらに二つの農場をまわり、トラックの荷は軽くなった。しかし、盗賊と被害者を分ける力学をクリスはまだ理解できずにいた。ポートアテネへの帰路も不安になりはじめた。

最後の農場は巡回リストで一番小規模だった。にもかかわらず、他の農場の三倍の人数がいた。さらに暴力被害はあまり受けていないようだ。すくなくとも捕虜にナイフをむける者はいなかった。それどころか二人の女が捕虜たちのあいだをまわって水と簡単な食糧をあたえた。

　農場主は痩せた中年の男で、トラックを農場内にいれると、人々を整列させて荷下ろしを手伝わせた。救援物資はトラックから小屋や何棟かの小さな家屋へ整然と運びこまれた。それらの家にはべつの二組の夫婦と十人ほどの子どもたちが住んでいた。

　兵士たちはもう作業に慣れていたので、クリスとトムは横に立って見ているだけでよかった。農場主が言った。

「食糧は助かります。草木を食べているような状態でしたから」

「ずいぶん人が多いようですね」クリスはなんとなく訊いた。

「ええ。飢饉が起きても年季契約の労働者を追い出しませんでしたから。追い出しても彼らは行くところがありませんからね」

　新任の少尉は初めて聞いて学ぶことが多い。

「年季契約？」

「そうです。数年前にニューエデン星が福祉予算を削減して、失業者は職に就くか、渡航チケットを受け取ってよその星へ行くか、どちらか選べと命じたんです。行き先は、オリンピアのように耕作面積が小さくて農業経営が順調でないいくつかの星でした」

「そういう人々を雇っているわけですね」とトム。

「いえ、彼らはチケット代のために働いているんですよ。一年働くとチケット代金の七分の一をわたしが払います。七年働けば彼らは晴れて自由の身というわけです」

農場主は草の葉を一枚ちぎった。まるでビンテージワインを品定めするような目でじっくり観察すると、その端をかじった。

「それまで失業者で福祉制度の厄介になっていた彼らは、食糧支援も現金もないまま放り出されました。幸運な者たちは市内の加工工場で仕事にありつけましたけどね」

「彼らは炊き出しで生き延びています」クリスは教えた。

「どうしているかと心配していたんですよ」

クリスは農場を見まわした。子どもも老人もいる。働き盛りの年齢の者もいる。

「盗賊に襲われても対抗できるだけの銃を持っているようですね」

「盗賊に襲われたことはありませんよ」

「賢明な盗賊だ」

クリスはにやりとした。しかしトムはいぶかしげな顔をした。

「では、ネットワーク切断はなぜなんですか？」

農場主は肩をすくめた。

「風車が故障して電力がなくなったんです」

「バッテリーをおいていきましょう」クリスは言い、トムもうなずいた。「それにしても、この農場だけ襲撃を受けなかったというのは不思議ですね」

農場主は、まだわからないのかという顔でクリスを見た。

「沼の盗賊がもとはどんな人々か、まだ気づきませんか？」

「あなたは年季契約の労働者を維持したんですよね」クリスはゆっくりと言ってから、その意味するところに気づいた。「しかし他の農場は追い出した」

「そうです」

「つまり、盗賊は仕事を失った農場労働者だと」

「そうです」

トムはしばらくまばたきをくりかえし、ゆっくりと口を開いた。

「じゃあ、レイプしたり、盗んだり、殺したりしているのは、もとは農場で働いていた人々なのか」

農場主はトムを見上げた。

「そうかもしれないし、そうではないかもしれません」

クリスは農場主の隣にしゃがんだ。農場主は草の葉を差し出した。クリスはそれを受け取ってかじってみた。味はほとんどない。たいした栄養にならないだろう。しかしクリスは農場から農場へ移動するトラックのなかで正規の軍用糧食を食べた。栄養不足に苦しんでいるのは彼女ではない。ここの人々だ。

困惑した表情でしゃがんだトムにむかって、クリスは首を振りながら言った。

「元失業者で、農場で重労働をしていた人々が、農場主のＩＤカードを奪って、ネットワークから切り離して、農場をまるごと売り払ったりしているわけね」

農場主はおだやかに笑った。

「海軍の軍人さんにしてはあなたはまだ理解力がある。一番得をしているのは、不良失業者に手を焼いていたニューエデンの警察ですよ。チンピラやこそ泥やマフィアの真似事をするやつらを一掃できたんですから。問題児たちは目が覚めたら宇宙船に乗せられていてすでに加速中。警官たちにとってはいい厄介払いです。そのなかの頭のいい連中は、ここに到着してからまじめに働いたかもしれないし、賭場を開いて儲けはじめたかもしれない。危ない橋を渡る者はいつもいるものです。やがて酒を持ちこみ、ドラッグを持ちこむ。どんなに貧乏でも、儲ける方法には目ざといものです」

農場主は首を振った。クリスは続きを自分なりに話した。

「そして社会的大混乱がやってきたとき、脱出の好機だと考えた……」

「そうです。こわもての手下を集め、銃を調達し、沼地に隠れて飢えている人々のところへ行って、手伝えばメシを食わせると約束する。自分たちに泥まみれの生活をしいた人々のところへ話をしにいくのだと。そのあとはご存じのとおりです」

トムは首を振った。

「でもレイプまで」

「目ざとい首謀者とその手下ばかりではありません。怒りをためこんでいた労働者もいました。その一方で、ここにかくまった女性のなかには、夫や兄弟がそんな行為を止めようとして殺されたという者もいます」

クリスは捕虜たちのほうへ目をやった。もはや憎悪だけで見ることはできなかった。

「このなかにそんな首謀者や手下はいるかしら」

「わかりません。沼の住人のなかにはこの農場にいる人々の家族もまじっています。捕虜に水を配っていたマリアは、ボーイフレンドが沼のどこかにいます」

クリスは眉をひそめて農場主を見た。農場主は首を振った。

「ミロはここに帰ってくればいつでも働けます。しかし手に負えない弟がいた。男が持つべきなのは農具ではなく銃だと考えるような弟だった。ミロはそんな弟が危ないまねをしないようにそばで見張り、説得を続けているんです」

トムは捕虜たちをしめした。

「こいつらは？　ポートアテネの当局に引き渡したあとはどんな処分に？」

「わかりません。彼ら自身は殺したりレイプしたりしていないとしても、そういった連中の仲間として働いたことは事実です。陪審席にすわっている人々は怒り、恐怖しているでしょう。公平な判断をするには難しい状況です」

「真実の追求も難しいわけだ」

トムはため息をついた。クリスもうなずいた。そして、しばらくまえの小競り合いを思い出した。

「倒木の裏に隠れている連中をわたしは撃った。通信機を持ったやつもいた。左右それぞれの排水溝から最初に上がってきた男も撃った」

トムはうなずいて続けた。

「それからあとはほとんど抵抗はなかった。みんな逃げようとしていた。捕虜たちはどこまで有罪といえるんだ？　被害者とおなじくらいに飢えていた。本物の悪党が楽しんでいるときは顔をそむけていた。ちくしょう。サンタマリアでは、男は相手の同意なしに女に触れてはいけない。それに違反した男は聴聞会で厳罰を受ける」

トムは苦痛をにじませた顔で首を振った。

「司祭はこう言ってた。貧しい者は飢えた家族を養うために富める者からパンを盗んでも許されると。でも、貧しい者が貧しい者から盗んだ場合はどうなのかと質問したら、うまく答えられなかった。やれやれ、厄介な問題だぞ、クリス。こいつらは女に触れてはいない。でも助けを求める声に応えてもいない」荷台が捕虜だけになったトラックを見た。「厄介なことに巻きこんでくれたもんだな、ロングナイフ」

クリスは、だれが有罪でだれが無罪かという話はろくに聞いていなかった。もっと大きな問題があった。悪党を何人も銃で撃ったのだ。正しいことをしているつもりだったが、本当はどうなのか。

農場主が訊いた。

「どうやって町へもどりますか？」

クリスはあまり考えずに答えた。

「道を走って」

「ワイルドビースト泥地を通って？」

クリスはリーダーを取り出して地図を見せた。道は木立をほぼまっすぐ通り抜けている。あらためて見ると、ずいぶん手入れのいい木立だ。農場主は誇らしげにそこを指さした。

「かつては湿地だったんです。土を固めるためにクルミの木を植え、土壌の酸性度も改善しました。あと二年ほどすれば木を切って耕作地に加えられるはずです」

「冠水がなさそうだから帰り道として安全だと思ったんだけど」

農場主は首を振った。

「今日の午後はたくさんのトラックがその方向へ走っていきました。あなたは蜂の巣をつついたのとおなじです。あなたが援助物資を積んだトラック隊を引き連れて自由にこのあたりを走れたとしたら、まもなく警察が盗賊たちと衝突する事態になるでしょう。彼らの一部はこの惑星から出るチケットを買えるくらいに金持ちです。それでもあえて出ていきたがらない。この惑星全体を買えるほどの大金持ちもいます。いくつかの集団はすでに農場へむかっているようですよ。銃撃戦が起きています」

クリスは頭でべつのことを考えながらしゃべった。

「サリバン農場にはだれもいませんでした。マクダウェル農場は盗まれたＩＤカードで惑星外に売られていました」

トムが皮肉っぽく言った。

「歴史書にはよくあるだろう。今年の盗賊が来年の革命家になり、再来年の保守派政治家になる話が」

「ええ、反乱派の指導者の身許なんかだれも気にしないから」しかしそれは来年の問題だ。いまはクリスは今日を生き延びることを考えていた。「その木立にひそんでいる盗賊の人数はどれくらいだと考えられますか？」

「合計で二百人くらいでしょう」

「そのなかで指導者や幹部クラスは？」

「三十人から四十人かな」

「どう分けるかが問題ね」

クリスはつぶやいた。雨がまた強くなっている。この数時間は曇り空に霧雨程度だったのに。クリスは通信リンクを使った。

「司令部、ロングナイフ少尉です。中佐をお願いします」

「お待ちください」

中佐は意外に早く出た。

「あててみせよう、少尉。わたしの助言がほしいのだな」

「そんなところです」

「状況は？」

クリスは直前の小競り合いと、これから予想される危険について説明した。とりわけ敵対する勢力に二種類の人間が混じっていることを強調した。

「この星の飢えた住民がかならずしも援助に値する人々でないという問題は、耳にはいっていた。きみは市内での炊き出しについて制限せず、全員に配るという方法で問題を回避した。満腹の人が増えるのに反比例して暴力事件は減った。そこでもそうなると考えていいのではないかな」

「そうは思えません。殺人やレイプ事件は人々を対立させています。復讐を求めている人がほとんどです」

わたしのようにと、つけ加えたかった。すると中佐は短く答えた。

「それはきみが考えるべき難しい戦略的判断だ」

ここでは頭で考えずに感情だけで返事をしても、父のようにガミガミ言う人はいない。過去を蒸し返してもしかたないので、現在のことだけを考えた。

「敵が撃ってきたら細かいことを考えている余裕はありません。ロボット偵察機が一機あるなら右腕を差し出してもいい気分です」

「こんなときにわたしの助言を求められてもな。ロボット偵察機はこういう天気に弱い。しかし古い大型偵察機ならハリケーンのような気候でも飛べる。ウォードヘブンの在庫から一機注文していた。アンティークのような代物だ。昨夜届いた。一時間後にそこへ行かせよう」

クリスは祈るように小声で言った。

「ありがとうございます、中佐」

「感謝するのは無事に帰れてからにしろ」

「他に助言はありますか？」

「ありきたりなことだけだ。部下を死なせるなとか、民間人を必要以上に殺すなとか、あたりまえの話だ。では、わたしは大型偵察機を飛ばす作業をしてくる。ああいう古いものを扱えるのは老人だけだからな。以上だ」

クリスは手持ちの装備をゆっくりと見ていった。ろくなものはない。麻酔弾で全員眠らせてあとで選別するという手はある。しかし風が強くなっている。発射圧の低い麻酔弾は軌道がぶれてどこにもあたらないだろう。覚悟するしかない。実弾演習だ。

クリスは雨に対して背中を丸めながら立ち上がった。

「トム、全員を乗車させなさい」

トムも立ち上がって周囲を見まわした。

「判断するのが自分でなくてよかったよ」トラックのほうへ歩きながら指示を出していった。

「指揮官の言うことはわかったな。出発だ。各班長は乗員を集めろ」

時間はかからなかった。民間人は祝宴の準備をしていて、新兵の何人かはそこに招かれているようだった。しかし班長に呼ばれるともどってきた。トムは先頭車の横に立って見ていた。帰ってきたクリスにトムは訊いた。

「で、どうするんだ？　中佐の偵察機を使って敵を回避するのか、それとも賊をさらに殺すのか」

「戦うとしたらどう思う？」

トムは長い息をついた。

「敵は二百人。こっちはわずか三十人。しかし今朝は容赦しないところを見せた。女が助けを求めてるのに黙ってたら親父にぶたれるだろうな。しかし生きて帰らないとばあさんに怒られる。本当にどうしたもんかな、ロングナイフ少尉」

「やれることをやるしかない。戦いたいやつとは戦う。逃げるやつは追わない」

「相手がレイプ犯でもか。また襲ってくるかもしれなくてもか」

「わたしたちは悪党を倒した上で、無事に帰還しなくてはいけない。他のことまでかまっていられない」

「無事に帰還したいのなら、この木立を迂回したほうがいいぜ」

トムは指摘したが、クリスは譲らなかった。

「敵はいっきに叩きつぶす。まとまっているときが叩きやすい」

トムは首を振った。

「返り討ちにあうだけだ。こっちの半分は安全装置のはずし方も知らないような新兵で、残りの半分は撃つ度胸のない弱虫だ。朝は味方三十人に対して敵二十人だったが、今度の敵は二百人なんだぞ！」

「それは朝の話。一度戦ったのだからもう全員が歴戦の兵よ」

トムは、頭でもおかしくなったかというようすでクリスを見ている。クリスは続けた。

「あるいはきつい授業を受けたのかもね。ねえ、トム、これはやらなくちゃいけないのよ」

トムは長いことじっとクリスを見ていたが、おおげさなため息をついた。

「昔、親父に言われたよ。王の金貨を受け取ったら、おまえは身も心も王のものだ。あとは言われたとおりにやるしかないって」

トムは背をむけて、トラックの自分の側へまわった。

クリスはステップに立ってポンチョの水滴をできるだけ落とし、運転台の座席に上がった。後席の三人の新兵に力強い笑みを送る。

三人は基地までずっと乗っているつもりでポンチョを脱ぎかけていた。しかし女性兵が、クリスはポンチョを脱いでいないのに気づいて目を丸くした。二人の男性兵もクリスを見た。後席はリラックスした会話が消えて沈黙した。自称英雄が声を漏らした。

「げっ」

クリスはマイクにささやいた。

「海兵隊員、六号車を一号車の直後へ」

「それは、おれたちのターゲットを用意してもらえるってことでしょうか？」

「二、三キロ走ったところで詳しく話すわ」

クリスは全員に対してそう言った。沈黙で迎えられた。

道路脇に五本の木が並んで生えていた。周囲は開けているのでなにかが近づいてきたらすぐわかる。樹冠はたっぷりと水をふくんでいるが、多少の雨除けにはなる。

クリスはそこに部隊の全員をトラックごとの班で集めた。みんな黙って集合した。クリスは全員がそばに来たところで、すわらせた。楽にさせたかったからだが、同時にすわった姿勢からでは逃げ出しにくいからでもあった。

「ここから港までのあいだには二百人の盗賊がいる」

クリスは単刀直入に言った。低い口笛や苦々しげな悪態が聞こえた。

「いい話もあるわ。その全員が武器を持っているわけではなく、持っていない者の大半はこちらへの敵意がない。戦いたがっているのは三十人か四十人。残りはただの人の群れよ。腹が減って食糧を求めているだけ。今朝の例で、リーダーが倒れたら残りの連中の戦意がどうなるかは見たわね」

何人かがなるほどとうなずいた。クリスはそこで盗賊たちがどんな人々で構成されているかを手短に説明した。厨房責任者のコートニーが言った。

「つまり、彼らの大半は飢饉がひどくなったときに農場から追い出された労働者ってことですね」

「大半はね。全員じゃないわ。IDカードを他惑星に売り払ったような本物の悪党が、腹をすかせた労働者たちを動かしているのよ。彼らにしてみればわたしたちを自由に走りまわらせるわけにはいかない。もしわたしたちが存在感を高めたら、オリンピアには文明が復活し、彼らの思いどおりにはできなくなるから」

クリスはそこでしばし間をおいて、その理屈を部下たちの頭にしみこませた。そして大きく息をついた。

「今朝はわたしの失敗だったわ。あなたたちをなんの準備もなく銃撃戦に放りこんでしまった。わたしが数週間前に人質救出作戦を指揮したことは知っているかしら」

いくつかの顔がうなずいた。

「わたしとチームは準備に四日かけたわ」

海兵隊員のほとんどが四年から六年の実戦経験を持っていたことは、いうまでもない。

「あなたたちにもっと準備の時間をあたえるべきだったのよ。それぞれの武器に慣れる時間を。ライフルを支給されても、それを上手に使うのは別問題。ここでストップしたのはそのためよ。いまから海軍新兵のトラック班ごとに海兵隊員を一人ずつつける。海兵隊員と兵曹に教えてもらって、ライフルのあちこちのレバーや仕組みに慣れなさい。もちろん新兵訓練所でやってるはずだけど、こんな古臭いものを扱う技術が必要になるとは思わなかったでしょう」

ニヤリとしてライフルをかかげる。

「すくなくともわたしは、夜間降下と人質救出任務という貧乏くじを引かされたときに、ひととおりのことは手早く憶えたわよ」

あちこちから苦笑が漏れた。

「では、一人につきダート弾のクリップ一本分を試射しなさい。ライフルの反動を肩で感じて、自分の狙ったところにダート弾が当たっているのを実際に見るのが一番よ」

クリスは二歩退がり、全員の視線はそちらについていった。

「最後にもう一つ。盗賊の親玉とその幹部の手下を叩くのは、海兵隊員と兵曹の任務とする。他の兵は空中や地面に弾を撃ちこんで、木の破片でもまき散らしなさい。逃げたい者はこの機に逃げられると思わせるのよ。海軍の怖さだけを思い知らせればいい。ただの飢えた者は逃がし、本物の悪党は海兵隊と兵曹がやる。いいわね」

「逃げないやつは撃っていいんですか？」

「いいわ。背中を見せた者は逃がすこと」

「逃げたやつらはどこへ逃げるんでしょうか」

「たぶん、さっきの農場が受けいれてくれると思う」

兵士たちは顔を見あわせた。緊張しながらも笑みを浮かべている。「やれそうだな」「ああ、そんな難しくない」「逃げたきゃ逃げろだ。それならいい」と小声で話している。

しばらくそうやって納得させた。それからトラック班ごとに小さな木立のあちこちへ分散させた。トムは楽しそうに一号車の部下たちを率いている。

クリスは班をまわりながら観察し、はげました。海兵隊のきびしい基礎訓練を受けたからといって海軍の新兵をいじめる権利があると思っているようなやつは、容赦なく叱りつけた。べつの海兵隊員はうまく指導していた。武器を扱う技術はあたえるべき知識であり、新兵を苦しめるハンマーではないことを理解していた。

自称英雄の新兵が二百メートル離れた草むらに弾を撃ちこんでいるのを脇に立って眺めた。

「なかなかいいわよ」

「まあ、腰抜けにしては」自称英雄は雨のなかに唾を吐いた。

「どこが腰抜けなの？」

「今朝は震えて動けませんでした。なにもできなかった」

「あの銃撃戦はどれくらい続いたと思う？　九秒？　十秒？」

「さあ。ものすごく長かった気が」兵士はライフルに目を落とした。

「自分のライフルのコンピュータで確認したわ。初弾から最後の一発まで九・七秒だった。そんな短時間では英雄も腰抜けも反応できない。今度はもっと長い銃撃戦になる。あとで聞くわよ。あなたが英雄なのか腰抜けなのか」

「本当に？」

「本気だからこそこうして実弾を撃たせてるんでしょう。新兵訓練所で実弾射撃訓練はどれくらいやったの？」

「訓練はまだ半分てところでここに来させられたんですよ。実弾は一発も撃ってません」

クリスはげんなりした。この任務に連れてくるまえに部下たちの訓練記録を確認しておくべきだった。

「まあ、今こうして実弾を撃ってみて、感想は？」

「シミュレーションよりおもしろいです」

「じゃあ続けなさい」

クリスはさらに巡回していった。新兵も海兵隊員も全員がクリップ一本を撃ちつくすころには、雨のなかにもはっきりと自信が漂うのを感じられた。

射撃訓練の終わりごろに、偵察機から問題の木立の情報が送られてきた。熱反応と人間の心拍音の反応が無数にとらえられている。この追いはぎどもはハイテク偽装装置など持っていないようだ。偵察機を送ってくれた中佐に感謝だ。

射撃訓練の最後の音を聞きながら、クリスとトムは敵の配置を調べた。クリスは結論づけた。

「油断してるわね。こっちが道路をまっすぐ走ってくると想定している」

「そうだな。でも前のやつらよりちょっとは頭がいい。倒木で道をふさいでない。完全に罠に落としたところで撃ちはじめるつもりだ」

クリスは肩をすくめた。

「それを逆にこっちの罠にしてやるわ」

トラックを振り返ると、あわれな捕虜の一人が荷台から上半身を突き出しているのが見えた。背中をそらせて雨水を口にいれようとしている。

「トム、これから戦闘にはいるけど、捕虜たちを銃火にさらすわけにいかないわ。ここの木に縛りつけて。うまくいったらもどってきて収容すればいい。そうでない場合は最後の農場に連絡して引き取ってもらう。そこで仕事があるようなら働けばいいし、農場主が雇わないというなら来週拾って帰る」

トムは捕虜のほうを少し見て、片手をあげて敬礼した。

「了解、少尉」

クリスは敬礼を返した。

「さあ、本物の悪党をやっつけましょう」

12

クルミの果樹園に近づいたところで、クリスはトラック隊を停めた。上空からの映像では、クルミは整然と並んでいる。葉だらけで実はついていない。沼地から変わった果樹園にすこしはいったところで道は軽く曲がっている。おかげで木の列に対して斜めになり、停止したトラック隊は隠れることができた。

クリスは戦闘計画をたてた。

盗賊たちは果樹園に一キロはいったところで、道の左右に一列ずつ並んで待機している。道路に近い二列にはだれもひそんでいない。ほとんどの敵は三、四、五列目に固まっている。何千年もまえから山賊が使っている単純な陣形。すたれないのはこれが一番成功するからだ。

もちろん、獲物が襲撃を予期していなければの話だ。クリスはわかっている。

「トム、半分の班を率いて、道の両側をゆっくりと前進して。わたしは海兵隊と二班といっしょに右列の背後に早足でまわりこむ。こちらから撃ちかけて、敵を左へ逃げさせる。雨でよく見えないでしょうけど、左の奥には小高い丘がある。そちらへ逃げさせれば、敵はそこまで止まらないはず」

「わかった」トムは同意した。

兵士たちは降車し、雨と風にポンチョを叩かれながら展開した。コートニーのトラック班とべつの班の半分が左へ、トムは他の七人の兵士を連れて道の右側へむかった。クリスは、自分をいれて十四人の隊を率いて側面攻撃にまわった。二人ずつの銃撃班をつくらせる。

「きみたちは射撃A班、次は射撃B班よ。憶えておいて、指示したら動きなさい」

緊張したようすの自称英雄の肩を叩いて、列の先頭の自分の位置についた。ついてくるように指示して前進開始。

計画どおりなら、トムに悪党を全部相手にさせることはない。しかしリトルビッグホーンの戦いでのカスター隊長も、そのつもりで副官のリノ隊に正面攻撃をかけさせ、自分は側面にまわった。そして結局全滅の憂きめにあったのだ。

クリスはその考えを振り払った。こちらには偵察機の目がある。悪党やただの暴徒の居場所はこれでわかる。不意打ちをくう心配はない。テクノロジー万歳だ。

ところが、木の二十列目を通りすぎて果樹園の奥へむかおうとしていたときに、リーダーに送られてきていた偵察機の映像が消えた。十三人の兵士を連れて進路を変更しながら、司令部に問い合わせた。中佐が答えた。

「わかってるわかってる、こちらでも画像が中断している。ソフトウェアが古いから、ここのネットワークに対応させるために、ハードウェアにエミュレーションソフトを載せてなんとか動かしているんだ。いま全部リブートをかけている。五分待て。ところで、きみの部隊配置はなかなかいいぞ。側面攻撃をかけて敵を敗走させる。戦意喪失させるうまい方法だ」

「奇襲には偵察機の情報が重要なんです」

「復旧したらすぐ知らせる」

「ありがとうございます。こちらは緊迫しているので。偵察機が直ったら教えてください」

「幸運をな、少尉」

空中からの情報がなくなったので、クリスは昔ながらのやり方にもどった。野戦経験の豊富そうな二人の海兵隊員を選んで、斥候として先に行かせた。木の五列分先を行かせ、小さな本隊を率いてついていく。敵の背後まであと十五列くらいに近づいているはずだ。それでもはためには、まるで用をたすために人目につかない場所を求めてうろうろしているように見えるだろう。

雨は強くなってきた。強い風で木も揺れている。果樹園は泥と沼の匂いにおおわれている。斥候の背中は見えない。象の群れが走っていっても聞こえないだろう。視覚も聴覚もきかない。兵士たちはただクリスの背中を追ってついてきている。ぐずぐずしてはいられない。悪党たちはトラック隊が進んでこない理由をいぶかしみはじめるだろう。

そこへ中佐の声が届いた。

「偵察機の映像がもどったぞ」

「ありがとうございます」

クリスは短く答えた。リーダーを雨のなかでかざしてみた。映し出された現況はあまりよくなかった。果樹園のなかに深くはいりすぎている。待ち伏せている敵までの距離を半分以上縮めている。ここから攻撃したら盗賊はトムの部隊に真正面からつっこんでしまう。もちろん敵の指揮官は、トムではなくこちらへ突進を命じるかもしれない。その場合、クリスは両側から包囲されてしまう。すこし退がったほうがいいかもしれない。

「第一斥候です」

「なに」

クリスは小声で答えた。第一斥候は前方にいて、敵にもっとも近い。

「仲むつまじい悪党がこちらへやってきます。悪党の男女です」

「伏せろ」言うまでもないことを指示した。

「むこうも伏せました。というより男が女を押し倒して」

クリスは全員にハンドサインで伏せさせた。自分も細い幹の影に隠れ、偵察機からの情報をチェックした。斥候を確認し、さらに二つの早鳴る心拍音を確認。その方向に姿も見え、動きもわかった。たしかに恋人同士らしい。果樹園はこういうところが始末が悪い。下草が少ないので丸見えだ。視界をさえぎるのはまばらな木の幹。そして大量の雨だ。

クリスはできるだけ姿を隠すようにした。部下たちもそうしている。都会生まれの者もそれなりに努力している。

前方のカップルに目をこらした。女性雑誌の記事によると、こういうときに目を開けている男と目を閉じている男が一定割合ずついる。どちらのタイプがセックスがうまいと書かれていたかは忘れた。とにかくこいつが目を閉じているタイプであることを願った。

風がやんだ。クリスの背後でだれかがくしゃみをした。

雨でいつもじめじめしているオリンピアでは風邪がいつもはやっている。ある種類のウィルスに効くワクチンがやっと開発されたと思うと、すでにべつのウィルスが発生している。衛生兵はいつも新ワクチン製造で大忙しだ。みんな月に二、三日は風邪で動けなくなる。前方の悪党も風邪をひいているといいのだが。

悪党は周囲に興味を持っていないようだったが、ふいに盗賊の本隊のほうを見た。女がなにか言い、男はしっと黙らせた。上に乗ったまま銃を手にとる。今度はクリスのほうを見た。クリスは親指で安全装置をはずした。ただしまだ動かず、待つ。

男はなにか大声で言って、女の上から降り、二発撃った。クリスの兵士がいない方向だ。

クリスは隊内チャンネルでささやいた。

「みんな落ち着いて。幻にむかって撃っているだけよ。実体の的になってやる必要はないわ」

女はまだ寝たままで、続きをやってほしそうにしている。しかし男は立ち上がっていた。パンツは靴まで降ろし、銃をかまえ、クリスの方角へ二、三歩進む。目は木のあいだをさまよっている。

その頭が動きを止めた。目はクリスを凝視している。半分持ち上げていたライフルを肩にあて、クリスに狙いをつける。

両者はにらみあった。クリスもライフルを上げる。早撃ちでは負けそうだが、勝負するしかない。

そのとき、男の頭が吹き飛んだ。斥候の一人がダート弾を連射したのだ。

女は膝立ちになった。片手はパンツをつかみ、反対の手は口に押しあてて悲鳴をこらえている。さっと身をひるがえすと、走るような這うような恰好で盗賊の本隊のほうへ逃げていった。

クリスはライフルの設定を麻酔弾に変え、女にむけて連射した。風で流されたが、三発がそのむきだしの尻にあたった。女は泥の地面に倒れて立木に突っこんだ。

「側面隊、わたしについてきなさい。波状攻撃する。射撃B班は、命令したらそこのラインから掩護射撃。A班はわたしといっしょに前進。行くわよ！」

言うと同時にクリスは立ち上がって走りだした。部下たちはやや遅れたが、立ち上がって続いた。

風に乗って前方の話し声が聞こえてくる。

「バカ、撃つな。トラックはまだ来てねえんだぞ。いま撃ったのはだれだ？」

べつの声が大声で言う。

「カースじゃねえですか？　あいつら、ついさっき列からはずれて移動していきましたから」

「もどってこいと言え」

クリスは混乱に乗じた。前進させたB班に木の影から掩護させ、A班を飛びこませた。仰天した顔の一人の盗賊が目の前にあらわれた。クリスはそれを撃ち倒した。

「武器を捨てなさい！　わたしはロングナイフ少尉。武器を持っている者は撃つ」

とはいえ撃つべき敵は少なかった。盗賊の本隊まではまだ木が十列くらいある。距離にして三百メートル以上だ。この雨ではなにも見えない。クリスの左右と前方から散発的に銃声が響く。しかし当たるのは幹だけだ。クリスはB班に手を振って前進させながら、自分も何発か撃った。敵を伏せさせるための威嚇射撃だ。

最初の敵の声がふたたび右のほうから聞こえた。

「うしろにいるじゃねえか、バカ！　振りむいて撃て」

クリスは部下に指示した。

「斥候、叫んでいるやつはおまえたちの前のどこかよ。なんとかして倒して」

右側の木の五本先で、野戦服姿の二人が前方へ移動した。姿勢を低くして銃をかまえている。

「探しているところです」

今度はクリスが部隊を前進させる番だ。手を振って合図した。

「スペンス、包囲されないように左に注意して」

クリスの左翼で、トムの中央隊との連絡役であるスペンスは報告してきた。

「気をつけています。その方向にずいぶん伸びて、手薄になっているんで」

クリスは木の根もとに伏せた。盗賊の本隊まであと八列くらいだ。前方では人影がこちらへむかってきている。クリスはその隊列にそって地面や木を狙って撃った。盗賊たちは地面に伏せ、その上に土や木片が降りそそぐ。その列のうしろで一人が怒鳴り、銃を振った。クリスはその姿を照準にとらえて、胸に正面から三発撃ちこんで倒した。

五人がそれを見て逃げ出した。他の者は伏せて、できることなら地面にもぐりたそうにしている。クリスはその背後の木の列にむかって長く連射した。すると残りの五、六人が立って逃げ出した。

クリスはそれを無視して、右を見た。べつの動きがある。

「B班、ついてきなさい。この木の列にそって」

部下たちの半分に手を振って前進させた。近い二人には右へ行けと指示する。隊列はかなりまばらになってしまっている。リーダーをとって偵察機からの画像を確認した。前方の敵は混乱し、ある者は退がり、ある者は前進している。

トムの前方の状況を確認しようと、画面を移動させた。すると画像が消えた。

「中佐！」かん高い声で呼んだ。

「リブート中だ」

「そのあいだにやられてしまいます」

クリスは歯ぎしりして、リーダーをポケットに突っこんだ。

そこへコートニーがネットごしに報告してきた。

「正面から攻勢を受けてます。かなりの人数が撃ちながらこちらへ迫ってます。包囲されそう」

「戦意を喪失させなさい」クリスは指示した。

「男女二人が逃げ出したんだけど、盗賊に二人ともやられました。その盗賊はわたしがやっつけたけど、なにしろ敵の数が多すぎます」

コートニーは銃声のあいまにしゃべっていた。

「まったく、どうして計画どおりにいかないのかしら」

クリスは悪態をついた。右を見ると、二人の海兵隊員の斥候が戦っていた。さらに二人の海軍兵士に掩護されている。そのうちの一人は例の自称英雄だ。

「そこの海軍と海兵隊！　わたしの右についてきなさい。この列を守りながら前進する。わかった？」

了解の返事が四つの声で聞こえた。もう声は震えていない。

「A班とB班、予定より少し早く盗賊を抑えこむわよ。撃ちながら道路まで移動する。A班、前進用意。よし、前進！」

クリスは立ち上がり、叫び、動くものはなんでも撃ちながら進んだ。背後では部下の半分もついてきている。前方では敵が驚いたようすで立ちどまっている。多くの（あるいは意外に少ない）兵士たちが突然あらわれたせいだ。クリスは木の幹から充分離れたところで伏せた。広い射角を得るためだ。

「B班、前進用意。前進!」

B班はそれぞれの場所から飛び出して、叫び、撃ちながら前進した。

クリスは照準を前方にむけた。軽く連射すると、四人がライフルを捨てて逃げ出した。一人の盗賊がそちらに銃をむけて撃ちはじめる。クリスはそいつを打ち倒した。べつの男が叫び、両手を振って、逃げていく者たちを止めようとした。クリスはその男に照準をあわせた。しかしべつのだれかの引き金が一瞬早く、男は倒れた。

クリスは他の敵を探しはじめた。

一本の木の両側に二人いる。どちらも撃ちまくっている。クリスがその幹に一連射して樹皮と木片を飛び散らせると、二人は伏せた。そのうち一人が立ち上がり、ライフルをおいて逃げはじめた。もう一人はその背中にむかってなにか怒鳴ったが、また撃つのにもどった。クリスはその眉間に弾倉の残弾を全部撃ちこんでやった。

弾倉を挿しかえ、膝立ちになって叫ぶ。

「A班、前進用意。前進!」

次の木の列は敵の本隊にかなり近いはずだ。クリスは自分たちが隠れている列からその先へむかって長く一連射した。正面で二人が両手を挙げ、膝を地面についた。クリスは麻酔弾を撃とうかと思ったが、暇がない。かわりに叫んだ。

「さっさと逃げろ! じゃまだ!」

しかし二人の隣の木に着弾し、どちらも泥のなかにうつぶせに倒れた。クリスは撃った盗賊をみつけ、連射してそいつをあおむけに倒した。

クリスは幹の陰に伏せた。

「B班、前進用意。前進！　トム、そっちの状況は？」

トムからは意外な返事だった。

「よくわからん。みんな入り乱れてる。逃げてるやつもいるし、突っこんでくるやつもいる。めちゃくちゃだ」

「コートニー、持ちこたえてる？」

「半分は後退させて、包囲されないようにしました。敵の半分は戦わずに逃げてます。たぶん。あ、ちょっと……」ピストルを何発も撃つ音をマイクが拾った。「ええ、やっぱり逃げてますね」

「斥候、右翼はどう？」

「敵だらけです。うしろからだれかに命令されてるみたいですが、そいつの姿は見えません。増援があればありがたいんですが」

クリスは立ち上がって、周囲の戦闘のようすを耳で聞きわけようとした。だめだ。偵察画像を三十秒でいいからほしい。雨風が吹きつけるなかで右を見た。ピストルの銃声がいくつもした。左のコートニーを助けたと思ったら、次から次へこうだ。今度は右の戦闘がはげしくなっている。

「スペンス、この列を守りなさい。リェン少尉と連携して盗賊たちを丘へ追い上げるように」

「わかりました」

「三人の兵士を連れていくわ」

見える範囲で積極的に撃っている者に合図して呼んだ。一人は海兵隊員だった。

「他の二人の海兵隊員、列をはずれて右のわたしに合流しなさい」

了解と声が返ってくる。

クリスは果樹の列を抜けて後退した。途中で数人を集めていく。騒音が大きくなってきた。移動させるだけで撃ち返しはしない。ときどき連射の弾が飛んでくる。ここはがまんだ。右から攻めてくる者がいればクリスの隊は打撃を受ける。まだ油断できない。不意打ちで敵が乱れ、混乱して逃げてくれることを期待したい。ゴーグルに雨の滴がついて前方が見にくい。人影や感熱画像や動きや炎がゆらめいている。光と影が万華鏡のようなパターンでまじりあっている。

「少尉、ペトロです。先頭を率いています。前方に味方の姿が見えている気がします」

「第一斥候、まだ味方は見えない？」

しばらく沈黙のあと、

「見えません、少尉」

「次の木の列まで前進」クリスは命じた。

「ペトロです。こちらの前方に見えているのはまちがいなく海軍兵士です。わたしの左にむかって撃っています。敵がやってくる方角です」

「味方の姿を確認しました」

第一斥候が答えた。クリスは命じた。

「よし、全員、弾倉をいっぱいにしなさい。そしてもう一つの弾倉を手もとに用意。弾のない者はいる？」

答える声はない。

「合図をしたら、クリップ一本分連射。そして弾倉を交換して突撃。なにか質問は？」

また沈黙。

クリスは新しい弾倉に交換した。残りは二百発入り弾倉があと一本と、使いかけが一本だけだ。ここでケリをつけなくてはならない。

「いくぞ。三、二、一、撃て！」

まわりの木々が連続射撃を浴びて揺れた。地獄のハンマーのようにそれぞれのライフルが空気と、木々と、肉体を震わせる。狂乱の時間だ。M-6は二百発のダート弾を撃ちつくすのに一分もかからない。十人の兵士たちが放つ狂気の一分間のあと、沈黙の三十秒に変わった。

クリスは弾を撃ちつくし、弾倉を抜いて新しいものと交換した。立ち上がって叫ぶ。

「突撃！　むこうへ追いかけろ。行け、突撃！」

その命令が伝わると、隊内チャンネルは意味不明で常軌を逸した大声で満たされた。

一斉射撃を生き延びた敵が、伏せていた地面から震えながら体を起こし、両手を宙に挙げる。一人の男が立ち上がり、続けと叫びながら走りはじめた。クリスはそれを照準にとらえた。しかし男はさまざまな方向から撃たれて死のダンスを踊りはじめた。もう死んでいるのに倒れない。

もっと遠くの盗賊は逃げている。ほとんどは武器を捨てている。ただし全員ではない。クリスはマイクにむかってしゃべった。強い雨と風のなかで、木のあいだを通して声が響く。

「武器を持っている者は撃つ。武器を捨てれば攻撃しない。捨てなければ殺す」

ほとんどの者はすぐに武器を捨てた。一部は捨てない。混乱してなにを手に持っているかわからなくなっているのかもしれない。あるいは武器なしでは世界と対峙できない弱虫なのか。訊いている暇はない。クリスや他の射撃の上手な者が次々と彼らを倒していった。それを見てようやく気づいて武器を捨てる者。それでも捨てない者。さらに死体が増えた。

「偵察機が復旧」

小さな声を聞いて、クリスは自分が指揮官であることを思い出した。ためらいながらライフルを降ろし、猛り狂っていた殺戮本能を抑えつけて、指揮官に必要な冷静さをとりもどした。二度深呼吸し、リーダーをポケットから出す。雨と泥で汚れている。一本の木の下にはいり、細い幹の陰に隠れる。

盗賊たちは木の列にそって逃げていた。果樹園の西にある丘へむかっていく。どうやら小川とその樹木におおわれた谷へ一直線にむかっているようだ。その前方をすぐに遮断できる……と考えてから、これは殺戮戦ではないと思い出した。逃げている敵のすべてとはいわないが、ほとんどは無害なのだ。

「中佐、敵の武器の有無を区別できる画像情報はありませんか？」

「敵は古い金属製の狩猟用ライフルを使っているのか？」

クリスは見まわして、地面に落ちている五、六挺をみつけた。

「そのようです」

「金属質量はとても少ない。たぶんほとんどは徒手空拳だ」

「ありがとうございます、中佐。これ以上の追跡はやめます。みんな、損害報告を」

クリスがすぐに方針変更すると、コートニーが報告した。

「負傷者二名。うち一名は重傷です。衛生兵がすでに到着しています」

「了解。他の者で報告は？」

「くそっ、第一斥候です。こっちは……こっちは……」

「どこにいる？」

見まわすと、右のほうの女性兵が手を振ってその場所をしめしていた。クリスは悪い予感がして、最後の力をふりしぼってそこへ走っていった。

右翼の守りをまかせた三人が、一人の遺体をかこんで立っていた。クリスのうしろの席にすわっていた女性兵が、膝をついて雨と涙に顔を濡らしている。第一斥候として呼ばれていた海兵隊員が顔を上げてクリスを見た。

「さっきまでピンピンしてたんです。さっきまで。突撃の命令を聞いて立ち上がって……いっしょに来ていると思ってたんです。そう思ってたら……」

クリスは、自称英雄と頭のなかで呼んでいた新兵を見た。額のまんなかを銃弾が貫いている。あおむけに倒れていて、青い瞳が灰色の雨空を見上げている。ベルトに銃弾のクリップはもうない。ライフルの弾倉にはいったものが最後だったのだろう。

この新兵は今朝、敵を見て動けなかった失態を充分に埋めた。

彼の両親にどう説明すればいいだろうかと、クリスは考えた。この若者が今日勝ち取ったものと、失ったものについて。

たくさんの気持ちや疑問や問いが頭で渦巻いた。しかしいまはかまっていられない。これからは清掃という戦いになる。

「トム、トラックをここまでいれて。負傷者は道路にそって回収すること。全員、まわりには武器が散らばっている。一列になって掃除していく。銃はすべて作動しないようにすること」

「少尉、こっちに出血のひどい者がいます」コートニーが言った。

「了解、兵曹。負傷者の回収が終わるまで清掃を続ける。壊せるものは壊す。手に負えない分は錆びて朽ちるにまかせる。それでいい」

「すみません、少尉」コートニーがささやいた。

クリスは右翼の生き残りたちをしめした。

「三人、その……彼を運んで」

名前さえ憶えていなかった。女が顔を上げた。

「ウィリーです。ウィリー・ハンター」

三人が遺体をポンチョで包みはじめたところで、クリスはその場を離れた。部下たちとならんで木のあいだを歩き、ライフルを拾うごとに撃針を抜く。そして振りまわして木に叩きつけた。機関部が壊れ、銃床が折れるいい感触がした。数挺を小気味よく叩き壊したところで、道路のトムが呼んだ。

「ロングナイフ、負傷者は全員乗せた。いつでも出発できる」

「了解。全員、清掃はもういい。基地へ帰る。みんなバスに乗れ」

疲れきった兵士たちはその場でやっていることを終わらせ、道路のほうへむいた。

「トム、先頭の二台に五人乗ったら、負傷者を乗せたトラックといっしょに出発して」

「おまえは残るのか？」

「いいえ、すぐに追いかけるけど、負傷者が先。急ぐから」

「了解」

道路が見えるところに出たとき、ちょうど最初のトラック三台が出発した。トムのことだから負傷者を乗せたトラックを運転しているはずだ。揺れないように、しかしなるべく急いでと、どんなふうに運転しているのだろう。トムは二つの利点のどちらをとるかでよく悩むのだ。

クリスは部下たちが木のあいだから出てくるのを待つあいだに、最後の農場へ連絡をいれた。農場主は最初の戦闘での捕虜を引き取ってくれていた。

連絡を終えたところで、斥候たちが重い荷をかついで木のあいだから出てきた。クリスはそれを最後のトラックへ案内した。斥候たちはウィリーを荷台に乗せると、運転台を拒み、倒れた戦友とおなじ冷たく濡れた荷台に乗っていくことを選んだ。

クリスもそこに乗りたかった。しかしスペンスの隣の助手席にだれもいない。朝からへとへとの一日だったのに、基地までの道はまだ長いのだ。だれかが運転手を目覚めさせていなくてはならない。

クリスは運転台に上がってポンチョを脱いだ。スペンスはトラックを列の最後尾につけて進ませた。クリスの会計士であるスペンスは言った。

「今日は黒字だったんでしょうか」

「明日からまたコンピュータで帳簿をつける気になった？」

「わかりません。出てきたのはよかったと思いますけどね。待ちかねた食糧が到着したときの子どもたちや女たちのあの表情を見ると」

クリスはトラックが通過していく果樹園をしめした。

「じゃあここでのことは？」

「悪党は痛いめにあわせてやったじゃないですか。次に海軍が出てくるときにはもう手出ししないでしょう」

クリスはその点について考えた。ここへ出てきたのは飢えた人々に食糧を配るため……それはできた。治安改善に多少なりと貢献すること……それもできた。しかしそのための代償は大きかったというのが、現時点でのクリスの評価だ。

「そうね、もう海軍には手出ししないと思う」

13

トラック隊はまるで葬儀の車列のようにのろのろと基地にはいった。クリスは運転台から降りて、ただ一人の死亡兵を荷台の兵士たちが運び出すのを手伝おうとした。しかしハンコック中佐に行く手をさえぎられた。

「首尾はどうだ?」

「悪くなかったと思います」

クリスは答えながら、基地の三人の兵士がポンチョで包まれた遺体を運んでいくようすを、中佐の肩ごしに見た。

中佐はその視線を追って、

「あれの扱いはまかせておけ」

「彼、です」クリスは中佐の表現を直した。中佐が正面からどかないので、クリスは司令部のほうをむいた。「負傷者を見てきます」

「処置を受けている。わたしの執務室に来い。話がある」

「すぐに行きます」

「前回もそう言ったが」

中佐は眉を上げた。クリスは医務室のある右へむかった。中佐の執務室は左だ。中佐は追ってきた。

医務室では予想どおりトムが小惑星坑夫としての救急訓練の成果を発揮していた。一人の衛生兵の補助をしている。さらに医師とべつの衛生兵がいて、そちらはコートニーの、出血のひどい部下の命を救おうと懸命の処置をつづけていた。クリスは負傷者一人一人をまわって、よくやったと声をかけた。ちょうどそのとき一人がショック状態におちいり、トムが飛びついて処置をはじめた。中佐はクリスの肘を強引にひっぱって医務室から連れ出した。

クリスは中佐の執務室で大きめのグラスを手にすわらされていた。中佐は高級なシングルモルトウィスキーを出してきてコルクを抜いた。たちまち部屋中をその香りが満たす。中佐はそれをクリスのグラスになみなみとついだ。さらに自分のにもついで、軽くかかげて乾杯した。

「きみはとてもいい仕事をした」

クリスはグラスを見つめた。今日は何回殺されかけただろう。一日の最後にしらふである必要があるだろうか。大きくグラスをあおった。いいウィスキーだ。滑らかに喉を流れ下り、胃のこわばりをほぐしてくれる。ため息をついて椅子にもたれた。

「かもしれません」

「かもしれないではない。まちがいなくいい仕事をした」

クリスはもう一口飲んだ。いい仕事をしたのなら、どうしてこんな気持ちに……。どんな気持ちだろう？　うまく言えない。トラブルなら言葉にできるかもしれない。しかしクリスには無理だった。なにもかも初めてで、なじみがなく、怖い。それでもトラブルが言うはずのことは見当がついた。

「今日はみんながいい仕事をしました。勲章の推薦状を書かなくてはなりません。トラック隊の全員がたたえられるべきです」

中佐は自分のグラスから大きく一口飲んだ。

「人道救援勲章は全員にあたえられるだろう」

クリスはグラスを投げつけそうになった。

「それはウォードヘブンで椅子にすわって救援物資の箱をかぞえているだけでもらえるような勲章ではありませんか。部下たちは泥にまみれ、銃で撃たれ、八対一の多勢と戦ったのですよ。このひどい軍の伝統に従って……中佐」

まくしたてて、グラスをいっきにあおった。灼熱の炎が腹へ駆け下りていく。痛みが心地よかった。今日からはいつもどこかが痛むはずだ。

中佐はまた飲んだ。

「気持ちはわかる、クリス。しかしそれは戦闘だったのか？」

「他になんだというんですか？　あれが戦闘と呼べないなら、銃弾を銃弾とさえ呼べなくなる」

中佐はうなずいた。

「そうか。では、武装した市民による合法的なオリンピア政府への反乱だと宣言するつもりか？」

言われた内容に度肝を抜かれた。その意味を考えて、勝ち目はないと認めざるをえなかった。小さくウィスキーを飲んだ。苦々しい口調で、

「〝合法的な政府〟？　どこにそんなものが？」

中佐はあいまいに手を振った。

「どこかこのへんだ。政府といっても議会しかない。ここの憲法によると議会が開かれるのは、三年に一回、六週間だけだ。前回は噴火のまえだった。次は選挙でもないかぎり、一年半以上先だ。この混乱のなかで選挙などできると思うか？」

「こういう非常時にそなえた特別な方法があるはずです」

クリスの父はウォードヘブンの法律を多少ねじ曲げてでも我を通していた。

しかしそこで、ふとあることに気づいて中佐を見た。中佐は低い声で言った。

「〝小さな政府がよい政府である〟。これがここの憲法の第一条だ。彼らの憲法はちょうど百ページにおさめられている。改竄《かいざん》を防ぐためにページの寸法も余白もフォントサイズも指定されている。この植民地の創設者は大きな政府を持たないことにこだわった。だから大統領も首相もいない。議会と憲法があるだけだ」

「ではだれが人類協会に救援を求めたんですか？」

「わたしの知るかぎりでは、北部のある有力農場主がウォードヘブンの政府関係者と知りあいだったようだ。上院ではウォードヘブンがこのミッションの費用負担を申し出た。きみの親戚ではないかね？」

クリスはウィスキーで口を湿らせた。

「母方の親戚です。計画を立てたのは父方でしょう。つまりこういうことですね。実質的に存在しない政府を救けるためにわたしたちはここに来た。わたしたちに銃をむけてくる人々は反乱者とは呼べない。なぜなら反乱の対象となるべき政府が存在しないから」

「この毒蛇の巣の扱いに困ってわたしが夜もデスクから離れられない理由がすこしはわかってきたか？」

自分の失敗を認めるのに近い発言を高級将校の口から聞いたのは初めてだ。とまどいを隠すためにウィスキーを大きくあおって、話題を変えた。

「トラック隊をもっと多く出す必要があります。みんな飢えています。大人は雑草を食べていますが、子どもの胃では消化できません」

そうだ、これなら自分が取り組める問題だ。中佐は答えた。

「もう手配してある。リェンの整備士たちは明日までに十五台のトラックを使えるようにする。トラック隊を三隊編成できる」

クリスはグラスのなかのウィスキーの渦を見ながら訊いた。

「わたしはそのうちどれを指揮すれば？」

「きみははずす。基地内にとどまれ」

クリスはかっとなった。

「中佐、わたしは撃たれるまで撃ちませんでした。盗賊と戦いました。民間人の犠牲者を最小限にする努力をしました」

部下の一人が死んだことの評価は迷った。たった一人の命でもオリンピアの星より重く感じられる。しかしあれだけの敵と戦ってこの程度の被害ですんだのだ。本来はみじめな気分になる必要はないはずだ。

中佐はなだめるようにグラスを振った。

「わかっている。きみは今日、いい仕事をしたと言っただろう。それでもきみとリェン少尉には基地内勤務を命じる」

「なぜですか？」

「敵にとって価値の高い目標になったからだ、ロングナイフ少尉。きみは悪党を散々にやっつけた。今度はきみの命を狙っている盗賊がたくさんいるはずだ。盗賊はもうトラック隊には手出ししないだろう。しかしきみを送り出したら、その首をとって名を上げようとする輩がかならず出てくる。きみはもうここでは有名なロングナイフなのだ。ワイルドビースト泥地で盗賊を叩いた士官だ。数日後にロルナドゥ星から高地連隊が到着する。それといれかわりに、きみとリェンはウォードヘブンに帰還させる。きみを生きて帰すのがわたしの役目なのだ」

「解任ですか？」

「たんなる交代だ。オリンピアにとどまって出世できるとは思っていないだろう？」

「それはそうですが。こんなに短期間だとは思っていなかったので」

「こういう臨時作戦ではよくあることだ。予算問題もからんでいる。一ヵ月以上とどまる者はいない。そろそろ帰るべき時期だとは思わないか？」

　ここに滞在して何日になるのだろう。考えたが思い出せない。

「ネリー、わたしは何日ここにいる？」

「一週間と六日と十八時間……」

「もういい」中佐は不機嫌そうに言って、グラスに口をつけた。「兵士からまちがいを指摘されるのは不愉快なものだが、最近はコンピュータから指摘される。海兵隊も変わったものだ」

　クリスは残り少なくなったグラスから小さく飲んだ。

「だれがトラック隊を率いるのですか？」

「他の少尉には荷が勝ちすぎるだろうな。一隊はわたしが指揮する。事務仕事は飽きた。ピアソンに行かせるかどうかは未定だ。農民は食糧の受け取りを拒否するかもしれん」

　二人は苦笑した。

「ピアソンには行かせるべきでしょう。現実を知るべきです。救援方針の作成に役立つかもしれない。ＩＤカードを奪われていると食糧を受け取った者の確認は不可能です。しかしこの星の全員を資格喪失者として飢えさせるわけにはいかない」

「そうだな。しかし全員が飢えているわけではない」

「基地の食堂以外では」

中佐の指摘を受けてクリスは範囲をせばめた。

「食事に困っていない民間人は一部にいるのだ。それどころか贅沢な暮らしをしている者もいる。きみが海軍の食糧庫に鍵をかけたいまでは、そうはいかなくなっているかもしれないが」

中佐はもう一度グラスをかかげて乾杯した。どちらのグラスも空《から》になった。

「もう一杯いこう」

中佐はボトルを差し出した。

クリスは渦巻く液体を見た。酒の一杯目は人が飲むものだが、二杯目からは逆に人が飲まれてしまう。飲みはじめるとやめるのがむずかしい。クリスが粗相をしたあとをハーベイやメイドに掃除させる恥ずかしさを思い出した。そんなロングナイフの失態を中佐に見せるのか。

「ありがたいのですが、中佐、自分は散歩に出ようと思います」

中佐は自分のグラスを満たした。

「背中に気をつけろ、少尉」

「はい」

クリスは答えた。とはいえ、危険にさらされているのは自分のなんだろう。体か、プライドか、それとも……。

いつのまにか司令部から出て雨のなかに立ちつくしていた。ポンチョをトラックに忘れてきたので、服はたちまちびしょ濡れになった。しかしウィスキーのおかげで体は火照っている。散歩に出たものの、今日はうんざりするほど歩いたあとだ。

路地で数人の酔漢が吐いて、よろよろと歩いていくのを見た。オリンピア中が食糧不足のはずなのにどうして酒が飲めるのか。しかし必要に迫られれば多少の酒は手にはいるものだ。今夜のクリスにも必要だ。歩きはじめた。

「ネリー、だれとも話したくないから、ネットから切断して」

半ブロック歩いたところで雨が強くなり、さすがに考えなおして部屋に帰ることにした。水が床にしたたるほど濡れた服のまま、ベッドに体を投げ出して天井を見上げた。気持ちを落ち着けようとして、なんとか成功した。

兵を一人、もしかしたら二人失った。極度に飢えた子どもたちを多少なりと救った。空腹なだけの暴徒をなぎ倒した。本物の悪党もやっつけた。

中佐のウィスキーのせいで目がまわる。ヌー・ハウスの庭のリスがおたがいの尻尾を追いかけながら走りまわるようすを思い出した。こんな考えで頭をいっぱいにしているうちは現実を直視せずにすむ。

部屋の天井近くに水位線の跡が残っているのに気づいた。いったいどこからそんな水がはいってきたのだろう。目を閉じた。しかし眠れない。今日はよく働いた。殺し、殺されかけた。そして……。


ドアの軽いノックのあとに声がした。

「クリス、ちょっと話があるんだ」

クリスは不機嫌な声で答えた。

「だれとも話したくないのよ」

ネリーが小声で言った。

「トムはどうしても話したいようです」

「おまえが居場所を教えたの？」

「いいえ。命令どおりネットから切断しました。トムはこの部屋のモーションセンサーに侵入して、あなたが在室していると判断したようです」

クリスは両肩からぶらさがったネリーをしかめ面で見下ろした。この個人用コンピュータは使用者のプライバシーを守ることに全力をつくさなかったようだ。

「クリス、本当に話したいことがあるんだ」トムがまた言った。

「わたしは本当にだれとも話したくないのよ」

「ロングナイフ家の人間はなんでもわがままが通ると思ってるのか？」

「そうじゃないけど、ここにいるロングナイフはすごく腐った気分で、ピストルの安全装置をかけ忘れるくらいなのよ。わたしだったら近づかないわね」

「残念ながらおれはおまえじゃないんだよ」片頰だけの笑みがドアごしに見えそうだ。さら言う。「ボトルの差し入れを持ってきたんだがな」

判断が難しくなった。もう一杯飲みたい気分ではある。不機嫌な声でドアに命じる。

「開けて」

満面の笑みのトムがあらわれた。ドアのこちらへはいってくると、ボトルを投げてよこす。クリスが受けとめたそのラベルには、スパークリングウォーターと書かれていた。

「怒るな。この泥惑星でたぶん唯一のボトル入りミネラルウォーターだぞ」

クリスは相手の頭めがけて投げたが、トムは受けとめた。

「中佐におまえの居場所を報告させてもらうぞ」

「中佐がなぜわたしを探すの？」

「ウィスキーを飲みながらおまえとの話の内容を聞かされたときに、おれはちょっとあわてさせてやったんだよ。ネリーの真の能力を教えてやった。配下の海兵隊にやってきた金持ちの娘に対する態度はさらに悪化したわけだ」

「わたしは海軍士官よ。海兵隊じゃないわ」

「報告するぞ」

「勝手にどうぞ」

トムはそのとおりにした。中佐はいかにも安堵したようすだった。クリスを探す全域指名手配を解除するために手短に電話を切った。

「中佐はなにをそんなに恐れてるの？」

「おまえは今日、ポケットに硬貨をいれていなかった」

「それがどう関係あるの」

「ウォードヘブンのコインを持っていないとしたら、基地の外でどうやって酒代を払うつもりだ？」

「だから基地から出なかったわよ。クレジットカードを出すほどバカだと思ってるの？」

「酔うと頭が働かなくなる叔父が一人いたんでね。おまえがどうかはわからなかった」

「現金をとりにここへもどったら、雨のなかをわざわざ出ていく気がしなくなったってこと。この説明で満足？」

トムはドアの横で床にすわりこんだ。クリスは腹ばいになって両手で顎をささえ、そのトムを見つめ返した。

「ひどい一日だったな」

トムが言った。クリスは、〝まあね〟とかなんとか無意味な返事をしてもよかった。しかしそうはせず、反論した。

「ひどいとどうしてわかるの？　あなたは指揮官だったわけじゃない」

トムはひるまず視線を返した。

「おとなしい次級指揮官だったわけでもないぜ」

「そうかしら」

トムは話題を変えた。

「シリーの容態は峠を越えたそうだ」

「名前も知らなかったわ」

「ジェブの話では、明日にはトラック十五台が用意できる。中佐はもうおれたちに指揮をまかせないつもりだ。他の少尉といっしょの扱いさ」

「そうね」

クリスは中佐のウィスキーをまた飲みたくなった。

「さて、そろそろいやな話もするか」

クリスは眉をひそめた。

「なに、いやな話って」

トムはじっとクリスを見た。

「おれはコートニーに全面協力しようとした。しかしコートニーはおれを無視して、自分の判断で動きはじめた。盗賊たちは彼女に攻撃を集中させた。おれは一部を増援として派遣したが、なにしろ敵の数が多すぎた」

クリスは雨と泥と死体を思い出した。

「たしかに敵は多かったわ。いったい何人殺したの？」

「わからない。最後の偵察機画像を見て死体をかぞえたわけじゃないんだ」

クリスは深いため息をついて、トムの頭上の壁でペンキが薄くなっているところを見た。内装クリーニングの作業員が白カビといっしょにペンキまで剝ぎとったところだ。クリスは肩をすくめた。

「もう関係ないわ。そうでしょう、トム。死んだ連中は死んだままだし、生きているわたしは生きたまま。彼らが死ぬべき理由があったのか、それともたんに飢えていただけなのかわからないけど」

トムもアイルランド人らしく喉を鳴らしてため息をついた。

「ああ、わからないな」

「わたしはいつも生き残るのよ。かわりにだれかが死んでしまう」

「エディのように」

禁句のはずのその名前をトムはさらりと言った。クリスは落ち着いて応じた。

「そう、エディのように」

「つまり生き残ったおまえはウィスキーを飲んだくれながら、死んだやつは死んだままだとか、エディがちょっとは生き返ってくれないかとか考えてるわけだ」視線を下げて、「倒れて雨に打たれてるやつらにはなんの役にも立たないがな」

「今夜はずいぶん詩人ね」

「詩じゃなくて真実だよ、クリス。おまえは生きてる。おれも生きてる。やつらは死んでる。病気でたまただ。坑道が破れて与圧が抜けると、死ぬやつもいるし生き残るやつもいる。

休んだ男は生き残る。ドリルのビットを交換しに行った女も生き残る。まじめにフェースプレートを下げてた少年も生き残る。どうせ安全だし汗もかくからとヘルメットを脱いでいたベテランは……死ぬ。こういうことはどうしようもないんだ。死んだやつらのことを悼んでみても、結局自分たちは生きてることがうれしい。死んだのが彼らで自分たちでないことがうれしい。立場が逆だったら彼らがおれたちを悼んでるだけだ」

トムは肩をすくめて、クリスの目を見た。

「悼む立場のほうがいいに決まってる」

「本当にそう思う？　本当に生きてるほうがまし？　本気でそう言える？　自殺しようとしたことがあるの？　もうちょっと飲むわ」

クリスはベッドから足を降ろした。

トムは立たなかったが、首を振った。

「飲みすぎだ」

「まだまだこれからよ」

「死んだらいくらアルコール漬けになってもいいが、生きてるやつには限度がある」

クリスは部屋の反対側からトムを見た。トムは緊張していないし、立ち上がろうともしていない。しかし彼女がドアにむかったら止めるだろう。振り払えるだろうか。トムは本気でクリスが飲むのを止めるだろうか。

結局また腰をおろした。

「どんな気持ち、トム？」

「自分でもよくわからん。故郷のサンタマリアにいたかった。撃たれたり撃ち返したりするようなところにはいたくなかった。本気で撃ち返したくなるような場所にはいたくなかった。おまえたちロングナイフ家は面倒な世界をつくったもんだよ」

今度はクリスがため息をつく番だった。上品なため息だ。淑女らしい。母がよろこびそうだ。

「たくさんの歴史の本を読んだわ。そこにはレイとトラブルおじいさまの戦いが詳しく書かれていた。でも、戦闘後に二人がなにを感じたかは書かれていない」

「じいさんたちはなにを感じたんだ？」

「わからない。本当にわからない」

クリスは目をこすり、あくびを嚙み殺した。酒がようやくまわってきたのかもしれない。

「ねえ、もう眠りたいから一人にしてくれる？」

トムは振り返らずに部屋から出ていった。

14

夢をみずに目覚めた。口のなかにわずかに不快な味が残っているだけ。飲まずにいたことの利点だ。シャワーを浴びて、着替えて、痛いほど気分をはっきりさせて、食堂へむかった。気のせいかクリスだけでなく他の兵士たちも足どりが軽いようだ。背筋が伸びているように見える。窓の外はあいかわらずの雨空だが。

中佐に手招きされてそのテーブルへ行った。

「よく眠れたか？」

クリスはしばらく考えて、うなずいた。中佐はそのようすを見て満足したようだ。

「きみの負傷兵たちは確認してきた。三人とも回復している」

「朝食が終わったら医務室へ行ってきます」

クリスは空腹を感じ、食事にかぶりついた。

中佐は椅子にもたれた。

「悪いが、またきみに困難な任務を命じることになった」

悪いというわりにニヤニヤ笑っている。

「昨日のより困難な任務はありえないと思いますが」

「はるかに困難だ。ただし安全だ」笑いがさらに大きくなる。

「中佐はすばらしいユーモアのセンスの持ち主だと賞賛されたことがおありでしょう」

わざとらしいしかめ面。

「そんな記憶はないな」

「では賞賛に値すると申し上げておきます」それから長い間をおいて、「中佐」とつけ加えた。

「今回ばかりはきみに代わってやりたいとは思わないな。慈善家が今日訪問してくる。自分の寄付金がどんな慈善事業に使われているか、はるばる見にくるわけだ。きみにはその案内を命じる。あちこち見せてまわれ。わたしは郊外へドライブに出かける」

ずいぶん退屈な一日になりそうだ。

「その老婦人はどこのどちらですか？」

「老人ではないし婦人でもない。ヘンリー・スマイズ＝ピーターウォルド十三世だ。子どもを古い革袋にいれるのもかわいそうなのに、まして十三代目の名を継がせるとはな」

中佐は首を振った。

クリスは口のなかのものを噴きそうになるのをこらえ、中佐のつまらないジョークに愛想笑いをした。しかし腹のなかでは叫んでいた。お母さま！　お気にいりの御曹司に引きあわせようとするのをあの手この手で逃げてきたのに、こんなところで一日べったり同行させられるなんて。

しかもトゥルーおばさまの推理では、その御曹司の父親こそクリスの命を狙っている第一容疑者なのだから、ややこしい。

これでもわたしの今日の任務が安全だとおっしゃるのですか、中佐。

クリスはトラックの荷積みを指揮し、トムは準備の最終確認をした。三つのトラック隊が出発準備を終えると、クリスは自分がデスクに縛りつけられ、昨日の部下たちが泥道と沼と盗賊たちをふたたび相手にしにいくことについて、笑顔でジョークをまじえて話した。希望者がいれば交代してやると言って笑いをとった。

トラック隊が出ていくと、クリスはオフィスにもどった。ジェブがすでに今日のスケジュールを立てていた。物資を降ろし、倉庫にいれ、明日以降の配送にむけて準備しなくてはならない。

スペンスは別室でワークステーションを相手に作業していた。会計士が外まわりの任務に出るのは一回で充分だ。運用技官であるスペンスは、普段は作戦ボードに流れる大量の情報から必要なものを選び出すのが仕事だ。クリスのためにもおなじことをしていた。

通りかかったクリスは、首を振っているスペンスに声をかけた。

「なにか気になることがあるの？」

「搬入されているガラクタについてです。二十年前に製造された戦闘糧食は、固いのをがまんすればなんとか食べられます。でも倉庫一杯の医薬品のうち半分が有効期限切れなのはどうしたものか」プリントアウトを振って、「見てください、この生ワクチン。使用期限を一カ月過ぎてます。使って大丈夫ですか？」

「薬局に訊いて」肩ごしにのぞいてみると、たしかに第三倉庫の半分は期限を過ぎたガラクタだ。「寄付された時点で期限切れだったようね」

「一週間ですよ。ここはゴミ捨て場じゃないっての」

「寄付による減税目的で利用してるのよ」

クリスは吐き捨てた。スペンスは低い声で言った。

「おれの親父もきっとこういう詐欺行為を推薦してるんでしょう。息子が跡を継ぎたがらないのは当然だ」

クリスは顔をしかめてプリントアウトを眺めた。こういう世界が嫌いだから海軍にはいったのだ。

そのとき、背後で楽しそうな声がした。

「おおい、猫がへんなものを拾ってきたぞ」

「もうすこしまともに紹介してほしいものだがね」

クリスは振りむいた。ニヤニヤ笑うトムと、腕組みをしたヘンリー・スマイズ－ピーターウォルド十三世が、ドアのところに立っていた。

彫りの深い、整った顔は、その肘に母がつかまっていないいまのほうが落ち着いて見ることができる。今日は屋外用の服装だが、それでさえ高価で高級な仕立てだ。かくいう自分も、故郷のブルー山脈にハイキングに出かけたときにおなじように金のかかったアウトドア服を母から着せられたのだが。

いやな思い出によるしかめ面を急いで飲みこんだ。訪問客へのしかめ面だと思われてはいけない。落ち着きをとりもどすために事務手続きに逃げこむことにした。

「来客用バッジがないわね。あとで司令部にご案内して手続きをすませましょう。司令官のオーエン中佐に紹介するわ。ハンコック中佐は救援活動に出ているので」

「面倒なことは抜きにしよう。ここまで来て事務手続きにわずらわされたくない」

ヘンリーはかすかに顔をしかめて答えた。トムが訊いた。

「ご覧になりたいのはなにかな?」

横目でクリスのほうを見る。新任少尉約一名以外に、と言いたげだ。

「父の姿以外ならなんでも。きみはここでなにをしているんだい、クリス」

ヘンリーはかろやかにトムをかわした。

「海軍の命令どおりにしているわ、ヘンリー。母に早めの心臓発作を起こさせるには海軍に入隊するのが手っとり早いと思ったから」

ヘンリーは皮肉っぽく笑った。

「おたがいに両親の心臓に負担をかけているようだね。共通点があるわけだ。ところで、ぼくのことはハンクと呼んでくれないか。ヘンリーの名にこだわっているのは父でね」

「わたしはかまわないわ。母もそのほうが呼びやすいと思う」

「お母さまはきみをぼくにくっつけようとしているのかな。父がぼくをきみにくっつけようとしているように」

「では謝る必要がありそうだ」

「小惑星カタパルト並みの強力さでね」

ハンクは穏やかに微笑んだ。

「受けて、そのままお返しするわ」

クリスは手を差しのべ、ハンクはそれを取った。その手にキスするのかと思ったが、そこまではせず、力強く握手した。先入観を持つ必要はない。彼は彼だ。両家の過去の歴史にも、母の幻想にもまどわされる必要はない。トゥルーおばさまの疑念もいまは考えなくていい。

「さて、どんなことがお望みですかね」

トムが割りこみ、握手をすぐに終わらせた。ハンクは答えた。

「それはぼくが言うべきことではないかな。グローゼン星にある工場の立ち上げを監督するように命じられたときに、父に言ったんだよ。メディアに出るなら慈善事業をやったほうがいいと。だから船には役に立ちそうな物資を積んできた」

「それを降ろしたら……」クリスは訊いた。

「グローゼンへ行く」

トムが訊いた。

「荷降ろしにはどれくらい時間がかかると？」

「それは、ここで有用な物資を知るのに必要な時間しだいだ」

トムは「数時間」と答え、クリスは「数日」と答えた。

トムはいぶかしげな視線をクリスにむけた。

しかしこの若者が自分を殺しにきたとはまだ決まっていない。

「ここにいるスペンスが今朝、興味深いものに出くわしたのよ」

会計士が期限切れのガラクタについてハンクに説明しているあいだに、クリスはその顔を眺めた。

スペンスが説明を終えると、ハンクは通信リンクを叩いた。

「ウルリック、積み荷に医療用物資はあるか？」

「数トンございます」

「データをここに送れ。使用期限のデータもいっしょに。送り先は……きみの名前は？」

「スペンスです」

「アドレスはわかります」

「頼む、ウルリック。スマイズ-ピーターウォルドの名に恥じぬように」通信を切って、クリスのほうをむいた。「あとは万事うまくいくはずだ」

クリスはうなずいた。援助物資がガラクタ混じりだったとしても、今日の分は解決した。

「どんな見学コースをご希望かしら？」

「きみの平均的な一日を」

「泥まみれよ」

「そして危険でもある」とトム。

「昨日聞いたよ。西部劇さながらの撃ち合いだったようだね」

「まあいろいろと」

クリスはごまかした。トムが提案した。

「トラックの整備作業は？」

「悪くないわね」

クリスは同意した。トムとハンクが男の友情を築いているあいだに、クリスは考えをまとめられる。

男の友情というより男の火花になる可能性もある。トムは金持ちの男がいかに世事に疎いかチクチクと指摘するだろう。


十五分後。

「エンジンを分解したことは？」

トムは両手のエンジンオイルをぬぐいながら訊いていた。

「蓋を開けてのぞいたこともないよ」

「乗用車のエンジンですら？」

ハンクは無意味に整備場の出口を見た。

「運転手がやってくれていたからね。きみのところもそうだろう、クリス」

いかにも助けを求める話の振り方だが、クリスはにべもなかった。

「私は運転手がリムジンのオイル交換や整備をするのを手伝ってたわ」

母が見ていないときに二回だけだが。

トムが言った。

「ここを廃車場代わりにしてみんなポンコツを送ってくるから、こういう場所が必要なんだ」

ハンクは大きくため息をついて、通信リンクを叩いた。

「ウルリック、わたしたちが運んできたトラックの走行距離を教えてくれ」

「もっとも長いもので、十一・三キロメートルです」

ハンクは満足げな笑みで通信を切った。

「持ってきた三十台のトラックは、当分この整備場のご厄介にはならないはずだ。さて、救援活動の不潔な舞台裏には他にどんなものがあるかな？」

してやられたトムはがっくりした顔になった。しかしそれは三秒だけで、すぐに強烈なニヤニヤ笑いが復活した。クリスは怪我人が出ないうちに割りこんだ。

「わたしの倉庫に案内するわ」

焦点はトムからクリスに移った。クリスは自分の仕事場へハンクを案内しながら、意外と話しやすいことに気づいた。もちろん自慢話だからというのはある。引き継いだ倉庫作業員に、新たな志願者を加え、数人の海軍兵士に警備させている。クリスは昔からこういうことをしていた。だれかの選挙活動組織や、母の友人が金を出したボランティア活動組織がガタガタになると、立て直しに送りこまれた。この倉庫とそこで働く人々はクリスが腕をふるった証《あかし》なのだ。

いろいろな場所をハンクにしめした。それらを見るハンクの横顔をクリスは観察した。完璧に整った顔立ちのなかで、目にはわずかな不安がある。しかしクリスの仕事には期待と興味をしめしているようだ。

あちこち歩きながら、いまの自分のまわりにいる二人の男を比較した。一人は少年のように元気いっぱいで、相手が脅威にならないように注意している。もう一人はなにごとにも満足して泰然自若としているように見える。しかしよく観察すると、クリスの話が途切れたときに、上手な質問で話の穂を継いでくれる。そばにいて気が楽な男たちだ。

防潮堤のそばに来た。ちょうど無人降下船が近づいてきていた。着水して水飛沫を飛ばし、雨といっしょに降らせる。水面の揺れがおさまると、引き揚げ船台からすぐにタグボートが出ていった。ハンクはその降下船をしめした。

「わたしたちがよこした一隻だ。飢餓ビスケットと呼ばれるものを積んでいる。二百グラムのバー一本で一日分のタンパク質、ビタミン、ミネラルを摂取できる。水といっしょに食べれば胃のなかで膨らんで、ちゃんとした食事をしたような満腹感を得られる」

「米と豆ばかりの食事に飽きた口にはいいだろうな」トムは同意した。

「荷を降ろして空になった降下船はどうしているんだい？」

それはクリスにむけた質問だった。

「エアジェル型の船殻はリサイクルしてるわ」切り取られた船殻素材が無造作に積まれた山をしめした。「エンジンは炭素粉末にもどしている。たいていの救出ミッションでは地元の経済システムのなかでリサイクルするのだけど、オリンピアにはそもそも経済らしい経済がない。だから状況に変化が起きるまで積んで放置しているわけ」

クリスは肩をすくめた。ハンクはその目を初めてじっとのぞきこんだ。

「でも、ぼくのトラックを使えばいいだろう」

クリスは条件付きで賛成した。

「一時的にはね。ネリー、半径百六十キロの地図を出して」

ホログラフィ映像があらわれた。クリスはハンクの強い視線を避けるために地図に集中した。この一時間、その口から不愉快なセリフは出ていない。わざわざ時間を割いて立ち寄り、なにか必要なものはないかとご用聞きに来てくれた気前のいい若者を、気にいらないなどということがあるか。クリスが海軍にはいった理由もおなじだ。彼が父親とともに統治しているビジネス帝国のようすからすると、ハンクが現実世界に対してできる最大限の行為がこれだ。

クリスは地図の中心に手を振り、男たちの注意をそこに集めた。

「町の給食所には食糧を供給しているわ。だからここではだれも飢えていない。問題は僻地よ。トムの整備士たちが徹夜で働いても、動かせるトラックは十五台だけ。それでも三台のうち二台は故障する。地元の整備士は一台を解体して部品を取って、もう一台を動くようにしてくれる。でもここは道路事情が悪くて、一台直るごとに二台故障するという具合よ」

クリスはため息をついた。ハンクは地図へのクリスの視線を追いながら言った。

「ぼくが持ってきた三十台のトラックがいくらか助けになるはずだ。とはいえ、北部は問題が多そうだね。山と、川の流れる谷ばかり。橋はあまり見あたらない」

「ゼロだよ」

トムが答えた。クリスは中佐から聞いたことを手短に説明した。小さな政府がもたらす結果だ。

「その地域の農場主が橋をかける以外にないのよ」

噴火以前の地図を現況地図に重ねて表示した。かつては四つの橋があったようだが、現在はすべて流されている。

「ボートか移動式の橋があれば……」

ハンクは考えていたが、ふいに笑みを浮かべた。まるで小惑星坑夫に掃除機を売りつけるセールスマンのような口調で説明する。

「じつはいいものがある。父が買収したある会社が、流動金属でボートをつくっているんだ。きみのタイフーン号の船体に使われている材料だよ。ボートは普段はコンテナくらいの箱形に折りたたまれている。小型トラックで充分に運べる。それを水にいれて、形状を選べば、あとはひとりでに展開して、ボートにでも、はしけにでも、橋にでもなる。すぐに荷物を積んだり、トラックを渡らせたりできる。値段もお買い得。お嬢さんのためなら無料にしよう」

トムはその売り口上に割りこんだ。

「そいつの重量は？　ここの道はぬかるみだらけなんだ。それに、どうやってトラックの荷台から水のなかに移動させるのかな？　勝手に歩いていってくれるのか」

ハンクは気勢をそがれた。

「いや、重量はかなりある。普通はクレーンを使う。高機能の金属だが、金属を軽くするのは無理だからね。それはサンタマリア星でもできない」

クリスはこの男の意地の張り合いをニヤニヤして見ていた。

「軌道に待機しているトラックはクレーンを装備していないの？」

「数は少ないと思う。ところで、そろそろ空腹だな。いっしょにお昼をどうだい？」

これにはクリスは笑い出した。

「移動式の橋の代金がわりに食堂で昼食を用意するわ。ただし、保存食を冷たいまま出すような料理よ。職員のほとんどが今日はトラック隊といっしょに遠征に出ているから」

ハンクはべつの提案をした。

「ぼくはもっとつくろげる場所に心当たりがある。この町においしいステーキを出すレストランがあるらしいんだ」

トムはテディベアを盗まれかけている子どものように、信じられないという顔をした。

「そんな店は休みに決まってる」

「ぼくの情報源では営業中のはずだ」

クリスは疑問視した。断る理由はいくつもあった。司令官が基地の外へ出ることを許すはずがない。みんなが飢えているときにステーキなど食べている場合か。しかしクリスは答えていた。

「いいわね。あなたも来る、トム？」

「砦には番人が必要だろう」

このそばかす顔のいたずらっ子が敗北の表情を浮かべているのを初めて見た。

クリスは腰のピストルを確認して、ハンクに従ってゲートへ行った。そこには高級な不整地走行車が一台停まっていて、整った顔立ちの二人の若者が脇に立っていた。元海兵隊員らしい雰囲気だ。

「この二人を連れないと父はどこにも行かせてくれないんだよ。きみのボディガードは？」

「軍では少尉にボディガードがついたりしないわ。たとえあなたが危険な男でも。故郷では運転手が元軍人だった。でも彼のことはむしろ友人だと思っていたわ。サッカーの試合でかならず応援してくれる人を友人だと思うのは当然だけど」

「きみはサッカーをやっていたのかい？　それは活動的だ」

「あなたは?」

「サッカーはやったことないね。健全でないという父の考えで。他の子どもたちと無秩序に群れて走りまわるなんて、危険すぎるからとね。ただ、ぼくは一人っ子だから。きみはそうではないはずだ」

クリスは、自分は過保護な家庭環境で育ったと思っていた。とりわけエディの事件後はそうだった。父の過剰な心配に対して、兄のホノビが防風林になってくれているという意識はなかった。ホノビのことはむしろ邪魔者だと思っていた。

「そうね。上に兄がいるから」

下に弟がいたことはあえて言わなかった。

ハンクはクリスにいたずらっぽい視線をむけた。

「そばかす顔の妹がいたら楽しかっただろうと思うよ」

クリスがなにか答えなくてはいけなくなるまえに、不整地走行車は目的地に着いた。

レストランはクリスがいつも通る道から一本はいったところにあった。看板は出ていない。しかし道の反対側には銃を隠した二人組が歩いていた。屋根の上にももう一人。

炊き出しの給食所に武装したガードマンが必要なのだから、高級レストランに用心棒が必要なのは当然だろう。

ドアは、ハンクのボディガードが触れるまえに内側から開いた。薄暗い奥に立っていたのは、ブラックタイと燕尾服の太った男。片手にメニューを持っている。クリスとハンクはすぐに静かな隅の席に案内された。テーブルの白いクロスの上ではクリスタルと銀器が輝いている。ボディガードたちは店内にちらばって気配をひそめた。店の反対側のいくつかのテーブルを見渡せる位置にいるはずだが、重厚な木材とクリスタルの照明器と毛脚の長い赤い絨毯の内装のなかに、灰色のスーツ姿の彼らはすっかりまぎれている。客は他に三組。しかしいい案配で配置された観葉植物のおかげで表情はうかがえない。

中佐の話は正しかった。オリンピアでは全員が飢えているわけではない。金があるところには高級食材があるのだ。新任少尉はまた一つ勉強した。首相の娘で、アーニー・ヌーの巨万の富の継承者でも、世の中には知らないことがまだまだあるわけだ。

メニューには何種類かの高級な部位のステーキと、さらにシーフードまで挙げられている。価格が空欄なのが不気味だ。クリスはざっと眺めて言った。

「これでは注文を決めかねるわね」

「かわりに注文してあげよう」

複雑なメニューは女の浅はかな頭では読めないと言いたげな態度は好きではない。

「メニューに書いてあることはわかっているわ。そうではなくて、クレジットカードを中佐に預けてあるのよ」かならずしも嘘ではない。「手持ちの現金でたりるかどうか不安なの」

「地元のクレジットカードが闇市場に出まわっているのは聞いているよ。きみの上官は賢明だね。ここはぼくが払おう」

おたがいの資産にくらべれば微々たる金額なので、同年代の若い男が大きな顔をするのを許すことにした。なにしろ昨日のごたごたのあとだ。サラダの種類などに頭を悩ませる気にはなれない。

クリスはディナーらしい会話をはじめた。

「それで、あなたは大学を出てすぐに家業を学びはじめたわけ?」

「まさか。父は無益な学問などに時間を費やすことは許さないよ。ぼくは十四歳のときからビジネスの世界にいれられた。なんと最初の夏は郵便仕分け室ですごしたんだ。そこからずいぶん出世したことになる」

会社の階段を宙に描いてみせた。

「大学には行っていないの?」

「というより、そのときどきでふさわしい教授を父が地球やその他から呼び寄せていた。高校の卒業研究は、大規模製薬工場の立ち上げだった。父の右腕の人物にずっとついてまわって話を聞き、論文にまとめて、父と、名前はうろ覚えだけど、たしかマクスウェル教授に提出した。教授は評点Aをくれた。でも父は論文のあちこちのまちがいを指摘して、B相当でしかないと結論づけた。それっきりマクスウェル教授は姿をあらわさなかったよ」

ソムリエがソーヴィニヨンを持ってきた。ウォードヘブンでは高価な銘柄だ。ハンクは慣れた手つきでビンテージワインを試す儀式をこなした。口をつけてうなずき、

「いいね。きみも気にいると思う」

クリスにむかって請けあった。

　クリスは自分のグラスが満たされるのを待って、義務的に味見し、おおげさな讃辞を述べて、ミネラルウォーターのグラスの隣においた。そして二度と手をつけないと誓った。昨日の今日だ。おなじ轍は踏まない。

「あなたの人生には不変のものが少ないように聞こえるわ」

　クリスは話題をワインからそらした。ハンクはすこし考え、笑顔で答えた。

「そうかもしれない。こんな言い方もあるからね。人生で不変なのは変化だけだ」

　クリスは苦笑して同意した。

「どこかで読んだわ。でもわたしには変わらないものがいくつかある。ハーベイはいつもサッカーの試合で応援してくれた。彼の夫人はキッチンでおいしいお菓子を焼いてくれた。叔父や叔母がいて、本当の血縁者がいる。あなたは家族は？」

「叔父のスティーブンはぼくが子どものころにスキッフレースの事故で亡くなった。叔母のイブは恋多き人だったけど、その一つが派手に破綻した。そのために辺鄙な土地に引っ越していなければ、いまもぼくらといっしょに住んでいたはずだ。ところで、外の車のトランクには救急医療セットがはいっている。運転手は脳外科手術の免許は持っていないけど、試してみてもいいと思うはずだ」

　クリスはテーブルに肘をついて両手で顎をささえ、芝居じみて大きくまばたきした。

「話を聞いていると、あなたの少年時代にくらべたらわたしの少女時代がよほど楽しかったみたい」

「そんなにちがいはないさ。だれの子ども時代もそれほどすばらしくはない。どんな本にも書いてある」

そうやってランチのあいだじゅう、どちらの育った環境が最低かで競争した。クリスはこれまでこんな話ができる相手はいなかった。どんなに親しい間柄でも、相手からすこしでもうらやましいと思われていたら、公平に聞いてもらえない。大学時代には、ボディガードを退がらせているときでさえ、ロングナイフ家の御令嬢に不満などあるはずがないと友人たちから言われた。

食事はあっというまに終わりに近づいた。クリスは狭い婦人用手洗いに立って、もう二時間も過ぎていると気づいて驚いた。手を洗い、鏡のなかの自分を見る。鼻はすこしも小さくなっていない。日焼けで荒れた肌を母が見たら、大急ぎで近くの温泉へ連れていこうとするだろう。短く刈った髪のぼさぼさ具合は畑のかかしといい勝負だ。

それでもハンクははっきりと親愛の情をしめしてくれる。トゥルーが調べたスマイズ－ピーターーウォルド家の資産データを信じるなら、財産めあてでクリスに近づいていることはありえない。もちろんトゥルーの見立てでは、彼ないし彼の家族がクリスの命を狙っているらしいのだが。

クリスはペーパータオルをゴミ箱に捨てて、流しの横に並んだローションやスプレーやその他の化粧品を見た。これらを使って少尉から美女に変身するのはあきらめ、そのままテーブルにもどった。

ハンクは袖に組みこまれた通信リンクを使って話しているところだった。

「次の三隻を急いで降下させろ」

それから立ち上がってクリスを迎えた。

「デザートをゆっくり食べれば、そのうち港にいいプレゼントが届くはずだよ」

「そう。じゃあどれにしようかしら」

すでにウェイターがデザートのカートを押してきていた。チョコレートやフルーツや焼き菓子類が山積みだ。見ているだけで心も口もうるおってくる。プラスチックの飾りではなく、本物の甘味だと匂いでわかる。ハーベイの夫人が言っていたとおり、心を悪魔に支配されそうになる。

「ありがとう。カートをここにおいて一時間後に取りに来て。全部平らげておくから」

「というわけだ」

ハンクは手を振ってウェイターを退がらせようとした。クリスはあわてて止めた。

「冗談よ。午後の仕事ができないくらいお腹いっぱい。ソルベはある？」

「ラズベリーと、ストロベリーと、柑橘類の取り合わせです」ウェイターは答えた。

「じゃあ、柑橘類取り合わせで」

「おなじものを」

ハンクが言った。しかし去っていくカートを見送る目は名残惜しそうだ。

「わたしがパスしたからといって、育ち盛りの若者が遠慮することはないのよ」

「自制だよ。父が言っていた。だれも自制できず、その気もないなら、自分だけでも自制しろと。きみも成功した親に反抗するときに気づいたはずだ。やはり最後は自分の判断だ。両親からの贈り物は全部がガラクタではないんだから」

クリスは心から同意した。

「そのとおり。でも大事なものとガラクタを区別するのは一生かかる仕事よ」

「だから海軍にはいった？」

「だからオリンピアへ来たの？」

「ぼくはなにが必要とされているかをこの目でたしかめるために来た」

「でも、そもそもの理由はあるはずでしょう。工場立ち上げの監督に行くのに寄り道するなんて、お父さまはよろこばなかったはずよ」

ランチで続いたとりとめのない話題を捨てて、核心にふれる質問をした。ここへ来た理由だ。トゥルーおばさまがいたら誇らしく思ってくれるだろう。

「たしかに。でもまっすぐ行くのは父をよろこばせるだけだ。自分のわがままも通したい」

「でもそれがここである理由は？」

「初めてのデートでその質問はちょっと深すぎるんじゃないかな」

そうかもしれない。しかしその揺れる笑顔と探るような瞳の裏側になにがあるのか、やはり知りたい。

しかしそれ以上探りをいれるまえに、クリスの通信リンクが鳴った。ロングナイフ少尉と呼ばれて、身を固くした。

「倉庫がロケット攻撃を受けた」

クリスは胃がひっくり返りそうになった。高価なステーキが口にもどってきそうになる。

「犠牲者は？」

「まだ不明だ」トムの声が答えた。

「すぐ行く」

ソルベを運んできたウェイターを突き飛ばしそうな勢いで立ち上がった。ハンクもすばやく立って、慣れたようすでウェイターに会計をまとめさせる。ボディガードが外の車への道を確保するあいだにハンクがサインした伝票は、クリスもぎょっとするほどの金額だった。

外の雨はほとんどやんでいた。しかし通りにも屋根の上にもだれもいない。窓から外をのぞく者もいない。昼間に不審な爆発音が聞こえたら身をひそめるべきだとだれもがわかっている。

五分後、クリスは倉庫にもどった。監視塔の南面に大穴が開いている。クリスが使っているオフィスのあたりから煙が上がっている。

ハンクが言った。

「じゃあぼくはここで。父の命令を無視するのも限度があるからね。引きずっていかれるまえに失礼するよ」

「そうね。ランチデートのせいで厄介な騒ぎになっているかもしれないわ」

「次の三隻の降下船をお楽しみに。きみが開けるところを見たかったよ。トラックと例の折りたたみボートがはいっているはずだ」

「わたしが狂喜するところを見て、ついでにキスするつもりだった？」

「それもいい考えだ」

クリスはその頰に軽くキスした。

「妹がいるつもりで。じゃあ、わたしは急ぐから。また会えたら会いましょう」

ハンクは笑った。キスにすこし驚いたようだ。

「わかった。かならずまた会いにくるよ」

そして去っていった。

クリスは振り返らなかった。もう頭は海軍士官に切り換わっている。負傷者はどこか。襲撃者はどこか。そもそもここは安全なのか。通信リンクを叩いた。

「ロングナイフ少尉よ。倉庫区画にもどったわ。負傷者は？」

トムが報告してきた。

「負傷者は三人とも第三倉庫に収容した」クリスのオフィスがある場所だ。「全員意識があり、手当てを受けている。さいわい、死亡者はいない」

いい報告だ。クリスは急いで負傷者を見舞いに行った。エスター・サディクが民間人の腕に包帯を巻いていた。会計担当のスペンスは、裂けた軍服に血をにじませて横になっていた。衛生兵がその治療をしている。シャツの血のにじんだ部分を持ち上げられると、スペンスはうめいた。

「いてて」

するとと衛生兵がからかった。

「文句を言う元気があるなら心配ないさ」

「心配しろよ。まったく、一日じゅう机仕事の親父もたまにはこういうめに遭えばいいんだ」

クリスは口をはさんだ。

「わたしたちは昨日、悪党たちを怒らせたからよ。親父さんはそんなことをしないでしょう」

「いえいえ、親父はいつも悪党とツルんでますよ。おれたちが昨日やりあったみたいなのじゃなく、スーツを着た悪党ですけどね。少尉、ご無事でなによりです」

「せっかくの騒ぎに不在で残念だったわ」二時間のランチにうつつを抜かしていた自分を呪った。

「いえ、いなくてよかったですよ。この程度の怪我じゃすまなかった。ロケット弾は少尉のデスクを直撃したんです。これから少尉はずっと外で散歩しててください」

「そのほうがいいかも」それから衛生兵に訊いた。「傷は治りそう？」

衛生兵は答えた。

「もちろん。ぎゃあぎゃあうるさいんで、この喉を掻き切ってやりたいくらいです」

「せっかく会計士のジョークで楽しませてやってるのに」

「やっぱりナイフが必要かな」

ここの状況は心配ないようだ。クリスは自分のオフィスにむかった。エスターが隣に来たので、クリスは言った。

「民間人がロケット弾まで持っているとは思わなかったわ」

「政府の弾薬庫にあったものです。個人の所有物には不適切ですから」

「その弾薬庫は？」

「雨が降りはじめて一カ月後に火事で焼け落ちました」

「あてでみせましょうか。弾薬庫の火災のわりに大きな爆発は起きなかったでしょう？」

老女はうなずいた。

「保管されているものを考えるとずいぶん穏やかな火事でした」

「それ以後ロケット砲が使われたことは？」

「ありません」

「つまりどこかに大量に残っているわけね」

「たぶん。それにしても、おかしいと思いませんか？　発射されたロケット弾は二発だけ。あなたのオフィスと監視塔に命中した。食糧が保管されている倉庫にも、たくさんの人が働いている作業場にも飛んでいない」

「選択的かつ精密な攻撃ね」

ルーおばさんに訊いてみたい。クリス自身の解釈ははっきりしていた。

だった最大の理由はハンク・ピーターウォルドだが、それはどう説明すればいいのか。トゥ

が新しくできている。もしここにいたら自分も跡形もなく消えていただろう。クリスが不在

してまわっていた。スペンスの話のとおり、クリスの机は跡形もない。壁には眺めのいい窓

オフィスに行くと、トムがホースを持った班を指揮してロケットが原因の小さな火災を消

「そういうことです」

「司令部のほうは？」

クリスはトムに訊いた。

「なにも言ってこない。オーエン中佐は昼のマティーニ五杯で熟睡中だ」

クリスは消防班を見た。海軍兵士より地元民間人が多い。そのなかからジェブが出てきて

話をした。

「みんなボランティアで消防隊にはいってたんですよ。要領は心得てます」

「犯人の見当はつく？」

「わかりませんね」

「わざわざありがとう」クリスはエスターのほうをむいた。「倉庫での仕事が危険だと感じ

る民間人がいたら、べつの場所での仕事に交代させてもいいわ」

エスターは職長のほうをむいた。

「ジェブ、部下のなかにそんなやつがいる？」

「いちおう話してみますよ。でも辞めたいやつはとっくに辞めてる。みんな少尉が昨日やったことを支持してるんです」火災のほうを見て、「そうでないのも一部いるようですけど」

「あやうく殺されかけたわ」とクリス。

「そうですね。犯人の見当がついたらすぐお教えします。でもいまはなにもわからねえ。手の打ちようがありません」

「いまはそれでいいわ。午後のうちにさらに降下船が来るから、待機しておいて。トラックやその他の重量物が載っているはず。信頼できる運転手をもっと集められないかしら」

「町から二人ほど呼んできましょう」

クリスはその日の残りをいつもどおりに仕事をして過ごした。昼休みにデスクを爆破されるのがまるで日常茶飯事のような調子だった。

ハンク・ピーターウォルドが約束したとおり、次の二隻の降下船には不整地対応の大型トラックが三十台載っていた。三隻目はクレーン付きトラックと、コンテナ大の金属製の箱が六個。取扱説明書によると簡単な操作でボートや橋に変形する。

クリスはハンクにお礼の電話をいれた。よろこんでもらえてうれしいとのことだったが、こちらへ来て親密に話をしようとは提案されなかった。というのも、ハンクの船は予定が変更されていた。立ち上げ予定の工場でトラブルが起きて、引き返すことになったのだ。

午後遅く、配送トラック隊を率いて帰ってきたハンコック中佐は、倉庫のゲートをくぐって低く口笛を吹いた。

「少尉、ずいぶん楽しいことがあったようだな」

「ちらかして申し訳ありません」

「損害は?」

「負傷者三人です。一人は海軍兵士で、会計担当のスペンス。わたしのオフィスは破壊されました。監視塔は土嚢のおかげで被害が抑えられました。地元の建築技士は、構造的なダメージはないと診断しています」

「では、今夜も塔に監視をおくつもりか」

「はい。わたしも海兵隊員二人とともに上がるつもりです」

「監視は海兵隊員がやる。きみはやめろ」

「中佐!」

「反論は許さない。忘れているようだが、きみはあのロングナイフ家の一員だ。きみを死なせた理由を父親の首相に説明するために官邸に呼び出されるのはごめんだ」

「死ぬつもりはありません」

「なにかあればわたしの当直下での出来事になる。いうまでもなく、海軍では当直士官がその時間内の全責任を負う。それがわからぬわたしではないぞ、少尉。ところで、なんとかいう慈善家はどうした?」

「ピーターウォルド氏はトラック三十台と、ボートや橋に変形するシステム六個を寄付してくださいました。ついでにわたしは基地の外へ二時間の昼食に連れ出され、おかげで机といっしょに粉々にならずにすんだわけです」

「幸運に感謝だな。きみと彼が無事でよかった」

「何人かの民間人にももっと幸運があればよかったのですが」

「少尉、だれもが満足できる日などめったにない。今日は充分に幸運だった。そのことをよろこべ」

クリスはいたずらっぽく笑った。

「その助言をありがたく頂戴します」

クリスはトラック隊の車両を確認し、ハンコック中佐はそれについてまわった。中佐は新しいトラックも見にいった。民間人の整備士はすでに点検を終え、使用可能と太鼓判を捺していた。クリスは夜間作業のシフト人員を倍に増やして、すべてのトラックに明日の配送分の荷を積ませた。

いっきに増えたトラック隊を見て、中佐は眉をひそめた。

「物持ちもよしあしだな。高地連隊が到着するまでは、これだけのトラックを走らせる人員がいない」

「高地連隊は明日到着の予定では？　すでにバス四台をチャーターしています」

「彼らの乗った輸送船のエンジンが二基故障したという報告を今朝受けた。星系を横断してここまでの最後の行程を出力半分でこなさなくてはならない。到着は二日ないし三日は遅れる」

「つまり食糧もトラックもあるのに、それを届ける人手がないというわけですか」

不愉快だった。飢えている子どもたちがたくさんいるのに。

「少尉、きみが資金提供しているNGOはどうなのだ？」

「わたしが資金提供しているとお話しした覚えはありませんが」

「たしかに、きみは上官への説明でその部分を伏せていたようだな。しかし、そこそこのコンピュータ検索能力はわたしもあるのだぞ」

「はい、それは……わかっています」

「わたしもかつてあまり素直でない少尉だった。きみのように、反乱と指弾されかねない立場になったこともある。とにかく、使える民間人を十人ほど集めてほしい。NGOの武装した警備員を率いて、オーエンやピアソンのようなやつらの命令を聞ける民間人だ」

「エスターとジェブは分別のある人間です。他にも司祭、説教師、何人かのセールスマンと会いました。地元の信頼を集めて、まともな海軍軍人と仕事をできそうな人々です」

「まともな軍人ではない。オーエンやピアソンだ」

「エスターとジェブならその二人の指揮下にいれても大丈夫でしょう」

「では明日は基地全体をきみにまかせる。制服組はほぼ全員、わたしが連れていくからな」

クリスはすぐにエスターに連絡をとった。そして武装したグループを率いつつ、海軍とうまくやれそうな者を何人かリストアップした。ジェブは最初に除外した。クエーカー教徒で銃に手をふれないと誓っているのだ。丸腰で送り出す気にはなれない。あえてトラック隊に参加させなくても、ジェブは倉庫での荷積み作業を志願して一晩じゅう働いていた。

クリスは一日分の作業を終えて、基地へもどった。エスターと、銃をかついだ二人の女がそのクリスにつきそった。

「自分の身くらい自分で守れるわ」

「わかっています。こちらは散歩しているだけです」

「雨はまだ降ってるわよ」

「もう慣れっこです」

クリスがさらにツッコミをいれ、エスターが軽くかわしつづけるうちに、基地のゲート前に到着して女たちは去った。

食堂では最後に残っていた料理をなんとか確保した。コートニーの腕前のおかげでまるで焼きたてのようだった。クリスがテーブルにつこうとすると、コーヒーカップを手にした中佐が隣にすわった。

「きみの寝室は移動させた」

「中佐、そこまでやることはないのではありませんか？」

「文句があるならリエン少尉に言え。彼は高地連隊の部屋をひとまとめにして、下士官が管理しやすいようにするためだと説明していた。新しい部屋へはミリーが案内する」

「高地連隊は到着が遅れたのでは？」

「そうだが、新任少尉には連絡が届いていなかったようだな」

あるいは悪知恵の働く中佐とぐるなのか。

「ではわたしの元の部屋は今夜は空き部屋なのですか？」

「その周囲の部屋もな。引っ越したことをクリーニングのスタッフに伝えておいたほうがいいぞ。ただし移った先は伏せておけ」

ロケット弾の被害を受けそうな場所周辺を無人にできるのなら、それでかまわない。

トムはチェックインカウンターのところにいた。部屋に帰るところを待ちかまえていたらしい。

「中佐から聞いたわ。ありがとう」

トムはそばかすだらけの顔でニヤリとした。

「おれはなにもしてないぞ。これが新しい部屋の鍵だ。二階にある。壁をよじ登って侵入しにくい程度に高い。町から銃器で狙うには火線が通りにくい程度に低い」

それなら今夜は枕を高くして眠れそうだ。

15

翌朝の未明に起床して朝食を腹に流しこみながら、クリスは選挙日に投票者登録されていない投票者のような気分になった。トラック隊に参加しない者もふくめて全員に昼食の箱入り糧食が配られた。留守番組は、会計士のスペンスと最初の遠征で負傷して医務室に収容されている三人をいれても、十人以下だった。中佐は司令部をほぼ丸一日空っぽにするつもりなのだ。

クリスは急いで倉庫へ行って、出発直前の準備を見た。問題はほとんどなかった。そしてこの惑星での顔見知りほぼ全員に手を振って別れた。コートニーさえべつのトラック隊を率いている。

作業場が空っぽになると、クリスはジェブと打ち合わせをした。ジェブは民間人の部下たちとともに降下船を引き揚げて解体し、物資は倉庫に移すことを説明した。倉庫内の物資は明日の配送にむけて仕分けしなくてはならない。

クリスは、この惑星に到着して以来最悪の雨を見上げながら、作業員の安全を確保するようにジェブに指示した。

「そのために武装警備員を配置しているんだから」

ジェブはクエーカー教徒だが、武器を持った男女が倉庫周辺をうろつくことは受けいれていた。

クリスは司令部へもどった。うしろに二人の女がついてくることに気づいていた。昨夜エスターといっしょに来た女の警備員だ。ゲートのなかまではついてこなかった。ゲートの警備は今日は海軍兵士一人だけだ。司令部をかこんだフェンスぞいは銃をかついだ五、六人の民間人が歩いており、女たちはそこに加わった。

クリスは医務室に顔を出した。医師一人、衛生兵一人で怪我人を見ている。

廊下を歩くと自分の足音が大きく響いた。本当にだれもいない。

廊下のつきあたりから無線機の雑音が聞こえてくるのに気づいた。今日は無線班さえトラック隊にかりだされている。しかし無線機はネットワークの常時監視を続けている。

一台の無線機は軍用ネットにあわせられていた。トラック隊のやりとりが聞こえる。しかし聞いているとかえって寂しくなる。ネリーに命じて音量を下げさせ、他に救難信号や火事や襲撃を報告する声がないか調べることにした。

べつの無線機が民間チャンネルをモニターしていた。ボタンを押してスキャンモードにいれる。周波数が上へ動いていき、一カ所のノイズで止まった。またスキャンさせる。長いサーチをして、またノイズで止まった。クリスは無線員の椅子にすわり、デスクに足を上げて、スキャンボタンをくり返し押しながら、なにか引っかからないか調べつづけた。

しばらくして、いつも引っかかって止まるのはおなじ周波数のノイズだと気づいた。姿勢を正してスキャンボタンを押す。サーチする周波数は上限に届き、今度は下限から上がってきて、またおなじノイズで止まった。もう一度やってもおなじ結果。

ネリーが言った。

「このノイズから信号を抽出しましょうか？」

「信号が混ざってるの？」

「はい」

「やってみて」

スピーカーはいったん無音になって、一度大きな雑音を漏らした。

「失礼しました」

ネリーはそれを消して謝った。今度は小さくノイズが流れてくる。かすかな声が聞きとれる気がした。……病気……洪水……飢え……。しかしこのあたりで洪水と飢えはめずらしくない。やがてネリーが適切なアルゴリズムをみつけたらしく、より明瞭なメッセージが流れてきた。

「救助を要請する。これまで一度も助けを求めたことはないが、今回は死活問題だ。だれか聞いていないか？」

クリスは無線機のマイクをつかんだ。

「こちらロングナイフ少尉です。そちらの声ははっきり聞こえています。もう一度話してく

だ さい」

大きく言って、発信ボタンを放し、待った。ノイズが続くだけ。

「ネリー」と訊くと、「信号はありません」という返事だ。

クリスは椅子に背中を倒して、ゆっくり十かぞえた。かぞえおわると気を変えて、百までかぞえはじめた。こちらが話したら相手のメッセージとかぶるかもしれない。どうしようかとジリジリしながら考えていると、無線機からふたたび音声が流れた。

「バッテリーがもうもたない。できるだけメッセージをくりかえす。こちらは南川の北支流にあるアンダーソン牧場だ。グリアソン熱が発生している。これまでに二人死亡。十数人に症状が出ている。遺体は地下水を汚染しないように焼却した。伝染病と飢えに加えて、川の水位も上がってきている。谷の崖を登るのは不可能だ。そちらの安全のためにも救助に来てほしい。おれたちが病死して、死体が川に流されたら、伝染病がオリンピア中に広がる」

「ネリー、グリアソン熱ってなに？」

「インフルエンザに似ています。感染しても普段はチフス菌のように体内にとどまって症状はあらわれず、抵抗力が一定以下になったときに発症します。放置した場合の大人の死亡率は五十パーセント。子どもと老人ではさらに高くなります。最初に発見したグリアソン――」

「もういいわ。ワクチンは倉庫にある？」

「はい。約千人分」

　クリスは眉間に皺を寄せた。たった千人分ではポートアテネの分にもたりない。

「アンダーソン牧場の位置は？」

　南川の北支流は、山間部のかなり奥だった。さらに他の問題もある。

「衛星写真から川の最新状況を重ねて」

　北のほうでは川は堤防からあふれて、谷の両岸の壁に近づいている。

「この写真は一週間前のもので、以後は雲におおわれて確認できません」

　雨は降りつづけている。いまはもっと悪い状況になっているだろう。

　クリスは立ち上がった。ドアのところまで来て、中佐に連絡すべきだと思い出した。しかし中佐は南へむかっている。問題が起きているのは北だ。クリスは無線機の横のメモ用紙を二枚剝ぎ取り、自分の行き先と理由をしたためた。一枚を無線室、もう一枚を中佐のデスクにおいて、医務室へ急いだ。

「川の上流四十マイルのところでグリアソン熱が発生しているわ。おまけに発生地は洪水に飲みこまれようとしている」

　医師はデスクに足を上げて医学雑誌を読んでいたが、驚いて足を床に降ろした。

「なんだって。先月の腸チフスより十倍もひどいぞ。グリアソン熱の流行は三十年なかったんだが」

「でもいま発生しているのよ。どちらかいっしょに来てくれるかしら」

　衛生兵が答えた。

「ヘンドリクソンはまだ出血の危険がある。ということはおれが行くべきでしょうね」

衛生兵は荷物をバッグに詰めはじめた。医師はため息をついて、衛生兵の荷づくりを手伝った。

「グリアソン熱の病原体が川に流れこんだら、ありとあらゆる日和見感染が起きるぞ」

クリスは衛生兵に声をかけた。

「倉庫横の船着き場に来て。わたしはワクチンを出しておくから」急ぎ足で出口へむかいながら、ネリーに尋ねる。「問題の谷の人口は？」

「二百三十七人です」

「ワクチンは二百五十人分持っていく。倉庫のだれかに探させて」

「ある場所はわかっています。ジェブに出させます」

クリスはネットワークごしに呼びかけた。

「リェン少尉、いまなにしてる？」

「壊れたトラックの部品に首をつっこんでるぞ」トムの声が返ってきた。

「倉庫のゲートに来て。問題発生よ」

「ライフルを持っていったほうがいいのかな」トムはため息をついた。

武装したボディガード二人を呼んで、急いでゲートを出た。ボディガードのくせに二十メートルも遅れてついてきているが、かまっている暇はない。

ジェブは電動カートを運転していた。荷台に医薬品の小さな箱が三つ載っている。

「これで三百人分です。でも表示によると、使用期限が一カ月前に切れてます」

クリスはカートに飛び乗って、船着き場へ行くように指示し、通信リンクを医務室へつないだ。

「ドクター、ここにあるグリアソン熱のワクチンは一カ月前に期限が切れてるわ。使える？」

「くそっ！」しばらく沈黙。「使えなくはない。通常より量を増やせば。まったく、いざというときに」

「二百五十人に対してワクチンは三百人分よ。追加で製造しはじめたほうがいいんじゃないかしら」

「いまからつくりはじめても、病原体が河川にはいったらもうまにあわない」

「わかったわ。川に流れないようにする」

まだ牧場が水没していなければの話だが。

クレーン付きトラックは出払っていて、ボート変形コンテナも二個出ていた。クリスは残ったコンテナのうち水際に近い一個に駆け寄り、キーボードを叩いた。小さな画面に使用説明があらわれる。数ページ読んで、クリスは六番を押した。コンテナは変形して、エンジン付きの平底船に変形した。全長十メートル、全幅二メートル。舳先は高く、舷側はふくらんでいる。中央に一本の四角い柱がはえ、後ろ側に舵輪、前側にキーボードとスクリーンがついている。クリスは全体を調べて、使えると判断した。

防潮堤では水位の上昇に対抗するために土嚢を積む作業がおこなわれていた。ジェブはボートを水面に出すためにその作業をいったんやめさせた。コンクリート製の防潮堤からほんの数センチ降ろすと、もうそこが水面だ。

ジェブは十数人の作業班を二手に分けた。半分は防潮堤のかさ上げを続けさせ、半分は倉庫に備品を取りにいかせた。

「メンバーは？」ジェブは訊いた。

「わたしと、もうすぐ来る衛生兵一人、それとトムよ。あと何人か、できれば川をよく知っている者がほしいわ」

「エスターの話では、あなたは町にとどまらなくてはいけないのでは？」

「トラック隊には加わらないというだけよ。これはべつ」

「そんなことをしていたら命がいくつあってもたりませんよ。いつか殺される」

「命なら何度も狙われたわ。でもまだ生きてる」

「幸運はいつまでも続きません」

「いいから荷物を積んで」

「わかりました。ミック、おまえ、町をぶらぶらしたいって愚痴ってたな。ひとっ走りアンドレア・ドリアに行って、ホセを借りたいってアディに言ってこい。ここのレディが川の上流へむかうから、最高の川の案内人がいるんだ」

「わかりましたよ、親父さん」

十八歳くらいの若い子が走りだした。

「ついでにオラフも連れてこい。その店にいるデカいやつだ。山間部に行くんだから山登りの場面もあるだろうさ。ナビル、アクバ、おまえたちも来い」

長身痩軀の二人の男が小走りにやってきた。一人は浅黒い肌。もう一人はもっと真っ黒い肌だ。

衛生兵がトムといっしょに到着した。トムはまるで雨のむこうに硝煙が上がっているのを予想しているような形相で見まわした。

「どうなってるんだ?」

尋ねられたクリスは説明した。

衛生兵は船に乗る予定の者全員に予防注射を打ちはじめた。

「クリス、おまえが基地から出るのはまずい」

説明を聞き終えたトムが最初に言ったのがそれだった。ジェブが脇から言った。

「こっちもおなじことを言いましたよ。でも聞いてくれないんで」

ジェブはボートのようすを見た。食糧や医薬品の箱を積んだせいで十センチくらい喫水が深くなっている。

「積み荷についてはホセに最終判断させます。重いほうがいいと言うかもしれないし、積み過ぎだと言うかもしれない。川は荒れてますからね。船のご経験は?」

「実家にヨットが。ウォードヘブンの湖で帆走したことがある」

「それとは似ても似つかない船旅になるでしょう」

「覚悟してるわ」

ホセがミックの前に立ってやってきた。茶色い肌の三十歳くらいの男だ。ボートを眺め、跳び乗り、さらに観察して命じた。

「全部縛って固定しろ。川は荒れ狂ってるんだ。はんぱじゃねえぞ。ミック、パドルと棹を何本かずつ持ってこい」

そばかす顔の若者はまた走っていった。作業をしていた男たちは、大量のロープで荷をボートに縛りはじめた。ホセは、ワクチンのはいった三つの小さな平たい箱を取り上げた。

「このつまらないもののために大騒ぎしてるのか?」

クリスは答えた。

「そうよ。このワクチンを上流に届けないとどういうことになるか、わかるでしょう」

「住民が死ぬ。死体が川に流される。おれたちも全員死ぬ。それがわかってるから協力してるんだ。ジェブ、全員にライフベストを着けさせろ。それから袋を三つ。ここの海軍さんの体に薬を固定する」

荷馬がわりにされるのは気にいらない。反論しようと口を開きかけた。しかしホセはそれをさえぎった。

「いいかい、ねえちゃん。このボートの船長はおれだ。おれが宇宙にいて——」ホセは天を指さした。「——そこで生き延びたいときは、あんたの指示に従う。あんたはでかい口を叩けるだろう。でもここでは、このホセ様が川のことを一番よく知ってる。こいつをそこの住民に届けたかったら、ホセ様の言うことを聞きな。そうすりゃ生き延びられる」

案内人は顔をしかめて前方の入り江を見た。

「この湾にも沈み木や切り株や、巻きこまれやすい渦がある。川はもっとひどい。でもホセ様がいりゃ、たぶん無事に着ける」

「たぶん、ね」

「ホセ様なしじゃ確実に死ぬんだから、たぶんのほうがマシだぜ」

脇からジェブが言った。

「こいつの言うとおりにしてやってください。でないと部下を安心して出せねえ」

「いやだと言ってるわけじゃないのよ。薬をわたしたちが身につけるのが一番いいの？」

ジェブは答えた。

「身につけて川に落ちたら、あなたは浮きます。みんなあなたを救おうとがんばります。この箱だけが川に落ちたら沈んじまう。沈まないように手を打たなくちゃいけないが、ホセの方法が一番いいんですよ」

「そのようね」クリスは納得した。

十分後、積み込みが完了し、ボートは船着き場から出発した。クリスは岸のジェブに大声で言った。

「中佐より先に帰るつもりだけど、まにあわなかったら、行き先を中佐に伝えて」

「手首の機械でいま伝えればいいじゃないですか」

「むこうはむこうで仕事をしてるのよ。心配させてもしかたない」

「そうですね。ロングナイフの御令嬢じゃ心配だ」

クリスは肩をすくめて、水の汲み出しをはじめた。ボートを開いてからいままでに降った雨が、平たい船底に一センチ以上たまっていた。揺れにあわせてばしゃばしゃと跳ねるその水を汲み出すのが、手の空いている者の仕事だった。

トムがクリスのむかいで水を汲みながら言った。

「問題の人々がどれくらい幸運かわからないな。船着き場で連中が手を振ってたけど、この荒れた川じゃ、あいつらだって運がいいとはかぎらない」

クリスは自分の背中にしばりつけられた荷物を指さした。

「トム、これを川上へ運ばなくちゃいけないのよ」

「だれかがな。そうすればだれも死なないし、おまえは自分の仕事をできる。歴史の本に出てくるロングナイフ家の先祖は、ただのわがままだったんじゃないのか？　他人に仕事をまかせることを知らないやつってだけだろう」

クリスは反論できなかった。

ホセはボートを全速力で走らせはじめた。約十二ノットだ。湾内の波はうまく乗り越えていった。うねりを乗り越えるたびに水飛沫をあげる。それらのほとんどは舷縁の外に落ち、なかには少ししかはいってこない。

順調に進んでいたが、突然、水中に沈んでいる木に船底がひっかかった。衝撃があって、ガクンとスピードが落ちた。エンジンをふかしても脱出できない。

「くそったれ」

ホセは言って、舳先をまわしてエンジン回転を落とした。左舷の水面からほんの数センチのところに、太い枝が沈んでいる。直径二十五センチくらいある。折れた部分のささくれも見える。

ホセはシャツのポケットからペンのようなものを抜き、伸ばして一メートルくらいの棒にした。水中の枝が安定するのを待って、その棒を突き刺す。棒の反対側からは赤い炎が上がった。ホセは無線機にむかって話しはじめた。

「アディ、引き揚げ台のそばに沈み木がある。目印をつけた。こいつを処理してくれ」

女の声が応じた。

「発煙は見えたわ。いまそっちへむかってる。なにか厄介なことになってる?」

「たぶんな。スクリューが曲がったみたいだ。牽引してもらわないといけねえ」

「いっしょにやっちゃいましょう」

しかしクリスとしては引き返すのは不本意だった。汲み出し用のバケツを捨てて、中央の制御パネルにむかった。

ホセは、男の意地っ張りと目下の者が出しゃばってきた不快感が混ざった表情だ。

「なにかできるってのか?」

「できるかも」クリスは舵輪の反対側のキーボードを叩いた。画面に光がはいる。「タイフーン号では流動金属を戦闘中に制御するのが仕事だったわ。この金属も自己修復させられるかもしれない」

「本当にできんのか？」

「とにかくやってみないと」

画面は小さく、操作は数字キーしかない。複雑な選択画面を何枚も開いて、ツリーをどんどん深く潜っていった。英語に不慣れなエンジニアがシステムを設計しているようで、よけいにわかりづらい。

トムが訊いた。

「いきなり水中に放り出されるんじゃないだろうな」

クリスはその可能性を真剣に考えた。長身のナビルと大柄なオラフもうなずいて、その懸念に同調している。

「そうならないように努力するけど、ライフベストはしっかり着けて。宇宙船乗りは水の上でなにをやらかすかわからないわよ」

「いい冗談だな」トムは笑わなかった。「こいつが宇宙でしくじったら、おれたちは真空に放り出されてたわけだからな」

しかしオラフはライフベストのハーネスをしっかり締め、ナビルは波立つ水面を不安げに見た。

推進系修復という項目をみつけた。〝平底船〟がみつかり、〝スクリュー〟があった。その〝修復〟のキーを押した。

画面がまたたいて消えた。

「直ったのか？」

ホセが訊いた。クリスは確信が持てないまま答える。

「やってみて」

ホセはゆっくりとスロットルを押し上げた。すぐにボートは進みはじめた。

「いい感じだ。うまいじゃないか！　この調子で舳先のへこみも直せるか？」

舳先の内側にへこんだところを指さす。

「やってみるわ……乾いた大地に上がったら」

その返事に、船長からも乗組員からも笑い声が上がった。

ホセはエンジンを全速より少し下げた。長い棹を持たせた二人を舳先の見張りに立てて、あとの者は水の汲み出しにもどらせた。クリスは舵輪のところへ呼び寄せる。

「湾の地図は持ってるかい？」

クリスはリーダーを取り出し、水面が広がった入り江の最新画像を出した。それに災害以前の地図を重ねる。

「これでわかる？」

「ああ。ここに沼があった。流れこむ川は三本、流れ出す川は十数本。いまはなにもかもいっしょくただ。道をまちがえたと気づいたときにはずいぶん進んでたってことになりかねない」

クリスはGPSボタンを押した。画面上に＋マークがあらわれる。

「これか。おれも持ってたが、質にいれちまった」

「ちゃんと機能するはずよ」

クリスはリーダーをホセに渡し、水の汲み出しにもどった。

川に出たときは体でわかった。ホセはエンジンをいったん全開にして、また落とした。木の幹が水面から突き出しているのがかつての川岸の目印だ。雨がやんで水が引いても、世界がもとどおりになるまでずいぶんかかるだろう。

クリスは立ち上がって背伸びをして、ホセのほうをむいた。

「川の中央を進まないの？」

「それじゃ来週までかかっちまう。流れが五、六ノットあるんだ。近づかねえほうがいい。といっても木に衝突したくもねえ。ナビル、アクバ、目を皿にして前を見てろ。立木や岩にドカンてならないようにな」

雨が強くなり、視界がボートの全長分くらいしかなくなった。ホセはスロットルを絞り、速力は大きく鈍った。見張りは棹を使って、岩や、木の茂みや、ときには建物から舳先をそらしていく。なかなか進めないのはしかたない。

クリスは本流のほうを何度か見た。しかしそちらは無理だった。かつては故郷の星の湖のように穏やかだったのかもしれないが、いまは濁流が逆巻き、白波をたてている。木をマッチ棒のように倒し、岩をも砕く力を持っている。冠水した岸が危険だというなら、本流には確実に死が待っている。

上流への遡行はのろのろとして危険がいっぱいだった。棹で木を押して離れれば、気まぐれな流れにつかまって横向きになり、慎重に通過したばかりの岩に叩きつけられた。大柄なオラフでも押して離れるのに一苦労だった。全員が棹やパドルを握り、全員の手で岩を押した。ボートのバランスが崩れ、へこんだ舷縁から水が流れこんできた。

「そこの海軍は左舷《ポート》へ行け。ちがう、反対だ。左だ」

トムがあわてて右へ行こうとして、ホセから怒鳴られた。クリスは荷物を縛ったロープにつかまりながらなんとか左舷へ移動した。右舷のへこんだ部分（穴はあいていない）が水面より持ち上がった。ナビルとアクバが押して舳先を離した。ホセは百メートルほど流されるままにして体勢を立て直し、エンジンのスロットルを開けて、ふたたび荒れ狂う流れとの格闘をはじめた。

クリスは時計を見た。このぶんでは暗くなるまえにアンダーソン牧場に着くのは難しい。中佐に連絡しようかと考えたが、やめた。もうここまで来たのだ。反逆罪や命令不服従で絞首刑になるにしても、それはあとのことだ。いまはやるべきことがある。川との戦いに集中した。

雨は滝《シーツ》のように降っていた。トムは雨がシーツなら、それにあわせた枕カバーが必要だと言いだした。ミックは、ベッドさえあるならシーツはなくてもいいと言った。オラフは、その場合はだれとだれがいっしょに寝るんだと尋ねた。みんな疲れてびしょ濡れだったが、声をたてて笑った。荒れた川をさかのぼるには一番の仲間たちだと、クリスは思った。

数時間たつうちに、クリスは濡れて体が冷えてきた。体のあちこちが痛かった。ボートにはただ乗っているわけにはいかない。しっかりつかまっていないと、流動金属の船体や食糧の箱に叩きつけられて、ワクチンのガラス容器が割れてしまう。だからいつも中腰になって、船底の水の汲み出しをやっていた。船が揺れると膝を曲げ伸ばしして揺れを吸収した。トムと乗った実家のヨットのオアシス号とはまるでちがう。もうジャクージより広い水面には近づきたくないかもしれない。

ホセが、荒れる本流との中間あたりで水面から突き出た屋根を指さした。

「あれがホルモサの家だ。アンダーソン牧場は次で、五キロ上流にある。もうすぐだ」

船長はそう言って、川すじにそって曲がった。すると、本流から分かれてきた流れにいきなりつかまった。ホセは舵輪を両手で握り、支柱を両膝ではさんで、渦巻く流れと格闘した。

ボートははげしく上下に揺れた。今日最悪の揺れだ。トムはつかまっていた手がはずれて、舷縁のむこうに落ちそうになった。クリスはそのベルトをつかんで引きとめた。ところが次の揺れでクリスも落ちそうになった。ミックがつかまえてくれなければ落ちていただろう。

ミックは貨物を縛ったロープに片足をからめていた。最後はオラフが貨物の上を這ってきて、トムとクリスを大きな手でつかみ、仔猫のように船底に放り投げた。

クリスはしばらくそのまま腹ばいになって呼吸を整えた。上からは雨に降られ、下からは船底の水がしみこんでくる。今回は本当にやばかった。もう少しで終わりだった。よろよろと起き上がった。両手で貨物のロープをつかみ、片足は三分の一までそのあいだにつっこんだ。

「ありがとう、ありがとう、クリス」トムが言った。

「みんな、ありがとう」

クリスは夕闇が迫るなかで全員のほうを見上げた。ホセが笑って答えた。

「おれたちからも礼を言うぜ。帰ったらすげえ土産話ができる」

オラフとミックはそれを考えて機嫌をよくしたようだ。ナビルは首を振っている。アクバは舳先で沈み木を探していて、顔も上げなかった。

本当に夕闇が濃くなってきた。時計を見ると、まだ暗くなるには早い時間だ。理由の一つは降りつづく雨のせいだろう。もう一つは、谷の南側に高さ三百メートルの絶壁がそびえ立ち、その陰にはいっているせいでもあるだろう。

ホセが全員にむかって話した。

「アンダーソン牧場を五、六キロ通りすぎると早い瀬がある。あんまり行きすぎるとヤバいことになるから、よく見張れ」

クリスはネットワーク経由で呼びかけてみた。しかし雑音しか聞こえない。

「ネリー、無線でサーチしてみて。全員呼び出し」

ネリーの報告は応答なしだった。クリスはホセと乗組員に言った。

「きっとバッテリーが切れてるのよ。応答がないからといって、なにも結論は出せないわ」

そう言いながら自分も不安になった。

ナビルとアクバは手持ちのライトをかざしていた。雨はすこし弱まっている。この闇のなかではたいした助けにはならない。それでもナビルのライトは、百メートル先にある浸水した家屋の残骸をとらえた。ホセはエンジンを絞ってゆっくり近づいていった。上の階の屋根は焼け落ちている。焦げた太い柱が何本か水面から突き出している。川の水が迫った床に、二つの頭蓋骨が転がっていた。

「安らかに眠りたまえ」

ホセは十字を切ってそこを離れた。クリスは言った。

「死体を焼いたと無線で言っていたわ。きっとこれよ」

「これは旧宅だ。アンダーソン一家が五十年前に住んでたところだ。いまの住居はあっちにある」

ホセは左のほうを指さし、ボートはゆっくりとそちらへむかっていった。また雨が強くなってきた。浸水したべつの建物をみつけたときには衝突寸前だった。平屋の壁の半分くらいまで水に浸かっている。

「これは家畜小屋だ。フェンスを探せ」ホセは命じた。

クリスは基地に連絡してみることにした。

「ハンコック中佐、こちらロングナイフ少尉です」

しかし雑音しか聞こえない。もう一度呼びかけたが結果はおなじだ。

「ネリー？」

「崖の陰になっているからだと思われます。ここからでは通信衛星をとらえられません」

ホセが割りこむように言った。

「これだけ暗いともう流れのあるところへは出せねえぜ」

「そんなつもりはないわ」クリスは答えた。

「フェンスがありました」

舳先のミックが大声で言った。ホセは右へ舵を切った。

「このへんに門があるはずだ。エンジンは切るから棹を使え」

門はみつからなかったが、フェンスの切れ目がみつかった。ボートはそこを抜け、ふたたび闇のなかに出た。浸水した建物がライトで浮かび上がる。ボートの船底が水中のなにかをこすった。ホセはまたエンジンを切り、棹で進んだ。雨が小降りになり、視界がすこしよくなった。見まわすと、そこは農場の中心部だった。母屋、納屋、その他の建物がまわりに並んでいる。どれも浸水し、明かりは見えない。

「住民はこのあたりにいるはずだけど」

クリスは顔をしかめた。ホセもおなじ表情で言った。

「崖に近いほうに干し草納屋が二棟あった。家屋も一、二軒あったはずだ」

ホセが指さす右のほうへ、棹でボートを進めていった。最後の納屋を通りすぎて、ふたたびフェンスが始まると、流れが強くなって棹では進みにくくなった。ホセはエンジンをかけようと手を伸ばした。

「待って。なにか聞こえる」

雨と川の音で聞き取りにくい。しかし沈黙し、息をひそめていると、鈍い轟きがわかってきた。ホセがつぶやいた。

「滝だ。音からすると大きな滝だぞ。しかしこれだけ流れがあると棹だけじゃ進めねえ」

ふたたびエンジンがかけられた。ただし低速だ。

通りすぎていく土地は、もとはゆるやかに起伏する地形だったのだろう。雨に濡れた牛が小さな島になったところに立っていたり、泥水につかってもがいていたりした。低い島に避難していたらしい群れも見た。哀れな姿だが、それでも持ち主からは大事にされているのだろう。雨がやんだらまた牛を増やすことを狙って、少数の群れをまとめたにちがいない。しかしその牛たちの肩まですでに水に浸かっている。通りすぎる人間たちにむかって哀れな低い鳴き声をたてた。

ナビルがアクバにむかって小声で言った。

「なにも残ってなさそうだな」

しかし舳先のオラフが大声で言った。

「正面になにか見える。焚き火みたいだぞ」

ホセはエンジンを停めた。雨の音と川の轟きがうるさかったが、人の話し声はやはり聞けばわかる。オラフは両手を口にあてて、よく響く声で怒鳴った。

「おおい、牧場！」

三度目の呼びかけで返事があった。

「牧場がどうした？　何者だ？　こっちにはライフルがあるぞ」

船長は叫び返した。

「ホセだ！　ボートいっぱいに薬と食糧を積んでる。上陸したほうがいいんじゃねえか？　でないと通りすぎちまうぞ」

「一晩係留する場所は用意してやれる。ロープはあるか？」

「ロープはある。縛りつける木はあるか？」

「ない。でも食糧があるなら、一晩じゅう手でつかんでてやってもかまわないぞ」

霧のなかから六人の人影がゆっくりと出てきた。一人が手を挙げた。オラフがロープを放る。それを六人が力強く引き、ボートは泥の岸に引き揚げられた。

「いや、よく来てくれた。他のボートはないのかい？」

クリスはくるぶしまで沈む泥の上に降り立って答えた。

「一隻だけよ。他の住民は？」

「一部は状況が悪くなるまえに出ていった。残った者はいくつかの屋根の下で身を寄せあって眠ってる。何人かはこうして不安で外のようすを見ている。無線のメッセージは聞いてくれたかい？」

「グリアソン熱の話は聞いた。ワクチンといっしょに衛生兵を連れてきたわ」

ボートから降りてくる衛生兵を指さした。大きな二つのバッグには、赤十字と赤新月と赤い星が描かれている。

クリスは代表らしい男に手を差しのべた。

「人類協会海軍のクリス・ロングナイフ少尉です。よろしく」

霧のなかでだれかが言った。

「ロングナイフ家の人間が性懲りもなくこんなところまで出てきたのか？」

しかし差し出された手と笑顔は友好的だった。灰色の髪でボロボロの服を着た男だった。

「ようこそ。おれはサム・アンダーソン。この牧場の二代目だ」そして霧と闇のなかを見まわす。いま残っているものと、かつてあったものが見えるように。「そしておれの代で終わりらしい。人と子どももいる。夜が明ける前にこの崖を登りはじめたほうがいいと思う。そのためには足腰の弱い者をボートで脱出させたほうがいいだろう」

クリスは全員が降りたボートの船体を見た。

「ここにいるのは全部で何人？」

「今日三人死んだから、九十八人だ。だから？」

「このボートはちょっと変わってるのよ。見ためどおりじゃない」クリスは画面をつけて最初のリストをスクロールさせた。「〝河川用はしけ／動力付き〟というのがあるわ。トラックなら十トンまで積める。人なら百十人まで。大きさは十五メートルかける六メートル。端から三十センチの余地を残せばめいっぱい積める。ホセ、こういうのを操船できる？」

「明日だな。暗いと無理だ」

「今夜水位が上がるかもしれないから、いまのうちに変形させておくわ」

「そのほうがいい」サムが言った。

クリスは形態変換ボタンを押した。クリスをかこむ金属の壁が闇のなかで輝き出すのがわかった。高かった舳先が低くなった。舷側は倒れて、幅三メートルだったのが六メートルへ拡大していく。

ところが突然、ボート全体がぐにゃりとなって地面に落ちた。これもプロセスの一部なのか。しかし金属の板状だった部分が崩れ、雨水とまざって水たまりの底に沈みはじめた。クリスは制御パネルの支柱をつかもうとしたが、それも崩れていく。しゃがんで地面のものをすくおうとした。それは泥と流動金属がまざったものでしかなかった。金属成分は手のなかで水銀のような玉になっていく。

「どうなってるの？」

クリスは声をあげた。まわりの者たちも悪態をついている。流動金属を地面に投げつけたい衝動をなんとか抑えた。

「だれか急いでわたしのバックパックからワクチンの瓶を二本出して、なかを空にして。この溶けたのを詰めるから」

トムはクリスのバックパックを開きながら訊いた。

「ワクチンを捨てるのか?」

「ワクチンは三百人分持ってきたわ。でもここにいるのは百人だけ。このボートがどうなのか調べる必要があるのよ」

「調べるまで生きていられればの話だがな」サムが苦々しく言った。

クリスとトムはボートの残骸のサンプルを瓶にいれ、蓋をした。片方にはかなり泥がまじった。オリンピアらしいといえばいえる。クリスは他にもっとサンプルはないかと周囲を見た。しかし短時間で痕跡は消え、平底船が存在した証拠はなにもなくなった。

サムが低い声で言った。

「物資を濡れないところへ運ぼう。朝までに溺れ死ぬなら、満腹で溺れたい」

「ずいぶん悲観的だな、サム」ホセが言った。

「一年間灰色の空と、死んだ牛と、育たない穀物を見て、閉所熱にくわえてグリアソン熱まで出たら、だれでもタオルを投げたくなるさ」

「かもな。おいみんな、食糧をここの人たちに配るぞ。腹が減ってたらまともな判断はできねえ。水位も上がってきてる」

ボートの乗組員たちは積み荷を運んだ。雨と霧のなかからあらわれた十数人の牧場の働き手も手伝った。ボートの男たちは黙っていた。牧場の男たちは一時中断されていた会話にもどった。

「筏《いかだ》をつくるのはどうだ？　まだ家が二軒残ってる。壁を剝がして、それに乗って下流へくだったら」

「壁は木と漆喰なんだぜ、テッド。一時間も浮いていられねえ。そもそもボートみたいに人数は乗れない。そうだろう、ホセ？」

「川は荒れてる。絶対無理とは言わないがな。いつでも奇跡はある」

「おれは奇跡なんか信じないぜ。崖を登るのはどうだい？　ガキのころはよく登ったじゃねえか」

「ああ。十歳のときはてっぺんまで登った」

「ビル、最近じゃフェンスにも登らないくせに」

鼻を鳴らすのが聞こえた。サムは指摘した。

「そもそもガキのころに登ったのはラッキーズトレールだ。そこまでの道は二メートル以上浸水してる。とするとラバーズリープしかない。これはさすがにだれも登ったことはない」

アクバがそっと訊いた。

「それはどこなんだい？」

「このすぐ裏さ」サムは答えた。

アクバはライトで照らした。雨と霧を通して岩肌と斜めにはえた木が見えた。泥水が流れ下っている。ライトはすぐに消された。

「登るのは無理だな」とナビル。

「ロープなら何本か持ってきている。そっちは？」アクバが訊いた。

「いくらかある」

二棟の建物に移動した。一方は小さな牛小屋だった。外では四頭の牛が雨に打たれ、追い出された小屋を不機嫌そうに見ていた。

もう一方は部屋が一つだけの小さな家だ。クリスが尋ねるまえにサムが答えた。

「新婚夫婦が希望すれば、最初の一年をここで暮らしたりするんだ。さて、みんなの朝食を温められるかな」

家のなかでは二十人以上が床に雑魚寝していた。一つのベッドに三人の女がいっしょに寝ていて、発熱で汗まみれになっている。それを二人の女が看病していた。衛生兵はもちろんそちらへ行った。

クリスはサムとともにキッチンのほうへ行き、制式戦闘糧食を温めはじめた。コーヒーの匂いに惹かれて人が集まってきた。彼らは自分の分を食べて飲むと、また雨のなかへ帰っていく。

状況が落ち着いてきたところで、サムはクリスの肘をつついた。

「話がある」

クリスはキッチンテーブルに移動した。サムと、妻のカレンと、ブランドンと紹介された大男がいた。ブランドンの握手はクリスの手を握りつぶしそうだった。三人はすわっていて、クリスはそこに四人目として席についた。

「で、どうするんだい？」ブランドンが訊いた。

クリスは、サムかその妻の発言を待った。しかし二人ともクリスを見ているだけなので、しかたなく話した。

「グリアソン熱の患者は衛生兵ができるだけ治療しているわ。もうすぐ全員にワクチン接種をはじめると思う。そのあとは……」

クリスは言いよどんだ。ブランドンが訊く。

「そのあとは、死ぬのかい？」

「まさか」とカレン。

「いや、死ぬしかないさ」ブランドンはくりかえした。

部屋の者たちは壁によりかかったり、床にすわったりしている。目覚めている全員がテーブルの四人に注目し、自分たちの運命を聞こうとしている。

ブランドンはテーブルではなく他の聴衆のほうを見ながら言った。

「直視するんだ。水位は一時間に四、五センチずつ上がっている。夜明けまでにはここも足首まで浸かる。だれも助けには来てくれない。海軍は来たが、結局助けにはならない。手品みたいにボートを出そうとして失敗した。ロングナイフ家の人間でもこのざまだ」

クリスは反論した。

「たしかにいまはおなじ運命ね。でもわたしは朝に死ぬつもりはないわよ」

ブランドンはバカにしたようすで鼻を鳴らした。

「ヘリコプターがやってきて拾い上げてくれるとでも思ってるのかい、お嬢さん？　忘れたかもしれないが、酸性雨のせいで、この星の飛行機やそういう便利なおもちゃはみんな他の星に売り払われたんだ。海軍が持ってきたのか？」

「いいえ」

クリスは、自分を注視している人々に嘘をつきたくなかった。見まわしてみる。期待がかけられているなら、どんなに重くても背負うつもりでいた。しかし周囲にあったのは希望のない無表情だった。彼ら自身も死を覚悟しているようだ。クリスは息を飲んだ。この人々は希望を求めているのではない。死の宣告を待っているだけなのだ。

「ようするに、この二十四世紀の世の中にあっても、おれたちは自分たち以外に頼るものはないってわけだ。もちろんおれたちは必死で努力した。しかしだめだった。だったら、おれたちが死ぬときはこの泥の惑星も巻き添えにしてやる」

この愚かな主張を聞いても、だれも身じろぎしなかった。サムとカレンもテーブルを見つめるだけ。川をさかのぼる途中で遭遇した牛の溺死体とおなじように死んだ目をしている。どうしてこれほど絶望的になれるのか。希望をなくせるのか。

ブランドンは続けた。

「惑星を殺しちゃいけないってことはないだろう。おれたちになにもしてくれなかった。サムが受けた提案はひどいもんだ。ロングナイフのお嬢さんは知ってるか？　サムに提案したのはあんたのじいさんじゃないのか？」

「祖父アレックスのビジネスについてはよく知らないわ。忘れているようだけど、わたしはただの海軍少尉で、泥水の川を遡行して、いまはパドルをなくしたところなのよ」

みんなそこで笑ってくれ。感情を見せてくれ。しかし人々は床を見つめるままだ。

「サムはこの土地を二束三文で買い叩くような提案をされたんだ。どう思う？　この災害が終わったら、おれたちはただの賃金奴隷だ。地球の工場労働者みたいにな。おれはそんなふうに生きたくない」

そういうことだ。クリスは深呼吸した。彼らは人生を賭けてきたものを失いかけている。自由な空の下で働いていたら、その空にすべてを奪われた。なにも望まず、なにも得られない暮らし。そして川の水位が上がるなかで、ブランドンを初めとしてみんな自棄《やけ》を起こしている。

クリスはゆっくりと周囲の人々を見まわした。壁にもたれて立ったり、床にしゃがんだりしている。打ちひしがれ、希望をなくし、ただ終わりを待っている。

さあ、ロングナイフ少尉、どうすればこの人たちに生きる希望を持たせられる？

これはリーダーシップの問題だ。クリスはたまたま目があった女に訊いた。

「あなたは死にたいの？」

女はギクリとして目を伏せた。クリスはそばの壁に立っている男に訊いた。

「そうなの？　泥にまみれて死んで、川に流されたい？」

男は肩をすくめた。

生後数カ月くらいの赤ちゃんが泣き声をあげた。母親がやさしくあやし、胸をはだける。

クリスは強い口調で訊いた。

「その子を溺れ死なせたい?」

「いいえ」母親は頰に涙をつたわせて答えた。

「でも覚悟しないといけないわよ。この男が言っているのはそういうことだから」クリスは立ち上がった。「たしかにあなたたちはひどいめに遭っているわ。たぶん、いま現在で人類宇宙のだれよりも」

ゆっくりと見まわし、一人一人の顔を見ていった。そうやって顔を上げさせ、話を聞かせる。

「サムの父上が五十年前にここで牧場を開いたとき、たくさんの会社が融資話を持ちかけたと思うわ。所有権の半分を手にいれて、実質支配することを狙って。でも父上はそれを断った。お金は借り入れにとどめ……きちんと返済した。それも期限より早く」

そこはただの推測だったが、正しかったようだ。サムは誇らしげにうなずき、ブランドンはしかめ面をしている。

「では教えてあげるけど、そんな形で金を貸したいと思っている銀行はいくらでもあるのよ。もちろん列車の事故現場に人を送って書類にサインさせたりはしない。そこまではやらないにしても、今回の騒ぎが終わって太陽がまた出てきたら、銀行はおもてに出てくると思う」

「おれたちに金を貸すってのか、ロングナイフ？」

ブランドンが吐き捨てるように言った。しかしクリスは襟の金線をしめした。

「ブランドン、聞いたことを憶えていられないようね。わたしはただの海軍士官だと言ったはずよ。海軍は金を貸したりしない。この危険な状況からできるだけ多くの人を生きて救い出すためにここに来た。でもブランドン、あなたの考え方はおかしいわ。あなたはグリアソン熱で川を汚染して、この惑星の全住民を殺すと言っている。みんな、わたしといっしょに考えてみて」

クリスはまたゆっくりと見まわした。みんな顔を上げ、注目している。

「グリアソン熱の病原体を川にいれれば、ポートアテネは汚染される。住民たちはいまでも病気と飢えに苦しんでいる。そうなればバタバタと死んでいくでしょう。救けに来たわたしとおなじような人々よ。それがあなたたちのお礼なの？」

何人かが首を横に振った。ようやくまともな反応が出はじめた。

「ポートアテネより南でも人々が飢えているわ。海軍は全力で食糧を輸送している。病原体が川にはいれば、その地域にも病気が広がることになる。グリアソン熱の死亡率は五十パーセント。つまり夫婦で感染したらどちらかが死ぬ。息子と娘が感染したらどちらかが死ぬ。でもそもそも住民たちは飢えて体力が落ちているわ。四人に三人が死ぬようになっても不思議ではない。だとしたら、家族で感染したら一人しか生き残れない。あなたかもしれないし、娘かもしれない。六歳の孤児をだれが育てるの？　熱病で死ぬよりもっとひどい結末が待っている」

これまで虚ろだった目に、感情と恐怖と怒りがあらわれている。そうだ、やっとつかまえた。

「でもブランドンの話の一番不愉快な部分はべつにあるわ。グリアソン熱でオリンピア星の全住民が死んでしまっても、その家や、納屋や、トラクターは残る。死者たちが一生かけて築き上げてきた農場や牧場は残っている。それらは二束三文で買われるのよ。買った他惑星の企業は、利益めあてに安く雇った労働者を送りこんでくる。もちろん着陸するまえに軌道上で――」空を指さし、「――ワクチンを注射してくるわ。いま衛生兵があなたたちに打とうとしているワクチンを。そうすれば水が病原体で汚染されていても関係ない。ワクチンのおかげで健康に、企業のために天命が果てるまで働きつづける。おかしな話でしょう？」

クリスは鼻を鳴らした。だれも笑わなかった。

そのタイミングで衛生兵はバッグから注射銃を取り出した。ワクチンの容器をいれ、ダイヤルで量を設定する。屋内に一つだけのランタンの光で確認してから、見まわした。

「注射を受けたい人は？」

赤ん坊を抱いた女が上着を脱ぎ、肩を出した。衛生兵はそこに注射銃をあてた。カチリと音がして完了だ。女は赤ん坊のおしめをずらして小さなお尻を出した。そこにもカチリ。

サムも上着を脱いだ。カレンも。列ができていった。

クリスはサムのほうをむいた。

「ラバーズリープを登攀《とうはん》するクライマーが二人いるわ。ロープはどれくらいある？」

「いくらでも」

クリスは人々を見まわした。

「わたしたちといっしょに崖を登りたい人は名乗り出て」

16

「で、クリス、だれが崖を登って、だれが下に残るんだ？」

トムが牧場関係者に聞こえないように耳打ちした。小声でも声の震えは隠せない。

「いやならやらなくていいのよ」

クリスは答えた。今日のトムにはもう充分働いてもらっている。

しかしトムは怒りで声をこわばらせた。

「冗談じゃない、ロングナイフ。一人は下に残らなくちゃいけない。上の優秀なやつらが次の行動をはじめるときに、残った連中の尻を叩くやつが必要だからな。それにはおまえが適任だろう。ロングナイフ家の人間がいれば、みんな取り残されたとは感じないだろう」

トムは自分で理屈を言って、肩をすくめた。

「つまり、登るのはおれだ。登れなかったらだれかが下のおまえたちに知らせる。頂上まで登れたら、たぶんネットにつないで救助を呼べるだろう」

クリスはうなずき、抑揚のない声で答えた。

「筋が通ってるわね」

「ああ。なのになぜか気にいらない」

その理由はいくらでも思いついたが、クリスは「どういうこと？」と訊いた。

「おまえと最初に会ったときに気づくべきだったんだ。ロングナイフ家の人間のそばにいると勲章《メダル》をもらうはめになる。おれは母ちゃんから言われてるんだよ。勲章《メダル》なんかもらおうとするな。鉱石《メタル》ならこのへんにいくらでもあるからって」

「あの山に行ってみれば、登攀を助けてくれる妖精さんがいるかもしれないわよ」

「あれは山じゃない。崖だ。そしてそこにいるのは妖精じゃなくて鬼だ。勘でわかるだろう」

「父の寝物語は閣議の議事録と政治情勢報告書だったわ。おとぎ話なんか読んでくれなかった」

「おとぎ話じゃねえ。妖精は政治とおなじくらいリアルな存在だ」

トムの皮肉っぽい笑みがもどってきた。

「その話題であなたに反論はしないわ。じゃあ、元気に山登りしてきて。わたしは暖炉の火を絶やさないように待ってるから」

暖炉が浸水するまでは、とはあえて言わなかった。二人はたいした意味もなく笑った。まわりの人々はそれで安心しているようだ。クリスとトムはいっしょに降りしきる雨のなかに出ていった。

サム、ホセ、そして二人のクライマーの他に、十人ほどの男女が集まっていた。女の一人が熱い紅茶のはいったポットを手渡した。クライマーたちがロープ、ハンマー、その他の登攀装備をかつぎあげた。サムがおおまかな計画を説明した。

「滑車と、巻き揚げ機が二基ある。大納屋から持ってきた。もっと早く使えばよかったんだが、ここまでひどくなるとは思わなかった。すまない」

「おれたちも予想してなかったよ」牧場の従業員の一人が言った。

「二本のロープをここで縛って固定する。そっちは伸ばしながら登ってくれ。頂上に着いたら滑車を引き揚げてもらう。そして巻き揚げ機の出番だ。住民たちを上げていく。最悪の場合は最初から最後まで巻き揚げ機だけが頼りになる。体力の残っている者はある程度まで自力で登ろうとするはずだ。それでうまくいくだろう」

サムは弱々しく言い終えた。

「上まで登れたかどうかはどうやって知らせるんだい？」従業員が訊いた。

クリスは手首の機械をしめした。

「リェン少尉がいっしょに登るわ。上の準備ができたら知らせてくることになっている。ポートアテネにも救援要請をしてくれる」

ホセが指摘した。

「救援は無理だろう。ここまでに深い谷が三、四カ所ある。迂回するのは距離が長すぎる。だから川をさかのぼったんだぞ」

「ボートと橋を使うように中佐に言って」

「ボートを？」トムがいぶかしむように言った。

「そうよ。わたしたちのも最初はうまく動いた。修理したときも。ハンコックには、三回目は使わないように注意すればいいわ」

「まあ、言うだけ言ってみる」

トムは確信がなさそうに答えた。しかしクリスは、ハンコックは救援に全力を挙げると確信していた。クリスがロングナイフ家の人間だからかもしれないが。

「まあ、ボートは人を見て故障してるのかもしれないわね」

クリスは自嘲気味に言った。これを提供した慈善家がロングナイフ家の特定の子女を殺したがっているらしいという問題は、いまは考えないことにした。

クライマーたちはラバーズリープのほうへ歩いていった。クリスも、この追いつめられた場所で一番高い土地を見てみようと、雨の降る闇のなかをついていった。士官学校では、胸まで水に浸かっての一時間の歩行訓練とか一マイル水泳訓練とかはあった。それらは合格してきたクリスだが、病気で飢餓状態の民間人百人が同行するという要素はさすがになかった。

地面はしだいに高くなった。岩だらけの地面から傾いた常緑樹がはえている。崖に近づくにつれてギザギザに割れた岩が多くなる。岸壁がもろい証拠だ。落石で死ぬ可能性もかなり考慮しなくてはならない。

クライマーたちは分担してロープをかつぎあげることになった。最初にナビルとアクバ、次にホセ、さらに牧場従業員たちが続く。しんがりがトムだ。

クリスはトムを抱き締めて驚かせた。

「気をつけて、トム。あなたのママは勲章なんかほしくないんだから」

「いまごろ言っても遅いぜ」

トムは不機嫌そうにつぶやいたが、最後はこわばった笑みを浮かべた。川を遡上するあいだは少年だったが、崖に送り出すときには一人前の男になっていた。

「朝に会おう」

トムは言って、他のクライマーたちを追っていった。

二本のロープの端は付近で一番大きな曲がった木に縛られている。クライマーたちは巻いたロープを伸ばしながら登っていく。長さは頂上までたりるはずだ。

彼らの姿が霧のむこうに消えるまで待たずに、クリスは自分の仕事にもどった。サムに訊く。

「干し草のロールは残ってる？」

「あまりない。最後に残った家畜をあきらめて食糧にしたのがつい数週間前なんだ。そのあと水位が上がってきた」

「堤防代わりに干し草ロールを積めないかしら」

崖のほうにもどった。リーダーとその明かりが頭上の闇に消えていくようすを見守る。

「どこに巻き揚げ機を設置するつもりかしら」

それはむこうの問題だ。やるべきことは多く、わからないことも多い。とぼとぼともどった。そこは新たな地獄の入り口だった。すくなくともトムならそう呼ぶだろう。

シーキムでの降下作戦のときは準備に四日かけた。そのときは多すぎるほどのデータがあった。結局は正しくないデータだったわけだが。ここにはそれすらない。

シーキムのときは忠勇無双の海兵隊員たちがいた。ここにいるのは三歳から九十七歳までの雑多な人々だ。病気の者や気落ちしている者がいる。ほとんどは疲れて腹をすかせている。

疲れている者は眠らせた。空腹な者には、ボートで運んできた物資で一年ぶりらしいまともな食事を出した。飢えた腹を満たすほどではないが、崖を登る力を出すには充分だ。眠っている者が目覚めると彼らにも食事を出した。幼い者や老いた者はできるだけまた眠りにもどらせた。数カ月ぶりに元気をとりもどした者は、なにかしようと周囲に待機しはじめた。ただ、なにをやればいいかがわからない。

クリスは自力で崖を登れそうな者のリストをつくりはじめた。第一陣に加わらなかったブランドンはそのリストの最上位だ。

「なにもしないのか?」

ブランドンはおなじ質問をくりかえしていた。クリスは三歳児に食事をあたえながら答えた。

「そうよ。ロープと巻き揚げ機は崖の上へ運ばれている。こっちでは干し草ロールを動かして堤防にしている。手伝ってきたら?」

その仕事はすでにブランドンに提案していた。そのとき本人は乗り気でなく、今回もおなじだった。

つるはしとシャベルはある。クリスが知りたいのは水位だったが、それはブランドンにまかせたくなかった。子どもが腹を満たすと、母親が受け取って子守歌を歌いはじめた。クリスは腕の時計を見た。夜明けまで三時間。崖下のここが明るくなるまで三時間半だろう。待つしかない。

古来より女は待つもので、男は戦争や狩りに行くものだった。しかしここには腰抜けの男もいるようだ。ブランドンに背をむけ、ドアへむかった。

出たところで、サムにぶつかりそうになった。驚いて止まった相手にクリスは訊いた。

「川のようすは？」

「あいかわらず水位は上がってる。ここから崖の登り口までの道の低いところが三十センチ近く冠水している。有刺鉄線のフェンスを引っこ抜いてきて、それで歩けるところがわかるようにしている」

「いいんじゃないかしら」

「もう一人の軍人に連絡をとれないか？　上はどうなっているのか」

「できなくはないわ。でも、崖を登っている途中で電話に出たいと思う？」

「それはいやだな。しかし、状況がわからないせいでみんな苛立ってるんだ」

「二百五十メートルまで登って、残り五十メートルで身動きがとれなくなっているのかもしれない」

そういう事態は考えたくなかった。しかしありえる。太陽が昇っても実際の状況はわからないかもしれない。

そのとき、男が走ってきてサムを呼んだ。

「サム、ちょっと来てくれ」

「どうした」

「ベニーがラバーズリープから落ちてきた」

クリスはあとを聞かず、走りだした。男は方向転換し、案内しはじめた。サムはクリスのあとについてくる。たしかに道の途中はふくらはぎまで冠水していた。しかしフェンスの杭がところどころに打ちこまれて標識代わりになっている。杭のあいだの有刺鉄線はそれほど危険そうではない。

崖に近づくと光が見え、そちらへ曲がった。
五、六人の男たちが地面の一人をかこんでいた。一目で状況はわかった。両足も両腕も背骨もめちゃくちゃにねじれている。顔面の深い傷から、岩にバウンドしながら落ちてきたのだとわかる。ねじくれた松の木がおおいかぶさるように落ちている。しかしクリスの注意を惹いたのはそれらではなかった。
チームは先頭のクライマーを交代しながら登っていく。一人のクライマーが一定の高度を稼いで、岩壁や木の根にロープを固定して他の仲間を引っぱり上げる。そのプロセスでなにが起きたのか。ロープが切れたのか。暗くて気づかないだけで、他のクライマーも転落しているのか。

クリスは歯を食いしばって通信リンクを見た。しかしトムに訊くまえに、この遺体に語らせるべきだろう。脇にしゃがむと、ロープの途中をみつけた。先をたどるには遺体を動かさなくてはいけない。クリスは力をこめてひっくり返した。

「おいあんた、ベニーになんてことを」

サムがさえぎった。

「彼女にまかせておけ」

クリスはロープをたどった。血がついていて、クリスの手も血だらけになった。それでもたどっていくと、切れた先端はベニーの潰れた頭蓋骨の下にあった。

「ロープは切られてるわ。ベニーはナイフを持ってた？」

「もちろん」

「ある？」

遺体はふたたび動かされ、親しい知人たちの手で丁寧に調べられた。しかしナイフはなかった。

クリスはロープの断端を握って立ち上がり、深呼吸して、そこから読み取ったストーリーを話した。

「松の木が抜けはじめたときに、彼は自分でロープを切ったのよ」

降下任務を率いるときや、銃弾の飛びから戦闘のさなかへ突撃したときの勇気を思い出した。しかしベニーのような運命に直面したときに、素直に受けいれられるだろうか。仲間たちを道連れにしないために、ロープを切って自分一人で奈落へ落ちていけるだろうか。

通信リンクからトムの声が聞こえた。

「クリス、聞こえるか？」

「ええ、トム。状況は？」

「さっき、まずいことが起きた」

「いまわたしのそばにベニーの体があるわ」

「名前も知らなかったよ。くそっ……」

通信リンクはしばし沈黙した。

クリスの脇でだれかが、「安らかに眠れ」と言って遺体の目を閉じさせた。

トムの声が続けた。

「とにかく、さっきまで難所にいたんだが、そこは抜けた。残りの百メートルは楽そうだ。ただし頂上はまだ見えない。こっちはいま全員集合してる。またあとで連絡する。以上」

「了解。以上」

ベニーは倒れていた場所から動かさないことにした。あとで時間があれば崖を引き上げなくてはならない。ベニーも他のクライマーとおなじくワクチン接種を受けていたが、それまでにグリアソン熱に感染していたかもしれない。接種からわずか数時間で効果があったかどうかは疑わしい。

人々がいる家へもどる道の冠水区間は、すでに膝まで水がきていた。これで決断せざるをえなくなった。夜明けまでまだ二時間ある。全員に防寒対策をして崖の登り口方面へ移動させることにした。

クリスは家にはいりながら、衛生兵に訊いた。

「病人たちは大丈夫だと思う？」

衛生兵は首を振った。

「搬送ヘリかなにかあれば全員生き延びられると保証しますけど、雨のなかを歩かせるとなると……わかりません」

「これ以上待てないのよ。ぐずぐずしていると登り口までもたどり着けなくなる」

衛生兵は目を閉じて苦しげに息を吐いた。

「そして生きているにせよ死んでいるにせよ、全員を崖の上へ運ばなくてはいけないわけですからね。ええ、少尉、患者への義務より公衆衛生への責任のほうが優先です。わかってますとも。わかっていても、不愉快ですけどね」

クリスはその肩に手をかけた。

「今日は不愉快なことだらけよ。登り口にはタープを張らせる。風が出てきているけど、できるだけのことはするわ」

人々を五、六人ずつのグループで雨のなかへ送り出した。一時間後に残っているのはカレンと何人かになった。年配の女が一人残っていた。子どもたちの世話を焼いているうちにグループにはいりそこねたようだ。赤ん坊を抱いた母親も最後まで残っていた。「ひどい咳をしているから」と理由を説明した。

クリスは最後にもう一度、一部屋だけの家のなかを見まわした。食事の容器、ワクチンの瓶などが散らかり、いかにも急いで出発したあとのようすだ。ベッドは毛布もシーツも剝ぎ取られている。病人を運ぶために使われたのだ。室内は異臭がしそうだが、クリスの鼻はとっくにきかなくなっていた。

ダイニングテーブルのランタンを取って、母親と赤ん坊に続いて家を出た。ポーチから降りたところですでに足首まで水がきていた。カレンと年配の女のあとについていく。二人は道を知っているようだ。有刺鉄線のフェンスのところまで来たときには、水は膝まで上がり、流れを感じた。クリスは片腕で母親の肩を抱き、反対の手で有刺鉄線をつかんだ。母親は赤ん坊を両腕でしっかり抱いている。

一番低いところまで来ると、年配の女がこのままでは渡れないことがはっきりした。背が低いために肩まで水に浸かっているのだ。

「ここで待ってて」

クリスは母親に指示して、まずカレンのほうへ行った。そしてカレンといっしょに年配の女をささえて、川のように流れはじめた百メートルほどを渡った。少女時代は女で身長百八十センチもあっても無駄だと思っていたが、いまはあと十センチ背が伸びるならよろこんで伸びたかった。

渡りきると、ランタンをカレンに渡して、すぐにもどりはじめた。

「わたしも行くわ」カレンが言った。

「だめよ。あなたたち二人は登り口へ行って。まだ乾いた地面があるから、そこで体を乾かして」

年配の女が笑い出した。

「この雨のなかで？　無理よ」

カレンは年配の女を連れて歩きだした。

クリスはゆっくりともどりはじめた。信じられないことに、流れが速くなっている。水位も上がっている。ほんのわずかの時間に。

ふたたび母親の肩に腕をまわし、最上段の有刺鉄線に手をかけて歩きはじめた。

「足もとに気をつけて」

母親と赤ん坊に声をかけた。ゆっくりと足を出し、確認してから後ろ足の体重を抜く。そうやって歩いていると、ふいに母親の頭が水中に没した。

やばいと思って、水中に手を伸ばしてなにかをつかんだ。コートの襟だった。有刺鉄線を握りしめた手はちょうどとげのところにかかっていた。手のひらに深く刺さって悲鳴をあげそうになる。しかしがまんした。母親の重みで水中に引きずりこまれたら、悲鳴の分の息ももったいない。

フェンスは案内として設置されたのであって、つかまる場所ではない。クリスと母親の体重がかかると、一番近い杭は泥の地面から抜けた。クリスは必死でもがいた。足をついて水面に頭を出したい。息をしたい。有刺鉄線を放さず、母親にかけた手も放さずにいたい。なんとか全部やりこなした。

片足をついたときには二十メートル流されていた。有刺鉄線と母親の両方をつかんでいる状態で、片足ではいつまでももたない。それでもなんとかその片足でジャンプして、水面に顔を出して肺に空気を取りこむことができた。

次は反対の足を底につけることだ。二度ジャンプして、なんとか両足を泥のなかに埋めた。しかし自分と母親を押し流そうとする水の圧力がきつい。下流へ三歩引きずられて、ようやく水圧に対抗する姿勢になれた。水面に頭が出ると、母親を引き寄せ、その頭も水の上に出してやった。耳もとで叫ぶ。

「息できる?」

「ええ」

危ない状態だったが、母親はなんとか子どもを水の上に持ち上げていた。

「赤ちゃんは?」

「咳きこんでるわ」

「ならいい」

クリスは荒れ狂う水にむかった。底をしっかりと踏み、流れにむかって四十五度近く体を傾ける。手のひらにささった有刺鉄線のとげを慎重に抜き、手のひら一つ分左をつかみなおした。足の位置を数センチずらす。また数センチ。有刺鉄線の次のとげのむこうをつかみなおして、また足を数センチずらす。つかまえている母親を確認して、またくりかえす。

　水は冷たい。出血する手の痛みはすぐに感じなくなった。あとはかじかんだ手で有刺鉄線と母親の襟をどうやってしっかりつかむか。足は棒のようだ。泥から引き抜き、動かして踏みしめる。慎重に、慎重に。ふくらはぎがつりそうなのはがまんして。腿の痛みや、全身に広がるしびれは無視して。

　長い時間がかかった。感覚的には一ヵ月が過ぎ、一年が過ぎた。強い流れのなかを一歩ずつ横断する。永劫《えいごう》の時が流れても太陽は昇らなかった。クリスの苦闘に一筋の光もささなかった。

　水位が腰あたりになって、ようやく母親をつかんだ手を放す気になった。

「ありがとう」

　母親は息を切らしながら言った。赤ん坊はくしゃみをした。それだけで充分な礼を言われた気がした。

　水位が足首のところまで感覚的に一週間かからなかった。カレンとサムが待っていた。カレンがクリスの耳もとで叫ぶ。

「ちっとも来ないから心配してたのよ。大丈夫?」

「いまはね、たぶん」

　クリスは答えた。サムに腕を貸してもらえたのがありがたかった。血を流しているクリスの手をサムは調べた。

「きみが持ってきてくれた医薬品を使えるんじゃないかな」

衛生兵はジプシーの占い師のような難しい目でクリスの手のひらを点検して、注射を打ち、消毒し、包帯を巻いた。

「これじゃ手でロープをたぐって登るのは無理です。引き上げてもらうように手配します」

「この程度で?」

クリスは手を握ってみて、痛みに声を漏らした。激痛だった。力もはいらない。

「ほら、引き上げてもらいましょう」

そう言って、熱病の患者にもどった。

タープと納屋からはずしてきた材木でさしかけ屋根がつくられていた。崖と迫りくる水のあいだの狭い地面に、そうやって八十人が身を寄せあっている。子どもたち五人が、食べて元気になったらしく、水際と大人たちのあいだで鬼ごっこをしていた。それを見て病人も笑顔になっていた。

クリスはやるべきことを探してあたりを見た。

左のほうで落石の音がした。つづいて、黒い服の体が落ちてきた。崖にぶつかり、傾いた松にぶつかる。クリスとサムがそちらへ走っていると、通信リンクが鳴った。

「クリス」

「わかってるわ、トム。もう一人落ちてきた」

アクバだった。下流から連れてきた黒人だ。この転落で命はない。背後では母親が子どもを呼び集めている。自分の運命か、もしかしたら全員の運命かもしれないものから目をそらしている。

トムが通信リンクごしに大声で言った。

「頂上まであと二十メートルだが、いいルートがみつからない。それでアクバとホセとナビルがそれぞれ異なるルートを試したんだが……」

「アクバが選んだルートはハズレだったようね」

クリスは自分から言った。人々のほうを見ると、数人の男女が泥の上にひざまずいて祈っている。彼らの神は耳を傾けてくれるだろうか。首相官邸で日曜日は教会のまえでメディアの撮影用にポーズをとる日だった。父にとって教会はそれだけの場所だったし、クリスもその程度にしか思っていなかった。しかしトムは崖にしがみついて祈っているのだ。どんな神でもいいからその声を聞いてほしいと思った。

トムは続けた。

「そうだ。ホセとナビルはまだ登ってる。アクバが滑り落ちたときも下を見ようとしなかった。海兵隊員がタフなのはわかってたが、たいしたもんだぜ」

「また連絡して」

クリスは通信リンクを切った。そして関係者に対して大声で言った。

「結果はもうすぐわかるわ」

アクバの遺体のほうにもどった。ジャケットから細い鎖がのぞいている。引っぱると、流麗なアラビア文字が書かれたメダルが出てきた。イスラムは偶像を嫌うのだ。

「アッラーは偉大なり」

つぶやきながら、アクバの目を閉じさせてやった。自称英雄のウィリーのときもこんな祈りの言葉が必要だっただろうか。この仕事を続けていくならなにか憶えなくてはいけない。今日溺れ死ななければの話だが。

通信リンクからまたトムが言った。

「クリス、クリス。ナビルがやばい。おい、そこにいろ。動くな」クリスはリンクをつないだまま叫んだ。「ホセが先に頂上にあがるから、無理するなって」

はるか頭上での苦闘をクリスは想像しようとした。任務を部下にまかせたら、上官は結果を引き受けるしかない。黙って待つのが仕事だ。崖の縁でぎりぎりの作業をしている者は、安全な下の地面にいる者からガタガタ言われたくないはずだ。

クリスは自分にできることに集中した。水は登り口の下の地面にも迫っている。アクバの転落地点からすると、クライマーたちは登り口より右へずれた位置にいるらしい。

「手が空いている者は干し草ロールをこっちに積んで」

水の流れる音のなかでもよく通る声で落ち着いて指示した。すぐに立ち上がる者もいれば、すわりこんだまま動かない者もいる。どちらが正しい態度なのかクリスにもよくわからなかった。

「ばか、ナビル！」

通信リンクからトムの大声が響いた。クリスはまた人体が落下してくるのを予期して身構えた。

「よし、やった！　すげえぜ、あの野郎！」

トムは驚きと歓喜の声で続けた。普段穏やかなトムらしくない調子に、クリスは眉を上げながら通信リンクを操作した。

「やったって、なにを？」

トムはすぐ訂正した。

「まだ頂上にあがったわけじゃない。片手片足で宙吊りになって、身動きがとれなかったんだ。それが登れる体勢にもどってる」

「クライマーは無事だそうよ」

クリスは牧場の人々に大声で報告した。数人が十字を切った。他の者は、神に感謝をとつぶやいた。

トムの沈んだ声が聞こえた。

「クリス」

「どうしたの、トム」

そこへ聞き覚えのある、あまり楽しそうでない声が割りこんだ。

「ロングナイフ少尉、下にいるのか？」

クリスは大声で返事をした。

「中佐、来ていただけたんですか」そして人々に叫んだ。「海軍が来たわ。到着したのよ」

通信機器を使わなくても崖のてっぺんまで届きそうな声だった。

「少尉、これから海兵隊を降下させる。状況を管理できていることを願いたい。死にものぐるいで飛ばして、なんとか無事にたどり着いた。いまロープを崖から下ろしている。つまり下を見ているわけだが、下に何人いるのだ?」

クリスは周囲の人々にむかって叫んだ。

「ロープが下りてくるわよ」

崖から垂らされたロープをつたって、ポートアテネで雇った六人の武装警備員が降りてきた。

「人数は八十人から九十人です。それともう一つ……あのボートや橋になる箱は信頼できません」

「身をもって学んだ。一つを移動のためにたたもうとしたら、目の前で消えた。他のケースでは深い谷のむこうにトラック隊の一隊が取り残された。三度目の魔法は効かないようだな。荷物が半分のトラック隊しか残らなかったので早めに基地に帰還した。そうしたら少尉の一人がろくな準備もなく出ていったあとだった」

「そうです。申し訳ありません」

「ずいぶんこたえたようだな」

「大変な一日でした。いろいろと学びました」

「少尉、第一陣としてロープで上がってこい」

「いえ、重症患者が何人もいますから」

すると隣にサムが来て、クリスの声にかぶせるようにしゃべった。

「彼女は第一陣で上がらせます」

「下にも良識ある者が一人はいるようだな。名を名乗ってくれないか？」

「ここの牧場主で、サム・アンダーソンです」

「ハンコック中佐だ。そこの少尉の責任者なので、至急送り返してもらいたい」

そうやってクリスは最初のロープで持ち上げられた。自力で登るのと、引き上げられるのと半々だった。クリスが崖を登りはじめたとき、拍手が起きた。救助が開始されたことへのよろこびだとクリスは解釈した。自分がやったささやかな貢献のためではあるまい。

崖はまっすぐ上がれるところではなかった。一部は岩や砂利や泥の斜面で、傾斜は四十五度以下だった。こういうところでは足を滑らせながらよじ登った。他に三人の重症患者がバスケット型の担架にいれられて引き上げられており、その補助もした。ほかの部分は岩肌でほぼ垂直なので、なにもできず、ただ引き上げられるだけだった。

思ったとおり、中佐は崖の上で待っていた。ジェブと、倉庫作業員もかなりいた。ジェブは手に巻き揚げ機を持っていた。中佐はあまり細かいことを言うつもりはないらしい。ジェブはクリスを見て低く言った。

「おれのトラックへ」

言いながら毛布も渡した。

中佐がしめしたトラックの後部座席には、トムがいた。毛布にくるまって大きな笑顔を浮かべ、熱いコーヒーをすっている。クリスはしめされたポットから自分もついだ。一口飲んでむせそうになる。完全なアイリッシュコーヒーだった。だれかがウィスキーをたっぷりいれている。

「いかにもあなた好みね」クリスは咳をしながら言った。

「うまいコーヒーだ。でもおれの苦闘にくらべたらまだまださ」傷だらけで血のにじんだ片手を出した。「おれは金輪際、椅子にだってよじ登らないぞ」

「衛生兵は次ので上がってくるわ。手当てしてもらえばいい」自分の包帯を巻いた手を見せて、「有刺鉄線は命綱代わりとして不適当のようね」

トムはウィスキー入りのコーヒーを黙って飲んだ。クリスはかじかんだ手でカップを包み、熱がしみこんでくるのを感じた。ウィスキーはよけいだ。

数分後か、数年後か（時間の感覚が麻痺している）、中佐が後部座席に乗ってきた。クリスとトムは移動して場所をあけた。前席には二人の民間人が乗ってきた。運転手がエンジンをかけ、ギアをいれて、降りしきる雨のなかを出発した。ワイパーが忙しく動いているが、後席のクリスからは前方が見えない。運転席からは見えるのだろうか。

「怖いのか、ロングナイフ少尉？」

中佐にからかわれた。クリスはシートに背中をもどしてコーヒーを飲んだ。あれだけの状況を乗り越えてきたのだ。山道を走るくらいのことを怖がっていると思われたくない……運転手は暗闇のなかで無謀なスピードを出しているが。

「最悪の状況は脱した。うしろには衛生兵もいる。すこしくらい無茶してもいいぞ」

中佐は前席の民間人たちにアドバイスした。二人は身を乗り出し、フロントガラスに顔をくっつけんばかりだ。

「ええ、できるだけ早くお送りしますよ。なるべく生きたまま。特急料金はいりません」

中佐は低い声で、

「民間人め。どこかの少尉とおなじだ。いったいどういうつもりだったのだ、ロングナイフ？」

クリスはこの問いを予期していた。

「アンダーソン牧場で流行病が発生していました。それは惑星全体の公衆衛生上の危機でした。計算できる範囲のリスクとして独自に判断をくだし、ボートでの救援にむかいました。わたしたちの行動に支障が出たのは、流動金属のボートの設計に欠陥があったからです。中佐が到着されたときは牧場従業員を救助しているところでした」

これがクリスの報告だ。内容はまちがっていない。言いまわしに演出があるだけで。

ハンコックは首を振った。

「わたしに連絡する暇はなかったのか？　きみの上官を通じてでもよかったはずだ」

「中佐はトラック隊のミッション中でした。アンダーソン牧場に通じる道路はありません。ボートが唯一の交通手段でした」そのボートに問題があったわけだが。「流動金属のボートが溶けて消えるまで、状況はそれほど悪くなかったのです。最初も命令どおりにボートの形になりました。沈み木に乗り上げたときもスクリューを修理できました。他に選択肢はありませんでした」

クリスが自分の行動を説明するあいだ、ハンコック中佐の表情はけわしいままだった。むしろ目もとはよりきびしくなっていた。

「そこまででボートの変形操作を二回おこなっているな」

「はい。しかしそれが問題だとは思っていませんでした」

「途中でもう一度キーボードにさわっていたら、きみと部下たちは全員濁流に放り出されていたわけだ」

「そうなります」クリスは力なく同意した。

「こちらは橋を架けたときにシステムが欠陥品であることを発見した。だれも渡っていないときに壊れた。問題の所在がわかってからは人命をそれにあずけないようにした。しかしきみたちはちがったわけだ。他に選択肢がなかったから、か」

クリスは返事をできなかった。

「リェン少尉。トム、だったか」

中佐の視線がよそにむいて、クリスはほっとした。しかし同時に罪悪感もあった。トムはクリスの命令以外のことはしていない。いや、ここは軍隊だ。クリスが上官であり、トムに命令した。責任はすべて自分にある。

「はい、中佐」トムは答えた。

「他に選択肢はなかったのか？」

「いいえ、選択肢はありました」

中佐は次のセリフにむけて口を開きかけていた。それを閉じて、トムをじっと見る。

「そう考えるわけは？」

「選択肢はいつもあるものです。というか、祖母からいつもそう言われていました。どんな悪い状況でも選択肢はあると」

中佐は皮肉たっぷりに、

「では今日、ロングナイフ少尉はどんな選択肢を見逃したと思う？」

「中佐に連絡するという方法がありました。助言を求めることができたはずです。すくなくともこちらの行動を報告しつづけることはできました。実際にトラックで現地にはいれるとは思いませんでした。あちこちに相談してまわればそのような考えも出てきたかもしれません。しかし、トラックから橋を架けるためのクレーンがありませんでした。そうすると自分たちに可能だったとは思えません」

「しかし考えもしなかったのか？」

「考えませんでした」

「なぜだ」

「クリスがボートで行くと宣言し、それに従ったからです」

「疑問なく従ったのだな」

「そうです」

それは真実ではない。トムは反論し、疑問を言い、不平を言った。しかしクリスは無視した。いつも無視してきたように。

「彼女に命じられれば地獄へも行くのか？」

「はい」

「崖から跳び降りるか？」

「よじ登りもします」トムはニヤリとした。

「聞いたか、少尉？」

中佐はクリスのほうをむいた。しかしクリスはトムの言ったことをすぐには理解できずにいた。

「はい」

「聞いてわかったか？」

クリスは一呼吸おいて答えた。

「わかったと思います」

「きみはリーダーだ。たぶんこのまにあわせのチームで最高のリーダーだろう。そしてわたしの穴を埋めた。その意味でわたしにも相当の責任がある。しかしきみ自身がそのリーダーシップの責任から逃れることはできない。この惑星に降り立ったときからきみはリーダーだ。ここで苦しみ、迷い、もがいている人々がいる。彼らはきみをリーダーとして信用したがっている。そういうものだ。しかし、ロングナイフ、きみは分をわきまえない行動をした。きみは海軍の少尉だ。それは立派なことだが、それでもきみはロングナイフ少尉以上でも以下でもない」

クリスは中佐の話についていこうとしたが、途中でわからなくなった。

「中佐、よくわからないのですが」

「きみはロングナイフ家の一員だ。好むと好まざるとにかかわらず。レイ・ロングナイフはウルム大統領を殺したときにそう言った。きみの曾祖父のトラブルは大隊を率いてブラックマウンテンに登り、一個師団を蹴散らしたときに、〝他に選択肢はなかった〟と言った。ここにいるトムが祖母から、どんなときもかならず選択肢はあると学んだように、きみは曾祖父たちの膝の上で、選択肢はないと学んだわけだ」

「それはちがいます。わたしがレイ曾祖父と会った回数は片手でかぞえられるほどです。トラブル曾祖父は母に嫌われていて、わたしが十二歳のときから家に寄りつきませんでした」そのとき命を救われたのだが。「わたしが海軍にはいったのはそんなロングナイフ家の人々から遠ざかるためです」

中佐は勝手なことを言っている。なにも知らないくせに。そもそもどうでもいいと思っているのだろう。クリスはほとんど飲んでいないコーヒーのカップをおいて腕組みをした。機関銃で群衆を追い払うような無神経なハンコック中佐が、これ以上なにを言おうと無視するつもりだった。

しかしハンコックは黙りこんだ。シートにもたれてクリスを見るだけだ。

車外ではあいかわらず雨が強い。運転台の屋根をバタバタと叩いている。運転手と助手席の男は、「そこに大きな岩がある」「穴に気をつけろ」「そこの泥は深そうだから右へ」となにか話している。

クリスは疲れていた。今回の行動で疲れ、中佐の批判でも疲れきっていた。ハンコックが言いたいことを言って、あとは眠らせてくれることを願った。

するとふいに、中佐は笑みを浮かべた。

「家族とは奇妙なものだ。息子が七、八歳のときに父のところへ連れていったことがある。父が孫と会ったことはかぞえるほどしかない。しかしその週末はおかしかった。息子の癖がわたしの父とそっくりなんだ。七歳といえばかわいくて気まぐれで手に負えない。しかし父が髪をかきあげたり耳を引っぱったりするようすが、息子とそっくりおなじだった。息子と父はほとんど会ったことがないのに不思議だ。なぜ癖が似たのか」

中佐はそう言いながら、右手で髪をかきあげ、耳を引っぱった。クリスは笑い出しそうだった。トムが言った。

「息子さんはあなたの癖を見ていたんでしょう」

「そうだな。もちろんわたしは鏡ばかり見て暮らしているわけではないから、自分の癖には気づいていない。しかし息子は見ている。わたしも父を見て癖が似たのだろうな」

「無意識のうちに」

「そう、無意識のうちに」とクリス。

クリスは組んでいた腕を解いて、髪に手をやった。そして考えていることを声に出しはじめた。

「父が議会に対して言っていたことを思い出します。エディを殺した犯人たちが絞首刑になるまで死刑廃止はしない。それ以外の選択肢はないと。父の口から〝選択肢はない〟というセリフを何回聞いたことか。娘をサッカーの試合へ送り出すときもそうでした。〝勝て。それ以外にない〟と」

トムがあきれたように、

「負けはありえないのか？」

「父の考えではね」

クリスはトムに言ってから、ハンコックのほうに難しい顔をむけた。

「でも中佐、わたしが来たときの基地はひどいありさまでした。放ってはおけませんでした。食堂を掃除して、まともな食事をつくる必要がありました。そうでないなら泥でも食べていたほうがましな状態でした」

「そうだ。それはよくやってくれた。きみの仕事に感謝している。わたしにチャンスをくれた。命令にあぐらをかくのではなく、うまく利用した。多くの人の腹を満たした。あのときみは正しい選択をした」

中佐はクリスをじっと見た。おなじように強いまなざしだが、トラックに乗ってきたときのようなきびしい目つきではない。

「今回のわたしはまちがったのですね」

「そうだ」

「でも崖を登っているときにそれが正しいかどうか、どうやってわかるのですか？」

中佐はシートにもたれて鼻を鳴らした。

「どの少尉にも共通する疑問だな」

「だからこそ……」

「中尉になるころにはきみはうまくやれるようになっているだろう。あるいは大佐になるころには、はるかによく理解しているだろう」

よくわからないままだ。

「中佐、それでは質問の答えになっていません」

「そうだ。つまり自分で答えを探せということだ。できれば複数の答えを。自分の知らない答えがいくつもあることをきみは知るだろう」

「中佐……」

クリスはますますわけがわからなくなった。するとハンコックは穏やかにクリスに訊いた。

「ウルム大統領を殺したのはだれだ？」

クリスはまばたきし、頭に浮かんだ答えをそのまま言った。

「曾祖父のレイです」

「そうだ。どの本にもそう書いてある。歴史書にも異説はない。あの作戦についてきみはどれだけ読んだ？」

「全部の本を読んだつもりです。市の図書館にはあの戦争についての本が本棚二つ分ほどあって、十三歳のときにそれらに目を通しました」そして酒を断ったのだ。

「しかし陸軍情報部の秘密扱いの事後報告書は読んでいないだろう」

「図書館にないものは読んでいないと思います」

「きみはもう閲覧許可を持っている。昔の出来事だからな。いつか安全な場所へ行ったら請求して読んでみろ」

いつかではなく、いま知りたい。ネリーを使おうかと考えていると、トムがクリスの頭越しに質問した。

「中佐、それにはどう書いてあるんですか？」

ハンコックは、思わぬところから問いが飛んできたというように軽く笑った。

「ロングナイフ大佐と夫人のリタは宇宙でももっとも肝のすわった二人のようだ。爆弾を抱えて人類宇宙の半分を渡り、人類最強のセキュリティ態勢を突破した。しかも落ち着きはらって、自分たちの意図をだれにもさとらせなかった。乗っている船の乗組員にも、通過するゲートのセキュリティスタッフにも。たいした度胸だ」

「そしてウルム大統領を殺害したと」クリスは言った。

「そのようだ。しかし、報告書を書いているあわれな情報部員にも答えられない疑問がいくつかあった。訪問客にすぎない大佐は、ウルムが立つ演壇から遠く離れた席にいた。ガードマンに取り押さえられたときはそこにいた。しかし検死報告書では、爆弾は大統領の目の前で爆発したようだとしている。爆弾のフレシェットが頭蓋骨の前面からはいり、頭のうしろ半分を吹き飛ばしている」

「どうやってブリーフケースを目のまえに差し出したんでしょうか」

トムが訊いた。中佐は笑った。

「そうだ。それどころか、ブリーフケースを相手の目のまえに差し出しながら、生き残ってそれを語れるのはなぜなのか」

「でも曾祖父は、その暗殺について何百回とインタビューに答えています。記者全員に嘘をついていたとでも？」

「それらの記事の多くを読んだ。きみのおじいさんはメディアのまぬけどもにおそらく一言も嘘は言っていない。しかし、ものごとは最前線にいなければ正確な状況はわからないものだ。記者たちは編集者の希望どおりの質問をした。つまり一般市民が聞きたがることだけを質問した。真実などどうでもよかったのだ」鼻を鳴らして、「この惑星がカラカラに乾くのとおなじくらいに考えられないことだった。記者はガーデンパーティや大統領選挙は詳しく知っているだろう。しかし陸軍や海軍の兵士がやっていることをよく知っているか？　それは豚にオペラを歌えるかと訊くようなものだ」

それから中佐はクリスをまっすぐ見た。

「しかしきみはわかっているはずだ。最前線に二、三度はいた。トムやボートの部下や倉庫の作業員たちの期待に応えたいと思ったら、〝あのいまいましいロングナイフ家の連中〟と毒づく人々を理解しなくてはいけない。さあ、しばらく眠れ。もうすぐここは優秀な人々にまかせることになる。第四高地連隊がやってきてここの多くを引き継ぐ」

中佐はニヤリとした。

「きみがこの惑星を離れるまえに、彼らの大佐に晩餐会を開くように言っておこう」

中佐の表情が気にくわなかった。高地連隊か晩餐会になにかしかけがありそうだ。晩餐会はただの食事だから関係ない。

「高地連隊ですか」

「ロルナドゥ星の高地連隊第四大隊だ。連隊付き曹長のラザフォードはまだいるはずだ。その父も第四大隊にいて、きみの曾祖父のトラブルがブラックマウンテンで率いた海兵隊小隊にも所属していた。大隊と小隊は派遣された山から師団を追い出すのが任務だった。どんな師団でもいいわけではない。将校が戦争犯罪人として告発されていて、下士官たちは、サバンナ星の選挙による新政権が持続すれば自分たちは刑務所行きだと認識しているような連中だ。どういうことかわかるだろう」

わかる。

クリスはうなずいた。もちろんわかっている。すくなくとも歴史書に書いてあったことは

「連隊付き曹長ラザフォードの父親は、二本の足で山から降りてこられた数少ない高地連隊の一人だった。大隊がいかに勝利をおさめたかについて興味深い知見を得たはずだ」

中佐はそこまで話すと、窓のほうをむいて、道路の揺れもかまわず眠りはじめた。

クリスも十秒後にはあとを追った。

17

着陸船が大気圏に突入するソニックブームを、クリスは聞けなかった。バスの窓を叩く横殴りの雨の音にかき消されたからだ。かわりに滑走路の端をじっと見ていた。もうすぐ霧と雨のむこうからあらわれるはずだ。

天気予報では、今日は雨で気温は上がると言っていた。雨はいつものように降っているが、暖かくはなかった。クリスは略装軍服にセーターを着ていた。

今回の派遣について説明したウォードヘブンの指揮官の忠告を無視して、略装軍服二着と白の正装軍服一着を持ってきていた。川の遠征からもどるとすぐに、ハンコック中佐はクリスに、今後オリンピアをあとにするまでこれらの軍服しか着るなと命じた。

「作業服など着ているとまたなにに首を突っこむかわからないからな」

そのとおりかもしれない。すくなくともこの三十時間は中佐が眉をひそめるようなことには関わらなかった。

もちろん中佐は基地にとどまっていたし、クリスは謹慎状態だった。謹慎というより外出禁止だ。子どものころに親から外出禁止を命じられたときも、サッカーやバレエの練習のようなお稽古事を休む口実にはならなかった。クリスのやりたいことが禁じられただけだった。

　ハンコック中佐の命令もおなじだった。倉庫の業務は継続した。むしろ高地連隊に引き渡せるように整理整頓を進めろと言われた。トムはあいかわらずモータープールの管理をまかされている。やはり引き渡しにむけた雑用を命じられた。

　二人とも倉庫と基地と両者を結ぶ線上から一歩も出てはならないことになっていた。中佐は不定期に見回りにやってきた。日に五、六回もだ。まるでクリスが十六歳のときの両親のように信用されていない。しかし信用されないだけの前科はあった。

　高地連隊のためにバスやバンをレンタルしたのは、行動制限の範囲から出る初めての機会だった。トムに高地連隊を見たいかと訊くと飛びついてきた。中佐にもいちおう同行希望の有無を尋ねた。中佐は机上のレポートから顔も上げずに訊き返した。

「警備は？」

「給食所で契約している武装警備員二人です」

　この日も海軍のほぼ全員がトラック隊による配送任務で出払っていた。

「戦争をはじめる気か？　わたしの書類仕事を増やすような真似をするつもりか？」

「いいえ、けしてそのようなことは。新任少尉がやるようなことだけです。ロングナイフ少尉がやるようなことはしません」ニヤリと笑って。

「なら、さっさと行け」低い声で言ってから、やや考えなおした。「しかしすぐに帰ってこい。夕食までには」

「はい、中佐」

クリスは敬礼した。中佐が返した敬礼は軍葬の敬礼に近かった。

二隻の着陸船はほぼ同時に雨のなかからあらわれた。クリスは首を振った。パイロットは無茶をしている。並んで着陸する気なのだ。オリンピアであたりまえの穴ぼこだらけの滑走路でそれをやるのは自殺行為だ。

後続の着陸船のパイロットは滑走路を一目見ておなじ結論に達したらしく、エンジンの推力を上げて、着陸やり直しにむけて上昇していった。一隻目の着陸船は、穴が一番ひどいところを避けるために大きく迂回し、それなりに滑らかに着陸した。そちらが一番の駐機場にはいっているときに、二隻目の着陸船が着陸した。

クリスは雨に濡れたくなかったので、バスにとどまったままようすを見ていた。二隻目の着陸船が停止してから、両方の着陸ハッチが同時に開いた。

格子縞のキルト、すなわちスコットランド人のスカートを穿いて、頭に毛羽立った高い帽子をかぶった二人の男が、ハッチの両側にさっと出てきた。そして……奇妙な音が流れてきた。

「なんだ、あの女どもは？」

トムがネットごしにクリスに訊いた。すると、やりとりをモニターしていたらしいハンコック中佐の声がした。

「屈強な女たちだぞ」

「バグパイプの音に驚いているだけです」クリスがおさめた。

「サンタマリア人はみんな偽ケルト族か？　バグパイプを知らないとは言わせないぞ」

トムは思いきりアイルランド訛りを強くした口調で答えた。

「飢餓と貧困の時代を生き延びた楽器ですよね。その恵みにイエスとマリアとヨセフにいつも感謝してます」

「きみをこの惑星から追い出すところだった。ロングナイフ家の人間に近すぎるからだ、リエン少尉。きみはあの夜、もう少しで死ぬところだったのだぞ」

「わたしがあのスカートを穿いた男どもを怖がるとでも？」

クリスは歴史から引用した。

「地獄の淑女たちよ。さあ、トム、基地まで歩いて帰りたくなかったら――」ちょうど雨が強くなっていた。「――バスを着陸船二号機にまわして」クリスは自分のバスの運転手に指示して、ギアをいれさせた。「こっちはバス三台で着陸船一号機にむかうから。ご心配なく、中佐。この展開にスムースに対応してみせます」

中佐もわざと訛った口調で答えた。

「ロングナイフ家のスムースさに疑念を抱いてしまうのはなぜかな。ハンコックから以上だ」

クリスは最後の中傷を無視した。運転手は他の二台のバスを率いてエプロンにはいり、最初の着陸船とのあいだに充分な距離をおいて停止した。

兵士たちは銃をかついで二隻の着陸船から降りてきていた。船内からバグパイプに歩調をあわせ、角をくるりとまわり、軍曹にきびしく見守られながら整列していく。キルトのスカートは赤地に緑、黒、白の格子縞がはいっている。縁なし帽もおなじ模様だ。黄褐色のジャケットは、雨に濡れて急速にこげ茶色に変わっていく。しかし軍曹と兵士たちは、まるで駐屯地の暑い夏の日のような顔だ。顔を高く上げ、足どりに乱れはない。雨も風も気にせず行進していく。

士官たちは着陸船一番機の前部ハッチから降りてきた。こちらも正装で、雨など降っていないかのようだ。クリスはポンチョを脱いでバスのドアを開けた。強風で軍服がバタつくのもかまわず、急速に整列していく士官たちのほうへ急ぎ足でむかった。

スコットランド衣装に身を包んだ長身で黒い肌の女に迎えられた。クリスは敬礼した。

「ロングナイフ少尉です。ポートアテネ基地の連絡役をつとめます」

「大隊副隊長のマッシンゴ少佐だ」

少佐は敬礼を返して、大隊長のハルバーソン大佐をクリスに紹介した。クリスは確認済みだった。ハルバーソンはハンコックより六カ月年下で、その点で問題はない。ハルバーソンはこの星にこられたのがうれしくてしかたないようすだった。どんな任地でもうれしいのかもしれない。

「少佐、少尉が親切に用意してくれたバスに兵たちを乗せろ。命令を受けた数週間前には、わたしたちは徒歩で、しかも銃をかまえて町にはいらなくてはならないかと思っていたのだからな」

クリスは中佐から説明された内容を伝えた。少佐はそれを大隊付き曹長に伝えた。彼はそれを中隊付き曹長たちに大声で伝えた。指揮命令系統はすばらしい。十八世紀のスコットランド高地で王位僭称者とともに逃げまわっていた時代からこの調子なのだろう。

「士官専用食堂が必要とお聞きしました」

兵士たちが指定のバスに一列縦隊で乗りこんでいく横で、クリスは言った。クリスたちの無礼講に近い食事風景は、高地連隊の基準にあわないとハンコックから聞いていた。

大佐はうなずいた。

「そのとおりだ。少尉。士官と兵士が混ざるのは好ましくない」

「基地から二ブロックのところに適切な施設があります」

「それはよかった。ちょうど連隊にとって重要な戦勝記念日が近いのだ。サバンナ星のブラックマウンテンだ。ロングナイフ大佐から土地の一部をいただいた」

「自分がロングナイフ大佐の曾孫であることを誇りに思います」

「少尉をよろこんで晩餐会に招待しよう」

クリスは招待をうなずいて受け、言いにくいことはすべて打ち明けることにした。

「わたしはトードン将軍の曾孫でもあります」

「それはそれは！　トラブルとレイを二人とも先祖に持たれるとは」

「名誉なことです」

「もはや呪いに近いかもな」

大佐は苦笑した。ハルバーソン大佐とハンコック中佐は面識があるのかもしれないと、クリスは思った。

兵士たちを基地に送りこみ、ハルバーソンをハンコックの執務室に案内すると、二人はすぐに昔の歩兵時代の話を若い少尉の耳にいれるのは不適切だと判断して、クリスを追い出した。クリスは倉庫にもどった。

ゲートのところでジェブが待っていた。牧場のサム・アンダーソンといっしょだ。

「少尉、スタッフの職長を何人か増やしてもらえませんか。夜勤がきついんでね」

「サム、ここで働く気があるの？」

「水没した牧場で牛を飼うのは難しいからね。おれたちはここで落ち着ける場所をもらった。でも、たとえ食事が無料だとしても、じっとしていたくはない」

「給料は安いわよ。月にウォードヘブン硬貨で一ドル」

「文句はない。あの奇跡のあとではなんだってする」

クリスは首を振った。

「奇跡じゃないわ。みんながんばってあの崖を登ったじゃない」

「崖登りのことじゃない。おれたちの窮状がきみに伝わったという奇跡だ。谷全体に電波が届けば簡単なんだが、崖にかこまれているせいで電波は二、三十キロしか届かない。かつては谷の上に中継器があって谷底にその線が張ってあった。しかし六、七カ月前に雨で全部流された」

「通信衛星は？」

クリスは訊いた。首相はいつも、奇跡などというのは理屈がわからない愚か者の言うことだと断じていた。

「位置が低すぎるんだ。中継器があれば問題なかった。なくなったらにっちもさっちもいかなくなった。きみが応答してくれたときは本当に驚いたよ」

クリスのほうはしだいに驚きが強まっていった。

とりあえずサムとその部下を、ジェブといっしょに倉庫を管理する仕事につけた。サムが雇っていた数人もいっしょだ。残りは道路工事班に組みいれ、高地連隊の工兵隊の下で働かせることにした。滑走路を整備し、トラック隊が通りやすいように橋を架けるのが仕事だ。やがてはこの惑星のインフラ整備全体をになっていくだろう。エスターとジェブに言わせれば、ルース・エドリス被災農業者基金が活用される余地はたっぷりある。クリスはオリンピアを離れるまえに基金を正式なものにしておく必要があった。

他にもやるべきことはいろいろあった。廃墟になった旧オフィスの反対側に新しいオフィスを設置し、新しい机をおいた。スペンスはそこで仕事を再開し、帳簿を管理しはじめた。用事は山積みだ。

それでも無線電波の不可解さが頭を離れなかった。この惑星の大気の状態は異常どころではない。だれもが無線メッセージの送信には苦労している。緊急時なのでよけいにそうだ。

できるだろう。

電波を反射するE層やF層が噴火で乱れ、それらの偶然がうまく重なって……という説明は

トゥルーおばさんが訊きそうな最初の疑問から解消していこう。

「ネリー、ピーターウォルドの船が軌道を離脱したのはいつ？」

「バルバロッサ号が軌道を離脱したのは木曜日現地時間午前十一時三十七分です」

「アンダーソン牧場からの無線を受信したのは？」

「木曜日現地時間午前九時四十二分です」

なるほど。ではトゥルーおばさんの疑問は次だ。

「流動金属のボートをわたしが最初に起動したのはいつだったかしら」

「木曜日現地時間午前十時十二分です」

クリスは下唇を噛んだ。トゥルーおばさんが訊きそうな質問はあとひとつだけだった。

「ネリー、バルバロッサ号は谷底を見通せる位置にいた？」

「当時のバルバロッサ号は離心率の大きな楕円軌道にあり、一日三回の上空通過ではリトルウィリー・キャニオンの谷底を百パーセント見通せました。四回以上の通過でも五十パーセント以上を見通せました」

細かい質問をするまでもない。

「わたしたちがアンダーソンの無線を聞いているときに、バルバロッサ号は谷底を見通せる位置にいた？」

「はい」

そういうことだ。奇跡はピーター-ウォルドの船に乗っているだれかが起こしたものだった。ハンクかもしれないし、べつのだれかかもしれない。そしてクリスを欠陥のあるボートに乗せて危険な川上へむかわせた。

しかし、ハンクがクリスを殺せる立場にあったからといって、殺そうと考えたかどうかは不明だ。最初のデートはそこまでひどくなかったつもりだ。そう冗談めかして考えたが、自分でも笑えなかった。わけがわからない。ハンク・ピーター-ウォルドにせよ、その父親にせよ祖父にせよ、クリス・ロングナイフを殺そうとする理由はなんなのか。

両親ならそんな疑問に頭を悩ませたりしないだろう。それははっきりしている。

「ネリー、流動金属のボートにこういう誤作動例があるか、ネットを検索してみて」

「すでにおこなっています。現在までに製造された同型の五万三四一二隻でそのような例は見られません。宇宙船の場合も、製造中か運用中かを問わず、このような誤作動例はありません」

「ありがとう、ネリー。先回りして検討してくれたことも」

クリスはAIに言った。トゥルーは興味深いアップグレードをしてくれたようだ。

「どういたしまして。今後も同様の検索を試みるようにします」

クリスは椅子にもたれて天井を見た。一度目はたまたま。二度目は偶然かもしれない。しかし三度目は敵対行為と考えるしかない。とはいえだれが敵なのか。ハンクのような誠実な若者を敵のリストにいれたくはない。もちろんクリス自身も誠実な若い女性のつもりだが、だれかの敵リストにははいっているらしい。

ネリーがそっと声をかけた。

「クリス」

「なに」

「ウォードヘブン貨で五十万ドルがエドリス基金に寄付されていることをご存じですか？」

「いいえ。基金の帳簿管理はあなたにまかせてるから。だれからの寄付？」

「匿名です。ただ、受領後に資金の流れを追跡してみました。おそらく出所はハンク・ピーターウォルドです」

「船が軌道離脱するまえ？　したあと？」

「特定できませんが、あとのようです」

クリスは考えた。死んだはずの女の口座に金を振り込むようなことをハンクはしないだろう。考えにくい。

この惑星は交易地として好条件だ。ネリーの財務報告によると、オリンピアの開拓費用の半分はウォードヘブンが負担し、残りはあちこちから集まった。いまの状況はというと、だれかがＩＤを盗んで資産を惑星外へ売り飛ばしている。ハンクは自分の父親がやっていることをある程度知っているだろうから、クリスに状況改善のための金を寄付したりしないだろう。

ハンクは敵ではないと結論づけたことで、クリスは自分でも驚くほど気が楽になった。しかしその父親がオリンピアをジャンプポイントとして手にいれたがっているとなると、どこまで安心できたものか。この惑星を離れるまえにやっておくべきことはなにか。

新しいオフィスの窓を雨が叩いている。窓の下枠には雨水の流れに沿って泥がたまっている。雨に火山灰が混じっているのだ。さて……。

「ネリー、この事態を引き起こした火山を調査した者はいる？」

「いいえ」

噴火中の火山に調査にはいる命知らずはいないだろう。

「じゃあ、火山灰を分析した者は？」

「そのような研究記録は報告されていません」

コーヒーメーカーの隣に空き缶があった。考えすぎかもしれないが、いまは被害妄想的なくらいでちょうどいい。コーヒーの空き缶を手に外に出て、水の流れを眺めた。建物の横に排水溝があり、屋根から下りてきた錆びた雨樋が降りつづく雨水を吐き出している。排水がまにあわないと倉庫の屋根が雨水の重みでつぶれるといわんばかりの勢いだ。

クリスが排水溝の濁流を見つめていると、ジェブがやってきた。

「なにかお手伝いしましょうか？」

「降りはじめの雨に火山灰はどれくらい混ざっていた？」

「かなり大量に」

「初期の火山灰はこの排水溝の底にたまってるかしら」

「いくらかは残っているかもしれませんね。お土産にでも？」

「それもいいわね。花瓶や焼きもののアクセサリになりそう」

ジェブはそんなクリスをじっと見ていた。そして十二歳くらいの少年に目をとめた。

「こちらのご婦人がここの火山の灰をお望みだ。すこし泥まみれになる覚悟はあるか？」

少年は楽園に行く気があるかと訊かれたようにうれしそうな顔になった。すぐに膝まで水につかり、コーヒー缶を沈めて、排水溝の一番深いところから沈泥をさらってきた。

「これでよろしいですか？」

泥がたっぷりはいった空き缶を、まるでダイヤモンドの指輪を贈る求婚者のように誇らしげに差し出す。

「もちろんいいわ」缶に蓋をして、ポケットから一ドル硬貨を出した。「はい、ありがとう」

少年は手を出さず、頭を振った。

「母から叱られます。ただで食事をもらってるんですから。お金までもらったら母から叩かれます」

クリスは二枚目の硬貨を出した。

「じゃあ、これは立派な子を育てたお母さんに。二枚とももらって、急いで帰りなさい」

少年は困った顔をしていたが、ジェブがうなずくのを見て明るい顔になった。硬貨を二枚つかみ、泥水のしずくをたらしながらゲートへ走っていった。クリスは笑った。

「服を汚させてしまったから」

「この水浸しの惑星で二人といない変人の女性を笑わせた褒美でしょう」

クリスは手のなかのコーヒー缶を見て、外側の泥をぬぐった。オフィスのほうへもどりながらつぶやく。

「変人かどうか、やがてわかるわ」


二日後の夜、クリスはハンコック中佐に連れられて、ロルナドゥ惑星守備隊第四高地大隊の士官食堂を訪れた。招待されたのはクリスの家柄よりも、この四十八時間にクリスとトムが大隊のためにおこなった努力に敬意を表してだった。

荒廃していたレストランとラウンジは、クリスが声をかけた地元の職人の働きで見ちがえるほどきれいになっていた。伝統的な本来の意味での士官食堂と士官クラブだ。ふかふかの椅子が何脚も趣味よく配置され、グループでの会話が楽しめるようになっている。壁には過去の大隊長と士官たちの集合写真や、大隊で構成されるサッカーチームの写真が飾られている。降下船まるごと一隻と厳重な梱包材を使って、大隊が活躍した戦闘のようすを描いた数枚の油彩画が運ばれていた。室内は暖房され、絨毯が敷かれ、真新しいペンキの匂いがした。廃屋同然だった最初の姿とは似ても似つかない。湿気とカビにまみれたオリンピアにこんな部屋が存在しえるのか。

クリスは子どものころに読んだ本に、かつてイギリス人は本国での暮らしをインドに持ちこもうと努力したと書いてあって、不思議に思っていた。ウォードヘブンは地球と異なる文化を持ち、それを誇りにしている。しかし大隊がロルナドゥの暮らし、というよりもイギリスの暮らしを、オリンピアに持ちこもうとした理由もその方法も、なんとなくわかる気がした。

新しく設置された壁と両開きのフレンチドアによって、クラブと食堂およびバーは仕切られている。それでもハルバーソン大佐がハンコック中佐に会うときは、青とキルトの正装をした若い一等兵がかたわらに控えていた。

ハンコックの副司令官であるオーイング中佐は、すでに隅の席でスコッチ片手に大隊の軍医と兵站部士官を相手に、人類宇宙で最高のシングルモルトについて議論している。

ピアソン大尉は鼻を鳴らして誘いを断った。そして中佐の執務室の外にある当直室で、酔っぱらいの無法者に注意しろと大声で指示している声が聞こえた。中佐はよほど耳が悪いのか一言も聞こえないようすだった。

他の少尉たちが当直を引き受け、クリスとトムと中佐と、高地連隊の他の士官たちは好きなだけ飲んでいいことになった。服装さえきちんとしていれば、かなりはめをはずしてもいい。

最後にやってきたのは海兵隊大佐と海軍のもう一人だ。ウォードヘブンでのレセプションパーティにおいて、白いチョーカーとパンツというクリスの服装は、ビスチェとペティコートの洪水のなかで目立っていた。しかしここでのクリスは膝を隠している少数派に属していた。

ハルバーソン大佐は、訪れる海兵隊大佐は青と赤の正装と指定していた。海軍士官は白が似合う。

「なにを飲むかね」

客を迎えた大佐は、上機嫌で訊いてすぐに、かたわらの一等兵のほうをむいた。

「給仕全員に伝えろ。この客たちが持っているカネは今夜の食堂では通用しないとな。このご婦人の曾祖父殿は大隊といっしょにブラックマウンテンに登った。彼は海兵隊だったが、膝を見せない連中のわりにはすばらしい戦士だったのだ」

「わかりました、大佐」

若い一等兵は返事をして、まるでオリュンポス山から降りてきた女神のようにクリスを見た。

「そして客のグラスが空《から》にならんようにしろ」

「わかりました。なにをお飲みになりますか、少尉？」

クリスはこの十年間をノンアルコール飲料ですごしてきた。しかしここの男女はソーダ水のような注文を許さないだろう。中佐のスコッチを味見してもボトル一本空けたりはしなかった。トラブルの言うとおり、自分はアル中ではないのかもしれない。深呼吸して、笑顔で答えた。

「ライムを搾った炭酸水をお願い」トムはアイリッシュウィスキーにした。当然だ。ハンコック中佐はハルバーソン大佐とおなじものを注文した。上等兵は隣の部屋へ歩いていった。

大佐は中佐のほうを見た。

「彼女は戦闘のなかで根性があるという話だったが、食堂でも頑固者のようだな」クリスのほうをむき、「しかしきみ、今夜そういう方針なのはきみだけではないぞ。他に一人か二人はいる。さあ中佐、きみに見せたいものがある」

二人の高級将校は立ってどこかへ歩いていき、クリスとトムは士官クラブに取り残された。それから二秒とたたないうちに、キルト服に身を包んだ若い女がかたわらにやってきた。

「ラザフォード大尉だ。わたしたちはおなじ運命のようね」

「ロングナイフ少尉です。運命というと？」クリスは、七ステップと十二ステップのプログラムを比較してどちらがすぐれているか議論するようなことで今晩をすごしたくなかった。

「あなたとわたしと曾祖父はどちらもブラックマウンテンから生きて帰ったらしいわ。だからこそここにこうしているんだけれども。わたしはエマ」

片手を差し出す。クリスはその手をとって握手した。

「わたしはクリスです。こっちはトム。サンタマリア星出身です。ただしそれは弱点ではありませんよ」

「そう。じゃあわたしたちのバグパイプは気にいってくれたかな」

「とても気にいりました。故郷から遠く離れた場所でちょっと望郷の念にかられました」

クリスは一等兵が持ってきたグラスに最初の一口をつけて、噴きそうになった。

「そんなに強くはないでしょう」エマが言う。

「いいえ、注文どおりですよ」

エマと若い上等兵にむかってはうなずき、トムにはしかめ面をむけた。

「選択肢はかならずあるものだぞ」トムは忠告した。

「そんなのは社交的敗者よ」クリスはささやき返した。

「政治的鋭敏さだ。政治家の娘のおまえにわからんわけはないだろう」

するとエマが口をはさんだ。

「なにかおじゃまだったかしら」

「いえいえ、士官学校の障害物通過訓練場で彼が靴紐を直して以来のつきあいというだけです」

エマはすこしだけ二人をじっと見ると、笑って肩をすくめた。重い毛織りの上着はほとんど動かなかったが。

「大隊の他の下級士官を何人か紹介しよう」

次々と教えられる名前を憶えようと努力するよりも、連隊内でつけられるニックネームで憶えるほうが楽だと気づかされた。チョーキーと呼ばれるサザーランド少尉は、ぼさぼさの真っ白い髪だった。タイニーと呼ばれる男は、逆に二メートルを超える長身だった。

士官クラブで下級士官が集まっている場所はおおむね快適で、クリスは歓迎された。しかし高級将校たちへの紹介がはじまると、少々状況が変わった。

オーイング中佐がいる一角は、クリスが他へ行っているあいだに人数が増えていた。はっきりわからないが、食堂の給仕はこの集団のグラスを満たすためにバーへ何度も往復したらしい。軍医は食事の時間までまっすぐ立っているのは難しいだろう。ところが、クリスは名前の紹介が終わったらさっさと下級将校の集まりへもどるつもりでいた。ところが、兵站部士官がいきなりこんなことを訊いてきた。

「ロングナイフ家の子女は今回の分離独立騒動についてどう思っているのだ？　まさか地球支持ではあるまい」

不意をつかれたが、これくらいは簡単にあしらえる。

「わたしは現役士官です。上官に従い、兵士を率いるだけです」

「つまり命令どおりに動くわけか」

軍医が言った。椅子から落ちそうなほど前のめりになり、同僚にささえられている。

「自分は新参者で、ただの新任少尉ですが、命令に絶対服従なのはわかっています」

クリスは笑顔で言って退がろうとした。しかしこのグループの会話からはまだ抜けられなかった。上着の胸に交差したマスケット銃の紋章をつけた少佐が訊いた。

「しかし、そこにべつの全体利益がからんでいたらどうだ？　たとえば、バカな上官から守備堅固な陣地への突撃を命じられたら、こちらは姿をくらませて側面攻撃できるすきを探しても許される」他の士官たちはうなずいた。「その意味で、全体の利益に対する義務はどうなんだ？　ウルム大統領を暗殺したのはロングナイフ家の祖先だろう。彼は命令に従っていたのか？」

「いいえ」

「とすると、やはり愚者が幅をきかせているときは、兵士は全体利益のために独自行動をとるべきではないのか？」

クリスは指摘した。

「わたしが読んだ本では、ウルムはかなりひどい人物だったようです。あんな人間に会ったことはありません。いかがですか？」

クリスはこの議論から抜けたかった。いまのところだれもメモを取ってはいないようだが、個人用コンピュータに録音させている者がいないとはかぎらない。無発声命令で指示した。

「ネリー、録音開始」

万一この会話がウォードヘブンのメディアに流れた場合にそなえて、せめて自分で記録はとっておかなくてはならない。

「そうだな。ウルムほどあからさまな悪党なら、兵士が自分の義務を理解するのはたやすい。しかし、平凡でどこにでもいる悪党で、ときどきは人間味のある皮をかぶるようだったら？　善を悪に変えるのを目的にして、毎日すこしずつ善を悪へ反転させていくようなやつだったら？」

クリスは返事を求められていない。こういうときは口を閉じておいたほうがいいと学んでいた。メディアにネタを提供することはない。

かわりにべつの士官が沈黙を埋めた。

「そうだな。義務に対する民間人の考え方をどう思う？　彼らの辞書に名誉という単語はないんじゃないかな。娘が大学にはいったので新しい記述装置をそろえてやったのだが、そのコンピュータは名誉の綴りがわからないらしいんだ。データベースにないのかね」

あちこちから鼻で笑う声が聞こえた。クリスはそれが実話だとは思わないが、話としておもしろいのはたしかだった。

「へんですね。わたしのデータベースにはあります」

クリスはつい言ってしまった。カウンセラーのジュディスから、闘争心が旺盛すぎるのに気をつけろと言われていたのだった。あれだけセラピーを受けたのにまだ直っていない。

「きみの父親は政府のトップだ。祖父はヌー企業グループを率いている。そうすると、たいていの人はきみを……」

言葉を探すように手を振る。クリスは言った。

「悪党の一味だと？」

少佐は反論した。

「というよりも、悪党に共感するタイプだと思うだろう。いいかね、わたしたち軍人は真実をわかっている。これは上が決めたゲームなんだ。大衆が気にいらないと騒ぎだしたとき、テーブルに賭け金を載せたままにさせるのがわたしたちの役目だ。ハンコック中佐がいい例だ。ダークアンダー星の一部の農民が配られるカードに文句を言った。だから彼とその大隊が呼ばれた。バカな農民たちは退き際を知らなかった。だから何人も死んだ。ハンコックは命令どおりに行動しただけ。そしてその結果も引き受けた。彼はその汚い惑星で権力を握っていた。軍法会議に出ろと命じられたとき、彼はダークアンダー星で議会のかわりをしている富豪たちのところへ大隊をさしむければよかったのだ。そして蹴散らせばよかった。そうすればメディアは彼を殺人鬼ではなく、農民たちの救世主とたたえただろう」

クリスはかならずしも驚きはしなかった。スクリプトラム亭での議論でも、すぐに戦争だと言いだす右派はいた。

「大衆が求めているのは、濡れ手に粟で汚れた金を稼ぐ連中を浄化する銃声なんだ」

ウォードヘブンの退役軍人もおなじことを言っていた。しかしそれを現役士官の口から聞くと、さすがにぞっとしてしまう。彼らは文明と苛酷な戦争のあいだに立つべき人間であって、両者を結びつける役割ではないはずだ。

この連中は正気なのか。それともたんなる酒の席のたわごとなのか。偽善者のために大隊がこんな泥の惑星に来させられたことを怒っているだけなのか。オリンピアの通りに大隊を行進させて政府を乗っ取りたいと思っているのか。

クリスは笑いをこらえた。乗っ取ろうにも、そんな政府はもともとない。三年ごとの議会は、牛の競売を毎週やっている納屋でおこなわれてきたが、その納屋は数カ月前に倒壊したのだ。

この男が本気だとしても、ロングナイフ少尉には関係ない。説得してやめさせるのはハンコック中佐の仕事だ。酒か怒りにまかせて話しているだけなら、気にすることはない。これまで誘拐犯の銃口や飢えた武装盗賊団などとやりあってきたのだ。戦いなら負けない。士官クラブでの議論などむしろくだらないと思えた。

「失礼して、お手洗いへ」

グループを抜けて女子トイレにはいった。個室の前に立って、最初は糊のきいていた正装軍服もアコーディオンのようによれよれになっていると思った。ウォードヘブンにも高地連隊の部隊がいるのだろうか。配置替えされてよかったのかもしれない。この連中がマシンガンを持って突撃しているときに、海軍兵士は彼らに戦闘をまかせて、快適な陣地でうまい食事でもすればいいのだ。

クリスは顔を洗った。ネリーに録音をやめさせ、おもてに出るために気を引き締めた。外ではマッシンゴ少佐とラザフォード大尉が待っていた。少佐は言った。

「あの男は大口叩きなんだ。相手にしなかったのは正解だ」

クリスは笑った。

「だれかが会話を録音しているかもしれないと思ったのです。いつも気をつけているので」

「政治家の娘に生まれるのも楽じゃないわね」とエマ。

「なかなかわかってもらえません。でもあのグループにはもうもどりたくないですね」

「じゃあ他のグループに行けばいい」

少佐が言うと、エマが続けた。

「大隊にもスキップフレースのチームがあるのよ。ロルナドゥで最高の腕の者もいる。コーチもパイロットもあなたと話したがってるわ」

「いいですね！ レースの話をしましょう」

やがて晩餐会の時間になった。

その知らせ方もずいぶん変わっていた。給仕の一人がマッシンゴ少佐に耳打ちすると、彼女は立ち上がって上着の襟を正し、ドアのほうをむいた。

「バグパイプ係、晩餐会だ」

正装した一人の軍曹がドアのところにあらわれた。スコットランド人特有の二回ジャンプするような奇妙なやり方で止まり、直立不動。

「かしこまりました」しんと静まりかえった間ののちに、「パイプと太鼓、晩餐会へ行進！」

軍曹は歩きはじめた。後ろに二人のバグパイプ吹きと一人の鼓手が続く。宇宙港でもバグパイプは遠くまでよく聞こえた。狭い士官クラブでは鼓膜が破れそうだ。建物の軀体《くたい》にひびがはいっていないかネリーに検証させたくなった。

しかしそれよりも見物《みもの》だったのがトムの顔だ。あんぐりと口をあけ、目は皿のように見開き、耳は落ちそうなほど垂れている。

クリスは、〝あれを見なさいよ、嘘つき〟と、口だけを動かして言った。大声で言ってもだれも聞こえなかっただろう。しかしトムの驚きを見ているだけでおかしかった。

士官たちは列をなし、曲にあわせて行進していく。なかにもすでに千鳥足の者もいる。食堂の幹事であるマッシンゴ少佐が先に立ち、次が大佐たち。オーイング海軍少佐や陸軍の少佐たちはそのあとだ。そして大尉の番が来る。少尉であるクリスやトムはしんがりだと思っていたが、エマに腕を取られ、他の大尉たちといっしょに歩かされた。トムは下士官の少しまえだ。

食堂は真っ白なクロス、クリスタル、白い磁器、銀器が輝いていた。ローストビーフのかぐわしい匂いで倒れそうになった。しかしひときわ高まったバグパイプに押されて歩きつづけた。

壁ぞいには軍旗が飾られている。上座には人類協会の旗とロルナドゥの旗が掲げられている。他にも大隊が掲げたり、戦闘で奪ったらしい旗も並んでいる。赤と黒の統一派の旗と、いくつかの惑星旗もあった。統一派がリム星域を力で支配しようとした九十年前の争乱の時代に奪ったものだろう。その後、統一派は人類協会の圧倒的な数の力によって倒された。分離独立主義とはあんな時代へもどることを意味するのだろうか。個々の惑星が貿易や資源をめぐって、あるいは弱い者いじめでしかない賠償金めあてに、近隣の星々と争う時代に。

大隊の軍旗コレクションは、星々に広がった人類史の縮図。その暗い一面だ。スクリプトラム亭の壁にも飾られているべきだ。学生にはいい勉強になるだろう。

クリスはエマにしめされた席についた。従軍牧師が食前の祈りを捧げた。さまざまな戦いの勝利についての感謝と誇らしさをまじえたものだった。祈りに続いて幹事が乾杯した。

「不在の友たちへ」

それは従軍牧師の言葉よりさらに祈りに近かった。それからバグパイプが退場し、スープが運ばれてきた。

大尉の一人がクリスに話しかけてきた。

「この星でなかなかエキサイティングな経験をしたそうね」

それをきっかけに、クリスは自分の行動をおおまかに説明し、地元の状況について発見したことを披露した。

べつの大尉がクリスの説明を要約した。

「つまり戦闘はもうほとんど終わっているのか」

「一部の農場はまだ、沼の盗賊たちには浄化槽の水さえ分けてやらないという態度です。そういう農場は見てすぐわかります。宿舎の小屋が大きく余っている。そうでないところは逆です。飢えた人々が長い列をなし、彼らをどこに寝泊まりさせるかで頭を悩ませている」

「この状況が終われば自然と解決するかな？」べつの大尉が言った。

「わかりません。状況の回復が自分の任務でなくてさいわいです。一つだけアドバイスさせていただくなら、深入りしないことです。ここには本当にきな臭い事情が裏にからんでいる。それは銃では解決できません」

大尉たちはうなずいた。エマが言う。

「意外ではないわ。この星系の戦略的価値を考えれば。なにしろここから五十近い星系に一回で跳べるんだから。人類宇宙の大半の星に三回以内のジャンプで到達できる」

「わたしもこの星に来る途中で気づきました。交易地として大きな可能性がある」

「あるいは軍事的価値が」一人の大尉が言った。

「軍事的にといっても、戦争のときしか役に立ちませんよ」

「きみは最近、メディアにあまり注意していないだろう」

「悪党との戦いにどっぷり浸かっていると、なかなか暇がありませんから」

「帰り道ではニュースをじっくりみたほうがいいわよ」エマが言った。

「なにか事件でも？」

「人類協会には不満を持つ人々がたくさんいる」一人の大尉が言った。

「不満をつのらせている」べつの大尉も。

「あなたが救出した少女は憶えてる？」エマから訊かれ、クリスはうなずいた。「あの子や誘拐犯の話がニュースに流れない日は一日もないわ」

「とっくに忘れ去られたと思っていました」

「まだ忘れられていないわ」エマは強調した。

「あるいは、忘れることを許されていないのかも」

クリスのコメントに、まわりの大尉たちは肩をすくめた。

バグパイプ隊が再登場し、魚料理がテーブルに運ばれてきた。パグパイプがやんで低い会話のざわめきにもどると、エマが続けた。

「いくつかの惑星はすでに入星制限をはじめている。地球や七姉妹星団の出身者はビザの提示を求められる。ビザなしでは入星できない。一部の地球のビジネスマンは、これは貿易障壁であり、彼らを倒産に追いこむものだと非難している」

クリスは言った。

「こういうことでしょう。真剣なビジネスマンはまえもってビザを申請する。〝一つの人類、一つの銀河〟を叫んだり、メディアの注目を集めたがる連中にかぎってビザなしで入星審査に臨む」

一人の大尉がニヤリとした。

「ようするにそうよ。やはりロングナイフ家の人間は人がうらやむ脳髄も神からあたえられているわね」

クリスはそちらに笑顔をむけた。

エマが言った。

「一部の惑星は派遣した艦隊を引きもどしている。旗を塗りなおして、自分たちの艦隊は人類協会の命令には従わないと宣言している。地球は、艦隊をもとどおりに出すか損害補償しろと要求している」

クリスは指摘した。

「それらの艦隊のほとんどはその惑星が建造したものだし、乗組員も惑星が出しているでしょう。ウォードヘブンも自分たちで資金をまかなっている艦隊をいくつか協会にあずけています。それを引きもどしたんでしょうか？」

「いいえ、あなたの父上はこの問題を避けて通っているわ。でもたしかにそうよ。艦隊を引きもどした惑星は、貸し借りはなにもないと主張している。そもそも地球がリム星域を充分にパトロールしないから自前でそろえた艦隊なのだと。地球側は、艦隊は高額の課税と現金納税を免除するかわりが艦隊の提供なのだと言っている」

結局、税金問題か。クリスが給与半額の自宅待機にされ、タイフーン号が補給期間にいれられたのもそのせいだ。大学時代には、地球の課税率がウォードヘブンとおなじ平均三十パーセントであることに驚いたものだ。しかし地球で集められた税金の大半は福祉に使われる。地球では治安のいい場所にだけ投資がなされる。対してウォードヘブンでは税金の多くが軍艦の研究開発と建造に投じられる。ウォードヘブンの投資が流れこんでいる新興世界の警備にそれらの軍艦はあてられる。

八十年たっても、地球とリム星域のものの考え方や価値観はずいぶん異なるようだ。ロングナイフ家の祖父たちはそれらの変化の波を受けいれられるのか、それとも対決の方向に行くのか。このテーブルの士官たちによっても考え方はそれぞれだろう。クリスは自分の考えを胸におさめておくことにした。

やがてバグパイプが新たな曲をかなではじめた。数人の下級士官が壁にかかった大剣をとって、剣舞を舞いはじめた。トムは立ち上がってそれを間近に眺めはじめた。いっしょにやってみろとけしかける声が飛ぶ。しかしトムが注目しているのは剣舞よりその舞い手のほうらしかった。ある女性の少尉のステップがひときわ軽い。旋回してトムが視界にはいると、にっこりと笑う。

エマがクリスに耳打ちした。

「あなたの親友は新しい友人をみつけたようね」

クリスは肩をすくめた。

「だれでも複数の友人がいて当然でしょう」

あたりまえの話だ。

そこへ牛肉が到着し、剣舞は中断された。食肉動物にもやはり序列がある。軍曹とバグパイプと鼓手に先導されて、二人の給仕が太い鉄串に貫かれた仔牛の丸焼きを運んできた。歓声のなかで最初の一片が切り取られ、幹事に渡された。幹事はそれを高地大隊の大佐に渡し、大佐はそれを海兵隊の賓客に渡した。受け取ったハンコックは、それを大きく切ってかじりついた。最高にうまいという宣言のあとに、ようやく給仕たちは他の会食者たちの分を切り分けはじめた。

バグパイプがまた退室すると、クリスはエマに言った。

「ずいぶんおもしろいやり方ですね」

「伝統さ」

「この牛肉を食べ終えたら、その伝統についていくつか聞かせてください」

まもなくクリスの前にも分厚いローストビーフが運ばれてきた。添えられたヨークシャープディングはほとんどロールケーキだった。野菜をシチューで煮込んでしまうイングランドの伝統は継承されていないらしい。クリスはそれを惜しむつもりはなかった。

はるかに穏やかなファンファーレとともにチーズとフルーツが運ばれてきたところで、クリスはエマのほうをむいた。

「大隊がブラックマウンテンに登ったときもこういう伝統だったのですか？」まわりの大尉たちはうなずいた。「ラザフォード連隊付き最先任曹長からブラックマウンテンの話を聞いておけと、ハンコック中佐から言われているのです。頼めば全部話してくれるからと。晩餐会の席で聞けるだろうと中佐からうかがいましたが」

エマは首を振った。

「それは無理よ。士官食堂には最先任曹長もはいれない。とくに晩餐会の最中には」

海軍には海軍の流儀があるように、高地連隊には高地連隊の流儀がある。人類協会がさまざまな惑星をたばねるのに苦労しているのは当然だ。

大尉の一人がエマに言った。

「あの話をしてやったらどうだ？　新任の少尉にはいつも話しているだろう。士官食堂にはいれないのは下士官だけじゃないんだから」

何度かうながされて、エマはチーズとフルーツを脇においた。真っ白なナプキンで口もとをぬぐって、それをおくと、語り出した。

「市民論の授業をよく聞いていたら、サバンナ星の状況がひどかったことは知っているはずね。旧政府は軍隊を使って市民を服従させていた。兵士は訓練よりも、レイプと殺人に明け暮れていたわ。射撃訓練場にはいるのではなく、市街をうろついてナイフと棍棒を振りまわしていた。

そんなサバンナ星で、初めての自由選挙がおこなわれることになった。クリスの先祖のおかげといっていいわ。旧体制の大物たちはいっせいに逃げ出した。ヘルベティカ星の秘密口座の番号だけをたずさえて。あとには小悪党が残った。レイプと殺人をやる兵士たちだけ。命令をくだしていた者たちは姿を消した。

軍隊は当然のように駐屯地に立てこもった。それは首都の背後の山岳地にあった。市民は軍隊が町から消えたことをよろこんだ。籠城させて飢えさせればいいと思っていた。でも新体制の指揮官は、第一軍団の支配地域にダムがあることを知っていたのよ。その水門をあければ、首都も市民も濁流にのまれる。

当時、将軍の座にはレイ・ロングナイフがついていた。その手勢は少数。それでも精鋭だった。そしてそのなかに、ロルナドゥ星が誇る第四高地大隊がいた」

テーブルのあちこちから、「いいぞ、いいぞ！」と声があがった。いつのまにか食堂は静まりかえっている。乾杯のグラスが掲げられる。

クリスは、この神聖な物語にソーダ水というわけにはいかないと考え、給仕を呼び寄せた。

いけない」

エマは話を続けた。

「現代の戦争ではいろいろな小道具を使う。ろくに訓練されていなくても、それらを持っているだけで兵士の気分になるやつらがいる。第一軍団はそんなやつらばかりだった。道具の使い方がわからなければ、わかる技術兵を脅せばいいと思っていた。駐屯地に攻めいる者は皆殺しだと息巻いていた。でも敵を甘く見るのは禁物。とりわけロングナイフを甘く見てはいけない」

エマはクリスに笑みをむけ、続けた。

「最新装備で勝てないとしても、古い力ずくのやり方でなら圧倒できるとロングナイフ将軍は踏んでいたわ。そのために頼みにしたのが、わたしたち地獄の淑女。そして側面を固めたのが海兵隊だった。

決戦日は地獄の中心のような闇夜が選ばれた。雷雨まで加わった。さらに冥府の鉄槌も使われた。半径八十キロの兵士が持つ電子装備をすべて焼きつくす電磁パルス。レーダーも無線も暗視ゴーグルもただの重荷になった。高地大隊と海兵隊はコンピュータも暗視装置もライフルからはずしていた。その夜に頼れるのは鋭い視力と鋼鉄の武器だけ。そうやって二百人の勇猛な高地大隊と五十人の愚かな海兵隊は、魔王の荒れ庭に突入した」

「いいぞ！　いいぞ！」

ふたたび歓声があがった。クリスの注文したウィスキーも到着した。ほうぼうでグラスが「ウィスキーを」今回は特別だ。

掲げられる。ハンコック中佐も誇らしげな青と赤の装いで、グラスを高く掲げた。

「もちろん愚かだ。フェンスの杭のように。利口なやつにはやれん仕事だ」

ハルバーソン大佐は、グラスをおくより早く立ち上がった。

「荒くれ海兵隊に乾杯。地獄の淑女たちを舞踏会にエスコートできるのは彼らだけだ」

そのとおりだと思いながら、クリスはグラスを挙げた。祖父のトラブルは小隊につねに女性兵をいれていた。男性兵もいたが、それは本物の男だった。

「嵐のなかでわたしたちはブラックマウンテンを登った。敵の第一列は寸前までわたしたちに気づかなかった。戦うか死ぬか降参するかはそれぞれの判断だった。第二列はその銃火のひらめきに気づいていた。マシンガンが火を吹き、迫撃砲が鳴り、大砲が地を震わせた。敵は大混乱だった。生きるか死ぬかは悪魔の投げる賽の目ひとつだった。小隊が、分隊が、死に場所に足を踏みいれた。敵は塹壕にはいって戦った。悪魔が踊り狂うなかで敵は戦って死に、やがて第二列もわたしたちの軍旗に降った」

「いいぞ！　いいぞ！」

乾杯の声があがる。クリスも飲んだ。しかし胃に落ちたアルコールの熱も、根深い寒けを払うことはできなかった。エマの語りは食堂全体を戦場に運んでいた。稲妻が闇を裂き、雨をつらぬいて銃弾が飛びかうブラックマウンテンに。その遠い闇夜を駆ける大隊の兵士たちは、人ならぬ神々だった。

「こちらの砲兵は第二列の塹壕を嵐のように叩き、すぐに狙いを第三列に移した。その夜は歩兵のライフルも銃剣も役に立たなかった。砲兵は自在に敵兵を蹴散らした。敵は高地大隊のキルトや銃を見ただけで白旗を掲げた。

でも敵の本陣に近づいても、砲兵はその地獄の業火を止めなかった。大佐はあらかじめ決めた信号弾を打ったけれども、敵はそれを待ち受けて、べつの色の信号弾を打ち浴びせ、かき消してしまう。砲兵は歩兵の意図がわからず迷っていた。伝令が走った。けれど銃弾より早くは走れない。三人が大佐の命令をたずさえて走り、三人とも死んだ。

そこに、軍旗護衛下士官のマクファーソンが志願した。二十歳の彼は打ち方やめの命令文を胸ポケットにしまって、こう言った。〝自分がメッセージを運びます、大佐。古狐のように走れる自分がこの地を渡れないなら、天使でも渡れないでしょう〟と。

下士官は影のように塹壕から抜け出し、沼地の霧のようにクレーターからクレーターへ移動していった。照明弾が打ち上がって嵐の昼のように明るくなったときは、彼は石のようにじっと動かなかった。敵に気づかれ、銃弾が飛んできても、かわしつづけた。どんな地獄の使いも、この神のメッセンジャーに触れることはできなかった。

けれど運命はあざむけない。幸運はやがて尽きる。最初の塹壕まであとわずかのところで、この勇敢な下士官をロケット弾がとらえた。彼は吹き飛ばされ、塹壕に落ちた。そして虫の息で、大佐の命令をハルバーソン一等兵に伝えた。たすきは渡された。一等兵は振り返らずに走った。恐れることなく戦場を駆け、砲兵隊の陣地に飛びこんだ。

一等兵の伝令を聞いて、砲撃は止められた。一等兵の一言でブラックマウンテンは静寂に包まれた。わたしたちは喝采しながら立ち上がった。男も女も歩ける者は泥のなかを歩いた。第三列の塹壕にいた敵はその場で死ぬか、両手を雲にむけて突き上げて生き残った。こうしてわたしたちロルナドゥ星の高地連隊第四大隊は、海兵隊の一握りの盟友たちとともに、嵐の夜に一個師団を制圧した」

ふたたび「いいぞ！　いいぞ！」の声があがった。グラスを高く掲げて飲みほす。エマはみずからブラックマウンテンに登ったように疲れた顔をしていた。食堂の全員もたしかにいっしょに登っていた。

エマはふたたび話しはじめた。今度は沈んだ調子だった。

「翌朝、軍団を率いていると豪語していた者たちは、ブラックマウンテンにひるがえるわたしたちの旗を見て打ちひしがれた。駐屯地は端から端まで地面を踏まずに歩けると言われた。それほど多くの軍服が脱ぎ捨てられていた。

人類と長い触手のイティーチ族との戦いがこれに近いものだったことを思い出せば、自問したくなるだろう。サバンナ星の工場でつくられた兵器がなければ、その最終決戦はいかなる結果に終わっていただろうかと。

では酒を求める者たちは酒杯を掲げてほしい。あの夜、ブラックマウンテンで踊り狂った地獄の淑女たちに乾杯」

グラスが掲げられ、飲みほされた。クリスはやばいと思った。この食堂にはグラスを割るための暖炉がない。この乾杯をしたグラスは神聖すぎて、もはやただ酒を飲むためには使えないのだ。しかし大隊はそれくらいで騒いだりしなかった。

　ハンコック中佐は咳払いした。

「大尉、きみはその話をいつ聞いたのだ？」

　エマは笑顔で答えた。

「祖父の膝の上です。その杖にも満たない背丈でした。祖父は連隊付き最先任曹長でした。父もそうでした」

「しかしきみは士官になったわけか」

「はい。父も祖父も充分に長く軍に貢献したと考えています。だから次は一家から将校を出したいと」

　テーブルでは苦笑が漏れた。エマ自身が指揮する小隊長たちも、金のために働いているわけでないのはおなじだと思っているようだ。

　ふたたび沈黙すると、ハンコック中佐は続けた。

「任官して少尉の階級章をつけた日、父上からなにか助言をもらっただろう。ロングナイフ少尉は残念ながらその助言を受けることができなかった。よければ父や祖父からのアドバイスを彼女にも話してやってくれないか」

「中佐、それはかなりあからさまな内容なのです。連隊付き最先任曹長を怒らせたくありません。叱られます」

　テーブルでは同意をあらわす視線がかわされた。たいていの士官は最先任曹長の機嫌をそこれたくないものだ。

ハルバーソン大佐が立ち上がった。

「なんなら、連隊付き最先任曹長から特別許可をもらってきてやってもいいぞ」

おもしろい冗談だと思って、一同は大笑いした。しかし大佐がにこりともしないのを見て、すぐに静まった。大佐はまじめな態度だ。

「ロングナイフという重い名を持つ少尉が、その職にふさわしい祝福も説諭も受けていないとしたら不幸なことだ。かわりにあたえるのに、連隊付き最先任曹長の言葉ほどふさわしいものはあるまい」

エマはうなずいた。立ち上がり、重々しくクリスを見る。

クリスは大学の卒業式でも、海軍の任官式でも、それどころか戦闘時でも感じたことのない震えに襲われ、目を潤ませた。視線を一身に集めていることを感じて肌が焼けそうだ。しかし震えているのは視線のためではない。エマの目がまるで女神のそれのようだからだ。

絶対の真実にむきあうほどこの世で恐ろしいことはない。

エマはゆっくりと話しはじめた。

「これは連隊付き最先任曹長の言葉だ。

世にある物語は真実で、嘘はない。きみはこれから指揮官となる。恐れ、傷つき、疲れて、混乱している男女を指揮することになる。話に聞くとおりだ。たんに恐れ、疲れている者と、兵士とのちがいは、指揮官であるきみの存在だ。彼らの奥底から勇気と、前進する力と、任務をやりとげる意志を呼び起こすのが、きみの仕事だ。

けして権力を濫用してはならない。無駄に使えば、時間が無駄になるだけでなく、人命も無駄になる。兵士の貴重な命だ。

そのときのために彼らは訓練され、生きている。きみには彼らの生殺与奪の権があたえられる。その力を得るためには、きみは兵士たちの下僕でなくてはならない。足もとが濡れていないか。まともな食事が行き渡っているか。眠る場所が確保されているか。自分より先に兵士のことを考えろ。きみには兵士を支配する権利があたえられている。それを濫用すれば、いざというときにきみと兵士には死が訪れるだろう。

きみたちは生きるかもしれないし死ぬかもしれない。どれだけ訓練されても最後は偶然に左右される。しかし自然の理《ことわり》以上に偶然にまかせてはならない。

物語とちがって、英雄の存在する余地はない。英雄になろうとしてはならない。栄光を求めれば時間と兵士の命を無駄にする。栄光はむこうからやってくるものだ。将来の栄光を考える暇があったら、戦闘の極限状態でやってくる重荷に耐えられることを祈れ。

最後に憶えておけ。わたしたちが話を聞かせるのは、楽しませるためでも、他人の栄光のためでもない。必要だから話す。昼も夜も目のまえにちらつく多くの顔への忠誠のために話している。彼らは愛も、子も、夕日もすべて捨てた。勲章のためではなく、忠誠のために惑星のためではなく、戦友のために。命令されたからではなく、みずからの意思で。

この軍服を着たら、きみもその忠誠を持たねばならない。生きるときも死ぬときも多くの前任者のためだ。その忠誠を破ったら、たとえ息をしていても、きみは死んだも同然だ」

話しおえると、エマは気が抜けたようにすわりこんだ。

クリスは、これまで感じたことのない神聖な静寂のなかにいた。どこかで大佐がバグパイプ隊を呼びいれた。しかしそのかん高い楽音が響いても、クリスのなかの沈黙は破れなかった。

クリスの大学卒業式は、海軍にはいるという彼女の選択に対する両親の反対の嵐のなかだった。士官学校の任官式は、両親は多忙なスケジュールのせいにして足を運ぼうともしなかった。どちらの場面でも、自分がなにをやっているかではなく、自分の出身を強く意識させられた。ロングナイフ家の一員なのだという事実でいっぱいだった。

しかしここでは、この伝統に生きる人々のまえでは、ロングナイフ家の一員であること以上のなにかに触れた気がした。自分を小さく感じるのではなく、自分がもっと大きく成長しはじめたように思えた。なにかが自分のなかで成長している。はかりしれないなにかが。それがなにかはやがてわかるだろう。時間はたっぷりある。

満腹したクリスは、あとは膝に手をおいてすわっていた。食堂では祝宴が続いた。バグパイプが鳴った。トムは剣舞に挑戦していた。上手とはいいがたかったが、海軍の名折れというほどではなかった。

周囲はクリスを放っておいてくれた。母親の子宮に漂う胎児の気分だった。自分にむかってくる音も、感覚も、行動も、目や耳や指で感じるというより、全体的な感じとしてわかるだけだった。

食事が終わり、バグパイプに先導されてブランデーと葉巻の用意された士官クラブにもどった。クリスはその途中、エマに近づいた。

「胸に秘めた宝物を聞かせてもらってありがとうございます」

「娘か息子に伝えるときまで、秘めておくつもりだったわ」

「先に聞かせてもらって申し訳なく思います」

「そこが不思議なところ。共有することによって強くなるのよ」

18

翌日正午、ハンコック中佐は自分の運転でクリスとトムを宇宙港へ送った。

「到着したときとはずいぶんちがいますね」

乗せていってやると言われて、クリスはそう答えた。腹のなかでは、さっさと送り返したいのだろうと思っていた。

中佐は答えた。

「ここもきみが到着したときとはずいぶん変わった。それがロングナイフ家の者のやり方なのか？　反乱罪に問われるか、勲章をもらうか、すれすれのことをやる」

「わかりません。わたしはロングナイフ家出身の軍人としてはまだ駆け出しなので」

本当にそうだ。二十二歳で、まだこの仕事を覚えはじめたばかりだ。

着陸船はいつものように滑走路の穴をよけながら着陸してきた。宇宙船乗りと数人の士官が降りてきて、クリスの手配したバスに乗りこんでいく。

ハンコック中佐は彼女にむきなおった。

「ソープ艦長によろしく言っておいてくれ。大学時代の彼と変わっていないなら、きみのような暴れん坊が艦にいることをよろこんでいるはずだ」

クリスは笑った。

「あまり感謝されてはいないようですが」

よろこんでいる表現があの仏頂面だとしたら、艦長はかなり変わり者だ。

「ああいう男は戦争で英雄になることを夢みて軍服を着ている。しかし宇宙でそんな機会はあまりない。海兵隊にはいれと言ったのだが、やつは自分の艦を指揮することを望んだ。後悔しているだろうか」

「わたしには訊けません」

「そうだな。それにわたしが送る評価報告書の効果が半減してしまう。彼の艦に乗っているのが生まれたての仔猫ではなく、荒くれの虎だということをわからせてやらなくてはいかん」

そうなってほしいものだ。

ウォードヘブンへの帰路は睡眠不足の解消とニュースの閲覧と……あとまわしにしてきた仕事にあてられた。

クリスとトムはとにかくニュースをざっと眺めた。メディアはオリンピアの事情などなにも報じていない。

「おれたちが殺されてもだれも注目しなかったわけだ」トムはあきれた。

「考えると不愉快ね」

実際に殺された者はいる。メディアから黙殺されていたのに、ウィリー・ハンターが重要な任務のために死んだと遺族に報告できるだろうか。ネリーを使って、家族への最後の手紙を文学作品のなかから検索させた。ましなものから切り貼りして手紙をでっちあげ、罪悪感を覚えながら送信した。両親にとっては立派な手紙をあとで受け取るより、それなりのものをいま受け取ったほうがいいはずだ。そう自分に言い聞かせた。

しかしメディアを眺めただけでは予想できないことが起きた。軌道エレベータの地上駅に降りて、混雑した到着ホールを歩いていると、一人の若い女が近づいてきた。クリスとトムをじろりと眺めて、金切り声で言った。

「また女の子をさらいにきたのかい、地球のゴミ野郎！」

そしてさっと人ごみのなかに逃げていった。クリスがその腕をつかむ暇もなかった。最後の誘拐された少女を救出したのは海軍で、その救出作戦を率いたのは自分だと言い返したかった。やり場のない怒りに震えていると、そこにハーベイがあらわれた。

「申し訳ありません。電話をいただいたときに、到着のときは私服でと言うのを忘れていました。多くの血が流されて大変でしたから」

トムが低い声で言う。

「いまの若い女をつかまえてたら、その鼻からも血を流させてやってたところだ」

クリスは驚いてトムを見て、黙って眉を上げた。

「本気だ。降下作戦でおまえのシグナルをロストしたり、オリンピア星の銃弾の飛びかう泥のなかで走りまわったり。それはこんな扱いを受けるためじゃないぞ」

またしてもウィリーの姿が目に浮かんだ。泥まみれで倒れて水たまりを血で赤く染めていたその姿と、さっきの女。両方を言いあらわす言葉がみつからず、言いよどんだ。詩人なら表現できるのかもしれないが。

「どれくらい大変だったの？」

ハーベイに訊いた。頭のなかの不快なイメージを消すために、その話を聞きたかった。

「首相はウォードヘブンを人類協会にとどめています。しかしもはや崖っぷちです。残念ながら時間の問題でしょう。批判勢力は選挙を要求していますが、首相はなんとか先送りしています。地球が先にさじを投げるのを待っているのです。そうすればウォードヘブンは、このリム星域でできる後釜の組織でより大きな影響力を持てる。ウォードヘブンのつくる同盟に参加意志を表明している惑星は五、六十あります。しかしいまのところはどこも人類協会の動向を見守っている。状況を待っているところです」

「五、六十ね」

頭のなかで計算した。人類協会に参加する惑星は六百以上。そのなかで新興コロニーは準会員の扱いだが、それでも投票権を持つ惑星は五百ある。

「他はどんな動き？」

ハーベイは肩をすくめた。

「人類協会がつぶれることを望んでいます。グリーンフェルド星はその一部を引きこんで連邦をつくろうとしています。数は四、五十。彼らが植民したり、債権を持っている惑星です。サウォードヘブンもそうです。ほとんどはわたしたちの植民星や支援をしている場所です。地球にとってはショックな出来事です。彼らは人類協会創立当時の五十の惑星をたばねて、残りは野となれ山となれと言い放つつもりだったのです。ところが、かつて統一派と戦った星々が、地球よりリム星域がいいと言いだしたのですから」

「とにかく混乱してるわけだ」トムが要約した。

「五、六百個の卵でお手玉をしたことがありますか？」

クリスは、グリーンフェルド星の盟主がピーターウォルドの父親であることを思い出した。

「卵じゃないわ。六百個の手榴弾よ。しかもいくつかは安全ピンが抜けている」

「まるでおれみたいなセリフだな」トムが笑う。

「悪い場面でだけよ。ハーベイ、頼みたいことがあるんだけど、時間はある？」

「どのようなことを？」

「トゥルーに会いたいの」

「簡単ではないかもしれません。それに卵といえば……」

車はいつもの場所に駐まっていた。新しいボディガードが待っている。たしかパーティのときに兄のホノビについていたボディガードだ。車外に出て、サイドウィンドウに貼られたステッカーを剝がしている。フロントガラスにはたくさんの卵がぶつけられている。

「子どもの集団が走っていきまして」

ボディガードは説明しながら、ゆっくりステッカーを剝がしている。そこには、〝地元に引っこんでろ、地球人〟と書かれていた。

クリスもべつのステッカーを剝がした。〝平等税率を〟

トムも手伝った。〝人類に限界はない〟

ハーベイは運転席の側にまわり、うめきながらステッカーを剝がした。〝エディスちゃんを忘れるな〟

「好戦的な右派らしいな」

トムが言った。クリスにとっては笑いごとではない。

「批判勢力が効果的なスローガンをみつけたみたいね。戦争の瀬戸際において出来のいいスローガンは暗殺より危険だと、ミード教授が言っていたわ」

「そうかもしれません」

ハーベイは肩をすくめて運転席に乗りこみ、車を出した。ワイパーはフロントガラスにこびりついた卵に苦労している。いまでは〝PM《首相》-4〟のナンバープレートはむしろ厄介の種というわけだ。順調に走りはじめてから、クリスは運転席のほうへ身を乗り出した。

「わたしがトゥルーに会うのが難しいのは、お父さまの機嫌をそこねるという問題だけじゃないようね」

「そうです。市民の反政府感情は高まっていて、毎日のように抗議集会が開かれています。

ニュース記者も蠅のように群がってきます。彼らはちょっとしたネタでも秒単位でメディアに売って日銭を稼いでいるんです。そうやって邸は包囲されていますし、トゥルーの住まいもおなじです。あなたを迎えに出るときは追跡を振り切るのに苦労しました」

「まだいますよ」ボディガードは助手席から振り返った。「ところでお嬢様、わたしはジャックです。今後はどこへ行くときもお供します」

「そんな必要はないわ」クリスは後部座席にもたれた。

「いれば役に立つはずです」

「わたしはこの一ヵ月で三回暗殺の標的にされた。結果は三戦全勝。助けなんて必要ない」

「彼らが一回運がよければそれであなたは終わりなんですよ」

ジャックは穏やかに指摘した。

「あなたは首相のスパイ？」

「お父上はあなたがトゥルーという人物に会うのを好ましく思っていないようです。どんな困難も押し切ってとおっしゃるなら、わたしを連れてその彼ないし彼女にお会いください」

「あなたがついてまわって首相にいちいち告げ口するより、トゥルーに会って事情を理解するほうがよほど身の安全に貢献するのよ」

「つまり、もう大人の女だからじゃまをするなということですね」

「あら、ようやく普通の英語が通じるボディガードを雇ったようね」クリスは皮肉っぽく驚いてみせた。

「わたしの報告書は、あなたの外出と帰宅のようす、そのあいだ自分はそばに貼りついていたことを書ければいいんです。あなたは海軍の軍服を着ていらっしゃる。命令には従うものだとわかっておいででしょう。わたしと上司のあいだに厄介な問題をつくるつもりですか？」

トムが鼻を鳴らした。

「うまい言い方だな、ジャック。でもまだロングナイフ家の人間をわかってない。こいつらはおれたち下賤の民がどんな厄介に見舞われようと全然気にしないんだよ」

クリスはじろりとトムを見た。しかし、そう言われてもしかたない面もあると思いなおした。ため息をついて譲歩した。

「あなたと上司の関係を悪化させない方法は考えるわ。やれやれ、これはなんの罰かしらね。ハンコック中佐の扱いが悪かったせい？」

「おれの扱いが悪かったからさ。そう思うね」

トムは両腕を組んでシートに深く身を沈めた。

十分後、ヌー・ハウスに近づいた車内でクリスは、「ここを通り抜けるにはなにか手が必要ね」とつぶやくはめになった。

ゲートでは海兵隊員が出入りする者のＩＤをチェックしている。高い塀ぞいも海兵隊員が歩いて警備している。それもしかたない。道の反対側には五台のトラックが駐まり、どれも屋根に衛星アンテナをあげている。邸周辺の映像をすべて送っているのだ。この車を目で追っているニュース記者らしい連中も六人以上いる。

　ジャックが先回りして答えた。

「滞空カメラも使われています。でも見とがめられずに通り抜けたければ、お手伝いはできますよ。簡単です」

「じゃあその簡単を頼むわ。ジョギング用の服はある？」

「はい。ウォードヘブン大学のスウェットを用意してあります」

　ジャックはそう言いながら、ハーベイに共犯者の笑みを送る。

「ハーベイおじさん、わたしのことをペラペラしゃべったの？」

「三ミリダート弾を止められるスウェットを用意するためなら、どんなこともしゃべりますとも」

　すると脇からトムが、

「もう一着ないか？」

「もちろんあります。サンタマリア大学のが」ジャックが笑顔で答えた。

　一時間後、クリスはショートパンツと防弾ライナー入りスウェットの姿になっていた。トムとジャックといっしょに、蔦の這った塀にそってジョギングをはじめて二周目。クリスの特別の場所に近づいたときに、ジャックが小声で言った。

「ではみなさん、行きましょう」

　その先導で秘密の抜け穴をすばやく通った。石造りの塀からなにくわぬ顔で離れながら、しばらくしてクリスは訊いた。

「いつからこの抜け穴を知ってたの？」

「あなたの曾祖母が少女時代にお小遣いでつくらせたときからです」

「当時のヌー家は政治家じゃなかったはずよ」クリスは反論した。

「金は持っていました。金があるところに政治がからまないはずはない」

ジャックはまるで政治学概論の教授のように言った。反論しても無駄なようだ。

「ネリー、タクシーを呼んで」

しばらくして、三人はスクリプトラム亭にむかっていた。ここなら具体名を出さなくてもトゥルーに面会場所を伝えられる。トゥルーもクリスとおなじく公共ネットワークの秘匿性を信用していないのだ。

ジャックは二人を薄暗い隅に案内した。普段は恋に浮かれた若者に予約されている席だが、まだ昼なので空いている。クリスとジャックは壁を背にしてすわった。トムは眉をひそめ、クリスと店の入り口のあいだをさえぎる席に腰をおろした。

「気にいらない？」

「撃たれるかもしれない方向に背中をむけるのは気にいらないな」

トムは肩ごしに振り返った。するとジャックが鋭く言った。

「落ち着いて。きょろきょろしないで。大丈夫。わたしが見ています。気をつけるべきなのはニュース屋のカメラに撮られることですから。どういうわけか」

「彼らが銃を使わない保証はないわよ」とクリス。

「今日は撃たれるような心配はありません。首相の政策はそこまで対立をあおっていません」

クリスが最近三回命を狙われたのが冗談ではないことを、ジャックはわかっていないようだ。まあ、首相がそう説明させたのだろう。ジャックに最近の事情を教えてやろうと思った。しかしジャックはべつの話を続けている。クリスはジャックの話もそれなりにおもしろかった。

「いま、人々は先が見えない状態です。市場に大金をつっこんでいる資産家にとっては不都合なことです。いよいよとなったときに逃げるべき方向を知りたがっている。しかしあなたは父上の膝の上でよくご存じのはずですね」

「その資産家の一部は、全員が逃げようとする方向を自分の手で操作する気なのよね」

クリスは結論を言った。ボディガードは肩をすくめた。

「その方面はお詳しいでしょう」

クリスは全員にソフトドリンクを注文した。ウェイターは前回ここに来たときとおなじ男だった。しかし春の学生の恰好をしているおかげか気づかれなかった。

飲み物が届くのと同時に、トゥルーが到着し、空いている席に滑りこんだ。ジャックの視界をじゃましないように壁を背にする。スラックスと二十年前の大学のロゴがはいったスウェット姿だ。年配の大学教授にしか見えない。

「お帰りなさい。いいお休みだった？」

「旅行で見聞を広めたわ。日のあたるこの惑星に帰れてよかった」

「そう。わたしはこちらのことで忙しくて、あなたのようすを調べている暇がなかった。わたしを呼び出したわけはなに？」

クリスは、オリンピアのことや、ウィリーの死や、殺さざるをえなかった立派な民間人たちの話を大声でトゥルーに聞かせたかった。しかし冷静な部分では、あの水浸しの惑星での苦労をいくらしゃべっても、全人類が対立して、平和な分裂か、もしくは戦争かを決めようとしているときになんの役にも立たないとわかっていた。

クリスはウエストバッグから二本のワクチン容器を取り出し、テーブルのむこうへ差し出した。トゥルーは受け取って光にあて、眉をひそめた。

「なんだと思う？」クリスはトゥルーに訊いた。

「もちろんラベルに書いてあるものではなさそうね」

「そうよ。工場から出荷された流動金属製の可変ボートは五万隻。そのうちわたしのところへ送られてきた六隻だけが、三回目の変形でただの水銀に変わってしまうという気まぐれを起こした。重さ数百キロのボートがあっというまに水たまりに落ちた金属の水滴に変わったわけ。これはそのサンプルよ」

トゥルーは蓋を開けようとはしなかった。

「あなたがボートも櫂もなしに川に放り出されなくてよかったわ」

「そうなればさらに最悪だった」クリスは認めた。

「二度目の暗殺の試みというわけね」

トゥルーが言うと、ジャックの顔がさっとクリスのほうをむいた。やはり父は首相として重荷になるようなことは言っていなかったようだ。

「いいえ、たぶん三度目よ。その前日にロケット弾がわたしのオフィスに着弾したの。おばさんもよく知っている友人のハンク・スマイズ－ピーターウォルド十三世と長い昼食に出かけているときに。彼に命を救われたのよ」

トゥルーはいぶかしげに眉を上げた。

「ロケット弾を撃ちこまれた理由として思いあたる節は？」

「前日に地元の軍閥を叩いた」

「地元を刺激したことによる地元の反応かもしれないわけね。ハンクはオリンピアでなにをしていたの？」

「支援したいと言ってきたわ。配給用の食糧や、わたしたちが喉から手が出るほどほしいトラックを三十台」

「配送のためのボートも？」トゥルーは手のなかの瓶を振った。

「六隻ね。三隻は消えた。あとの三つは橋の姿のまま余生を送るはず」

トゥルーは瓶をポケットにいれた。

「普通の検査機関にこれを渡してもなにもわからないでしょう。わかりそうなところをわたしはいくつか知っているわ。まだ橋の形態で残っているものを調べられるといいんだけど」

「ネリー」クリスは声に出して命じた。「流動金属製のボートを一ダース買って。ウォードヘブンのそれぞれ異なる販売店から。それをオリンピア星に運んで、ハンコック中佐に提供して。そして欠陥のある三カ所の橋との交換をお願いする。分析にかけるから」すこし考え、「研究機関に運びこむまえに、その三つの橋が三度目の変形を試みたらまずいわね」

「新しいボートを送るのに警備チームをつければいいわ。古いものを引き取るときもついてこさせる。信頼できるチームをサムからネリーに紹介させる」

クリスは疑問をふたたび口にした。

「でも理由がわからないわ。シーキム星で少女を救出しようとしているわたしを殺せば、リム星域の惑星の半分が地球に対して銃をとるきっかけになるかもしれない。でも医療救援任務の最中に溺死させてどうするの？　どんな政治的目的が？」

トゥルーは首を振った。

「ロングナイフ家の一員だからよ。あなたのお父さまも、トラブルおじいさまも、レイおじいさまも、人類協会を維持するために必死で動いている。あなたの身に万一のことがあれば、すでに重荷をかかえた彼らには大打撃になる。まちがった判断を下してしまっても不思議はない」

クリスは、自分が死んで父が泣くところを想像してみた。しかし思い浮かばなかった。エディが死んだときは家族は一変した。両親にとって大きな痛手だった。自分が死んでも両親はそう感じるのだろうか。

ありえるかもしれない。

「ところで、ここの状況はどうなっているの？　戦争になるの？」

トゥルーは急な話題の変化に目を白黒させた。そして両手の甲で目をこすった。クリスは初めて、このおばがじつは高齢であることを意識した。本当に歳だ。百歳を超えている。それも穏やかな年月ではなかった。トゥルーは小声で答えた。

「そうならないことを願っているわ。なにもいいことはない」

「いいと思う人なんている？」

「自分で戦争をしたのに、その実態を忘れてしまう老兵がいる。若い兵士は苦労ばかりで日があたらないことに不満を持っている。戦争の本当の姿は知らない」

クリスは、自称英雄の若者を思い出して眉をひそめた。彼はまだ子どもだったが……学んで成長する機会を失った。

トゥルーはクリスを見た。そのしかめ面を穏やかに見て、いっしょに苦笑いをした。

「いつのまにか大きくなったのね」

「歳をとっただけよ」

トゥルーはうなずいた。

「やっぱり頭のおかしい連中はいるのよ。人類を支配する皇帝になりたがるような。どうしてそんなことを願うのかは精神科医でなければわからない。あなたの親しいハンクの父親や祖父もそう。グリーンフェルド星を中心として五十の強力な惑星の同盟を築いている。地球についているのは四十強。ウォードヘブンを支持しているのは六十から百ね。あとは風向きを見ている。どこにつくべきか考えている。どこにつくのが有利か。どこにつかざるをえないか」

「つかざるをえない？」

「ピーターウォルド家のグリーンフェルド・グループは、多くの惑星に投資している。そして利益を吸いあげているわ。艦隊もそろえている。人類協会への派遣艦隊を真っ先に引き上げたのも彼らよ。地理的な視点もちがう。短い交易ルートは早い侵略ルートだとみなしている。たとえばオリンピア星。あそこからは一回のジャンプで四十七の惑星に到達できる。二回では二百五十近い。あそこに艦隊をおけば人類宇宙の四分の一を防衛することができる……あるいは侵略することも。オリンピア星が困難におちいったときにウォードヘブンがすぐに対応したのはそのためよ」

「慈善という名の飴ですか」とトム。

「そのとおり。あの星の土地や農場がいっせいに売りに出たときに買い占めたのはだれだと思う？　ピーターウォルドとその手先よ」

クリスはうなずいた。

「それを知りたかったのよ。調べる手間がはぶけたわ。他にもなにかあそこで？」

「あやしい動きはある。スマイズ‐ピーターウォルド家のものらしい船が二年前にオリンピア星を訪れている。軌道上のロボットステーションによると、船は一週間で軌道を離れた。

それから丸一年、その船はどこにもあらわれた形跡がない。オリンピア星系には小惑星帯があるわ。その一つの軌道を変えてオリンピア星と衝突させるのは簡単でしょうね。もしそうなれば、引き起こされる火山の噴火でオリンピア星の脆弱な経済は……」

「調べればわかるわ。流動金属のなかには泥がはいっている。小惑星起源の塵がまざっているかどうか分析すればいい。量がたりないというなら、わたしの荷物のなかにコーヒー缶一杯の泥があるわよ」

トゥルーは目を丸くした。

「病的なほど注意深いわね」

「まわりの影響よ」クリスは立ち上がった。「ネリー、タクシーを呼んで。アレックスおじいさまに会いにいくわ」

トゥルーは首を振った。

「彼に会うのは首相より難しいわよ」

「でしょうね。でも答えが必要なのよ。その答えを聞けるのはアルおじいさまだけ。ジャック、むこうの高給取りのボディガードからわたしを守れる?」

ジャックは顔をしかめた。

「給料をもらいすぎだとわからせてやりますよ」

するとトムが弱々しく言った。

「クリス、おれ帰っていいかな。銃は嫌いだし、パワーランチも嫌いなんだ。サンタマリア生まれの純朴な田舎者なんだから」

「少尉、弱音を吐かないの。さあ行進」しかし腰を浮かせかけて止まった。トラックの車内でハンコック中佐に言われたことを思いだした。「トム、本当にいやだったらあなたはパスしてもいいわよ」

トムはクリスの額に手をあてた。

「熱でもあるのか?」

「ちがう。ハンコック中佐に言われたのよ。わたしは自分のやりたいことに性急すぎて、まわりのことを考えないって」

「あらあら」トゥルーは立ち上がると、右目でクリスを見て、次に左目で猛禽類を見るような表情をした。「本当に大きくなったのね。まるで大人の言い方だわ。気をつけなさい。まわりに気を使っていたら、あなたのお父さまの跡は継げないわよ。その点では他の先祖もそんなことでは悩まなかった。少しだけ視点が高くて、まわりの人が大変なめに遭っていても見えていなかったわ」

クリスはトゥルーのおおげさな言い方に肩をすくめた。

「オリンピアの泥にまみれるうちに謙虚さを身につけたのよ」

トゥルーはまじめな顔で首を振った。

「いいえ。むしろ利口さよ。特殊な環境で育ったあなたには大変な重荷になる。でも……」歯を見せて笑った。「あのおじいさまに会いにいくというのだから、まだ冒険心を失うほど利口ではないようね。じゃあ、わたしはここで失礼するわ。大きなジグソーパズルに残った穴をいくつか埋めなくてはならないから」

「タクシーがおもてに来ています」ネリーが報告した。

「ジャック、二人で行くわよ」

「おれも行く」とトム。

「行きたくないんじゃなかったの？」

「だれだって賢明なことを言ってみたりするもんだろう。実際の行動は賢明じゃなくても」

そして三十分後、三人はロングナイフ・タワーズのまえでタクシーを降りた。

それまでに三カ所の検問所を通過した。最初の二カ所はそれぞれのＩＤを提示して通過できたが、最後の一カ所はクリスがヌー・エンタープライズの優先株をごくわずかに持っていることが確認されるまで通してもらえなかった。

タワーズは、二棟の高層ビルが基部で連結された構造になっている。基部にはここの居住者や職員のためのフードコートやその他のサービスがある。

祖父は十年間、この建物から一歩も出ていないと噂されている。しかしそれは偽情報だとクリスは知っていた。実際には祖父は定期的に軌道上の工場を視察している。ただ、不規則な時間に動いてスパイなどに居場所を察知されないようにしていた。そういう行動は奇癖と老齢のせいだと、かつてクリスは思っていた。しかしそもそもその奇癖が老齢の原因らしい。

案内所の看板をかかげた警備ステーションがあった。そろいの緑のブレザーを着た男が六人いる。クリスが二人を率いて自動ドアを通ってくると、一人が立ち上がって笑顔で声をかけた。

「ご用件をうかがいます」

クリスは、笑顔も言葉も無視してまっすぐ早足でエレベータ乗り場にむかった。ドアが開いているなかで一番遠いものを選んだ。まんなかに乗り、続いてきたジャックとトムが左右に並ぶ。クリスは命じた。

「二百四十二階」

「承知しました」

エレベータは答えた。警備員が駆け寄ってくるが、ドアは閉じかけている。しかしそのドアが途中で止まった。

「命令が解除されました」ネリーが解説した。

「解除命令を解除」

クリスが命じると、ドアは最後まで閉まった。警備員の鼻先だった。

クリスは連れの男たちのようすを見た。トムは目を丸くしていたが、高級将校に間近で紹介されたときほどではない。ジャックは困惑したようすだった。ジョギング用ショートパンツのポケットからバッジとIDを出して、いつでも提示できるようにしている。いい心がけだ。

二百四十二階でエレベータのドアは開いた。クリスは小さなV字隊形を率いて前進を開始した。スウェットにジョギング用ショートパンツという姿は、大学構内では目立たなくてよかったが、スリーピースのスーツだらけのここでは完全に逆効果だ。会話はやみ、みんな目を丸くしてこちらを見ている。進路上からすみやかに退避してくれるのはよかったが。

両開きのガラス扉を抜けると、広めの待合室だった。椅子やソファがならび、脇には小さな会議室がある。受付嬢は顔を上げてクリスを見た。クリスは視線をあわせてそのデスクに直進する。受付嬢はプロらしい無表情で訊いた。

「ご用件をおうかがいします」

間髪をいれずに、

「わたしはクリス・ロングナイフ。祖父に会いにきたわ」

「面会のお約束は？」

「ない」

デスクから離れて、その背後にある木製の両開きの扉にむかう。

「まだはいれませんよ」

受付嬢は大声で言いながら立ち上がった。しかしそんな声にはひるまない。彼女がデスクを離れる前にクリスは扉にたどり着いていた。

「はいれるわよ」

押し開けると、また広いロビーだった。次の受付係は男だ。大柄で、すでに立ち上がっている。

子にすわった。

「本人確認をさせていただきます」

当然だろう。クリスはデスクに歩み寄ると、ガラスに手のひらを押しあて、デスクの背後のカメラをにらみつけた。手続きが終わるとすぐ横にどいて、後続の二人に同様の作業をやらせた。三人の侵入者がデスクのまえで立ちどまり、ＩＤ確認の処理がはじまると、男は椅子にすわった。

クリスはそのすきをついてさっとデスクをまわり、その背後に守られた扉にむかった。

「ＩＤ確認が終わるまではいらないでください！」

受付の男が叫んだ。

「終わっても一ヵ月後に出直せと言うんでしょう」

クリスは言い捨てて扉を閉めた。

次の部屋はさらに大きな広間だった。毛脚の長い絨毯はオリンピアの泥の地面のように靴が沈む。壁はすべて板張り。一方にはいくつかの椅子がならび、その正面には滝のある日本式庭園を映したホロビデオがある――いや、本物の滝がある本物の日本式庭園だった。

とにかく、富と権力の匂いがぷんぷんしている。

クリスの正面には分厚い石板のデスクがあり、そのむこうに年配の女性がすわっていた。デスクの両側にはおなじ紺のスーツを着た二人の男が立ち、どちらも教科書どおりに銃を両手で持ってかまえ、クリスを狙っている。右側の男が言った。

「それ以上一歩も近づくな」

銃をむけている相手の指示には従うことにして、クリスはようやく足を止めた。

ジャックがゆっくりと言った。

「わたしはいまから左手を上げる。手のなかにはバッジとIDがある」

その言葉は穏やかでありながら芯がある。プロの殺し屋が凶悪な内容をできるだけ耳あたりよく言うやり方だ。

「ゆっくりとな」左側の男が答えた。

クリスは平然とした態度をよそおっていたが、じつは胃がひっくり返りそうだった。自分もM-6を持っていれば銃を持った相手でも怖くない。しかし今回は銃を持って突入しにきたのではない。この男と男の意地の張り合いが終わるまでに適切なセリフを思いつくことを期待して、黙って待った。

「わたしはウォードヘブン・シークレットサービスの局員、ジャック・モントーヤだ。首相ご家族の警護を担当している。この方はご令嬢のクリス・ロングナイフだ。シークレットサービスの重要任務を武器で妨害するのは、連邦規則集第二集第二〇四節三三項違反にあたる。一度だけ要求する。武器を下ろせ」

「こちらはピンカートン探偵社ウォードヘブン支社に所属する上級私立探偵リチャード・ドレスデンだ。きみは個人の所有地に侵入しており、二三一八年制定、二四二二年改正の公民法第九二条一三二四項を完全に犯している。この所有地が武力をもって守られていることは、当該法付則二・六・一二項に従って公告済みだ。すでに一度警告した。立ち去れ」

トムがあきれたようすで言った。

「こんなようすじゃ家族が集まるパーティなんかできないな」

「まったくよ。ボディガード同士がそれぞれの法的根拠を述べているうちに、ポテトサラダは水っぽくなるし、日が暮れて野球もできなくなるんだから」

「今度のサンタマリア着陸記念日にはリェン家に来いよ。親戚一同のパーティてのがどういうものか見せてやる」

「考えておくわ」

クリスとトムが場をなごませようと努力しているにもかかわらず、ボディガードも秘書もにこりともしない。プロもここまでくるとたいしたものだ。クリスは声を張り上げた。

「アルおじいさま、孫娘が来ているのよ。わたしだとわかるでしょう。確認してくれないと、この受付でゲノムを端から端まで調べられるわ。そんなに待たせるつもり？」

するとと秘書が、

「急に祖父に面会したくなった理由をうかがわせてください」

「おじいさま、いつまでこんな大声でしゃべらせておくの？　二十二歳の娘が家族のことで二、三訊きたいことがあるからと不意に訪ねてくるのは不自然？　世間に知られたくない秘密でもあるの？」

秘書のデスクの左にあるドアが開き、灰色のスーツを着た灰色の髪の男が出てきた。身長は二メートル近い。おなじく長身のクリスの血縁だと一目でわかる。

「諸君、銃などしまいたまえ」

二人のボディガードはすぐに従った。男は奥の部屋へもどろうとした。

「手続きはあとでいい」

言われた秘書とボディガードは退がった。

「さて、クリス。仕事の邪魔がはいったのはしかたない。部屋にはいって、話したいことを話しなさい」

ジャックが丁寧な態度で口をはさんだ。

「失礼ですが、彼女が一人でだれかのいる部屋にはいる場合は、あらかじめ点検させていただきます」

「きみのやり方ではそうかもしれないが、わたしのオフィスがこの惑星で一番安全だとは信じられないのか？」

「あなたにとってそうでも、彼女にとってどうかは……」

ジャックは最後までいわない。アルは吐き捨てた。

「役人め！　好きにしろ」

小走りにドアへむかったジャックの手には、電子装置が握られていた。ショートパンツや防弾スウェットのどこにそんなものを隠していたのだろう。ピンカートンの私立探偵もジャックのうしろにすぐに続いた。しばらくして二人とももどってきた。

「デスクに個人用ワークステーションがありますね。さらに部屋の四隅にそれぞれ録音装置がある」

アルにむかって話しているが、実際にはクリスへの報告だ。クリスは言った。

「だったらわたしもコンピュータに話の内容をすべて記録させていいかしら」

アルはいやな顔をした。

「全セキュリティと記録を解除。コードααZ48。これで満足か？」

「ロングナイフ家は人々を満足させることに努力するものよね、おじいさま」

クリスは笑顔で部屋に足を踏みいれた。

広大な部屋だった。二つの壁は全面窓で、ウォードヘブンのすばらしい眺望が楽しめる。トゥルーの最上階の部屋よりすごい。

室内のほうは灰色ずくめだった。ラグマットも、壁も、大理石のデスクも灰色。灰色の石板のコーヒーテーブルをかこむソファや椅子さえも濃淡の異なる灰色だった。空気さえ灰色に感じる。匂いが一切ない。

アルは自分のデスクへ歩いた。自分とクリスのあいだにデスクをはさんでようやく落ち着いたようだ。これが家族への態度か。

「それで、用件は？」

「おじいさま、十年ぶりか十二年ぶりにお会いしたのよ。元気かの一言くらいないの？」

「コンピュータ、クリス・ロングナイフの健康状態は？」

「クリスティン・ロングナイフはもうセラピーを受けていません。最後に医師の診断を受けたのは海軍への入隊申請における全体身体検査です。異常はありませんでした。最後に医師の治療を受けたのは、士官学校でまめが化膿したときです」

「こんな具合におまえが健康なことはわかっている。だからつまらない前置きはやめた。用件はなんだ？　わたしの時間を無駄にしないでくれ」

わたしのことなど半分も知らないくせにとクリスは言いたかったが、実際に口にしたことはちがっていた。

「わたしを殺そうとしているのはだれ？」

アルはそれを聞いて二度まばたきした。

「コンピュータ、クリス・ロングナイフの命を狙った事件があるか？」

「いいえ」

クリスはコンピュータの誤りを指摘した。

「あるわ。三回。一回は撃退してやった。残りの二回では謎が深まった。いったいだれがわたしを殺したがるの？」

アルは椅子を回転させてウォードヘブンを眺めた。

「わたしがいなくても充分に状況をコントロールしているようすじゃないか。警察はなんと言っている？」

クリスはデスクに近づき、冷たい大理石の天板に両手をついた。アルの反応からすると、その心臓もこんなふうにできているのかもしれない。

「警察には通報していないわ」

祖父はすこし驚いたようだった。椅子をもどしてむきなおる。

「なぜだ？」

「どれもわたしを狙った証拠がなかったからよ。お父さまに言わせれば、証拠がなければ存在しないのとおなじ」

「あいつはバカだから」

「お父さまもアルおじいさまをそう思っているわ」

祖父は鼻で笑った。しかしそれから真剣な灰色の目になってクリスを見上げた。

「明確な証拠がないのにもかかわらず、だれかが自分を殺そうとしていると思うのはなぜだ？」

クリスは椅子にすわり、誘拐児童救出ミッションについてざっと説明した。話を聞きながらアルの眉間の皺は深くなっていった。

「つまり、装備の不具合のおかげで罠を逃れたわけか」

「ええ。最初は海軍支給品の品質のまずさについてお父さまを問いつめるつもりだった。でも非難の材料にしようとしたものに命を救われたとわかって、困ったわ」

アルは笑ったが、すぐにまじめな顔にもどった。

「その地雷原が自分を狙ったものだと考える根拠は？」

「誘拐グループのリーダーのコンピュータを回収したのよ。トゥルー・ザイドにそれを分析してもらった。そのなかからみつかったメッセージに、〝目的の船がミッションに引きこまれた〟というものと、〝挨拶を準備しろ〟というものがあったの」

「しかしその〝挨拶〟をどこに設置するかまで誘拐犯たちにはわからないだろう」

「海軍がやった過去七回の救出ミッションを調べてみたわ。すべて悪党のアジトの正面に夜間降下している。わたしたちの船長は降下から任務完了まで最短時間記録をつくってやると意気ごんでいた。海軍は長い平和で出方がパターン化して読まれているんじゃないかしら。それをもとにだれかがわたしをはめようとしたのよ」

「理にかなった結論だ。では二度目の暗殺の試みというのは？」

アンダーソン牧場へ川をさかのぼり、そこでボートが溶けて消えたことを話した。

「ボートの残滓《ざんし》からとったサンプルをトゥルーにあずけてあるわ。信頼できる検査機関に送ると言っていた」

「ただの事故かもしれないぞ。流動金属はまだ新しい技術だ。うちの造船所でも五年前から宇宙船の建造に使っている。それでボートとは、ハイテクの無駄遣いだな」

「ボートは五万隻が製造されて、そのうち故障したのはわたしたちのプロジェクトに送られてきた六隻だけなのよ」

それを聞いてアルは椅子にすわりなおした。

「送ってきたのはだれだ？」

「スマイズ - ピーターウォルド」

「スマイズ‐ピーターウォルドか」アルはくりかえした。
「スマイズ‐ピーターウォルドよ」クリスはもう一度言った。「アンダーソン牧場はどこと
も無線連絡ができない状態になっていた。ところがピーターウォルドの船が上空にいるとき
に、どういうわけかその救援要請の無線がわたしに届いたのよ。そしてわたしが川の遡行を
はじめたのを確認するようにして軌道を離れている。ボートへの工作はすでにすませていた
でしょうね」
「もしボートの制御パネルにもう一度手をふれていたら……」
「跡形もなく消えていたわ」クリスはパチリと指を鳴らした。
「ピーターウォルドめ」アルは大声で言って立ち上がった。
「エディが誘拐されたとき、身代金の金はどこから借り入れようとしたの？」
　歩きまわっていたアルはその質問で足を止め、椅子にもどってきた。窓にむかって手を振
って、
「わたしが金を借りる必要があると思うか？」
「富と流動資産はべつよ。昔の会計資料を調べたわ。お父さまとおじいさまは資産を白紙委
任信託にあずけているわね。大叔父さまのアーニーの会社は新興惑星開発、拡大、成長に多
額の投資をしている。お父さまが必要とする現金を用意できたとは思えない」
「関係ない。こちらが身代金を用意するよりまえにエドワードは死んでいた」
「でもおじいさまもお父さまもそれは知らなかった。エディの誘拐事件を仕組んだ連中はな

にも知らずに危険なものをつかんだのよ」

「仕組んだ？　雇われたのではなく？」

「おじいさま、誘拐犯たちが多少なりと状況をわかっていたら、みずから絞首台へ行くようなことはしないわ。彼らは前払い金など必要としていなかった。シーキム星の犯人たちもリーダー以外はなにも知らなかった。そのリーダーは吐かされるまえに心臓発作で死んだわ」

「心臓発作……」

アルはゆっくりと言った。クリスはデスクのむこうの祖父に言ってやった。

「ちょうどサラおばあさまを殺したトラックの運転手のようにね」

アルは自分がトラックに轢かれたような顔になった。というよりも、自分のほうへ突っこんでくるトラックをもう一度見ているような顔だ。小声で言う。

「あれは事故だったんだ。トラックが突っこんでくるのは見えたが、避けられなかった。避けようとしたんだ。五十年たってもあのトラックを夢にみる。避けられると思うんだが、結局できないんだ」

首を振り、

「検死結果は知っている。血中からはドラッグも、アルコールも、なにも出なかった」

「おじいさま、血液サンプルが採られたのは事故から二時間後なのよ。当時でも二時間たてば残留反応がなくなる違法薬物はあったわ」

「そしてピーターウォルド家は裏の麻薬取り引きに通じているからな」ため息をついた。

「おまえの弟が誘拐されたとき、スマイズ－ピーターウォルド十一世はウォードヘブン訪問中だった。その息子はおまえの父親と大学の同級生だった。おまえの母とデートしていた時期もあった」

「その話はいつも聞かされるわ。息子と引きあわせようとうるさいのよ」

アルはそれを聞いて顔をしかめた。

「ピーターウォルドは資金提供を申し出てきた。細かい話はあとでいいと言って。そのあと警察が農場の堆肥の山から突き出した壊れた通気管をみつけた。提供された資金は不要になった。直後にわたしは政府職を辞した。標的になりやすいからな。政府から離れてからは、いつも手元資金を充分に確保するようにした。さらに、だれもはいってこられない壁をまわりに築いた。息子にも政治を辞めろと言った。そしてわたしの仕事を継げと」

「やはり黒幕はピーターウォルド？」

「わたしの父の時代から彼らとは確執があった。レイは偉大な将軍で偉大な大統領だったが、ピーターウォルド家とはいたるところでぶつかった。ウォードヘブン条約の開発基準から逸脱しているという理由で、ピーターウォルド家が投資しているいくつかの惑星を閉鎖した。彼らのドラッグ取り引きルートもいくつか潰したそうだ。噂レベルだがな」

「本当だと思う？」

「レイはピーターウォルド家を潰すつもりだった。しかしおまえの父親が言うとおり、法廷でしめせる証拠はない。だから公式にはそんなことはない」

「わたしは法廷で証拠をしめせない暗殺計画に狙われつづけてうんざりしてるのよ」

「ピーターウォルド家に近づくな」

「無理。わたしは海軍の命令に従って動くしかない」

「退役しろ。このタワーズでわたしのもとで働け。ここでは二十キロ以内での動きはすべて把握できている。高給をあたえ、信頼でき、わたしのためなら命も投げ出す部下たちに周囲を守らせている。おまえの守りは？」

「外のジャックだけよ。わたしが海軍にもどるまでの期間限定」

「ここにいれば安全だ。子どもを通学させる必要もない。予定外の校外旅行があれば武装した護衛をつける。子育てには最高の環境だ」

「いいお話ね。でもわたしは子どもはいない。子どもができたら考えるけど」

「それでは長生きできないぞ」

「おじいさま、わたしはいまのやり方でやるわ」

そのとき、アルのデスクのコンピュータが鳴りはじめた。同時にネリーが小声で言った。

「クリス、お話の途中ですが報告します。たったいま、地球がウォードヘブンへむけて大艦隊を発進させました」

「なんですって？」

デスクのむこうでも似たような声があがった。クリスは深呼吸して、祖父に言った。

「どうやら退役を申請するには遅すぎるようね」

「地球は正気を失ったのか？　地球の艦隊をリム星域に送るなど、そのまま開戦理由になるぞ」

「ビジネスとしては、戦争や分裂騒ぎが起きたほうがいいんじゃないの？」

クリスは祖父の反応を試すために挑発的に言ってみた。しかしアルは初等講座での落第生のようにクリスを見た。

「ふん。地球はわれわれにとって最大の取り引き相手なのだぞ。その市場とのあいだに税関ができることを望む者がいるか？　戦争になればさまざまなビジネスプランが狂う。正気のビジネスマンは戦争など望まない」

ネリーがまた割りこんだ。

「地球からの公式発表では、その艦隊は人類協会の解体をめざすリム星域の星々と連携するためにウォードヘブンへむかっているとのことです」

アルは首を振った。

「白旗を揚げるためにわざわざ艦隊を送る者はいない。地球には、われわれリム星域の拡大主義者が銀河へ出ていくことを恐れている一派がいる。彼らがむこうで多数を占めたのか。地球は武力でわれわれを協会に引きとめるつもりなのか」

「それは一派にすぎないわ。こちらの拡大主義者とおなじように。彼らが開戦を叫んでいるはずはない。おもてむきのとおりの艦隊ということは？」

ふたたびネリーが割りこんだ。

「失礼します。全士官に帰隊命令が出されました」

「ありがとう、ネリー」それから祖父を見て、「さて、どの艦隊にもどれというのかしら」

19

三時間後、クリスはダッフルバッグに荷物を詰め、トムを率いてヌー・ハウスの中央階段を降りていた。急遽チャーターされた旅客船は三時間後にハイウォードヘブン・ステーションを出発する。その後は二G推進でハイカンブリア星へむかうので、うまくすれば二日後にはタイフーン号へ帰艦できるはずだ。

ロビーを横切っていった。図書室の入り口はまだ海兵隊が警備に立っている。しかしその扉は開きっぱなしで、軍人や伝令がひっきりなしに出入りしていた。クリスはしばし立ちどまってなかを見た。曾祖父のトラブルとレイの姿があった。まわりを将軍や大佐や高等文官にかこまれている。図書室の奥のワークステーションにトゥルーの姿が見えた気がしたが、はっきりしない。人類の行方は優秀な人々にまかせることにして、クリスは玄関へむかった。

「待て、少尉」

図書室のほうからトラブル将軍の鋭い命令口調が飛んできた。しかしクリスは足を止めなかった。彼の命令系統の下にはないからだ。呼ばれているのはべつのあわれな少尉だろう。しかし将軍の声はふたたび響いた。

「きみだ、ロングナイフ少尉。止まれ」

クリスは立ちどまり、ダッフルバッグを下においた。

「ハーベイに言って待ってるからな」トムは先に出ていった。

トラブルは近づいてくると普通の声で話した。

「どこへ行く？」

「艦へ帰ります」そして、疑問を抑えきれず、艦隊のだれもが話しあっているはずのことを訊いた。「戦争になるのですか？」

「そうならないように、きみの父上の指示を受けて、わたしやレイや他の優秀な人々が全力で働いている」

二人は立ちつくしたまま、その言葉にこめられた希望と絶望を感じた。それからトラブルは苦しげに口を開いた。

「聞いてくれ、クリス。わたしたちはできるだけ多くのスタッフを集めている。飛べる軍艦は片っ端から再就役させている。わたしがかつて指揮したパットン号さえ引っぱり出されるはずだ。きみがスタッフとして一週間ほどここにとどまってくれれば、駆逐艦の副長として席を用意してやれる。トムもだ」

クリスは息を飲みそうになった。自分とトムを安全な場所にとどめようとしているのだろうか。それほど状況は悪いのか。

「地球艦隊は侵略を企図しているのでしょうか」

老いた将軍はいつものように肩をすくめた。

「わからない。皆目わからない。ニュースのアナウンサーが言っていることだけで、地球のどの一派が采配をふるっているのかは不明だ」

情報不足の苦悩を言葉の端々ににじませた。クリスは大きく息を吸って首を振った。

「将軍、タイフーン号は小さくても優秀な艦です。どこへ送りこまれても最高の働きをします。わたしはまだ若造ですけど、もう新任の士官よりは鍛えられています」肩をすくめて、

「それに、今度はわたしが戦場に立つ番です」

「気をつけろ」

「ご自分がかつてやったことを、わたしにはやるなと？」

トラブルは一本とられたようすで、

「愚かしいことはするなという意味だ。この家には埃をかぶった勲章ならいくらでもある。いいか、歴史の本に書かれていることの半分は嘘なんだからな」

「調査不足かもしれませんけど、嘘ではないでしょう。今度家に帰ったときは、レイおじいさまともども、もっとおもしろい昔話を聞かせてください」

「約束だぞ、少尉。かならず帰ってこい。そうしたら長い話をしよう」

少尉と将軍が抱擁してもかまわないようだった。警備に立っている海兵隊員や通りすぎる人々が違和感を覚えるようなら、はっきりそう言えばいい。そして将軍に腕立て伏せ五十回を命じればいいのだ。

ハイウォードヘブン・ステーションへ上がる軌道エレベータにはなんとかまにあった。いまは上りも下りも軍関係者専用になっている。それでも上りは立ち乗りしかなかった。じつをいうとクリスは最後の座席にまにあったのだが、出発直前に乗ってきたサンプソン代将に席を譲った。

通路に立ったまま、エレベータは座席数が定員のはずだと思い出した。しかし今日は特別だ。そのときふいに実感した。もう安全な方法などない。本当に戦争がはじまるのだ。

ハッピーワンダラー号は、旅客船から兵員輸送船に転用されていた。クリスは幸運にもシングルベッドの一人部屋を割りあてられた。むかいの部屋では二人の少尉が一つのベッドを共有させられている。ただ、クリスの部屋にも隅に折りたたみベッドがあった。だれと同室になるのだろうと思っていると、ドアを開けてあらわれたのはボー機関長だった。

「機関長にまで上陸許可が出されているとは知らなかったわ」

ボーはダッフルバッグを降ろして答えた。

「上陸許可じゃありません。休暇です。妹とその家族に会ってきました」

見まわし、なにか匂うように鼻をくんくんいわせた。

「機関長と士官を同室にするなって規則くらい知らないんでしょうか」

「男女を分けられればそれでよしってことでしょう。考えてる暇がなかったのよ」

「そうかも」機関長は折りたたみベッドを見た。「どっちを使います、少尉？」

「わたしは折りたたみのほうでいいわ。折りたたみベッドで二Gでも、若い背中なら耐えられるから」

機関長は顔をしかめて斜めにクリスを見たが、反論はしなかった。荷物をしまいながら肩ごしに訊く。

「戦争についてはどんな話を聞いてます？」

「起きないように優秀な人々が努力しているそうよ。そっちはどんなふうに？」

「昨夜はバーでビール代がいりませんでしたよ。大口を叩く連中が地球のへなちょこどもに目にもの見せてやるいい機会だと息巻いて。そういう連中にかぎってこの船には乗ってませんけどね」

「徴兵事務所に列をなしたわけじゃない？」

「どのみち身体検査で落とされるでしょう。太りすぎだ」くすりと笑って、すぐまじめな顔になった。「レイ・ロングナイフとトラブル将軍がウォードヘブンにもどっていたようですね。さっきおっしゃった優秀な人々というのは、彼らのことですか？」

「友人に対して否定はしないけど、見知らぬ相手だったらノーコメントね」

クリスはかわした。スタッフに誘われたことも黙っていた。

「お父上は政治的なダンスを踊ってますよ。昨夜その演説を五分聞きましたけど、宇宙でドンパチやらせたいのかどうなのか、結局わからなかった。政治家らしい」

機関長は吐き捨てるように言った。クリスは説明した。

「まだ合意形成に努力しているのよ」

「だったら急いだほうがいいですよ。地球艦隊はこっちへ来てるそうだから」

クリスは折りたたみベッドにあおむけになった。

「無茶な話よ。たしかに地球は巨砲と巨艦をたくさんそろえてるけど、イティーチ戦争以来、つまり七十年ろくに使われていないのよ。大学で地球出身者と話したことがある。彼の家は軌道上で製鉄所を経営しているといっていたわ。年に一度、彼と工場の従業員は古い戦艦が集まっているところへ行って、艦の試験をするそうよ。空気がちゃんとはいっているか調べて、すべての装置にグリーンライトがともるか確認するだけらしい。赤がついたらどうするのかしら。その子の父親は予備役の提督らしいのよ。工場の職長はほとんどが大佐なんですって。たいしたものよ。いざ戦闘になったら、タイフーン号はそんな戦艦の三隻や四隻、まとめて鉄屑にできるでしょうね」

「しかしイティーチ戦争ではその戦艦が惑星をまるごと岩屑にしたんですよ。ウォードヘブンには近づけたくありませんね。地上には妹とその子どもたちがいるのに」

元旅客船の通路に船内放送が流れた。

「五分後の二G加速開始にそなえよ」

ボーが腰を上げた。

「手伝いますから、折りたたみベッドの用意をしましょう。これから二日間はなにもすることはない。自分は寝てすごします。背中を痛める危険を冒してもしかたない。とりわけ、うんざりするほど長い軍歴で初めての実弾射撃が間近に迫ってるときですから。それをいうならソープ艦長だってケツの穴まで総毛立ってるはずです。われわれは乗艦してから二十五時間は一睡もできないでしょう」

クリスは機関長のすすめに従って充分な睡眠をとり、たまっているニュースを読み、戦闘配置でさわる機器のマニュアルを再確認した。

カンブリアからウォードヘブンまでは四日の船旅だったが、帰路は二日だった。それでも艦長にとって早くはなかったようだ。

「ずいぶん遅かったたな」

クリスとトムがタイフーン号に帰艦して五分後にブリッジに上がると、待っていたのが艦長のこの言葉だった。クリスは防衛システムの自席につきながら答えた。

「豪華客船には二Gが限界だったのです。民間ですから」

「艦外に出て押せばよかろう」

副長が言った。クリスは首を振りたいのをこらえた。困ったやつはかならずいる。そのなかでも特別だ。

ソープ艦長は持ち場につくクリスを目で追った。

「もどってきたとは意外だな、ロングナイフ少尉。安楽な地上勤務に替わるとばかり思っていたが」

クリスは顔を上げた。

「そういう提案も受けましたが、断りました」

ソープはかすかに眉を上げて、副長をちらりと見た。

「撃ちあいがはじまるときに最高の艦に乗っていることを選んだわけか」

「将軍には、いざというときに最高の艦が最高の状態であるべきだと言っておきました」

「なるほど」艦長はクリスがいると気分転換になっていいようだ。「オリンピア星から届いた評価報告書もなかなかおもしろかったぞ」

「ハンコック中佐からほめていただきました」

「あれはいいやつだ。ひどい処分を受けたが。おまえははげしい銃撃戦をうまく抑えこんだと書いてあった」

「ベストをつくしました」

「ウォードヘブンへむかう地球の戦艦を叩く用意はできているか？」

クリスは深呼吸した。

「はい、艦長」

艦内で求められる簡潔な言葉で返事した。戦争は起きてほしくないなどという願いは、軍艦のブリッジでは無用だ。

「よろしい。おまえとリェン少尉は配置を交代しろ」

「兵器操作の訓練は受けていません」

艦長は低く言った。

「わたしの知るかぎり、この艦のだれも戦闘に関して充分な訓練など受けていない。しかしおまえは経験がある。リェンもな。あの星で。ロングナイフの戦闘での強さを見せてみろ」

しかたなくクリスは、艦長席のまえで操舵席の隣にある兵器管制ステーションに移った。トムはとくにほっとした顔を見せることなく、クリスの右後ろの防衛ステーションに移った。トムの銃嫌いをハンコックには話さなかったが、あの海兵隊中佐はなにもかもお見通しだったかもしれない。すると艦長にも伝わっているだろう。

ソープは、兵器管制、操舵、防衛の連携演習をはじめた。タイフーン号のセンシング範囲の端に敵艦があらわれた。どうやってここまで侵入したのかとクリスは尋ねたが、頭ごなしに言われた。

「わたしの仕事は標的を引き寄せることだ。おまえは黙ってそれを叩けばいい」

そこでクリスとトムと、アディソンという反射神経のいい新任少尉は演習を開始した。不規則に進路を変え、反転し、回避行動をとりながら攻撃して、最後は敵艦を宇宙の藻くずにする。クリスの手は指が白くなるほどレバー類を握りしめていた。

「もう一度」

いわれたとおりに反復練習した。

ブリッジの外では他の乗組員も訓練をしているのが聞こえた。艦体損傷から核融合炉の放射能漏れまであらゆる種類がある。総員退避の命令も一度だけ聞いた。艦長にとっては不愉快な結末のはずだ。

ブリッジのクリスは次々と問題に対処していった。攻撃の意志を持つターゲットを捕捉し、レーザーで排除していく。

クリスが部屋の寝台に帰れたのは艦内時間でかなり遅くなってからだった。

しかし起床は明朝〇五〇〇《マルゴーマルマル》。シャワーを浴びて着替えて朝食をかきこんで、〇六〇〇《マルロクマルマル》にブリッジに上がった。そしてシミュレーション再開だ。

「敵艦を吹き飛ばすのに時間がかかりすぎだ。最初に捕捉してから十五分以内に粉砕しろ。アディソン、もっとアグレッシブに動け。ロングナイフ、無駄撃ちが多すぎる。ターゲットを追いこむのにエネルギーを使うな。一発でしとめろ」

言うは易し、だ。敵は距離を詰めようとしているか開こうとしているかもわからないのに。しかし反論はせず、次の演習ではターゲットの動きを読むことに時間をかけた。なるほど、ひたすら猪突猛進に設定されている。艦長の性格どおりだ。次の二回の演習では敵はまっすぐ突っこんできた。その次でクリスは一発でしとめてみせた。

「よくやった、少尉。本番でもその調子でやれ」

「敵がまっすぐ跳びかかってくれれば、ですが」クリスは言ってみた。

「かならずそうしてくる。敵もそれ以外に生きる道はない。戦いの必勝法は一つだけだ。先手を打ち、一撃でしとめる。そうでなければこっちがやられる」

「はい、艦長」

受けいれられる返事はこれしかない。アディソンが訊いた。

「地球の艦隊へむけて出撃するのはいつですか？」

「命令が下ったらすぐだ、少尉」

「地球のボロ船はずいぶんゆっくりですね」

するとと副長がニヤニヤしながら答えた。

「連中は技術レベルが低下しているんだ。一G以上の推力では艦体がバラバラになるらしい」

しかし艦長は指摘した。

「それでも一、二隻を軌道に侵入させたら、ハイウォードヘブンも軌道エレベータも地上の住民も、すべて消えてなくなるぞ」

クリスの考えはちがった。地球は政治家に事態を打開する時間をあたえるために、あえて艦隊を〇・五Gにとどめているのかもしれない。しかしそんな考えは口に出さなかった。ここは軍艦の艦内であり、ウォードヘブン防衛が任務だ。艦長はこの槍を鋭く研いでおこうとしている。それを鈍らせてもいいことはない。

正午、乗組員の大半が食堂へ行っているときに、ソープはタイフーン号を戦闘形態へ変形させるよう命じた。

「ロングナイフ、横で見ていてやれ。来週になって清掃用具のロッカーを探しまわるのはごめんだからな」

艦長は副長を見ながら言ったので、トムはいつもの苦笑いをした。

それでもクリスが横に立つ防衛ステーションで、トムはゆっくり手順どおりに作業を進めた。なにも言われなくてもチェックシートを見て確認していく。今回は通常の変形だ。標準的なやり方で問題なく進むはずだ。

予備作業が終わったところでトムは報告した。

「準備できました」

艦長は当直下士官にうなずいた。下士官は艦内に放送した。

「総員、艦体変形にそなえよ。監視員、配置につけ」

艦長は命じた。

「実行しろ、少尉」

トムはワークステーションのキーを叩いた。

乗組員のほとんどは食事中なので、食堂施設は動かさない。まず機関区が収縮した。艦外の係留エリアが消え、広い士官用個室は八人部屋に変わった。艦の直径は半分になった。広広としていた全艦の廊下は狭い作業通路並みになった。すきまを空けてあった格納庫は小さくなった。艦内と機関区のあいだの遮蔽隔壁だけは厚みを増した。艦の全長は二十メートル近く短くなった。

艦長は満足そうに言った。

「これでタイフーン号は投影面積の小さい本物の軍艦になった。当直下士官、行方不明の部屋を全員に調べさせろ。みつけしだいリェン少尉に報告しろ。少尉、やりなおそうなどと無駄な苦労はするな。ロングナイフ流でいい。飛び出した部屋を消去して、適切な場所につくりなおせ」

「はい、艦長」

トムは答えて、クリスにウィンクした。ハンコックの評価報告がなくても、すでに艦長の信頼を得ていたようだ。

ソープは立ち上がった。

「ブリッジ班、三十分の昼食休憩にする。簡単な問題は楽に解けたようだな。次はもうすこし難しい問題を出してやるからそのつもりでいろ」

午後はどんな演習になるのかと思いながら、クリスは部屋を見にいった。狭い通路を抜けると、部屋はすぐにみつかった。ボー機関長といっしょにそれぞれの荷物がそろっていることを確認した。ついでに女性兵たちの部屋ものぞいた。とくに問題はなかった。八人部屋になったことへの不満もすぐにおさまった。

「今回は本番なので緊張しているんですよ」

ボーは部屋を出ながら耳打ちした。

このせいで昼食にはやや遅れた。艦が小さくなったので士官食堂はもうない。カフェテリアで顔を並べて食事をとる。

ほとんどの乗組員はすでに昼食を終え、いまはブリッジ班と機関区の監視員だけのようだ。副長は入り口や配膳テーブルから一番遠い席にいた。機関担当士官であるポーラス少佐は、副長から離れたテーブルで部下の士官や下士官にかこまれていた。トムはすでにこの機関区の仲間に加わっていた。ナノテクやその他の技術的な話題に花を咲かせているのだろう。

クリスはため息をこらえつつ、副長のそばの空いた席にむかった。通信担当士官と中尉のあいだにすわることになった。中尉は当直士官として毎日八時間、副長といっしょにブリッジに立っている。クリスも本来なら、あと二人の少尉と交代で当直下級士官として見張りに立たなくてはいけないはずだった。タイフーン号の士官が十五人だけのときなら。しかしいまは平時ではない。前回の任務ではクリスは兵曹長や一等兵曹に助けられながら当直をこなした。今回はどうなるだろう。

クリスがすわると副長が声をかけてきた。

「オリンピアでは楽しんできたようだな」

「盗賊が出没していました」クリスは簡潔に答えた。

「一掃したのか？」

通信担当士官に訊かれた。クリスはミートローフとポテトとサヤインゲンをそれぞれ味見しながら、返事を考えた。

「悪い勢力をいくつか排除し、飢えた人々の多くに食糧を配給しました。問題は解決できました」

「なるほど。そのうえさらに大規模な銃撃戦もあったわけか」

副長に言われ、クリスはうなずいた。

「かなりはげしい状況があったのは事実です」

「ここでもはげしい状況を期待しているのか？」

中尉が横目で見ながら言った。タイフーン号の小さな指揮命令系統のなかで、中尉は機関区の下級士官をたばねる立場にある。つまりクリスにとっては直接の上官だ。サヤインゲンを見ながら答えた。

「冷静な判断がなされることを期待しています」

「冷静な判断ですめば世話ないがな」

通信担当士官がやり返した。さらに副長が、

「地球の官僚はわたしたちを頭から支配しようとしている。やることなすこといちいち口を出す。もうわたしたちも自立するときだ。はるか遠くの高給取りの官僚の言うことなど聞く必要はない」

クリスの返事は求められていないので、黙って食事を続けた。副長は戦争についてのよくある議論を続けた。もちろんクリスにとっては聞きあきたことばかりだ。

ミード教授は、真に現実に立脚した戦争はめったにないと授業で言っていた気がする。

「感情だ。燃え上がる感情に気をつけろ」と教授は言っていた。クリスはノートをとっていたが、当時はまじめに聞いていなかった。しかしいまは教授の話が理解できる。とりわけこの食堂では。

クリスは食事を終えると、トレイを持ち上げた。副長が訊く。

「地球の旧式艦を撃つ腹ごしらえができたか？」

「艦長が射程距離にいれた標的はなんでも撃ちます」

「よろしい、少尉。それでいい」

副長は大きな笑顔で答えた。

ブリッジにもどると、艦長室で食事を終えたソープがすでに待っていた。

用意されていた演習は、たしかに午前は簡単だったと思えるものだった。長い午後になった。

演習が終わるとすぐに部屋にもどった。ボー機関長はすでにいびきをかいていた。軍艦の狭さをいまさらながら実感させられた。

翌朝、〇六〇〇《マルロクマルマル》にブリッジにもどると、艦長はすでに艦長席にいて、うつむいていた。他のブリッジ班が上がってきて持ち場を確認し、指示を待っているのも気づかないようすだ。

やがてソープは顔を上げずに、艦内放送のスイッチをいれた。

「艦長だ。第六急襲艦隊とタイフーン号はパリ星系行きを命じられた。現地でウォードヘブンや他の惑星の艦隊と合流し、今回の地球からの脅威にそなえる。現時点より艦内を戦時体制とする」

クリスは無発声で問い合わせた。

「ネリー」

「地球の艦隊と約百の他惑星艦隊は、人類協会から公式に撤退するためにパリ星系に集合すると、メディアは報じています。パリはほとんど無人の星系です。異星種族によってジャンプポイントを設置された二つの星系が衝突してできたため、異例に多くのジャンプポイントを持っています」

クリスは胃が痛むのを感じながら訊いた。

「メディアの常識解説はいらない。これは平和的な集合なの？」

「解説者やレポーターの解釈は、戦争、平和、危険な賭けなどに割れています。それぞれの立場や過去の解説の流れを反映しています」

「首相はなんて？」

「平和の到来と賞賛しています」

どこかからの引用だと思って記憶を探った。思い出したが、あまり気にいらなかった。

艦長が続けた。

「わたしが舵輪を握る。埠頭を離れるところくらいやれる。おまえたち三人には本格的に難しい演習問題をあたえる」

クリスは忙しくなり、その日ずっと続いた。手も腕も痛むのをこらえて部屋に帰り、靴を脱ぐのも忘れて眠った。

翌朝クリスが目覚めたとき、ボー機関長は歯を磨いていた。口を泡だらけにしたまま話した。

「起床ラッパも聞こえないようすでぐっすりでしたよ。寝不足らしい。眠ってるあいだも両手が動いてました」

「演習の夢をみていたわ」

「没頭しているんですね」

クリスは服を脱いでシャワーを浴びた。三十秒間じっとお湯を浴びているうちに、忘れていることを思い出した。タオルをつかんで機関長に訊いた。

「夜のうちにジャンプした？」

「いいえ。すれば気づきます。どんなにくたくたでもジャンプしたら目が覚めるものです」

「ネリー、夜のうちにジャンプするという放送があった？　それとも昨日気づかないうちにジャンプしてた？」

「本艦はまだカンブリア星系を出るためのジャンプをしていません」

クリスは手を上げて重さを見積もった。

「一Gか、もうすこしあるわね」

「一・二五G推進です。普通はブリッジ班が先に聞かされるものでしょう」

「わたしが演習にはいりこんでいるときに発令したのね。カンブリアから出るなら、五カ所ある標準ジャンプポイントを何時間もまえに使っているはずなのに」

「使わないつもりでは？　なにせ戦争が起きるそうですからね。お偉方はとにかく意表を突く行動を狙ってるんでしょう」

ボーは皮肉っぽく言った。クリスは同意した。

「そうね」

艦長はすでに戦時体制を宣言している。平時のあたりまえは、もうあたりまえではない。ハッピーワンダラー号へ乗りこむときの軌道エレベータは定員超過で運行された。航行でジャンプが少なくても不思議ではないかもしれない。

「今後も船の推力を監視して。ジャンプしたらどこのポイントを使ったか教えて」

「わかりました」

まかせてしまったのはよかった。クリスはすぐに演習に没頭しなくてはならなかった。ターゲットは動きが速く、ジグザグに機動する。今度は味方の艦艇も視野にはいるので気をつけなくてはならない。惑星や月も戦闘宙域にあり、その重力で機動が混乱する。

「アディソン、その重力井戸に突っこむ気か。それだけ高速だと転回してこられないぞ」

「すみません。見えたら逃げこみたくなって」

「ここが深宇宙ならかまわん。しかし本物の戦闘はたいてい守るべきものの周辺で起きる。統一派とイティーチ族との戦闘は十中八九が惑星から二十万キロ以内だった。重力圏での戦闘に慣れろ、少尉。できないなら降ろすぞ」

「わかりました、艦長」

「それからロングナイフ。なぜ通りすぎる敵を撃たなかった」

「接近速度と威嚇射撃に切り換える速度がシステムの許容値を超えていたからです」

「コンピュータが撃たせなかった理由など訊いていない。なぜおまえが撃たなかったのかだ」

レーザーのエネルギーを無駄にしたくなかったからだが、艦長が求めているのはそういう答えではない。

「申し訳ありません」

「そう答えておけばわたしから怒鳴られずにすむが、敵は容赦しないぞ。あっというまに艦は引き裂かれ、味方の乗組員は真空に放り出される。撃てるときは撃て。エネルギー収支など気にするな。わかったか？」

「わかりました」

婉曲な言いまわしも消えていることに気づいた。地球の艦船ははっきり敵として扱われている。疲労でかすんだ脳裏には、戦争が起きないように全力をつくすと言ったトラブルの言葉も浮かびにくくなっていた。手は勝手に訓練されている。一日じゅうレーザー砲を撃っている。夢のなかでも撃ってしまうのは当然だ。自動人形のようになにも考えず、反射的に行動している。それがソープの望みであり、クリスはそうなっていた。わずかな笑みさえ返してもらえれば充分だった。

しかしその笑みも午後はあまりもらえなかった。タイフーン号は重力井戸にあちこち振りまわされ、まともに撃つ機会がなかった。

その夜は生ける屍のようになって部屋に帰った。意外にもボーはまだ起きていた。クリスが脱いだ汗まみれの軍服を受け取り、クリーニング機に通しながら話した。

「乗組員は少々苛立っていますよ。艦の航路がいつものように食堂のスクリーンに表示されないので」

クリスは就寝着を頭からかぶりながら答えた。

「それは平時の話。いまは戦時体制なのよ」

「それにしてもやりすぎではありませんか？」

「ソープとのつきあいはわたしより長いでしょう。わたしの立場ではなにも言えないわ」

「今日早くジャンプしました。気づきましたか？」

「全然気づかなかった。ネリー、どこのジャンプポイントを使ったの？」

「九十九パーセントの確率でインディアです」

「インディアですって！」

眠い頭をなんとか働かせた。星系内で使用頻度が高いジャンプポイントはたいていアルファ、ベータ、ガンマの順だ。インディアなど普通は使わない。

「インディアの安全指標は？」

ジャンプポイントは遊動する。二個、三個、あるいはそれ以上の恒星のまわりをまわっているのでしかたない。特定の恒星から漂い離れていればいるほど、昔の恒星船のジャンプは失敗していた。現在でも旅客船はAないしBレベルの安全指標を持つジャンプポイントを低速で利用する。海軍はやや大胆にCないしDレベルのジャンプもする。

「カンブリア星系のジャンプポイント・インディアは、指標Fです」

「まさに戦時体制ですね」ボーはため息をつくように言った。

「ネリー、ジャンプポイント・インディアからパリ星系までの最短コースをプロットして」

クリスの肩からホロ画像が投影され、クリスとボーのあいだの空間に浮かんだ。三回の長いジャンプで人類宇宙から遠く離れる。ウォードヘブン条約の範囲から逸脱寸前だ。しかし最後のジャンプで目的地にもどってくる。

「パリのジャンプポイント・キロに到着します。ここは最近使用された記録がありません。最後に報告された位置から五万キロ以内にいまもあると仮定すると、ここになります」

ホロ画像のパリ星系が拡大された。五個の恒星が複雑におたがいをまわっている。そのうち二個は、十五個の惑星を持ち、さらに惑星の残骸である小惑星帯を二本もっている。二個の巨大ガス惑星が燃料補給ステーションとなり、計六カ所のジャンプポイントから延びる数十本の主要通商航路をささえている。

オリンピアから四回のジャンプでリム星域の大半に行けるとしたら、このもつれた星系からは三回だ。地球も含めて。この八十年で最高の中継ステーションだ。それは裏を返せば、開戦に最適な場所ともいえるだろう。

「ここで使用頻度の高いジャンプポイントは?」

星系内に赤い四角があらわれた。

「アルファです。地球と多くのリム星域の星をつなぐルートになっています」

「ウォードヘブンへも行ける?」

「はい。ウォードヘブンからの航路は通常、デルタを使います」

星系内のすこし離れた位置に二番目の緑の四角が点灯した。ボーが顔をしかめる。

「地球の艦隊が使いそうなジャンプポイントのすぐそばに出るわけですね」

「そしてウォードヘブンからはとても遠い。もちろん、このルートを通ればの話よ。ネリー、これらのジャンプに必要な時間を推定して、この艦のジャンプがこのコースと一致するようだったら、わたしがブリッジにいないときに報告して」

ボーは言った。

「いい考えですね。しかしこのルートをこの艦が飛んでいるとして、なにを意味するんですか？」

「わからないわ」

クリスは認めた。ついでに、疲労困憊していることと、許される睡眠時間が充分でないことも認めざるをえなかった。もっと眠りたい。次の日も暇さえあればそう考えているだろう。最近ゆっくり眠ったことなどないが。

寝台に倒れて数秒で眠りに落ちた。鮮明な夢をみた。どんなにがんばっても地球の艦にレーザーで先制されてしまう。こちらは撃ちまくってもあたらず、地球のレーザーは一撃でタイフーン号を切り裂いてしまう。トムやボーや海兵隊員たちが真空に投げ出され、空気を求めてあえぐようすが見えた。

翌朝、朝食を流しこんでブリッジへむかうと、途中でリー海兵隊伍長にさえぎられた。

「ロングナイフ少尉。艦長は飛行コースを公開してくれません。今回のジャンプは過去のルートのどれともちがいます。海兵隊員の一部は不安になっています」

　二カ月前にいっしょに少女を救出した伍長だ。クリスは言った。

「わたしを信じなさい。本艦はパリ星系にむかっている。そのルートが通常と異なるだけ。平時とはちがうと思って」

「戦争になるのですか？」

　伍長の顔には複雑な表情が浮かんでいる。クリスは返事を迷った。

「首相と多くの高官はこの事態が平和裡に解決されるように全力をつくしている。でも艦長は、もし戦闘になればタイフーン号は艦隊で最高の働きができるように努力している、ということ」

「たしかにそういう艦長です。ありがとうございます」

　伍長は去った。クリスはブリッジへの到着がやや遅れただけだ。しかしさっきの話は昼までに艦内中に伝わっているだろうと思った。

　〇六〇〇《マルロクマルマル》ちょうどに席についたクリスに、ソープ艦長は言った。

「やってきたな。リェン少尉、おまえは楽をしすぎだ。アディソンとロングナイフの働きのおかげで本艦にはほとんど弾が飛んでこない。防衛の演習は別立てでおこなう。アディソン、おまえはまだ重力井戸を使いこなしていない。タイフーン号は機動性が高いから独立して行動する。艦隊の隊形を維持しようなどと考えるな。がんがんいけ。ロングナイフ、コンピュータの射撃提案を待ちすぎだ。先回りして考えろ。おまえにも闘争本能があるはずだ。それを使え」

艦長はこの日も彼らを鍛えた。クリスが二発はずしたときは当然よろこばなかった。どちらもタイフーン号がジャンプにはいったときだった。

「ロングナイフ、あの艦を三分も追尾しておいて、はずしたな。そんなことでどうする」

「申し訳ありません、ジャンプで方向感覚を失ったせいです。実際の戦闘ではありえません」

「そうかもな。アディソンとロングナイフは休憩をとれ。副長、通信担当、わたしの執務室へ来い」

「わかりました」

クリスとアディソンは食堂へ引っこんだ。クリスは熱いマグカップを両手で持って、その熱で指と手のひらの凝りをほぐそうとした。

アディソンが興奮した口調で言った。

「地球の艦が視界にはいるのが待ちきれないだろう。ぼくも舵を切ってるのに実際に艦が動かないのはうんざりだ。早く本番をやりたいよ！」

「まだ戦争がはじまったわけじゃないのよ」

「どうしたんだ、地球が好きなのか？　八十年間もぼくらをコケにしてたんだぞ。宇宙がリム星域のものだってことを思い知らせてやるときだ」

「だったらドアをしめしてお引き取り願えばいい。戦争する必要はない」

「やつらが黙って出ていくと思うか？　こっちが取り返した艦隊の費用を払えと言ってるそうじゃないか。しかも新造艦の定価で。もともとこっちで買った艦なのに。地球人は頭が死んでるんだ」

「戦争になったら本物の死人がたくさん出る」

「だからなんだ、ロングナイフ。怖いのか？」

「アディソン、実弾をこめた銃をむけられたことがある？」

「いいや」アディソンはしゅんとなった。

「そういう経験を二、三回したら、ビールをおごるし、まともに意見を戦わせてやるわ。それまで黙ってて」クリスは話を切り上げ、冷たくなったコーヒーをおいた。「もどりましょう」

　艦長は夕方になると普段より早めに演習を終了した。

「熱いシャワーをしっかり浴びて、いくらか休んでおけ。明日のジャンプで○九○○《マルキユウマルマル》にパリ星系にはいる。そのあとは忙しくなるぞ」

　クリスは部屋にむかった。

「ネリー、○九○○にパリ星系入りだとすると、到着するのはどこのジャンプポイント？」

「キロです」

「なにかニュースははいってる？」

「いいえ。ここは人類宇宙から遠すぎるので」

艦隊は一列に並び、宇宙に固定されているわけではないジャンプポイントにはいろうとしている。人類宇宙から遠く離れているので、反対側から来る艦船と衝突する危険はほとんどない。人類の船とは、だが。それ以外の場合は奇怪な出来事になる。

ネリーがそっと呼びかけた。

「クリス。以前受けたご指示で、つねにシステムサーチをして、通常のパターンからはずれたものを発見したら報告するようにと言われました」

「そうね」

「通信担当士官と艦長が会った直後に、新しいシステムがロードされました。現状ではアクティブでなく、なんのためのシステムかわかりません」

「戦時体制に関係あるもの?」

「戦時体制が宣言されたあとにロードされたシステムはすべてリストにしてありますが、これはいっていません。またこのソフトウェアにわたしからアクセスすることもできません」

「動いていないの?」

「はい。インストールされているだけです」

「なにか反応があったら教えて」

「そうします」

クリスは両手の甲で目をこすり、疲労を払おうとした。頭が半分しか働いていない。これらはなにか意味があるはずだ。なぜ父やレイは、第六急襲艦隊をこんな遠まわりでパリ星系へ送りこんでいるのか。最高の艦を地球の艦隊のすぐ隣へジャンプアウトさせようとしているのか。すぐ隣か、あるいは背後か。

地球の艦隊がしばらくまえに到着しているとしたら、速度を落としてリム星域の艦隊と会合して、本来の目的のことをやっているはずだ。

宇宙船で旗を降ろすときはどうするのだろう。宇宙服を着た提督たちが直立不動で並び、あわれな兵士が舳先にかかげた青と緑の旗を降ろしているところを思い浮かべた。

ああ、やっぱり疲れている。そう思ってシャワーを浴びたが、あまり役に立たなかった。ベッドに倒れるとたちまち眠った。

「少尉、もうお休みになられました？」

百年くらいたった気がしたころ、ボーの声が聞こえた。

「ああ、寝てたわ。どうしたの？」

「いえ、べつに。少尉が伍長に話された話がいい結果になってます。艦内に充満していた恐怖感がかなり消えました」

「それはよかった」クリスはシーツを引き上げた。

「明日朝に到着という噂ですが」

「そうよ」クリスは睡眠にもどりたかった。

「どこのジャンプポイントになるか見当はつきますか？」

「コンピュータの予測ではキロみたい」

「やはり、地球の艦隊のすぐそばに出るわけですね。彼らがどう受け取るでしょうか」

「さあ、わからない」声に苛立ちがまじるのを抑えきれなかった。

「むこうに気の早い砲兵がいないといいんですが。地球の戦艦は射程距離十万キロのレーザー砲を積んでいます。こちらは充分その範囲にはいります」

クリスははっとして顔をむけた。

「こちらの射程にもはいるでしょう」

「この艦の二十四インチ・パルスレーザー砲は、射程五万キロがせいぜいです」

「……大丈夫よ。ジャンプポイントのそばにいつまでもいる船なんていない。地球艦隊はさっさと移動してリム星域の艦隊と合流しているはず。用意のいい連中がビールを大量に積んできていれば、いまごろ両方の艦隊は酒盛りをして、提督たちはなごやかに談笑しているわ」

「そうだといいんですが」

「早く実弾を撃ちたいんじゃなかったの？」

「無駄に訓練していなかったことを確認したい気持ちはあります。しかし地球との戦争となると話はべつだ。そんなことは望んでいません」

「すこしでも寝ておきなさい、機関長。明日にそなえて」

クリスは寝返りを打って目をつぶった。しかし明日の戦略図が脳裏から消えなかった。地球艦隊のあわて者の砲兵が第六急襲艦隊にむかって撃ってきたら？　まあ、そういうときの守りのために流動金属があるのだ。サンプソン代将にまかせればいい。一介の少尉が心配することではない。

20

「ジャンプまであと二十秒」

アディソンが読み上げた。ソープの命令が飛ぶ。

「ロングナイフ、全ターゲット情報を表示しろ。ジャンプから出て十五秒以内に、距離も方位もすべてだ」

「はい、艦長」

クリスは自分のディスプレーに目をやった。距離計はすべて作動している。レーザー、光学、重力、レーダーも全部だ。それによると第六急襲艦隊はタイフーン号の前方に一列縦隊になっている。旗艦ハリケーン号を先頭に、サイクロン号、トルネード号、シャマル号、モンスーン号、シロッコ号、そしてチヌーク号と続く。ソープ艦長はしんがりをつとめることが不満そうだった。もしジャンプポイントが急に動いてタイフーン号がはいりそこねたら、Uターンしてまた探さなくてはならない。艦隊のほとんどはむこうがわに到着しているのに、ぶざまだ。

「針路は正しいか？」艦長はアディソンにまた確認した。

「あと一キロです」

「このまま進め」

クリスはジャンプまでのカウントダウンを聞いた。3……2……1……。いつものように三半規管がおかしくなる感じがして、手もとのディスプレーがすべて赤表示になった。数ミリ秒前に発した各種のサーチ信号がもどってこないからだ。しかしまばたきする間にすべて緑表示にもどった。

そして、演習とは異なる本物のターゲットがいっせいに表示された。

第六急襲艦隊はすぐに楔形隊形をとった。旗艦のハリケーン号を中央に、右翼を四隻のコルベット艦が守り、地球艦隊に近い左翼にはタイフーン号をふくむ三隻がつく。クリスはそれを一目で把握した。

地球艦隊の姿を見ると、思わず口が開き、膀胱が押し縮められるのを感じた。三メートル厚のレーザー防護用氷装甲を持つ巨大戦艦十六隻が、八隻ずつ二列になって、五つの遠い太陽に照らされて荘厳に輝いている。

クリスの手は訓練どおりに勝手に動いた。距離と方位を測り、自艦の動きを補正して射撃データを求めていく。地球の艦隊は四分の一Gの安定した推力で加速中だ。機動はしておらず、列を乱す動きはない。十秒後にはクリスは艦隊を捕捉していた。

ハリケーン号の指示で、タイフーン号には四つの標的が割りあてられた。クリスはその特定に十秒とかからなかった。距離を測定し、タイフーン号の四門のパルス砲にそれぞれ狙わせた。

小型高速のコルベット艦の反応炉は、大型の巡洋艦や戦艦のようにレーザーをすばやく再充電できない。それでもイティーチ戦争時代から電池技術は大幅に進歩しており、タイフーン号は四門の大きな二十四口径パルスレーザー砲でナノ秒連射できるだけのエネルギーは蓄えている。射程はやはり小型のコルベット艦は短い。戦艦が持つ十六口径レーザー砲による完璧な集中射撃はまねできない。しかし四万キロもの距離をへだてるとビームのエネルギーは拡散するので、コルベット艦のパルスレーザーも戦艦の主砲にひけをとらない。ソープ艦長に言わせれば、上回るほどだ。

ブリッジのうしろでハッチが開き、海兵隊員たちがはいってきた。後部隔壁ぞいに並ぶ。完全武装したその姿は、ロングナイフ・タワーズにショートパンツとスウェット姿ではいっていったクリスに劣らず場ちがいだ。

ソープ艦長は軍曹にうなずいて、艦内放送のボタンを押した。

「全乗組員へ、こちらは艦長だ。本日われわれはリム星域の人類の気概を地球にしめす。この一世紀、われわれは地球に抑圧されてきた。今日はその軛《くびき》から脱する。地球およびその支配に抗する力を持たない退廃的な惑星に対して、リム星域はこれより戦争状態にはいることが通知された。命令が下ったのだ。タイフーン号は艦隊最高の艦である。われわれの力を見せてやれ。艦長より以上だ」

ソープは誇らしげな笑みを浮かべてアディソンのほうをむいた。

「割りあてられたターゲットに接近せよ」

次はクリスがその強烈な視線にさらされた。

「ロングナイフ、敵艦との距離が二万五千キロになったら撃て」

「はい、艦長」

アディソンとクリスは反射的に答えた。

クリスの手は勝手に動いてターゲットを確認し、接近率と角度を調べた。第六艦隊が到着したあとも、地球艦隊は速度も針路も変えていない。簡単な標的だ。

簡単？ 簡単すぎる！

クリスはコンソールに指をはしらせながら、脳裏の考えもはしらせていた。

戦争だ！ 戦争に突入しようとしている！ 首相は考えを変えたのか。レイやトラブルは平和的解決をあきらめたのか。この大事なときに情報はないのか。クリスは無発声で命じた。

「ネリー、なにかニュースはないの？」

これだけの艦船が集まっているのだ。たくさんのニュースパケットがリアルタイムでやりとりされているだろう。

「全チャンネルが妨害されています」ネリーは報告した。

「妨害？ だれが」

「旗艦が艦隊内外のすべてのデータトラフィックにジャミングをかけています」

「ウォードヘブンからの司令チャンネルも？」ありえない！

「それもふくめて全部です」

クリスは唇を噛んだ。自分の手で戦争の火蓋を切ろうとしている。地球艦隊を攻撃しようとしている。なのに、こんなときにかぎって状況がまったくわからない。

いや、わかっている重要なデータもある。父と祖父たちだ。彼らならどうするだろう。

「ネリー、艦のメッセージトラフィックに侵入して。この命令を説明できる情報があるはずよ」

説明のない命令には従えない。これには説明があるべきだ。

「試行しています」

すると、通信担当士官が鋭い声で艦長の注意を惹いた。

「艦長、だれかが本艦の通信ログへ不正なアクセスを試みています」

「どこからだ」

「艦内からです」

「追跡しろ。だれがやっているのかつきとめろ。軍曹」

「ネリー、中止」クリスは無発声で命じた。

「はい、艦長」

海兵隊の軍曹が直立不動で答えた。艦長は低い声で命じた。

「妨害行為者を摘発するチームを編成しろ。みつけしだい撃て。射殺しろ」

「了解しました。リー伍長。おまえとあとの二名だ」

リーは二人の二等兵に合図して、いつでも動けるようにハッチのまえへ出た。

「どうだ、通信」艦長は訊いた。

「アクセス拒否で、止まりました。行為者はすぐに中断したようです」

「またアクセスしてきたら教えろ」

クリスは訊いた。

「ネリー、いったいどうなってるの？　ウォードヘブンのどんなシステムでもハッキングできるコードをトゥルーから仕込まれたんじゃなかったの？」

ネリーの返事はこの失敗で消沈しているように聞こえた。

「そのはずです。しかしタイフーン号の艦内ネットワークは、アイアンクラッド社の防護ソフトウェアで監視されています。昨夜ロードされたシステムがこれのようです」

「そんなソフトウェア会社、聞いたことないけど」

「グリーンフェルド星の小規模な企業で、市場シェアを増やす努力はしていないようです」

グリーンフェルド星。ピーターウォルド家の地元だ。スマイズ‐ピーターウォルドの息がかかったソフトウェアがなぜウォードヘブンの軍艦に組みこまれているのか。しかも戦争の火蓋を切ろうとしている艦だ。

「ターゲットまでの距離は」

艦長の問いに、タイフーン号の兵器管制者として働いているクリスの頭はすぐに答えた。

「四万五千キロです」

ハリケーン号のまわりに何隻かいる。割りあてられたターゲットを確認した。射撃範囲には旗艦がいて……五番、九番、十三番が続いている。これらは分艦隊の旗艦だろう。クリスが撃てば艦隊全体が指揮命令系統を失う。他のコルベット艦も同様にターゲットを割りあてられている。八隻が四斉射すれば、百二十八隻の軍艦が鉄屑になるか、統率者をなくす。

「兵器ステータスは」

艦長からの問いだ。クリスは乾ききった口でなんとか答えた。

「レーザー砲四門はフルパワー設定です。キャパシターは満充電。レーザー砲一門は即座に再充電できます。残りの三門は七分半かかります」

「第一レーザー砲を再充電し、割り当て範囲の最後の艦を撃て。タイフーン号はパルスレーザー砲四門で五隻の戦艦を沈められるところを見せてやれ」

「はい、艦長」

クリスは命令どおりに指を動かした。しかし頭のなかでは声が叫んでいた。なにかがおかしい。地球艦隊は攻撃を予想していない。父が奇襲を命じるだろうか。トラブルがこんなやり方をするだろうか。答えはわからない。レイはウルム大統領を奇襲した。それはたしかだ。しかしあの戦艦は普通の兵士を満載しているのだ。地球で徴兵された兵士にしても。

「ネリー、なにか通信をつかめた？」

「なにも」

ブラックマウンテンを登ったトラブル。地球と戦い、ウルムと戦い、最後はイティーチ族と戦ったレイ。彼らはこんなふうに戦うだろうか。父はどうか。ロングナイフ家の彼らならこんな命令を出すはずはない。どうするのか。

トムは、いつでも選択肢はあるものだと言った。クリスは肩ごしに振り返った。トムは見開いた目をこちらにむけていた。

ハンコック中佐、ここに選択肢はほとんどありません！

距離を見ると四万メートルに近づいている。選択肢を探している時間もない。ではどうする、クリスティン・アン・ロングナイフ。自分たちはウォードヘブンを地球艦隊から守るためにここへ来た。たしかにこの艦隊は脅威だ。脅威がここに存在する。ジャンプポイントのそばにいる。

クリスは小声で言った。

「艦長、どうも不自然なことがあります」

「なんだ」

ソープ艦長がきびしい声で言った。

クリスは立ち上がった。手はまだ兵器コンソールに軽くかけたままだ。

「この状況です」

「この状況がどうした」

自信たっぷりな態度が突然の横やりで揺らいでいる。

「これは奇襲です――

「もちろんそうだ。この巨大艦隊にウォードヘブンを攻撃させたいのか？　すわれ、少尉。おまえには命令があたえられている」

「はい、そうです。しかし、どこからの命令でしょうか。首相はそんな卑怯な性格ではありません。わかります。実父ですから。戦うときは真正面から戦いを挑む人です。そしてこの艦隊です。わたしたちへの脅威となるような、あるいはウォードヘブンへの脅威となるような行動はとっていません」

「ターゲットまで四万キロ」

操舵席のアディソンが読んだ。砲撃へ、虐殺へと一歩一歩近づいていく。

「どうしたんだ、ロングナイフ。戦う根性がないのか。しかたないな。軍曹、この臆病者をブリッジから叩き出せ」

艦長、あなたはいま大きなまちがいを犯したわ。感情的に判断をくだした。

クリスは海兵隊のほうをむいた。だれ一人として隔壁のそばから動いていない。

「わたしは臆病者？　そう思う？　わたしはあなたたちといっしょに降下した。わたしがいなかったらあなたたちの半分は再突入で焼け死んでいた。わたしがいなかったら、あの地雷原でだれ一人生き残れなかった。わたしは最初にドアを蹴破り、最初に少女のところへ行った。それが臆病者の行動？　ここに立っているのは臆病者のやること？　艦長、この命令はウォードヘブンの首相が出したものではありません。だれの命令ですか？」

「命令する権限のある人々に決まっているだろう、甘ったれたガキめ」艦長は怒鳴った。そうやって癇癪を起こすことは、クリスの立場に正当性をあたえるだけなのもわからずに。

「命令を出したのは、金にがめつい弱虫どもを蹴飛ばす気概を持った人々だ。おまえには軍務はつとまらんし、その名誉にも値しない。おまえは権力のあるところで育ち、それを無駄遣いしてきた。しかし権力の使い道を知っている者もいるということだ。地球もその権力にあぐらをかいて腐敗した。わたしたちはもうすぐそれを叩き潰す。権力がなんだ」ソープは拳を振り上げた。「地球が復興してきたらまた潰してやる。ロングナイフ、おまえたちのようなおべっか使いの犬にはうんざりだ。いまここで正義をなす。軍曹、この犬を撃ち殺せ」

軍曹は隔壁を背にして立っていた。目を丸くして艦長を見ている。それからゆっくりとM－6を持ち直した。クリスは実弾をこめた銃をむけられた……またしても。高地連隊のエマ、これがロングナイフ家の伝統みたいよ。

「あなたもそうなりたいの、軍曹？」

クリスは言った。一言ずつ腹の底から力が湧き上がってくるのを感じた。レイが大統領の警護をすり抜けるときもこれを感じたのだろうか。トラブルや地獄の淑女たちがブラックマウンテンに登ったときもこれを感じたのだろうか。クリスは艦長を指さしながら、軍曹にむかって続けた。

「あなたはいままで金持ちで怠惰な連中にこびへつらう犬だったと、この男は言ったわ。じゃあ今度は、愚かしい権力の亡者にへつらう犬になるの？　結局そういうことよ。この艦長の父の政治を気にいらないかもしれない。でも彼は選挙でみんなに選ばれたのよ。この艦長やその仲間がもっといい政治をできると思う？　あの地雷原を憶えてる？　なぜ降下のまえに発見できなかったのか。救出ミッションの最速記録をつくることに躍起になっているような指揮官が、地雷原に気づくと思う？　他にもどれだけ見落としがあったか。そんなリーダーを求めているの？」

　動けない軍曹から周囲の人々へ視線を移した。

「こんな傲慢で卑劣なやつの命令に従うの？　子どもや孫になんて話すつもり？　宇宙は引き裂かれて、軍閥が跋扈《ばっこ》する焦土になる。まちがいないわ。権力に溺れて、降下ミッションさえまともに指揮できない男に、惑星の運営なんてできるわけがない。問題はいったいだれがこんな命令を出しているのか。通信担当、あなたもこのたくらみに加担しているわね。黒幕はだれ？」

　通信担当の中尉は、ディスプレーとおなじように紅潮した。指揮官のほうを見て、

「艦長……」

「おまえには関係ないことだ、ロングナイフ。おまえたちは命令ばかりする立場だったせいで、自分より世間をよく知る者がいるのを理解できないんだ。わたしたちを顎で使い、わずかな給料で命がけの仕事をさせ、自分たちは寝ながら蓄財している。もうそんな時代は終わったんだ。軍曹、この女を撃て」

　軍曹はM‐6をかまえた。

「少尉、申し訳ありません」

「軍曹、動かないでください」

横から言ったのは、リー伍長だった。ライフルをむけている。

「すこしでも動いたら、軍曹、あなたを蜂の巣にします」

副長が席から腰を浮かせた。銃を手にして海兵隊員たちのほうをむく。しかしハンソン技術兵がすでにライフルをかまえていた。

「手を下ろしてください、副長。あなたが引き金を引くまえに倒せます」

副長の手は途中で止まった。リー伍長が続ける。

「武器を捨ててください。副長、そして軍曹もです」

「おまえたち、絞首刑だぞ!」艦長が怒鳴った。

「こうしなければ、それはそれで絞首刑になるんじゃないでしょうか。少尉、自分はただの兵士ですが、正義の側に立っていたいと思います。もしおれたちがまちがってるのなら、素直に銃を下ろします。そしてこの攻撃を実行すればいい」

クリスは命じた。

「通信担当、ウォードヘブンの標準チャンネルを開いて」

艦長は首を振った。通信担当の中尉は言った。

「だれがやるか」

「ネリー、通信系の制御権をトムのコンソールに移行。そしてハッキングして。急いで」

「移行しました。ハッキング実行中です」

「トム？」

クリスは訊いた。トムはついてきてくれるとわかっていた。彼がついてくれば、全乗組員がついてくる確証になるはずだ。今回も自分を支持してくれるだろうか。

トムの手はすでにコンソール上を動いていた。

「もうやってる。ちくしょう。ハリケーン号がすごいジャミング波を出してるな」他のブリッジ班をちらりと見て、「おれたちに外部と接触させないつもりらしい」

「力ずくで突破して。ビームを絞るのよ。緊急司令ネットワークだけをサーチ。ジャンプポイント・デルタに一番近い惑星にタイトビーム送信」

勘だった。ウォードヘブン艦隊の旗艦を探さなくてはならない。地球艦隊がジャンプポイントからそれほど離れていないのだから、ウォードヘブン艦隊も近くにいるはずだ。

五分後、トムは首を振った。

「送信エネルギーがたりない。ジャミングを突破できない」

「キャパシターの電力を全部使って」

五隻目の地球艦を破壊するためになど使わせない。トムはキーを叩いた。グラフが赤のレベルへ深く沈んでいくのをクリスは息を詰めて見守った。証拠をしめさなくてはならない。みんなが求めている証拠を。

「三万五千キロ」アディソンがだれにともなく報告した。

ふいにトムがにやりと笑った。

「よし、聞こえてきたぞ」

〝……いったいなにをしてるんだ、第六急襲艦隊。応答しろ、バカ者。いったい全体どういうつもりで動いているんだ〟

クリスは止めていた息を吐いた。

「トラブルおじいさまだわ。最後に会ったときも、この危機を平和的に解決するために首相といっしょに努力していた。みんな、これでもこの艦が正しいことをしていると思う？」

クリスはブリッジのなかを見まわした。青ざめた顔から、決意をみなぎらせた顔までさまざまだ。ブリッジ内にはトラブルの声が響いている。強い口調だ。これまで聞いたこともない乱暴な言葉遣いで、第六急襲艦隊の司令官を呼び出している。

「応答するか？」

トムの問いに、クリスは深呼吸した。

「いいえ。彼らは星系の反対側にいるのよ。この攻撃を阻止するとしたら、わたしたちがやる以外にない。それもいっきに」

艦長がかん高い声で言った。

「やめろ。わたしたちの最後のチャンスなんだぞ。この女のような金持ちに銀河を譲り渡すのか。いいように使われるだけだ。金で体を支配され、最後は心まで支配されるんだぞ」

しかしソープの言葉などだれも聞いていなかった。全員の目はスクリーンに集中し、指は戦闘コンソールを叩いている。ブリッジの全員がクリスに従っていた。

「軍曹、あなたも味方になってくれる？」

「はい、少尉。もうすぐ孫が生まれるんです。その世界を壊すわけにはいかない」

「軍曹、伍長、この連中をブリッジの外へ出して。これから戦闘になる。戦いを止めるための戦いに」

「わかりました。みんな、聞こえたな」リー伍長は命じた。

ソープが吐き捨てるように言った。

「おまえがこの艦に乗ってきたとき、戦士として見込みがあると思った。しかし実際はそのへんの腰抜けとおなじだったわけだな」

軍曹がにらみつけた。

「艦長、黙って出口へどうぞ。そうでないなら、残念ながら力ずくで黙らせます」ライフルのストックを振り上げた。「副長と通信担当士官もごいっしょに」

ソープの扱いは軍曹にまかせて、クリスは自分のやるべきことに集中した。艦長が口を閉ざして不機嫌そうにブリッジから出ていってから、クリスは訊いた。

「アディソン、あなたもついてきてくれるわね」

「そうするよ、少尉。父から聞かされていた海軍はこんなじゃなかったはずだ」

「わたしにとってもよ」

クリスの戦略スクリーン上には味方のコルベット艦が何隻も散らばっている。チヌーク号はほんの三百キロの距離だ。

「聞いて、みんな。これからやることよ。艦隊に大きな問題が起きたことを気づかせなくてはいけない。アディソン、わたしの指示に従って回避機動を準備して」

アディソンは深呼吸して答えた。

「了解」

クリスはシートに体を沈めた。コントロールレバーに手をかけ、二十四インチ・パルスレーザー砲をチヌーク号の艦尾にむける。防衛担当を長くやっていたので、同型艦の弱点はよくわかっている。機関制御室のうしろを狙えば核融合炉を撃ち抜ける。派手な爆発が起きて艦は横転する。それでも乗組員は生きて帰れるはずだ。

クリスは二度深呼吸して、手の震えが止まるのを待った。コントロールレバーをしっかりと握り、照準コンピュータの十字を慎重にチヌーク号にあわせる。四つの測距システム（レーダー、レーザー、重力、光学）はそれぞれ異なる誤差がある。うまくすりあわせて数値を出し、二十四インチ・レーザー砲の出力を半分に設定して、トリガーを引いた。

スクリーン上では、一隻のコルベット艦から隣の艦へ黄色い線がまっすぐに延びた。ターゲットの艦尾をレーザーが貫くと、爆発で噴出したガスがレーダーに映った。チヌーク号は推力を失い、ガスを螺旋状に噴き出しながら編隊から脱落していく。

「注意を惹いたのはまちがいないな」トムが苦笑しながら言った。

「まあね」

「ソープ、いったいどういうことだ？」

　第六艦隊旗艦のチャンネルから声が響いた。クリスは通話ボタンを押した。

「こちらはロングナイフ少尉。現在タイフーン号の指揮をとっています。貴艦の攻撃命令は違法です。ウォードヘブン艦隊司令官からは、貴艦の攻撃行動を中止せよとの命令が下っています。従わないなら本艦が阻止します」

「ロングナイフだと？　ソープはどうした？　くそっ、シロッコ号とハリケーン号に命じる。タイフーン号を攻撃せよ。第二分艦隊は地球艦隊への攻撃を続行しろ」

　トムは、友人のロングナイフが巻き起こした新たな混乱を見て眉を上げた。

「やれやれ、本当に注意を惹いちまったぞ」

「アディソン、第二分艦隊のほうへ進行。トム、旗艦のいる側に流動金属を配置して」

「了解」

　クリスはまた通信ボタンを押した。

「全乗組員へ、ブリッジのロングナイフ少尉だ。ソープ艦長は解任した。わたしたちが受けた攻撃命令は違法なものだった。ウォードヘブン艦隊司令官は地球艦隊への攻撃を阻止するようにわれわれに命じられた。それに従ってチヌーク号を中破させたところだ。引き続き、他の第六艦隊所属艦を攻撃する。攻撃の謀略に加担した者も、ウォードヘブンを支持する者も、当面はタイフーン号のために全力で働いてもらいたい。そうでなければ生きて帰れない。ロングナイフから以上」

「刺激的なスピーチだな」

　トムのからかいに、クリスは肩をすくめた。

「しかたないわ。アディソン、回避機動を開始。全力でジグザグ航行して」

「射撃管制に影響するぞ」アディソンは指摘した。

「かまわないわ。撃たれるわけにはいかないんだから、かわしたほうがいい」

　トムが注意した。

「敵性艦が回頭してる。五秒でその射撃可能域にはいるはずだ」

　これも小型艦特有の制限だ。巡洋艦や戦艦は巨大な旋回砲塔を持っていて、全方位へレーザーを撃てる。しかしコルベット艦の二十四インチ・レーザー砲は、可動域が艦首方向から左右三十度ずつしかないのだ。

　クリスはタイフーン号がその範囲にはいるまえに、第二分艦隊の四隻に対して五十パーセント出力のパルスを撃った。シャマル号以外ははずれた。しかしかまわない。注意を惹ければいいのだ。

　サイクロン号とトルネード号は興味深い動きをした。どちらも減速し、地球艦隊から舳先をそらして離脱していった。そのブリッジでどんな議論がかわされているか、聞いてみたいものだとクリスは思った。

「かわしたぞ」

　急激なG変化を胃が感じた。アディソンがタイフーン号の舳先を押し下げたのだ。

「舳先をハリケーン号へ」クリスは命じた。

「了解」

「金属を舳先へ移動する」

トムが報告した。防護の必要な場所へ流動金属を動かすのだ。

クリスは旗艦に狙いをさだめようとした。しかしトリガーを引こうとするたびに艦が方向転換する。二十四インチ砲の出力を四分の一に下げて、何度か撃った。しかしはずれた。

「照準のじゃまをしてすまない」アディソンが謝った。

「続けて。こっちが当てにくいとしたら、むこうも当てにくいはずだから」

二隻の敵性艦がタイフーン号のそばを通りすぎた。アディソンは撃たれることを予想して舳先をそちらへむけた。しかしレーザーは飛んでこない。二隻とも全速力でジャンプポイントへむかっているのだ。トムが叫んだ。

「逃げてるぞ！」

「トム、第六急襲艦隊の残りの艦へタイトビーム送信」クリスは通信ボタンを力いっぱい押した。「タイフーン号から第六急襲艦隊の他の艦へ告ぐ。見ろ、旗艦はジャンプポイントへ逃走している。あれを見て態度を決めてほしい」

「サイクロン号だ。サンティアゴ少尉が艦長代行についている。指揮下にはいる、ロングナイフ」

「こちらトルネード号。ハーラン中尉が一時的に指揮している。指示をほしい」

「モンスーン号およびシャマル号と交戦せよ。地球艦隊に近づけるな。こちらは旗艦を追う」

しかしハリケーン号は三Gでジグザグ飛行していた。地球艦隊へ接近するベクトルを大推力で急速に捨て、徐々にジャンプポイントへ近づいていく。ジグザグ飛行のせいでクリスはその弱点のエンジンを狙えない。ソープはなぜかタイフーン号に高G加速装備をしていなかった。クリス自身も一・五G以上で訓練した記憶がない。ここはひとまず減速して展開を見ることにした。

地球艦隊の二隻の戦艦が一部の砲塔を旋回させた。シャマル号とモンスーン号は、僚艦からだけでなく、地球側の十四インチ砲、十六インチ砲、十八インチ砲十数門にも狙われる形になった。遅ればせながらのこの反応が八隻に対してだったら、失笑ものだったはずだ。しかしいまその狙いは二隻に集中している。

シャマル号とモンスーン号は針路を変更し、ジャンプポイントへむかった。サイクロン号とトルネード号はあとを追った。

「報告をいれるにはいいタイミングのようね」クリスは通信ボタンを押した。「こちらはタイフーン号を指揮中のロングナイフ少尉。チャンネル上のすべての艦隊指揮官に呼びかけます」

スクリーンが分割されて二人の顔が映し出された。一人は見覚えがあり、もう一人はよく知っている。

「こちらは地球艦隊参謀総長、ホー将軍だ。目のまえで起きていることを説明してくれるかな」

「こちら、レイ・ロングナイフ将軍だ」

ホー将軍は姿勢を正した。

「大統領」

「いや、今日はただの将軍だよ、ホー君。ウォードヘブンの参謀総長マクモリソン将軍に協力しているのにすぎん。きみはまたロングナイフ家の一員にあやういところを助けられたようだな」

「どうやらそのようです、レイ」

「さて将軍、きみはそこにじっとして、性急な連中がまたなにか愚かしいことをするのを待っているのかね。それともこちらへ来て、おたがいにわかっているやるべきことをやるかね？」

「レイ、わたしの受けている命令がマクモリソン将軍を待つことなのはご存じのはずです」

「そのマクモリソンの受けている命令が、ここできみを待つことなのもわかっているだろう。そこで老兵同士の雑談として言わせてもらうが、わたしはここの荒れはてた岩のまわりをまわるのにうんざりしている。危険な軌道の小惑星も多いしな。そこで、艦隊をパリ星系第八惑星へ移動させることをマクモリソンに提案しようかと思っている」

クリスは手もとの画面で第八惑星を確認した。地球艦隊のいるアルファ・ジャンプポイントと、ウォードヘブン艦隊がいるデルタ・ジャンプポイントの中間にあるガス惑星だ。

ホー将軍は画面の外を見ながら言った。

「じつはこちらもぐるぐるまわっているうちに燃料を消費してしまったようです。第八惑星はこのあたりで唯一、小惑星の帯に巻かれていない惑星のようだ。ここを艦隊の暫定母港にすると、地球に通知しましょう」

「たまたま、な」レイはにやりとした。

「まったくの偶然です」地球の将軍は同意した。

レイはクリスに注意を移した。

「こちらの話がついたところで、少尉、きみのほうになにか問題があるか？」

「反乱者としてよくある疑問です。前艦長と彼に協力した者たちをどのように扱えばいいのか」肩をすくめて、「囚人をもっと必要ですか？」

レイは不愉快な問題に唇を結んだ。まだ戦いは半分終わっただけなのか。それとも逃げた犬は追わず、兵たちに慰労のビールを配っていいのか。

「クリス、やはり申し訳ないが、地球艦隊にはわたしたちが全力で追っている姿勢を見せねばならんと思う。わたし自身も今回の件をたくらんだ連中を尋問したい。いったいなにを考えてやったのか」

「タイフーン号の艦長、副長、通信担当士官を拘束しています。サンプソン代将をどうやってそちらの手もとへお届けするかはこれから考えます。では、忙しくなりますから、これで」

「わかった。ロングナイフから、以上だ」

「ロングナイフから、以上です」クリスは楽しい気持ちで通信を切り――すぐに切り換えた。

「操舵手、一・五Gへすみやかに加速。ジャンプポイント・キロへむかう」

「了解。ジャンプポイント・キロへむけて一・五G」

クリスは通信ボタンを切り換えた。

「ボー機関長」

「はい、少尉」すぐに返事があった。

「悪いけど艦内を散歩してくれないか。不安がっている兵に、わたしたちが正義の側にいることを教えて安心させてやってほしい。こっちはこれから忙しくなるので、一度に二つのことはできない」

「わかりました、艦長。よろこんで」

艦長。その称号はまだ早いと思っていた。

とにかく今日の仕事はまだ終わっていない。コンソールの画面を見た。ハリケーン号とシロッコ号のベクトルをしめす記号は、三G推進のおかげで地球艦隊方向への運動量をほぼ捨て去り、ジャンプポイントへの加速に移ろうとしている。タイフーン号も減速中だが、ジャンプポイントへむかうには捨てるべき速度がまだ多い。

しかし、なにも旗艦に追いつく必要はないのだ。そのエンジンを撃ち抜ければいい。旗艦は逃げているのでエンジンはまさにこちらをむいている。

クリスはレーザーの出力を十分の一に落として、ジグザグ航行するハリケーン号とシロッコ号の艦尾を狙いはじめた。一発目は左にそれた。二発目は右にそれた。三発目は、旗艦が左へ針路変更したために右へそれた。

クリスは通信ボタンを叩いた。

「サンプソン代将。一日じゅうでも続けていられますよ。いずれ命中します。いま当たらなくても、あなたがジャンプポイントに到達するときには。そちらに勝ち目はありません」

さらに二発撃ったあと、代将の二隻はキロ・ジャンプポイントへむかいながらのジグザグ航行をやめた。そして大きく右へ舵を切り、キロへ到達できる範囲を超えていった。

「どこへ行く気だ？」トムが言った。

「きっとジャンプポイントを変更したのよ。こちらを振り切るために。アディソン、あなたの意見は？」

星系図が中央スクリーンに投影された。四カ所のジャンプポイントが赤で強調表示されている。

「このうちどれでもおかしくないと思う。指示は？」

クリスは眉間に指をあてて、こういう場合に艦長がどうするべきか考えた。通信ボタンを押す。

「機関担当士官、燃料の状態は？」

ポーラス少佐が答えた。

「きみの射撃で消費したが、それでも六十パーセント前後は残っている」

「第六急襲艦隊の司令官が逃走中で、ウォードヘブン参謀長が連れてこいとのことです。どうすればいいでしょう」

「こちらは未熟な兵ばかりなんだ、艦長」謀略に関与した可能性もあったポーラス少佐からそう呼ばれたことは、安心材料になった。「きみはソープの演習に没頭していたから気づかなかったかもしれないが、艦内では一・五G以上の訓練はしていない。まず一・五Gを三十分経験させて、それから二Gに上げるのがいいだろう。問題がなければそれから三Gだ。時間がかかるが、高G機動を経験したことのないひよっこばかりの構成だからしかたない」

　理屈はわかる一方で、ハリケーン号を逃がす口実にも聞こえる。しかし、機関担当士官と機関兵は特別なグループをつくりやすいものだ。そもそも追跡をやめさせたければ、彼は核融合炉の炉心を投棄すればいいはずだ。

「ありがとう。助言にしたがいます。ポーラス少佐、いっておきますが、現状で本艦の最先任士官はあなたです。ブリッジにはいつでもあなたの席を用意しておきます」

「ありがたいが、ロングナイフ君、きみがこのエンジンに負担をかけるときにそなえて、わたしはここに張りついているつもりだ。造船所は流動金属製の艦がどんな形状にも変化できることを売りにしているようだが、艦体が縮小されるたびに、機関兵とわたしはプラズマの流れを維持するのに骨折っている。大変な思いをしているんだ、少尉。このエンジンが吹き飛ばないように維持できる交代要員がいて、そいつが本当に信頼できるのでないかぎり、わたしはここにいる」

　機関部が流動金属の仕様に手を焼いているという話は初耳だった。

「そんなにひどいのですか、少佐？」

「わたしならなんとかなる。ならないときは声高にそう言う」

　艦長の仕事は気楽なことばかりでないようだ。

「庶務係下士官、全部署に三十分間の一・五G推進を発令。その後できるだけ早く二Gに移行する」

　推力を三・二五Gまで上げるのに三時間近くかかった。じつは拘禁室のベッドは金属むきだしだ。ソープには強烈なGをじかに味わってもらう一方で、海兵隊には空気入りマットレスを配布した。

　タイフーン号が全開加速をはじめるまでに、ハリケーン号とシロッコ号は射程外に逃げていた。

　はるか後方では、第二分艦隊の四隻が仲間内で戦っていた。熟練艦長二人と、戦闘中に初めて指揮官を経験することになった二人の下級士官の戦いだ。しかし急襲コルベット艦の設計が熟練艦長たちの手を縛っていた。逃げているかぎり砲門を追手のほうへむけられない。そしてエンジンは無防備に追手の視界にさらしている。サンティアゴ少尉とハーラン中尉はしばらく手間どったが、長期的には二人が有利だった。モンスーン号とシャマル号に勝ち目はなかった。二隻がジャンプポイントに近づくずっとまえに、エンジンは損傷し、艦長はそその地位を部下に剥奪された。部下たちはなにも知らされないまま一部の上官の指示で戦わされ、れることが気にいらなかったのだ。

これでレイ将軍が尋問したいという容疑者を数多く送ることができる。しかし実際にはソープも全体像は知らないのではないか。第六急襲艦隊が地球艦隊に大損害をあたえたとして、そのあとはどうするつもりだったのか。宇宙艦はどこへでも飛んでいけるが、食糧の補給や修理改修をする拠点は必要だ。ハリケーン号は逃走している。行き先はどこか。

タイフーン号の速度が上がったところで、クリスは忠実な士官たちに放送で呼びかけた。

「機関部、調子はどうですか」

「レーザー砲の三番に電力が行かなくなっている。原因は不明だ。申し訳ないが艦長、この高G環境で修理班を調べにいかせるのは避けたい。優秀な機関兵はエンジンに専念させたいんだ」

「少佐、機関部はあなたの領分です。ご自分の考えで運営してください。この推力による問題はなにかありますか？」

「いいや。こうやってゆっくり上げているかぎりなにもない。むしろハリケーン号の艦長が心配だ。代将は流動金属をかなり強引に使った。こちらは大丈夫だが、心配すべきなのはむしろ相手だ」

この話は交渉材料になる。代将に親切に電話して、機関部の幹部と話しあったほうがいいと提案してやるか。そう考えると笑いの発作がこみあげてきたが、三・二五Gではあまり気持ちいいものではなかった。

「他になにか？」

「ボー機関長です。食堂のコックたちはこの高G環境で調理をした経験がありません。減速するまでは携行糧食ですませることを提案します」

「そうしてほしい、機関長。他にはある？」

「なにも。いい乗組員がそろってますよ。みんなあなたを支持している」

それを聞いて安心した。

全速力の追走は長期化しやすいのもつらい点だ。三・二五Gではクリスの体重は百八十キロ近くなる。息をするだけで疲れる。さらにコルベット艦の平時の乗組員構成では、通常の勤務時間を超えて戦闘態勢を維持するのは難しかった。航行中のブリッジ当直は二人。機関当直もおなじく二人だ。しかし三・二五Gでは、ポーラス少佐は連続当直をしてメンテナンス班を指揮していた。ブリッジでは、クリスは攻撃管制ステーションを離れられないし、トムも防衛ステーションを離れられない。アディソンも休息をとりたがらなかった。

「相手がいきなり反転して攻撃してきたらどうするんだ？　できるだけここにいるよ」

そこでクリスとトムとアディソンは、持ち場の席にすわったまま、交代で二時間ずつ仮眠をとることにした。他の士官や下士官も同様だ。全乗組員の三分の二が持ち場で働き、三分の一が休息した。

クリスがちょうど仮眠から目覚めたとき、ハリケーン号はジャンプポイント・マイクへむかっていることがはっきりしてきた。ネリーが報告した。

「このジャンプポイントは過去に使用された記録がありません。安全指標はFマイナスです」

トムが言った。

「もうすぐ反転して減速をはじめるんじゃないか。でないと……」

あとはのみこむ。かわりにアディソンが続けた。

「でないと、ジャンプポイントの遊動に針路を合わせることができなくなるね。それともしゃにむに突っこんで、隣の宇宙かどこかへ抜けてしまうつもりか」クリスのほうをあえて振り返る。「ロングナイフ家の人のほうが詳しくわかるんじゃないかい？」

クリスは高G環境であえて鼻を鳴らした。

「あのね。わたしはジャンプについてなにも知らない。サンタマリア星でのレイ将軍についてなにを聞いたか知らないけど、わが家の伝統でもなんでもないのよ。まえもってはっきり決めておくわ。わたしたちは艦がこれだけの物理エネルギーを持っている状態のままジャンプにはいったりはしない。質問は？　反論は？」

「おれはかまわないぞ」とトム。

「機関部。状況報告を」

「変化はない。三門のレーザー砲は満充電されている。キャパシターもフルだ。核融合炉はレッドゾーンすれすれで稼働中。すべて安定している」

そこでクリスはまた六時間の交代仮眠を指示した。クリスの順番がやってきたとき、トムが眉をひそめた。

「ジャンプポイント・ジュリエットで動きがあるぞ。マイクからそれほど離れていない」

「どこと通じているポイント？」

「リム星域のあちこちだ。頻繁に使うには不安定なポイントだがな」

二分後、ジャンプポイント・ジュリエットは六つの光点を吐き出した。

「こちらはウォードヘブンのコルベット艦、タイフーン号。パリ・ジャンプポイントのジュリエットから出てきた数隻に告げる。所属を述べよ」

クリスは呼びかけた。はたして代将の味方がやってきたのか。

「こちらは人類協会の巡洋艦、パットン号。ウォードヘブンから来た」やや訛った女の声だ。クリスは止めていた息を吐き出した。「パーティが終わってビールが全部空になっているのでないことを願いたい。こちらは第五十四偵察艦隊を率いている。このボロ船の群れを動かすのは骨が折れたわ」

「パットン号、こちらはロングナイフ少尉。タイフーン号の艦長を代行しています。第六急襲艦隊は地球艦隊へ違法な攻撃をしかけました。現在、本艦はハリケーン号とシロッコ号を追っています」

「追ってるって、本気？　その速度でジャンプポイントに突っこんだらどうなると思ってるの」

「わたしはやりません。でも相手はやるかもしれない。彼らがマイクから跳ぶのを阻止する気はありますか？」

「あら、楽しみをとっておいてくれたようね。第五十四偵察艦隊、続け。全面追跡だ。捕捉したら射撃」

パットン号自身が長距離射撃をおこなった。イティーチ戦争中にレーザー砲の射程は三倍に伸びた。それでもパットン号の六インチ砲の有効射程距離は六万キロしかない。ビームがハリケーン号に届いても、エネルギーレベルはウォードヘブンの夏の湖に降りそそぐ日差し程度だ。それでもパットン号のビームはまっすぐ正確にハリケーン号に届いていた。

クリスは戦略画面でベクトルを確認した。第五十四偵察艦隊は加速し、すばらしいスピードでそのコース上にハリケーン号をとらえている。第六急襲艦隊旗艦は、ジャンプポイント・マイクへの針路を維持するのであれば圧倒的に不利だ。

十五分後、傍受された通信からもその苦境はあきらかになった。

「マクモリソン将軍から、第六急襲艦隊司令官へ。貴艦に逃げ道はない。ジャンプするよりずっと手前で撃ち落とせる。ジャンプすればしたで自殺行為だ。加速をやめ、艦を明け渡す準備をしろ」

クリスはつぶやいた。

「そうね。一時間後か十時間後に」

するとトムが毒づいた。

「なんてこった。ハリケーン号は加速してるぞ。三・四……三・八……四Gにはいった」

アディソンは首を振った。

「分解するぞ。艦長、こちらも加速するかい？」

「機関部。相手は四Gに上げたわ。どう思う？」

「だめだ、艦長。問題外だ。きみが四Gを命じるなら、わたしは這ってでもブリッジへ上がって、一人で反乱を起こすぞ。ソープといっしょに拘禁室にはいって帰港したいか？」

「いいえ、少佐。意見を聞きたかっただけです。無理じいするつもりはありません」

クリスは通信ボタンを押した。

「ハリケーン号およびシロッコ号へ、こちらはロングナイフ。技術的助言をする。流動金属艦のエンジンは四Gには耐えられない。悲惨な艦体破壊を起こす危険がある。このエネルギーレベルでジャンプポイントにはいったら、どこへ跳ぶかわからない。今回の謀略に加担していない者に問いたい。代将のような上官に生死を決められて、それでもいいのか？」

するとトムが言った。

「だれも聞いてないだろう」

「もうすぐわかるわ」

しばらくして、シロッコ号が推力を落とした。クリスは再度呼びかけた。

「ハリケーン号、もうやめろ。先の展望はない。代将の道連れになるな。艦が自壊するまえにだれか止めろ」

返事はない。クリスは画面でハリケーン号の針路を見て、ジャンプポイントの位置を重ねた。パットン号からの重力観測データが追加の視点となるおかげで、ハリケーン号よりはるかに正確に位置を推定できる。再確認して、クリスは笑みを浮かべた。

「ハリケーン号、ジャンプポイントの位置を読みまちがえているわよ。もっと右にある。くりかえす、ハリケーン号、貴艦はジャンプポイントをはずす。ただちに加速をやめて、明け渡しの準備をしろ」

「右へ転針したぞ」アディソンが報告した。

「おかげでエンジンがまっすぐこちらへむいたわ」

クリスは三門のレーザー砲をゆるいパターンでハリケーン号へむけた。距離を大雑把に推定し、出力は四分の一に。等間隔のパターンで三門を斉射した。すべてはずれたが、四番が近かった。四番を固定して射撃パターンを縮める。また斉射。今度は二番が近かった。それを基準に範囲をせばめる。三・五Gの環境でできるだけすばやく手を動かした。電力はあと二斉射分残っている。

今度はまた四番が近かった。クリスは最後の斉射にむけてパターンを調整した。トムがハリケーン号乗組員のために声に出して祈っている。これまでハリケーン号がコースを変えない条件で三回撃ってきた。発射ボタンに指をかけたまましばらく待った。ハリケーン号が左へ動き出した。クリスはすばやく設定を変更して撃った。

しばらく放心したように動けなかった。もう旗艦を撃つ電力はタイフーン号に残っていない。エンジンを射抜いて減速させることはできない。あとはハリケーン号の乗組員が代将を相手に反乱を起こすことを期待するしかない。

タイフーン号のどこかでレーダーと観測用レーザーが照射され、もどってきている。重力観測と光学観測のシステムも同様に働いている。コンピュータがデータを解析し、クリスの戦略画面に結果を表示している。画面上の光点は長いことずっとそのままだった。ところがその光点がふいにまたたき、その場でくるくると回転しはじめた。

「おい、クリス、命中したぞ！」

トムが叫んだ。アディソンも言った。

「待てよ。そうだ、そうだな。ジャンプポイントにアプローチする範囲からはずれた。もうジャンプできない」

クリスは通信ボタンに手を叩きつけた。

「ハリケーン号、貴艦はコントロールを失っている。ジャンプできない。エンジンが爆発するまえに停止しろ。全員を巻き添えにするな」クリスは懇願した。「ちくしょう、わたしは艦長を撃ったんだぞ。おまえたちはサンプソンを解任しろ」

ハリケーン号は姿勢の制御をとりもどした。そして加速をやめた。

「こちらホリクソン艦長。そちらの下級士官に本艦を明け渡す。代将は意識を失っている。指示を請う」

「一Gで減速せよ。サンプソンには手当てを。多くの士官が彼を事情聴取したがっている」

「確実に引き渡す。乗組員全員を殺しかけたんだから」

こうして第六急襲艦隊の奇妙なエピソードは終わった。パリ星系第八惑星での祝宴はとうに終わっていた。タイフーン号、ハリケーン号、シロッコ号が常識的な速度に落ち着いたころには、それぞれの艦隊はそれぞれの故郷へもどっていた。

第五十四偵察艦隊の大半は祝宴にまにあった。しかしパットン号だけは、第六急襲艦隊の生き残った艦に核融合燃料を渡すためにランデブーした。それまでタイフーン号は汚水を燃料代わりに炉に流しこんでしのいでいた。

給油管がつながった直後、トムがクリスの肘をつついた。

「暗号メッセージがはいってきてるぞ」

クリスは数字だけのメッセージをデコーダーにかけた。秘密にするほどのこともないと思い、艦内放送につないだ。

〝タイフーン号、ハリケーン号、シロッコ号は、パリ星系第八惑星軌道に待機する戦艦マグニフィセント号とランデブーせよ。謀略にかかわったと推定される乗組員は、全員マグニフィセント号に移してウォードヘブンに護送。その他の士官はマグニフィセント号にて報告をおこない、重要証人としてウォードヘブンでの暫定任務を命じる。各コルベット艦には新しく乗組員を配置し、ハイカンブリア星へ帰還させる〟

それを聞いて艦内の気分は明るくなった。しかしクリスの表情はさえない。トムが訊いた。

「おまえの処分でも書いてあったのか？」

「ええ。クリス・ロングナイフ少尉はタイフーン号から離任。ウォードヘブンへの出頭を命じると」

「離任?」

タイフーン号の艦長としてこころよく思われないのは当然だ。しかしこんなふうに引き離すのか? とにかく、明るい面を考えることにした。

「すくなくとも、ウォードヘブンへ護送とは書いてなかったわ」

21

クリスは階段のてっぺんで立ちどまった。

早朝だ。ヌー・ハウスの玄関広間に吊られたクリスタルのシャンデリアに朝日があたり、白と黒のタイルが渦巻き模様を描くフロアに、小さな虹をいくつも踊らせている。幼いころのクリスとエディは、虹をつかまえて黄金の壺を手にいれようと走りまわったものだ。

あれから長い年月が過ぎて、虹の果てには少しくらい近づいただろうか。深いため息のあとに、鼻腔に流れこんできた匂いは、思い出と、朝と、朝食と、木材と……そしてどこにでもある電子機器。これが大人の世界だ。

マグニフィセント号は昨夜遅く入港した。すぐに下艦したのはクリスとトムをふくめて数名だった。エレベータの出口には予想どおりハーベイが待ちかまえていた。同時にネリーには二本のメッセージが舞いこんだ。

〝生きて帰ってきたようだな――アル〟

祖父の謎めいた言葉。とにかく、クリスは彼をアルと呼ばせてもらえる数少ない人々の一人になったようだ。

母からのメッセージも短かった。

〝明日の夕食に来るように〟

すくなくとも家族から出た反乱者を勘当するつもりはないらしい。

遠い昔の朝とおなじように、トラブルが階段の下にいた。今日のクリスは糊のきいた白の略装軍服だ。トラブルは平服。クリスに背中をむけ、レイと話している。声を抑え、大きな身ぶりで元大統領になにか訴えている。

しかしレイは首を振っている。クリスが最初に見たときから首を振っていて、ずっと振りつづけている。そのレイがクリスに気づいた。顔を上げたとたん、その目が輝き、口もとはへの字から笑みに変わった。トラブルも話の途中で手を止め、振り返った。そして誇らしげな曾祖父の顔になった。

「立派になったな、少尉」

クリスは階段を降りながら、糊のきいた軍服のスラックスが腿にあたるのを感じた。

「お二人とも早起きですね」

小声で尋ねたが、広間には響いた。レイは吐き捨てた。

「会議だ！　きみは？」

「また調査官の尋問を受けにいきます。おなじ質問のくり返しで、わたしもおなじ答えのくり返しです。〇八〇〇《マルハチマルマル》に行かなくてはなりません」

「わたしも何度か尋問に耐えたことがある。きみも耐えられるはずだ」

クリスはうなずいた。ライフルの銃撃やレーザー砲を浴びせられて生き延びたのだ。事務系職員とのおしゃべりくらい怖くない。もちろん、両親との夕食も恐れるに値しない。これまでのような恐怖感はなくなっていた。

「お二人は、お昼はどうなさるんですか？」

曾祖父たちは顔を見あわせた。

「こんなやつと昼は食べない」

レイは鼻を鳴らした。その相手にトラブルは言った。

「クリスは前回出発するときに、わたしたちにいくつか質問をしたんだよ」

レイは眉を上げた。

「質問とは？」

「部下の艦長の一人から――ソープではないが――言われたんだ。ロングナイフ家の一員になりたかったら、その家人が本当はかつてなにをして、どうやって生き延びてきたかをしっかり把握すべきだと。たとえば、検死報告書では爆弾は被害者の面前で爆発したとされているのに、犯人はどうして無傷で生き延びたのか」

「それは……」

レイはトラブルに目をやった。トラブルは眉を上げる。レイはやれやれと首を振った。

「やはりそれを訊くのか。おい、クリス、きみが調査官の朝の尋問を生き延びて、トラブルが引き連れた群衆にわたしがリンチされずにすんだら、十時半から早めのランチにしよう」

　トラブルは反論した。

「十時半は早すぎる。うるさい連中がようやくしゃべりはじめる時間だ」

　レイはトラブルに歯を剝いて笑みを見せた。

「あいつらと彼女と、どちらがいいんだ？」

　トラブルは鼻を鳴らした。

「それはクリスさ」

　三人は玄関のドアにむいた。外ではハーベイがクリスの車をまわしてきていた。しかしそのまえに、黒く巨大なリムジンが停まっている。サバンナグリーンの軍服を着た海兵隊員がドアを押さえ、二人の年輩の将校を迎えいれた。陸の巨艦に乗りこむレイの姿は……まるで葬儀にむかうようだった。それも自分自身の。

　クリスは自分の車に近づいた。運転席にはハーベイ。助手席にはジャックがいる。しかしどちらもドアを開けてはくれない。クリスはトラブルそっくりの仕草で肩をすくめ、自分でドアを開けて後部座席に乗りこんだ。前方の巨大な車体に手を振り、

「あんな厚遇をしてもらうには、一介の女子としてはどんなことをすればいいのかしら」

　ジャックがにやりとして答えた。

「世界を二十回くらい救うんですね。それまではしっかり運動してください」

　クリスは指先をなめて、空中に横棒を三本引いた。

「三回救ったわ。あと何回？」

「もう充分ですよ」ハーベイは不機嫌そうにいって、車を出した。「わたしのようなじいさんは静かで穏やかな世界が好きなんです。退屈なくらいでちょうどいい。子どもは毎晩無事に帰ってくるのがいい」

クリスは眉をひそめて、もの問いたげな視線をジャックにむけた。ジャックは説明した。

「一番下の孫が午後に徴兵事務所へ行って宣誓するらしいんですよ。パリ星系での事件の影響で、ウォードヘブンは陸軍と海軍を増強することになりましたから」

クリスはハーベイになにか声をかけようと口を開きかけて、やめた。彼女が入隊するとき、ハーベイは諸手を挙げて賛成してくれた。しかし、たとえば養子が入隊するとなったらべつの話だろう。血を分けた子となればさらにべつだ。どんなふうに声をかければいいか。〝悪いけど、わたしは賛成よ。いい兵士になって、退屈な二年間をすごして帰郷することを願ってるわ〟と言うのはやめた。かわりにこう言った。

「いい子に育てたということでしょう」

「ええ。いい子に育てすぎたかもしれない」

ハーベイは自動運転モードを確認して、振り返ってクリスにむいた。

「息子や孫が普通の仕事をして、毎晩無事に帰ってくることを望んでいる者にとっても、今回の事件は無視できないほどのことなんですか？」

「パリ星系での出来事がどこまで伝わっているかわからないんだけど……」

クリスがためらいながら言いかけると、ジャックが口を出した。

「あまり知らされていません。メディアの中継は突然中断されたんです」

ボディガードはそう言ったが、運転手よりはよく知っているのではないか。子どものころのクリスは、ハーベイはなんでも知っていると思っていた。時は流れるものだ。そう思うと悲しくなった。

ハーベイは言った。

「ええ。丸一日ニュースが消えましたからね。過去最長のニュース途絶だった。ふたたび中継がはじまったときには、将軍も提督も笑顔で、兵士たちはビールを飲んでいた。しかし、お父上が議会に防衛予算の倍増を求めているのはなぜですか？　孫が安定した仕事を捨てて宇宙兵になるのはなぜですか？」

クリスはシートにもたれた。帰路はずっと囚人のことや報告で忙しくて、ニュースをチェックする暇がなかった。ネリーに要約させたい誘惑もあったが、やめた。真相はまだ錯綜していて、ハーベイとおなじようにネリーもはっきりと読みとれないだろう。

「わからないわ」

クリスは長い沈黙のあとに答えた。ハーベイは前方にむきなおった。ジャックはうなずいて、クリスの対応に賛成をしめしたように思えた。しかし道路のへこみで車が揺れただけかもしれない。

クリスが海軍本部前で降りると、ジャックもついてきた。

「調査官の席まで来るつもり？」

「前回の航海はなかなかエキサイティングだったようですね」

クリスは苦笑した。

「何度も銃をむけられたわ。あなたも船に乗る？」

「わたしがサービスを提供できない場所での任務は避けていただきたいものです」

ずいぶんおおげさだ。

「どんなサービスを提供してくれるの？」

ジャックは前方の廊下にむいたまま答えた。

「飛んでくる弾を代わりに受けます。言葉による攻撃はご自分で処理してください」

「悪いわね」

クリスは言ってみてから、それが本心であることを自分で理解した。自分の仕事に夢中で他人の仕事に気づかなかった。ハンコック中佐からも叱られたものだ。

ジャックは〝OP5・1〟と書かれたドアを開けながら言った。

「少尉、あなたにはあなたの仕事がある。うまくこなしていらっしゃるようだ。わたしにはわたしの仕事がある。あなたはご自分の仕事に専念してください。わたしも自分のやるべきことをやります」

民間人の受付にクリスは名乗った。受付は会議室をしめした。ドアは閉まり、ドアには〝使用中〟のサインが点灯している。その隣には〝最高機密〟のサインも。

ジャックは眉を上げて椅子にすわり、雑誌を手にとった。

会議室のなかには、大尉がいた。クリスがマグニフィセント号に乗ってから毎日二回、尋問を受けてきた相手だ。さらに、知らない顔の中佐もいた。四十がらみで、黒髪に白髪がまじりはじめている。軍服には名札も略綬もつけていない。

大尉はいつもどおりの質問をはじめた。タイフーン号でのクリスの仕事はなにか。艦の目的についてどこまで知っていたか。あの朝、ブリッジでなにが起きたか。クリスはいつもどおりの返事をした。くり返しだ。やがて、中佐が身を乗り出した。

「きみが反乱を計画するにあたって協力者はだれだったんだ、ロングナイフ少尉？」

クリスは新しい質問を受けて顔を上げた。

「だれもいません」

間髪をいれずに次の質問。

「いつから反乱を計画していた？」

「計画していません」

しかし矢つぎばやの質問は続いた。反乱という不愉快な言葉に続けて、だれが、なにを、いつ、どこで、どのようにと質問が展開された。クリスはキレた。

「中佐、ソープ艦長とサンプソン代将の行動のまえではわたしのとりえる選択肢はほとんどありませんでした。どうしろというんですか？　命令に従って地球艦隊を撃てばよかったと？」

大尉が割りこんだ。

「そんなわけはない。ただ、あまりにもあっけなくきみが艦内を掌握してしまったからさ。まえまえからきみが反乱を計画していて、たまたまタイミングがよかったおかげで、その違法な行動が合法的なつくり話に変わったのではないかという疑う者がいるわけだよ」

「ばかばかしい」

クリスは吐き捨てた。それから一時間かけて、武装した海兵隊員が艦長の命令ではなく自分の指示に従った理由を中佐に説明するはめになった。その行動が正しかったかどうかは一顧だにされなかった。

解放されたときには疲れきっていた。ジャックをうしろに連れて、怒りを沸騰させながら大股に近くの出口へむかった。外は、いまの気分と対照的な明るい日差しに満ちている。すこし庭に出てみることにした。三本の高木と五、六本の低木にかこまれた石造りのベンチがあり、そこにすわった。

背後にすわったジャックが訊いた。

「どうでしたか？」

「まだ絞首刑にはならないみたいよ」

クリスは低い声で言った。頭にきていた。こちらで絞首刑にしてやりたいやつが何人もいた。最初があの名札のない中佐だ。どうすればよかったというのか。命令に従って地球艦隊を撃って、戦争が終わったら、〝命令に従っただけだ〟などとしれっと答えろというのか。冗談じゃない。

深呼吸した。かすかに常緑樹と松ヤニの匂いがした。しかし枯れた緑の近くからはゴムとコンクリートの匂いもする。

「虹の果てを探してたどり着いたのがこれよ」

ジャックは黙ってまわりに注意を払っている。クリスはこの悲惨な日になにが残っているか思い出してみた。何度か深呼吸したが、熱いコンクリートの匂いしかしない。なにかやることがあったはずだ。スケジュールはどうだったか。そうだ。おじいさま方と会うのだった。反乱者と非難されて、曾祖父に泣きつくのはあまりかっこよくない。キャンセルするか。いや、反乱についてまちがっているのはむこうだ。彼らは自分やおじいさま方にとって敵だ。それがはっきりした以上、あの中佐のせいで行動を変えたくない。クリスは立ち上がった。あの中佐のような連中の言いなりになっていたら、虹の果てを探すことなどできない。

二歩進んで立ちどまった。おじいさま方との昼食にはトムも呼ぶ予定だったのだ。〝ロングナイフ家の面々〟を見せておくのも悪くないかもしれない。こうなったら派手に動いてやる。

「ネリー、トムを呼び出して」

すぐにトムの返事があった。

「尋問はどうだった?」

「まあなんとか。どう、会わない?」

「おれが次に調査官のところへ行くのは一四〇〇《ヒトヨンマルマル》だ」笑って、「どこで会う?」

「ネリーに折り返し連絡させるわ」

クリスは返事をして切った。

「ネリー、トラブルかレイにつないで」

すぐに帰ってきたのはトラブルの声だった。

「調査官とはうまくいったか？」

「なんとか生き延びたわ。おじいさまはどう？」

「やれるだけの被害をあたえてやったつもりだ」

トラブル以外の者なら悪意を感じさせるはずの笑い声が聞こえた。しかしトラブルおじいさまは悪意などかけらも持たない人だ。それとも、彼も持っているのだろうか。

「どこにいるの？」クリスは訊いた。

トラブルは住所を言った。ネリーが代わりに地図を引き出した。

「大学時代によく歩いたところよ」

「ああ。メディア関係者を避けるにはここが一番だと聞いたのでな。実際にうまくいった。食事をするのに心当たりは？」

「スクリプトラム亭があるわ。学生専用みたいな店。ネリー、おじいさまに地図を送って」

「ではそこですぐに。十五分くらいで行く」

トラブルの通話はそれで切れた。うまくいった。クリスはほくそ笑んだ。

「ネリー、トムにスクリプトラム亭で待ちあわせだと伝えて」

背後でジャックが咳払いした。

「だれと同席するのか教えるべきでは？」

「朝のお楽しみをだいなしにすることはないわ」

クリスは笑った。午前中の不愉快な出来事が流れ落ちていく気分だった。

ハーベイはすぐに駐車場所をみつけた。ジャックがクリスの先に立って店にはいった。午前中もまだ早いのに学生でいっぱいだ。授業をサボっている者、テスト勉強をしている者、ただダベっている者など。

ジャックが脇へ体をずらしてクリスの視界を開け、前回トゥルーと会った隅の席を見せた。そこに当のトゥルーがすわっていた。二つのテーブルを確保してほがらかに笑っている。クリスは訊いた。

「どうしてここに？」

「ネリーのアップデートの有無をサミーに問い合わせさせているでしょう。だったらあなたのコンピュータの日程表くらい簡単に入手できるわよ」

「ネリー、ちょっとあとで話があるわ」ひきつった笑顔で自分のコンピュータに言った。

「そんなことをされているとは知りませんでした」

ネリーは驚いた声だ。ややむっとした響きもある。ＡＩにそんなことが可能ならだが。

「ご注文は？」

学生アルバイトのウェイターがやってきた。クリスの略装軍服を見ても眉一つ動かさない。

最近は海軍は歓迎されないらしい。時代の変化だ。

「コーヒーを」とクリス。

「もう一つ」トゥルーも言った。

ウェイターが去るのといれかわりで、トムがやってきた。クリスの隣の席に滑りこむ。

「今朝はどうだった？」

クリスは、これからなにが待っているか教えてやろうかと思った。しかし、意図してトムを罠に落としたのではないと言い訳するために、黙っておくことにした。

「愉快じゃない。でもソープ艦長に会うよりましよ」

ウェイターはコーヒーのポットとカップを運んできた。ちょうどコーヒーが注がれているときに、レイとトラブルが店のドアを開けてはいってきた。クリスの正面で立ちどまった二人を、ウェイターは一瞥した。

「ご注文は？」言っているうちに眉をひそめ、それから唇をわななかせて、目を大きく見開いた。「な……なにいたしましょうか」

トラブルはこういう反応に慣れているようだ。テーブルを見まわして注文した。

「ビール。新鮮な黒を」自分を指さして「一杯」、レイを指さして「二杯」、ハーベイに「三杯」。ハーベイはうなずいた。トゥルーに「四杯」、そして目を丸くしたトムに「五杯」。トムは床を突き抜けて落ちそうな顔だったが、なんとか踏みとどまってビールを受けいれた。ジャックとクリスは断った。「計五杯だ」

ウェイターはバーへむかった。

トラブルは最後の椅子に腰をおろした。ジャックはさっと立って、椅子をレイに譲った。

「どうぞ大統領」

「いまは大統領じゃないぞ」トラブルはニヤニヤしながら言い、レイは顔を曇らせた。トラブルはそれを無視してクリスのほうをむいた。「同行の男前たちを紹介してくれないか」

「トムにはパーティの会場で会ったはずよ。彼がビビって逃げまわってなければ」

トムは年配者たちに目礼しつつ、クリスをにらみつけた。クリスは続けた。

「タイフーン号が艦隊内で反旗をひるがえしたときには、わたしの右腕として働いてくれたわ」

「それはご苦労」

レイとトラブルは言った。トムの顔はそばかすと見分けがつかないほど赤くなった。これ以上ロングナイフ家の者から注目を浴びたら心臓が停止しそうだ。

「それからこれは新しいシークレットサービスの局員。ジャック、こちらはトラブル。わたしにとっては曾祖父だけど、母にとってはただの厄介の種」

「まだそうなのか？」

「わたしに軌道スキッフを教えたことを母は忘れていないわ」

「女はいつまでも忘れないいな」

立っているジャックが言った。

「失礼。わたしは玄関のあたりにいます」

話している人々に気を配りながら、全体を警戒する任務もこなそうとしている。クリスは笑い出しそうになったが、飛んでくる弾を受けるのがだれの仕事か思い出した。

しかしトラブルがそのボディガードの腕をつかんだ。

「だめだ。ここにいろ。きみは世の中の裏側をよく知っているだろう。それにこの偏屈老人には特別な保護が必要なんだ」

ジャックはレイを見た。

「だれかに狙われて?」

「本人にな」トラブルは愉快そうに笑った。

「自分の喉を掻き切るかもしれない」レイは低い声で言った。

「いやいや、本心ではあるまい。レイは腹のなかで大よろこびしているはずだ」

トラブルは隣のテーブルの椅子を引き寄せてジャックをすわらせた。

レイがいまいましげに反論した。

「そんなわけがあるか。生半可な構想だ。みんな考えが浅い。こんないいかげんな枠組みで問題が解決するわけがない」

なんの話かわからないまま、飲み物が届いた。トラブルはビールのマグを掲げた。他の者もビールやコーヒーを手に続いた。トラブルは乾杯の音頭をとった。

「連邦王陛下レイモンド一世に」

クリスはトラブルにならってカップとマグを鳴らした。トラブルは、乾杯の音頭に対するレイのブーイングを抑えるために、盛大にマグを打ち鳴らしている。クリスはコーヒーを一口飲んで質問した。

「連邦王って、なに？」

レイがトラブルをにらみつけながら説明した。

「小賢《こざか》しい一部の老人たちの考えだ。六十や八十の惑星からなる連邦を維持するにあたって、中央に王様をすえておけば、政治的ないざこざが減って自分たちは楽をできるというわけだ。明日になればそんないいかげんな案ではうまくいかないと気づくだろう」マグを持ち上げて、「充分に働いた高齢者の平穏な暮らしに」

「賛成、賛成！」ハーベイが乾杯に加わった。

「賛成、賛成！」クリスも心から言ってマグを掲げた。

トラブルはそれらの声を無視して椅子にもたれ、ビールをあおった。

「そんなものははかない夢にすぎない」

レイは反論した。

「民衆が求めているのはただの苦情処理係だ。苦情処理係にならなってやる。負け犬の泣き言を聞いてやるのに王冠などいらん」

「王冠なしでは一週間ももたないよ。きみは不平はやめろと怒鳴ってサンタマリアへ逃げこむはずだ」

「あそこのほうが有意義な仕事をできる」

トラブルは首を振った。

「ここでできることはできないさ。レイよ、わたしたちが八十年前に築いたものが分解しかけているんだ。それをつなぎとめるのに手を貸してくれないか」

クリスはうなずきながら、スクリプトラム亭の店内を見まわした。若い学生たちの運命を決めているのは高齢の男女だ。クリスの人生も彼らに左右される。レイおじいさまのような人間は、若者にとっていないほうがいい存在なのだ。

「トラブル、わたしたちの時代はもう終わった。普通ならとっくに死んで草花の肥やしになっているべきだ。クリスのような若者が時代を謳歌していればいい。いまの状態は不公平だろう」

クリスは思わず椅子にもたれ、駆けめぐる矛盾した感情を観察した。おじいさま方が生きていて、必要なときに話せるというのはすばらしいことだ。たしかにこの世界は自分たちの世代のものだが、共有するのはやぶさかでない。

トラブルはテーブルごしに手を伸ばし、友人の肘にふれた。

「亡くなったリタのことを忘れられないんだな」

「毎日思っている。しかしそういうことではない。本当にもうクリスの世界であるべきなんだ」

今度はクリスが身を乗り出し、手をふれた。人というより歴史の肖像のような人物に。

「おじいさま、たしかにここはわたしの世界よ。でもおじいさまの居場所くらいある。わたしや他のテーブルの若者たちの世界だけど、おじいさま方の世界でもある。そのわたしたちがみんな困難に直面している。そんなときにまとめる力のある人物がいたら……おじいさまの時代にも言われたんじゃない？　立って兵士となれ、と」

「たぶんこの時代より頻繁にな」

レイは低い声で言った。するとトラブルがニヤリとして、

「次は学校まで三十二キロ歩いて通った話を聞かされるぞ。上り坂で、雪が降るなかを、春も夏も秋も冬もと。若者たちを尊敬してこの世界を明け渡すべきだとさっきまで言っていたくせに」

「ああ、明け渡すべきだ。しかし尊敬はしない」

みんなつられて笑ったが、レイが最初に笑いやんだ。

「連邦王の構想にはやはりまだ納得できない。たとえば、王の家族は議会にはいれないとか。庶民院といったかな？」

政治学の学生だったクリスは姿勢を起こした。スクリプトラム亭の自由討論ではかなり奇抜なアイデアも出たものだ。しかし今回聞いたようなものは初めてだ。

「なにが狙いなの？」

トラブルが説明した。

「政治にかかる金を減らそうとしているんだ。レイが王になってから二十年間、その血縁者

は庶民院に立候補できない。政党や政治運動への寄付もできない。きみの父親の首相は賛成していない」

たしかに金は政治の燃料であると同時に、悩みの種だ。この案には過去に試されたことがないという意味で見所はある。しかし父の名前が出てきたことからわかるように、クリスにも影響がおよぶ法案だ。

「待って、おじいさま。あなたはすばらしい王になれると思うけど、わたしを王女にするつもりじゃないでしょうね。首相の娘として育つだけでもありったけの苦労をしてきたのよ」

トラブルは大笑いした。しかしレイはテーブルのむこうからじっとクリスを見た。それから微笑んだ。イティーチ艦隊はこの微笑みだけでやられたのではないだろうか。

「トラブル、わたしに公爵や伯爵の任命権はあるのかな」

トラブルは顎をなでながら答えた。

「さあどうかな。王族についての話は聞いていないぞ」

「検討されていない部分はいろいろあるさ」

クリスは首を振った。

「言うんじゃなかったわ」

「いやいや、王女様」トラブルは意地悪そうに笑い、クリスは顔をしかめた。「おもしろい話だ。わたしたち老人にひらめきをあたえてくれる」

「悪いひらめきよ。とても悪いひらめき」

ニヤニヤ笑うみんなに対してクリスは主張した。

レイはそんな彼らを穏やかな笑みでじっと見ていた。すでに王にふさわしい姿かもしれない。人類はいまこそ王政を必要としているのではないか。そんな考えが浮かんだとき、レイがすっくと立ち上がった。全員が従った。レイがマグを掲げ、全員がならう。

「わたしたちと、わたしたちの仲間に。多数のための世界をささえる少数がいつまでも絶えないように」

クリスは身震いし、他といっしょに、「賛成、賛成！」と唱和した。これがトラブルやレイの〝仲間〟である感覚なのだ。彼らとおなじ〝少数〟なのだ。コーヒーをいっきに飲み干した。

ネリーがそこで礼儀正しい咳払いのような音を出した。

「クリス、マクモリソン将軍のオフィスに午後一時に出頭せよとのことです」

トゥルーが言った。

「あらあら、上司との金曜午後の打ち合わせね」

「アドバイスがほしいか？」

トラブルが訊いた。しかしクリスは姿勢を正して答えた。

「いいえ、これは自分の問題です。自分で処理します」自分のキャリアなのだからやるしかない。

それを聞いたレイが、

「当然の返事だな。一人のロングナイフが登場したら、われわれは退場せねばならん」

「深く早くもぐり、多くを手にいれられる者は他にいないからな」

トラブルは笑顔で低くつぶやいた。

クリスはみんなといっしょに笑った。同時に、彼らからなにもかも受け取ったことに気づいた。ジョークと、笑いと、問題をやりこなせるという明るい自信だ。

クリスは店を出た。

朝とおなじくジャックの随伴で海軍本部へ歩いた。今回は何本かの廊下を歩き、エレベータを使った。ドアのまえで、ジャックがいわずもがなのことを言った。

「ここがマクモリソン将軍のオフィスです」

ドアを開ける。クリスは将軍の秘書のまえに進んだ。

「ロングナイフ少尉、一三〇〇《ヒトサンマルマル》の会議のために出頭しました」

受付の背後の時計は、指示された時間の三十秒前であることをしめしている。

「将軍はお待ちです」

クリスは姿勢を正して進んだ。

うまく話せるだろうか。少女を救出した……泥まみれの惑星に赴任した……多くの人々に食糧を運んだ……そのために川で溺れかけた……銃撃戦にも巻きこまれた……射撃の腕を磨かなくてはいけないと痛感させられた。そして最後は艦で反乱を起こし、大艦隊を守るために小艦隊と戦った。その反乱の理由や方法を、父の部下である参謀本部長に説明するのはそれほど難しくないだろう。

ドアが開いた。マクモリソン将軍はデスクのむこうで報告書を読みふけっていた。しかしちらりと目を上げ、クリスはそれに応じてなかにはいった。デスクのまえの適当な位置へ歩く。しかしそのあいだにもマクモリソンは立ち上がっていた。将軍というより会計士のような痩せた灰色の髪の男だ。軽い足どりでデスクをまわってくる。クリスは動く標的にむかって敬礼するはめになった。将軍は額に適当に手をあてただけで、すぐにそれを差しのべて握手を求めた。クリスがそれを握ると、将軍は言った。

「よくやった、少尉。とてもいい働きをした」

これなら話が早そうだ。

「ありがとうございます、将軍」

「楽にしてくれ」

ソファの方向をしめされた。クリスはその端にすわり、マクモリソンは一人掛けの椅子に腰をおろした。アレックスおじいさまのオフィスは灰色だったが、こちらは茶系統だ。壁はタン色。絨毯も家具もタン色だ。将軍自身もカーキ色の軍服を着ている。クリスは足首を交差させてすわり、膝の上で手を組んで、出てくる話を待ちかまえた。

将軍は咳払いをした。

「まず、きみのおかげで首がつながったことを感謝しておこう。第六急襲艦隊は、展開して予定の攻撃をしたあと、怒り狂った地球艦隊の生き残りをウォードヘブン艦隊へまっすぐ誘導したはずだ」

「そうだ。しかし公表はしていない。政治家が騒動を軟着陸させようと努力している」

「それは大変だと思います。サンプソンは最後にどこへ逃げるつもりだったのでしょうか？　資金源は？」

将軍は暗い調子で答えた。

「銀行口座の記録は調べた。特別な入金は確認できなかった。自己の信念にもとづいてやったと考えるしかない」

クリスは関係する軍人たちから聞いた話を思い出して、たぶんそのとおりだろうと判断した。

「それでも、艦隊をどこかへ連れていくつもりだったはずです。これをきっかけにウォードヘブンの軍内での蜂起が続発したわけではないでしょう」

「それはない。単独での行動だったようだ。艦隊をどこへ連れていく計画だったかについては話を拒否したままだった」

「ままだった……というと」いやな予感がした。

「サンプソン代将は昨夜心臓発作で死亡した」

クリスは愕然とした。

「状況に不審なところは」

将軍は顔をしかめて答えた。

「あった。その線では金の流れをたどれた。前夜に彼を夕食に連れ出した男の銀行口座に、不自然に高額の残高があった」

「その金の出所は、さすがに教えていただけないでしょうね」

「たとえわたしが伏せておいても、トゥルーがデータベースをのぞき見してきみに伝えるだろう」わずかに苦笑したように見えた。「出所はグリーンフェルド星の小さなビジネスマンだ。ソフトウェア会社を経営している」

「会社の名はアイアンクラッド・ソフトウェア……」

「そうだ。その違法ソフトウェアはきみの艦からすでにみつかっている。だから新しい手がかりというわけではない」将軍は椅子に腰かけなおした。「もうひとつ、きみが個人的に興味を持ちそうな情報がある。あの少女の救出作戦のためにタイフーン号を選んだのは、サンプソン代将だ。あの誘拐事件にしかけられた罠をきみが生き延びて、計画が狂ったと立腹していた」将軍はよくわからないという顔をした。「具体的にどんな罠だったのだ？」

「わたしと海兵隊の分隊は夜間降下を命じられたんです……地雷原の真上に」

謎がひとつ解けてほっとしたのと同時に、追及すべきサンプソンがこの世にいないことに苛立ちを覚えた。もうこの線は追えないのだ。

「他の関係者からはなにか聞き出せましたか？　たとえばソープから」

「ごくわずかだ。サンプソン代将から詳しい作戦計画は聞いていないと言っている。みんな命令に従っていただけなのだ」

将軍は苦虫を嚙みつぶした顔だ。

「どのような処罰をされるのですか?」

その答えで反乱者というものにどんな運命が待っているかだいたいわかる。

「昔ながらに一番高い帆桁の先から吊してやる。絞首台としてつくらなくてはいけなくても。それがわたしの希望だ。しかし希望する処罰はできないだろう」

「できない……?」

クリスは思わず言っていた。ああ、考えるより先に口にしてしまう癖をなんとかしなくては。

将軍はくりかえした。

「できない。もちろん懲戒免職にはする。とはいえ大半の者は通常の退役手続きになるだろう。軍法会議が唯一彼らを裁く公開の場となる。こんなことで、今後兵士たちが上官の命令を信頼していけるのか、ウォードヘブン市民がわれわれ軍人を信頼してくれるのか、はなはだ疑問だがな」

たしかにそうだ。そして、クリスは自分を待つ運命もわかった。

将軍は椅子の脇のサイドテーブルから二つの箱をとった。一個の蓋を開けて差し出す。クリスは中味を見た。勲功章。いい勲章だ。もう一つは海軍十字章。さらにいい勲章だ。

クリスはそれらをしばらく膝の上で眺め、蓋を閉じて返した。沈黙は、相手がしゃべりはじめるまで待つのが得策だと父から習った。マクモリソン将軍は返された二つの勲章を、クリスのまえのテーブルにおいた。

「ハンコック中佐の報告書を読んだ。オリンピアではご苦労だった。下級士官にしてはいい仕事をした」

〝いい〟にしてはと強調されたことは気づかなかったふりをして、クリスは、「ありがとうございます」と穏やかに答えた。沈黙を破らず、会話のボールを受け取らないように。将軍は続けた。

「勲功章はオリンピアでの働きに対するものだ」

クリスはうなずいたが、海軍十字章がテーブルにあるわけは尋ねなかった。将軍はじっと彼女を見る。沈黙は引き延ばされ、緊張し、やがて調律の狂ったバイオリンのようにゆがみはじめた。

「きみは厄介な人間だな、少尉」

将軍はとうとう言った。今度はサイドテーブルから薄いプラスチックのシートを取り上げ、差し出した。退役申請書だ。今日の日付まですべて書きこまれている。

クリスは胃の腑が急降下するのを感じながらそれを見つめた。これは新たな戦いだ。これまでとちがうのは、飛んでくる弾はプラスチックで、命を取られるわけではないということだ。読み終えて顔を上げた。

「これにサインをしろと？」

「今日付けで海軍を退役しろ。そうすれば、パリ星系で起きなかったことについてきみの働きを称えて海軍十字章をやる」

将軍は政治的圧力をかけられていると、クリスは思った。

「それは父の指示ですか？」

将軍は鼻を鳴らした。

「首相が公式にこうしろと言ってきたら、わたしは公式に全力で抵抗してやるさ。生半可な妥協をしたら部下の将校たちから首を切られる」

クリスは政治的嗅覚はあるつもりだった。これはたしかに厄介な問題だ。退役申請書を見た。

「では、どうしてわたしに退役しろと？」

「きみは前任の指揮官を解任した。その上司からは殺されかけた。そんな少尉を次はどこへ配属すればいいのだ？」

クリスは将軍の立場で考えてみた。まあ、ハンコックなら受けいれてくれるかもしれない。だめかもしれないが。あれはおたがいにとって学習過程だった。くりかえしたいとは思わない。やはり艦上任務に就きたい。

「将軍、わたしは首相の子です。もしかしたら王女になるかもしれない。組織のなかでうまくやりたいと願っています。たしかに前任の指揮官を辞めさせました……」

そうだ。指揮官という立場にはさせてもらえないだろう。少尉は指揮官の階級ではない。

とはいえ、どんな指揮官もだれかの指揮下にある。このマクモリソン将軍も首相の指揮下にある。首相はウォードヘブンの選挙民に従う建前になっている。

「自分を受けいれてくれる上官がいるかどうかわかりません。でも、海軍のどこかにわたしの居場所はあるはずです」申請書をテーブルの上で押し返した。「退役はしません」

「なぜだ？」

今度は将軍が沈黙をつくりだし、それをクリスが埋めるのを待ちはじめた。

「自分は海軍にいたいからです」

「なぜだ？」すぐに訊き返された。

クリスはしばらく黙った。ボー機関長との深夜の会話が思い出された。

「昔、年長の機関長から、海軍にはいったわけを質問されたことがあります。わたしの返事はあまり感心されませんでした」

将軍は笑みを浮かべた。もしかしたら彼もそういう心理カウンセリングまがいのことをした経験があるのかもしれない。

「高地連隊の大尉からは、彼女とわたしの祖父がどのようにブラックマウンテンで生き延びたかを、家族に伝わる話として聞かされました。そして、彼らの孫の士官として生きていくのがどういうことかも」

これは将軍をすこし驚かせたようだ。クリスは身を乗り出した。必要なのは短い返事だ。わずかな言葉にありったけの熱意をこめた。

「将軍。わたしは海軍の人間です。ここがわたしの家です」退役申請書をサインしないまま突き返した。「出ていくつもりはありません」

マクモリソン将軍は書類を見て、ため息をつき、ゆっくりと二つ折りにした。すると表示を保持していた電荷が切れ、プラスチックシート上の文字はすべて消えた。

「これで話は終わりだ。一つ忠告しておく。将校グループの半分はきみを賞賛している。残りの半分は反乱者としてきみも懲戒免職にすべきだと考えている。両者を見分けるのは簡単ではないぞ」

そして勲章のおかれたサイドテーブルに手を伸ばした。まず勲功章を取り上げ、クリスに放り投げながら言った。

「これはオリンピアでの活躍によるものだ。公式の授勲式はできない。つけたければつけろ」

クリスは箱のなかのものを見た。なにかまちがっている。オリンピアでの部下の、たとえばウィリーなどにふさわしいものだ。しかし自分がいるために表彰されなかった。だからよろこびも半分なのか。

将軍は海軍十字章のほうを取って蓋を開いた。じっくりと眺めてまた蓋を閉じ、立ち上がってつぶやいた。

「これはしばらく待ったほうがいいだろう。地球側がパリ星系におけるきみの働きをどのようにみなすかで判断する」

クリスは腰を浮かせたが、将軍は手を振ってすわらせた。デスクからべつの書類を出してくる。

「現在の緊急事態によって、あちこちで人材不足が起きている。新任少尉を大量に任官させるつもりだ。人事局は少尉を四カ月経験しただけで中尉に昇進させている。きみは昨日その資格を満たした。そこで処罰するのではなく、昇進させることにする」ちらりと顔を上げ、

「純粋に数字が理由だぞ」

「任官日が幸運だっただけです」

わかっているという顔で言ったが、頬がゆるむのは抑えられなかった。将軍はデスクのむこうへまわって引き出しからなにかを取り出した。クリスはそれがなにか気づくのにやや時間がかかった。陸軍の将軍がなぜ海軍中尉の肩章など持っているのだろう。

立ち上がったクリスのところへ、マクモリソンは歩み寄った。

「わたしの父は海軍だった。わたしが陸軍にはいったことを怒っていた。これは彼の肩章だったものだ。きみがつけてくれるとうれしい」

クリスは目を丸くした。ここに呼ばれたときには予想もしなかったことだ。

「光栄です」

将軍はクリスの肩についた肩章をはずして、贈り物と交換した。留め具を動かしながら話した。

「じつはこれは返していることになる。きみの曾祖母、故リタ・ヌー・ロングハウスから父

へ贈られたものなのだ。ウルム大統領との会見の場へ彼女とレイを運んだオアシス号の艦上で、彼は昇進の知らせを聞いた」

クリスは身震いした。リタはイティーチ戦争で亡くなった。メディアの誤解を訂正する機会がなかったロングナイフ家のメンバーは多い。マクモリソン将軍が手もとの作業を終えるまでクリスは背をピンと伸ばしていた。重く感じるのは線が一本増えたからだけではない。

「お父上とわたしの曾祖母の分まで名誉に感じます」

「よくわかっている」

将軍はそれだけ言って、もう行っていいという身ぶりをした。クリスは敬礼し、将軍は返礼した。

クリスはゆっくりと退室した。ジャックをうしろに従えて海軍本部のドアへむかった。来るときは、帰りは民間人になっているかもしれないと思っていた。ところが結果は昇進だった。中尉になったのだ！　自分が求めていたものがようやくわかった気がした。クリスは要求した。あきらめなかった。そのおかげで手にはいった。

明るい日差しのなかに出て微笑んだ。青空に虹はない。しかし虹の果てにあるものがいまはわかっていた。

「絞首刑にはならなかったようですね」ジャックが言った。

クリスは軽い足どりで歩きながら、海軍と陸軍と政府の建物を見まわした。

「ええ、ならなかったわ。ロングナイフは海軍軍人のまま」

「〝それは大変だ〟と言いたくなるのはなぜでしょうね」

「なぜなら、そのとおりだからよ」

クリスはハーベイをみつけて手を振った。

訳者あとがき

著者のマイク・シェパードは、このシリーズ作品の原稿を編集者に渡すときに、毎回、カバーイラストについての提案をつけるそうです。といっても提案の中身はいつもほとんどいっしょ。「女の子。銃を持ってる。なるべくデカい銃を」だそうです。身も蓋もない……。シリーズの売りを端的にあらわしているのはたしかですが。

というわけで、〈海軍士官クリス・ロングナイフ〉『新任少尉、出撃！』です。シリーズの内容は著者のカバーイラストの提案どおり（そしてこの邦訳版の表紙も著者の提案どおりになっていることを期待して）、女性主人公がレーザー銃をぶっ放しながら宇宙をまたにかけて冒険する話です。主人公の職業が海賊でも女子高生でもなく、軍人であることは邦題からわかるはずです。

表紙と邦題からわからない世界観について説明しておきましょう。人類が五、六百の星系ないし惑星に広がっている未来。各星系は、古代の異星種族が設置したジャンプポイントという異空間通路でつながっていて、比較的短時間に行き来が可能です。

政治的には、これらの星々は地球を中心とする人類協会という連邦制でまとまっています。ただし、リム星域と呼ばれる地球から距離がある星々の一部には分離独立をめざす動きがあり、軍事的にも不穏な気配が漂いつつあります。

このリム星域の有力惑星の一つ、ウォードヘブン。この星の元首である首相は選挙で選ばれていますが、実際には一つの家系の出身者が王朝のように代々首相を務めています。無理もありません。なにしろその家系のすこし前の先祖は、みんな人類宇宙史に名を刻んだ歴史的英雄ぞろいなのです。

そのロングナイフ家に生まれた娘、クリスがこの作品の主人公です。つまり超上流階級のお嬢さま。とはいえ首相とファーストレディの親に反抗して、社交界デビューではなく海軍入隊を選ぶくらいですから、それなりの気骨は持っています。

シリーズ第一巻は、そのお嬢さま士官のクリスが、士官学校を出て新任少尉として最初に経験するエピソードを描いています。

植民惑星シーキムで、その星の元首の一人娘の誘拐事件が発生。急襲コルベット艦タイフーン号に配属された海軍少尉クリス・ロングナイフは、海兵隊のチームを率いて救出作戦におもむけとの命令を受けます。じつはクリスは十歳のときに弟を似たような誘拐事件で亡くしていて、そのトラウマから立ちなおるのに十代の大半を費やしています。みずからの心の傷と戦いながらの突入作戦。犯人の制圧と人質の保護は無事成功するのですが、調査するうちにおかしな証拠が次々と出てきます。犯人グループは身代金が目的ではなく、クリスをこの戦闘におびきだして殺すことが真の狙いだったのではないか？

次の任地となった被災惑星オリンピアでも、クリスの命を狙ったとしか思えない事件が次次と発生します。いったいだれが、なんのために一介の海軍少尉を殺そうとしているのか。見えない敵に狙われていると感じつつも、新任少尉は上官の命令に従って作戦行動に出ざるをえません。はたしてクリスはオリンピア星から生きて帰れるのか……。


著者のシェパードはフィラデルフィアの海軍病院生まれ。その後も空母に勤務する親に連れられて、全米の軍港町を転々としながら育ちました。高校まではおなじ学校に一年以上通ったことがないというので、かなりの転校生生活です。

親は海軍でしたが、本人は大学卒業後に陸軍へ。しかし新兵訓練所で病院送りになって脱落してしまいます。彼自身の軍隊経験はここまで。その後はタクシー運転手やバーテンダーなどを経験した後、海軍省の事務員の職に就きます。この海軍省時代が長く続いてから、作家業をめざしはじめます。

じつはここまで伏せていましたが、マイク・シェパードはもともとマイク・モスコーという名前のSF作家としてデビューしました。デビュー短篇は一九九一年のアナログ誌に掲載され、その後、モスコー名義の短篇で二〇〇一年と二〇〇五年のネビュラ賞候補になっています。

長篇デビューは一九九六年。最初の三部作は過去へのタイムトラベル物でした。しかし売れ行きはかんばしくなく、編集者から言われます。

「紀元前四〇〇〇年の話じゃなくて、三〇〇年後のミリタリーSFを書いたら」

本人の経歴をよく知っているからこその助言でしょう。マイクは素直に従います。そしてこの転機について、あらゆる業界に通じる名言を述べています。

「編集者の言うことは聞くもんだよ。このめちゃくちゃな業界を誰よりもよく知ってる」

軍事SFとなった第二の三部作は、のちにこの〈海軍士官クリス・ロングナイフ〉シリーズのベースとなる世界を描いています。売り上げはタイムトラベル物よりましだったようですが、まだ充分ではありませんでした。

ここで編集者は、次の作品を出すにあたって名義の変更を提案します。提案というより、実際には出版のための条件です。名義変更を受けいれなければ次はないわけです。著者はこれを受けいれてマイク・シェパード名義に変わり、前回の三部作の登場人物の孫娘を主人公にして新作を発表します。これが二〇〇四年発表の本書です。

背水の陣で出したこの作品でついにマイクはブレークしました。ロングナイフ物は人気シリーズとなり、二〇〇九年までに七冊が出版されています。

1　Kris Longknife: Mutineer　(2004)（本書）
2　Kris Longknife: Deserter　(2004)
3　Kris Longknife: Defiant　(2005)

4　Kris Longknife: Resolute　(2006)
5　Kris Longknife: Audacious　(2007)
6　Kris Longknife: Intrepid　(2008)
7　Kris Longknife: Undaunted　(2009)

著者は現在、ワシントン州バンクーバーで夫人と義母とともに住んでいます。趣味は読書と著述と、たびたび訪れる孫たちを観察してストーリーのアイデアを得ること。そしてＰＣのアップグレードだそうです。

訳者略歴　1964年生，1987年東京都立大学人文学部英米文学科卒，英米文学翻訳家　訳書『タイム・シップ』バクスター，『カズムシティ』レナルズ，『トランスフォーマー』フォスター（以上早川書房刊）他多数

HM=Hayakawa Mystery
SF=Science Fiction
JA=Japanese Author
NV=Novel
NF=Nonfiction
FT=Fantasy

海軍士官クリス・ロングナイフ
新任少尉《しんにんしょうい》、出撃《しゅつげき》！

〈SF1736〉

二〇〇九年十二月十五日　発行
二〇一五年　二　月十五日　三刷

（定価はカバーに表示してあります）

著　者　マイク・シェパード
訳　者　中《なか》原《はら》尚《なお》哉《や》
発行者　早川　浩
発行所　株式会社　早川書房

郵便番号　一〇一 - 〇〇四六
東京都千代田区神田多町二ノ二
電話　〇三 - 三二五二 - 三一一一（大代表）
振替　〇〇一六〇 - 三 - 四七七九九
http://www.hayakawa-online.co.jp

乱丁・落丁本は小社制作部宛お送り下さい。
送料小社負担にてお取りかえいたします。

印刷・三松堂株式会社　製本・株式会社川島製本所
Printed and bound in Japan
ISBN978-4-15-011736-8 C0197

本書は活字が大きく読みやすい〈トールサイズ〉です。